本書はアンソニー・トロロープの『自伝』（*An Autobiography*）の全訳である。この原稿は息子ヘンリー・M・トロロープに委ねられていたが、アンソニーの死後、息子の手によって一八八三年にWilliam Blackwood and Sonsから出版された。翻訳に当たっては、P. D. Edwards編によるOxford World's Classics版とBiblioBazaar版を参照した。註の作成に当たっては、P. D. Edwardsの註に負うところが大きい。また、小説のあらすじの作成に当たっては、R. C. Terry（ed）, *Oxford Reader's Companion to Trollope*（Oxford University Press, 1999）とWinifred Gerould & James Gerould, *A Guide to Trollope*（Princeton University Press, 1948）を参照した。なお、本書第一章に掲載したJ. E. Millaisによる「オーリー農場」の挿絵は、N. John Hallの*Trollope and his Illustrators*（St. Martin's Press, 1980）から転載した。

目次

序文

ヘンリー・M・トロロープ、一八八三年九月

私が本書に短い序文を書くのが妥当だろう。一八七八年夏、父は回顧録を書いたと私に言った。父はそれについて長々と話さないで、私に手紙を残していると言った。父の死後まで開封しないという条件つきで、出版の指示を含む手紙だ。

この手紙には一八七六年四月三十日の日付があった。公表してもいい部分をできるだけたくさんここに引用しておこう。「私の人生の回顧録である同封の原稿を、今おまえに与える贈り物として受け取ってほしい。私の死後おまえの編集でこれを出版する、というのが私の意図だ。とはいえ、出版するかしないかは、おまえの裁量に全面的に委ねる。どこを削除するか、どれだけ削除するかもおまえの裁量に委ねる。しかし、回顧録に何かをつけ加えることは望まない。おまえのほうから何か一言言いたければ、序文か、前置きのかたちで言えばいい」手紙の終わりには追伸がついていた。「もし出版するなら、死後できるだけ早く出版するほうがいい」父は一八八二年十二月六日に亡くなった。

こういうわけで、私はこの指示に気持ちよく従って、出版社に原稿を渡すことだけを義務と心得た。私は

本書の右ページ上部余白に見出し(1)を置いた。そんなことはしないでくれと言われたとは思わない。そのほかにつけ加えたものは何もない。若干の脚注は父自身の追加あるいは訂正だ。私は何の修正も加えていない。私はいくつかの部分を伏せたが、全部合わせても印刷して二ページ以上も伏せていない。父は本書に自分の手紙を一通も載せていないし、手紙を出版することは望んでいない。

【原稿と文書から判断すると、父はこの回顧録の最初の二章を一八七五年後半に書き始め、第三章を一八七六年一月初頭に書き続け、その年の四月半ばまでには回顧録の筆を置いたことがわかる。いつごろ回顧録が書かれたかわかる箇所が本書のなかにあるけれど、ここで述べておこう。(2)】

前置きとしてはこれでいいだろう。父が自伝を完成したあとに起こったおもな出来事を、少しだけ述べておくのがいいと思う。

父は狩りをやめたと言っている。しかし、ロンドンの近郊あるいは周辺で催される集まりのため、まだ二頭の馬を飼っていた。父は人生の終わりまで乗馬を続けた。乗馬による運動が好きだった。馬屋に馬がいなかったら、悲しんだと思う。けれども、狩りのことは進んで話さなかった。とうとう好きな娯楽をあきらめて、終わりにしなければならないと決意した。一八七七年春、父は南アフリカへ旅して、翌年初めにすでに書き終えたその植民地に関する原稿を持って帰って来た。一八七八年夏、父はジョン・バーンズ氏の蒸気船「マスティフ」号で、アイスランドへ向かう紳士淑女に混じっていた。その旅は十六日間続いた。父はその間バーンズ夫妻から楽しませてもらい、もてなしてもらった。父は帰って来たとき、『マスティフ号の人々はどうアイスランドへ渡ったか』という短編を書いた。この本は印刷したものの、私的流布だけを目的とした。

父は病に倒れるまで執筆の仕事を続けた。仕事をしていないと、悲しかっただろう。その前の十年にしたよりも少ない量を自分に課していたが、毎日の割り当てをいつもはたした。回顧録の終わりで父があげた目録のあと出版された本の題名を次にあげる。

作品名	出版年
『目には目を』	1879
『いとこのヘンリー』	1879
『サッカレー』	1879
『公爵の子供』	1880
『キケロの生涯』	1880
『アヤラの天使』	1881
『ウォートル博士の学校』	1881
『フローマン夫人ほか短編集』	1882
『パーマストン卿』	1882
『定められた期間』	1882
『知らされないままで』	1882
『マリオン・フェイ』	1882
『スカーバラ氏の家族』	1883

父は亡くなったとき、『土地同盟員』というアイルランドの物語を五分の四書いて、まもなく出版する

　二人の兄は農場の大きいほうの家からハロー校に通学生[9]として送り出された。しかし、兄らはおそらく学校の貴族的な寮生集団のなかで対等ではなく――なぜなら、当時ハロー校の通学生は決して寮生と同等には受け入れてもらえなかったから――、とにかく他の通学生と同じように扱われていたのだろう。兄らがちゃんと扱われていたとは思わない。けれど、私が耐えたような屈辱には曝されていなかったと思う。私はほんの七歳だった。七歳の少年なら、今はもっと分別のある上級生のなかでいじめを免れていると思う。私はぜんぜん容赦されなかった。自宅と学校のあいだを走って行き来するとき、毎日地獄を味わった。きっと外見のせいで不利な目にあったのだ。よく覚えているが、まだ学校の初等生のとき、校長のバトラー博士が通りで私を呼び止めて、眉間にジュピターの黒雲を寄せ、声に雷をとどろかせながら、おまえみたいに見苦しい汚い子にハロー校の名が辱められるようなことがあっていいのか！　と問うてきた。ああ、そのとき私が感じたことといったら！　それでも、私は感じたことを表情に表すことができなかった。私が汚かったのは確かだ。――が、校長は残酷だったと思う。校長は習慣的に私を鞭打って見慣れていたから、私の汚い姿を見ると、私とわかったに違いない。おそらく顔では私を見分けられなかっただろう。

　私はこのころハロー校で三年目だった。記憶をたどると、学校を去ったときいまだに初等生だった。

　それから、私はアーサー・ドルーリーが経営するサンベリー[10]の私学校に送られた。これはヘンリー・ドルーリー[11]の助言に沿ってなされたことに違いないと思う。ヘンリーは父の友人であり、私のハロー校の指導教師だった。彼は私の学業がハロー校では満足なかたちで進展していないとの意見をおそらく述べたのだろう。私はサンベリーへ行った。そこにいる二年のあいだ、小遣いはなかったし、服装の点でもあまり代わり映えはしなかったけれど、とても長くかかった私の学生時代のなかで、他のどの時期よりもほかの少年らとほぼ対等に扱ってもらえる生活をした。ここでさえ私はいつも屈辱を受けていた。よく覚えているが、あるとき四人の少年が何か言語道断のことをしたとして指弾された。何をしでかしたか今日に至っても推測することができない。ところが、私は赤ん坊のように無垢なのに、四人の一人になっており、罪人らの首領だと名指しされた。それぞれが反省文を書かされるなか、私が四人のなかでいちばん長い反省文を書かなければならなかった。一学期間私たちは最後に食事の給仕を受けた。反省文を書き終わるまで運動場に出ることを許されなかった。私は学期が終わるやっと一、二日前に反省文を書き終えた。ドルーリー夫人は私たちを見て、憐れみと恐怖の表情を浮かべ、頭を横に振った。その他非常にたくさんの罰が私たちの上に積みあげられた。私は無実であることを知っており、また、等しく苦痛に満ちた別の思いにも苦しんで、心を引き裂かれた。その思いとは、ほかの三人の少年が——疑いなく邪悪なやつらだ——この学校では巻き毛のあるお気に入りで、何があっても私なんかを彼らの悪事の共犯にはしなかったという点から来ていた。ドルーリー校長のふと漏らした言葉から、私はパブリック・スクールを転校させられたくらいだから、悪の首謀者と見られてもおかしくないということで、とがめられたのだと何とか知ることができた。校長は次の学期の初日に間違っていたとほんの一言私に囁いた。私は愚かな少年ののろまさで何も言わなかった。校長はそれ以上に償いをする勇気を持ち合わせなかった。すべては五十年も昔の話だが、今も昨日のことのように怒りを覚える。ほんとうのことを言わないなんて、あの少年らは何と臆病なやくざだったのだろう！　とにかく私に関する限り、彼らの名をよく覚えており、ここでその名をあげられたらいいと思う。

私は十二歳になったとき、ウィンチェスター校に欠員が出て、それを埋めることになった。二人の兄はすでにそこへ行っていた。次兄のヘンリーはすでにニューカレッジへ行く見込みがないと見なされて、やめさせられていた。三人の息子がウィンチェスター校に進学して、みなニューカレッジの特別研究員になるのが、父の生涯の大きな野心だった。ところが、この悩める男は野心を満足させるよう運命づけられていなかった。父が力を尽くして私たちの手の届くものにしようとした目標に、私たちはみな到達できなかった。長兄のトマスはほとんどその目標に達した。長兄はウィンチェスター校出身という大きな栄誉をえることができなかったが、三つの奨学金をえて、のちにオックスフォードに進学した。その後、イタリアを主題にした作家として世間に名を知られるようになった。長兄は私が書いている今もまだ健在だ。しかし、次兄は早くに亡くなった。

私がウィンチェスター校にいるあいだに、父はどんどん苦境に陥っていった。弁護士の仕事をあきらめて、運に見放されていたのに、また別の農場を手に入れた。人が――この場合高度な教育を身につけたとても賢い人が――特別な訓練とか見習修行とかもなしに、農業が金になる仕事だと思い込むとは奇妙なことだ。おそらくあらゆる職業のなかで農業くらい何をなすべきかについて、それをするいちばんいい方法について、正確な知識を必要とする職業はないだろう。そのうえ、農業は成功するために充分な資本が欠かせぬ職業だ。父はこの二番目の農場に取り掛かったとき、知識も、資金も持たなかった。これが結局父の破滅を用意する最終段階だった。

私がウィンチェスター校に送られてすぐ、母は兄のヘンリーと二人の妹[12]――当時まだほんの子供だった――を連れて渡米した。一八二七年のことだったと思う[13]。母あるいは父がどんな目的を持っていたかははっきり知らなかった。が、まだ物資が不足している米国に品物――針刺しや胡椒入れや折りたたみナイフのような小物――を送り込むことによって、金をもうけられると父は思っていたと思う。西部の町に雑貨売り場あるいは張り出し店舗を出すことで、ヘンリーに機会を与えられればと母は思っていたと思う。どこから金が出ていたか知らないが、折りたたみナイフと胡椒入れが買われ、雑貨売り場が建てられた。私はその後シンシナティの町でそれを見た。――もの悲しい建物だった！　しかし、当時は堂々とした建物[14]だったと教えられた。母が次兄と妹らと先に行った。それから、父がオックスフォードに入る前の長兄を連れて母らのあとを追った。とはいえ、それは長兄と私がウィンチェスターで一緒に勉強していた一年半後のことだ。

私は中央郵便局の机に着いて大人の生活を始めてから、四十年に渡って長兄トマス・アドルファスと親しくしてきた。厳しい言葉を長兄と交わしたこともある。というのは、完全な友情に裏打ちされているとき、厳しい言葉に耐えて、許せるからだ。私たちくらい兄弟愛で結ばれた兄弟もいないだろう。とはいえ、長兄は学生時代にはあらゆる敵のなかでも最悪の敵だった。学寮の習慣によって、年下の少年の指導の多くが年長の少年の手に委ねられており——当時は委ねられていた——、兄が私の指導員だった。兄は教師と支配者という立場から力を振るうとき、ドラコン[15]の理論を学んだ。兄がこの立法者のやり方を真似て、いかに服従を強いたかよく覚えている。リンゴを盗んだ子の首を吊せ、そうしたらほかの子がリンゴを盗まなくなる、と兄はよく言った。この教えはすでにどこかで論破されていたのに、兄は熱心にそれに固執した。その結果、兄は日課の一部として大きなステッキで私を打った。毎日続く生活の一部として、こんな体罰が学校で許されたとすれば、むしろ学校の規律のひどい乱れを証明していたように見える。

このころ私は休日——夏休み——をリンカンズ・インの父の部屋ですごしたのを覚えている。私を休日にどうすごさせるかはしばしば問題になっていた。このとき、私は見放された古い建物のあいだをさまよい、二段組みのシェイクスピア——今でも持っている——を読んで楽しんだ。シェイクスピアを選んだというのではなく、ほかに読むものを見つけられなかったのだ。

しばらくすると、長兄がウィンチェスター校を卒業して父とともに渡米した。それから、私は兄とは違う別の恐怖に襲われた。学費が支払われていなかった。生徒の用品を扱う学校の出入り商人は、私に掛け売りをしないよう申し渡された。ブーツやベストやハンカチは先生から調べられるけれど、生徒が自由に身につけられる品々だ。が、私には手に入らない贅沢品だった。もちろんほかの生徒から未払いの事情を気づかれて、私はのけ者[16]にされた。残酷さが少年の本性だ。一人がもう一人の少年から残酷に扱われても、お互いにふつうあまり傷つかないものだと時々思っていた。しかし、私はひどく傷ついた！　その残酷さに抵抗することができなかった。悲しみを打ち明ける友人もいなかった。私は大きくて、ぎこちなくて、醜くて、無愛想にすねていた。もちろん粗末な服を着て、汚かった。とはいえ、ああ！　若い心の苦悩をみな今でも何とよく覚えていることだろう。いつも一人になれないものかと考えていた。あの学寮の塔の天辺に登って、そこからすべてに終止符を打つことができないものかと考えていた。出入り商人から品物の提供を止められるよりも悪いことが起こった。どの生徒もバトルズと呼ばれる週一シリングの小遣いをもらっていた。教頭のポケットから私たちに前貸しされる金だ。ある恐ろしい日、教頭から私のバトルズを止めると言われた。この半年のバトルズが返済されていないとの理由も告げられ、金を前貸しする気になれないと申し渡された。バトルズ以外に小遣いが入って来る見込みはなかったのだが、週一シリングくらいなくてもたいしたことはない。ところが、ほかの生徒がみな事情を知っているというのが応えた！　時々半年に三、四回週一シリングのバトルズが集められて、おそらく余分な奉仕へのお礼として学寮の用務員に与えられていた。今、ある用務員は順番が来たとき、七十シリングの代わりに六十九シリングしか受け取れなかった。一シリング足りない理由がその用務員に説明される。用務員に会うたびに私がくすねたように感じずにはいられなかった。

　ウィンチェスター校に三年以上いたとき、父がイギリスに帰って来て、私を退学させた。出費がかさむせいか、ニューカレッジへ行く見込みがないと思われたせいか、理由はわからない。ほんとうのところ、私はニューカレッジに入学できていたと信じている。私の年には例外的に多くの欠員があったからだ。しかし、たとえ入れていたとしても、何の役にも立たなかっただろう。創設者の寄付に基づく奨学金で入れなければ、大学で私をまかなう資金がなかったからだ。入学できても、オックスフォードの私の経歴は不幸なものだっただろう。

ウィンチェスター校を退学したとき、私はまだ九年生だったから、さらに三年の学校生活を残していた。父はこのころ母と妹らと次兄を米国に置いて帰国し、借りた二番目の農場の崩れそうなみじめな農家に住んでいた！　私もそこに引き取られた。そこはハロー校からおよそ三マイル離れたハロー・ウィールドというところで、それでも教区内にあった。私はこの農家から再びハロー校に通学生として送られた。こんな学校の寮生がふつうどんな外見をしているか、どんな身の回り品を持っているか知っている人に、こんな寮生らのあいだで私がどんな格好をしていたか思い描いてもらおう。学校生活の他の小さな難儀や骨折りに加えて、私は小道を毎日十二マイル歩いた！

みじめに汚いあの小道を行き来しつつ、そんな状態ですごした十八か月が、おそらく私の人生の最悪の時期だった。私はもう十五歳を越えており、あらゆる社会的な交わりから閉め出されるみじめさを充分理解できる年齢に達していた。友を持たないだけでなく、仲間のみなから軽蔑されていた。農家はたんにただの農家ではなく、馬を洗う隣の池に今にも転げ落ちそうな家だった。家から馬屋へ、馬屋から納屋へ、納屋から牛小屋へ、牛小屋から肥やしの山へ這うようにくだっているので、一つがどこで始まり、次がどこで終わるかわからないような農家だった！　父は居間で生活しており、そこをたくさんの大型本でふさいでいた。私は農場管理人の娘に無邪気に恋をして、台所でとても楽しい時間をすごした。学校で恐ろしいときをすごしたあと、夕刻の農家の台所をとても心地よいと感じたとしても、不思議ではない。それでも、それはただ昼間の残酷さを増加させるだけだった。ケンブリッジの学寮特待免費生(17)あるいはオックスフォードの聖書朗読生(18)にとって、楽しい日々はないし、半世紀前なら確実にそれはなかった。とはいえ、その地位は認められており、みじめさも限定されている。ところが、私は上流階級の子弟が行く学校で、他の寮生の下僕を務める給費生――想定外の身分――だった。肥やしの山の悪臭がするみじめな農夫の子が、貴族の子息の隣に座るどんな権利を持ち、もっと悪いことに、年一万ポンドを稼ぐ大商人の息子の隣に座るどんな権利を有していたというのか？　私は名状しがたい屈辱に耐えた。振り返ってみると、あらゆる手が――先生の手も生徒らの手も――私に向かって振りあげられていたように思える。どんな遊びにも加えてもらえなかった。何も学ばなかった。――というのは、何も教えてもらえなかったから。教科書代を除いて、寮生が当時払わなければならない唯一の出費が指導教員への授業料で、十ギニーだったと思う。私の指導教員は授業料を取ることなく私を受け入れてくれた。しかし、私は指導教員がそのことを教室の少年らの前で話すのを聞いたとき、慈悲心に対する感謝もなくしてしまった。私は臆病者ではなかった。どの少年よりも鞭打ちを恐れなかった。それでも、勇気を奮い起こすことなく三百人の暴君の辛辣さに抵抗することはできない。私は当時勇気なんかまったく持ち合わせていなかった。ひそかに評価して羨む人々の目に、私がいとわしい存在として映っていたこと、こそこそしていると見えたことを知っている。ついに私は反逆に駆り立てられて、大きな喧嘩をした。――その結果、私の敵はしばらく家に引き取られて療養しなければならなかった。もし本書がいつか印刷されたら、当時の学友が誰かまだ生きていて、私が学生時代の唯一の栄光を主張するとき、でたらめな自慢をしていないことを証言できると信じている。

私は陰気なあの農家の様子を適切に描くことができたらいいと思う。長兄――世間ではアドルファスという名でいちばんよく知られていると思うが、本書ではトムと呼ばなければならない兄――はオックスフォードにいた。私は父と一緒に住んでいた。父は農場からえられるもの以外に生計の手段を持たなかった。記憶が正しければ、父はいつも地主と出入り商人に借金していた。誰も放縦の罪で父を責めることができない。

私たちの食卓は、農場管理人――私たちの粉々になった悲運にまだしがみついている管理人――の食卓よりも粗末だったと思う。家具は薄汚くて、充分になかった。まとまりのない大きな台所用菜園があったものの、作り手がいなかった。掘ったり植えつけたりするため私を手伝わせようと、何度も報酬の約束が父からなされたが、悔しいことにたいてい空手形だった。休日には干し草畑にしばしば行かされたが、残念ながらあまり利益をあげられなかった。父はかなり健康を損なっていた。生涯の最後の十年間、父は病的な頭痛に苦しんでおり、昼間のほぼ半分は寝床に伏せっていた。このころ父は仕事を――教会百科事典と名づけた本の執筆を――始めて、死ぬ間際までそれに取り組んでいた。全教団とその下部組織、男女全修道士団体の宗派を包摂するかたちで、全教会用語を描き出すことを野心とした。文献をほとんどあるいはまったく参照することができず、すぐ行ける図書館もない圧倒的な不便のなかで、父はじつに働きがいのない課題に勤勉にたゆみなく取り組んだ。父が亡くなったとき、八冊のうち三冊を予約販売で出版していた。それは今遺憾ながら忘れられて、無益な文学作品のあの大きな山――それをうず高く積みあげることが、多くの人々を悲嘆に暮れさせる山――のなかに埋もれている。

父は言わば一時的に私を横道にそらせて、菜園や干し草畑で有益な仕事をさせようとする一方、私の学業の進捗には絶えず目を光らせていた。私はハロー校へ通う前の幼年時代から、父が朝六時にひげを剃るとき、父と並んで立って、ラテン語文法から初歩の規則を暗唱し、ギリシア語のアルファベットを繰り返さなければならなかった。こういう朝早い日課では、罪深いミスを犯したとき、父が剃刀を止めたり、泡だったブラシを置いたりしなくても、私の髪を引っ張ることができるように、私は父のほうに頭を傾けておかなければならなかった。父ほど教育への取り組み方を知らなかった人はいないのに、父ほど子供の教育に熱心だった人はいない。思い出すことができる限り、父は娯楽の必要をまったく認めなかった。父は自分でも気晴らしを求めなかったが、子供にもそれが必要だとは思わなかった。私を満足させるため、父がした娯楽や気晴らしを少しも思い出すことができない。しかし、私の幸せのため、――私たち家族の幸せのため――父はどんな犠牲もいとわなかった。このころハロー・ウィールドの農家では、父は畑にいないときいつも修道士や尼に手間を取られていたから、教える時間を私のために割くことができなかった。それでも、父はよく古典語の辞典と韻律辞典[19]を前に置くと、私にテーブルに座るよう求めた。私はこんなふうに父から押しつけられる本や時間を絶対に有効に使うものかと決意し、怠惰を決め込んでいた。そんなことを思うとき、また、一方で後年私が勉学への強い意欲を保っていたことを思うとき、私の性質が完全に変わってしまったとも、父の計画が完全に間違っていたとも思えない。私は怠惰のせいで父をずいぶん悲しませたと思うけれど、父から罰を受けたことはない。とはいえ、父は怒ると自分が何をしているかわからなくなった。いつも使う大きなフォリオ判の聖書で、私を殴り倒したことがある。その古い家にはクーパーの小説『大平原』[20]の第一と第二巻があって、フッカム[21]の図書館から借りた名残――おそらく不正の名残――がついていた。その種の本はほかには一冊もなかった。私はその二巻を何十回読んだかわからない。

私の生活をずいぶんみじめにしたのは、学校へのあの恐ろしい行き帰りだった。空気が甘く、天気がよく、散歩が魅力的なとき、イギリスの小道を歩くのはどんなに心地よく、楽しいことか？　しかし、雨の日も、晴れた日も、夏の暑い日も、泥やホコリにまといつかれ、乱れた服装で一日四回歩く同じ小道があった。ブーツとズボンを見れば、百ヤード先からでも私だと少年らから知られた。自分がそういうふうに知られていることをいつも意識していた。もっと小さいときバトラー博士から言われたことを絶えず思い出していた。ロングリー博士[22]からも同じく正当にいつ同じことを言われてもおかしくなかった。――ただし、ロングリー博士は彼の生涯で一度も意地の悪いことを言わなかった。バトラー博士はピーターバラの聖堂参事会長になっただけだが、後任校長はその後カンタベリー大主教になった。

母が家族と一緒に米国から帰って来たのは、一八三一年の秋だったと思う。母は初め農家に一緒に住んでいたが、ほんの短い期間しかそこにいなかった。母は米国について書いた本を携えて帰って来て、その本で直接えた金銭的成功のおかげで、私たちみなをハローの家に連れ戻すことができた。最初の農場ではなくて、——最初の農場なら、母の資力でも手に入らなかっただろう——、その後オーリー農場と呼ばれた三番目の家にだ。ハロー・ウィールドの農家と比較したら、その農場はエデンの園だった。ここで私はいくぶん改善された環境で学校生活を続けた。三マイルは半マイルになった。おそらく健康によい変化が洋服箪笥のなかにも訪れた。母と妹らもいた。すぐ隣にグラント大佐一家がいて、生涯続くこの一家の優しい友情が幸せを増してくれた。それでも、私は学校内の完全な孤立状態を打開することができなかった。打開する試みさえすることができなかった。クリケット場やテニス場では何も会得することができなかった。しかし、私はこれらの場所に並々ならぬあこがれを抱いた。ほとんどさもしいほど強欲に生徒らの人気をえたいと切望した。嫌われたから、嫌わずにはいられなかったあの少年らと親しくなれたら、エリュシオン(23)に入れるように思われた。私は学校時代の恥辱に生涯に渡ってつきまとわれた。今書いているようなかたちで率直に学校時代について語ることを避けてきたわけではない。が、ハロー校やウィンチェスター校で同級だった何百という生徒の誰かから、私が学友だと言われるとき、ほとんどのけ者にされていた学校時代のいろいろなことについて、私には語る権利がないと感じるのだ。

父はいろいろな難儀にあったにもかかわらず、まだ私をオックスフォードかケンブリッジへやりたいと思っていた。長兄はオックスフォードへ行き、ヘンリーはケンブリッジへ行った。奨学金をえることができたら、大学生活が楽になるだろう。その獲得は、あげて私の能力にかかっていた。たくさん機会があった。

ハローの奨学金があった。――私はそれを手に入れることができなかった。クレア・ホールの特待免費生に二度応募した。――それも駄目だった。一度はオックスフォードのトリニティ学寮に奨学金をえようと無益な試みをした。――それにも失敗した。それから、大学に入るという考えを放棄した。大学に入れなかったのは幸運だった。というのは、奨学金による支援がえられたとしても、私は大学生活を借金と恥辱で終えただろう。

私がハロー校を卒業したとき、ほとんど十九歳だった。七歳のとき最初にそこに入った。十二年を通してラテン語とギリシア語以外に何も教わらなかった。教える試みも私にはほとんどなされなかった。作文あるいは算数の授業を受けた記憶がない。フランス語とドイツ語はまったく習わなかった。そう言っても信じてもらえないだろうが、死語以外の指導を受けた記憶がないと言いたい。サンベリーの学校には、確かに作文とフランス語の先生がいた。フランス語は別口だった。別口には金がかかるので受けなかった。私は作文の先生の授業を受けたと思う。先生を思い出せるけれど、先生の鞭を思い出すことができない。私が先生を知り、先生が私を知るのはいつも鞭を通してだった。私はこの世の誰よりもしばしば鞭打たれたと確信している。ウィンチェスター校では一日五回しか鞭は許されていなかった。私は五回もらったことをしばしば自慢した。五十年前を振り返ってみると、その自慢がほんとうかどうかはっきりしない。しかし、もし私が五回くらっていなかったら、誰もそれをくらった者はいない。

しかし、十九歳でハロー校を卒業したとき、どんなに少ししかラテン語あるいはギリシア語を知らなかったか考えると、こんなにも多く時間を無駄にできるものかと驚いてしまう。私は今かなりのラテン語学者だ。――すなわちラテン語の古典を読み、楽しみ、ラテン語で気持ちを人にわからせることができる。けれども、私はその知識を卒業後獲得した。学校時代に鞭打たれた体を通して、じっくり浸透した言語の基礎にずいぶん助けられたことは間違いない。何も学ばなかったことを思い出す十二年の教えがあった！　ハロー校を出るとき、私は成績上位——七番だったと思う——で、監督生(24)を務めた。自然にのしあがってこの地位に就いた。いかにおびただしい数の賞が振りまかれていたか頭に入れておいたらいい。が、私は一つも賞をもらわなかった。治療のため家に帰されなければならなかった少年を私が殴った仕方を除いて、私の学校生活には最初から最後まで何一つ満足できるものはなかった。(25)

註

(1) Russell Square の西側 Montague Street の北を並行して走る通り。
(2) グレーター・ロンドン北西部にある。
(3) オックスフォードの学寮の一つ。
(4) 長兄 Thomas と次兄 Henry と本人。
(5) Lincoln's Inn の東側 Chancery Lane に面する場所。
(6) (原註1) 父の見習の一人がその部屋で自殺した。
(7) Trollope の父方祖母の弟 Adolphus Meetkerke (1753-1841) のこと。Julians の名は Hertfordshire にある Meetkerke の地所にちなんで名づけられた。
(8) Julian's Hill と呼ばれるこの農場はじつは Harrow で3番目の家になる。前のページの挿絵は Sir John Everett Millais による Jurian's Hill の風景。一家の2番目の家は Harrow Weald Farmhouse といい、水彩画が残っている。
(9) 寄宿舎に入らず昼食だけを学校から賄われる学生。
(10) ロンドン西南郊外 Surrey 州 Sunbury-on-Thames のこと。
(11) Henry Drury は Harrow 校で Lord Byron の指導教師でもあった。彼は１８２２年に Lord Byron の庶子 Allegra の葬儀

も執り行った。
(12) Cecilia と Emily。
(13) Frances Trollope と子供は１８２７年11月４日に New Orleans へ向けて旅立った。
(14) Frederick Marryat 大尉は１８３９年に Cincinnati を訪れて、その雑貨売り場が一般に「トロロープの愚行」と呼ばれていたと報告している。
(15) 紀元前７世紀末のアテナイの法律家。紀元前６２１年に法律を発布したが、刑法は苛酷をきわめた。
(16) 原文は Pariah で、インドなどの最下層民。
(17) かつては他の学生に奉仕する義務を持つ特待生。
(18) 礼拝堂で聖書朗読の義務を持つ特待生。
(19) パブリック・スクールでラテン詩、ギリシア詩を作るための辞典。
(20) James Fenimore Cooper の作 (1827)
(21) Thomas Hookham (1739-1819) は本屋だが、巡回貸本業も営んだ。
(22) Charles Longley は１８２９〜３６年 Harrow 校の校長で、１８６２〜６８年 Canterbury 大主教だった。George Butler は１８０５〜２９年 Harrow 校の校長で、１８４２〜５３年 Peterborough の聖堂参事会長だった。
(23) ギリシア神話の理想郷。
(24) 先生を助けて教室内の秩序を保ち、生徒の出欠を調べる生徒。
(25) Harrow 校での経歴は Trollope が言うほど満足できないものではなかったと思われる。本人は賞をえたことがないと言うが、事実とは違うことを同級生 (Lord Bessborough) が証言している。

第二章　私の母

私は本書のなかでトロロープ家全員の出自にさかのぼるつもりはないが、母については多少言っておかなければならない。一つには、当時文壇でかなり名を残した母について黙っていることは、子としての義務にもとるからだ。一つには、母の経歴には注目に値する状況があったからだ。母はヘックフィールド(1)の俸給牧師ウィリアム・ミルトン師の娘で、父と同様ニューカレッジの特別研究員だった。母は一八〇九年に父と結婚したとき、ほぼ三十歳だった。六、七年前にとても奇妙な経緯から父に宛てた母の一束の恋文が私の手に届いた。見知らぬ人の家で見つかったあと、その人がとても丁重に送ってくれたのだ。手紙はその時点でおよそ六十年前のもので、結婚前後一年くらいのあいだに書かれていた。リチャードソン(2)あるいはミス・バーニー(3)のどの小説でも、母の手紙くらい甘く、また優雅に、みごとに表現されたものを見たことがない。とはいえ、これらの手紙の驚くべきところは、現代の手紙と奇妙に違うところだ。手紙はみな正方形で、折り畳まれ、封印され、いろいろな住所にいる父に宛てられていた。それぞれの手紙の言葉は、ほとんどロマンティックな世界を目指すけれど、美しく選び抜かれており、厳しい批評の目で見ても一音節も入れ替えようがないほどぴったりしている。今どきどんな娘が恋人に使う言葉を研究し、言葉使いの優雅さで男性を魅惑しようなどと思うだろうか？　母はちょっとした俗語を心から好み、新しい珍奇な語に親しむ贅沢を思い切り楽しんでいる。私たちさえそこに心地よいものを感じる。結婚という人生のこの局面が、今どきの娘らの詩心に訴えるところがないのは残念だ。母は散文作家で、諷刺を楽しむ一方、詩的な感情を最後まで持ち続けた。

母は結婚生活の最初の十年で六人の子を産み、そのうち四人をそれぞれ違う年齢で肺病のため亡くした。すぐ下の妹[4]は結婚して子供をえ、子のうち一人はまだ健在だ。しかし、その妹も母の生存中に次々に間を置いて亡くなった四人のうちの一人だ。それから、母には兄のトムと私が残された。私たち三人には、おそらくこれまでにどんな一家も生み出したことがないほどたくさん本を書く[5]という運命が待ち受けていた。結婚した妹も、『チョラートン』というささやかな高教会の物語を匿名で出してその数を増やした。

母が結婚してから一八二七年に渡米するまで、父を巡る事情は悪化の一途をたどった。母は市井を愛して、いくぶん自由主義者役を演じ、圧制者に対して感情的な嫌悪を表した。母は弑逆志願者が受ける虐待や、愛国的故国離脱者の貧しさに共感した。殺したいと思う大公の魔の手を着の身着のまま逃れて来たイタリア人侯爵や、漠然と自由の大義に身を捧げようとするフランス人無産者を、母はいつも家に歓迎して、慎ましいもてなしをした。母は後年外国の侯爵から愛想よくしてもらったあと、頑固なトーリーに豹変して、大公夫人を優しい人だと思い込んだ。母にとって政治はいつも心の問題だった。実際、母の信じるものはみな心の問題だった。思うに、原因から筋道を立てて理屈づけたことなど一度もなかった。母はあらゆる点で完璧な心情を具え、まわりの人々みなによくしたいとの徹底的な欲求を抱き、完全な自己犠牲の能力を持っていた。それで、論理性の欠如にもかかわらず、おおかた誤りを犯さなかった。とはいえ、母が感情的だったことは認めなければならない。今母が読んでいた本を思い出し、母が考究していたものを見ることができる。母はダンテとスペンサーを詩人としていちばん愛した。当時こんなタイプの女性が夢中になったバイロン卿を激賞し、卿に人気があることを喜び、卿が迫害されれば泣いた。当時まだ匿名だったスコットの小説が出ると貪欲に飛びつき、ミス・エッジワース[6]の華々しい成功を熱く語ることができた。母は当時の文学を詳しく知り、過去の詩人に精通していた。その他の読み物についてはあまり詳しくなかったと思う。母は父の事情と本人の希望によって渡米するまで、——渡米直前には金銭問題で生活を曇らされたが——、思うに安気に、贅沢に、怠惰に暮らしていた。私の記憶によると、母はマサイアス[7]やヘンリー・ミルマン[8]やミス・ランドン[9]といった親しい友人を文壇仲間として持っていた。が、中年をはるかにすぎるまで出版のためとしては一行も書いていなかった。

母は私がよく覚えているある女性の社会的、共産主義的な思想に一部扇動され、一八二七年に渡米した。米国の女性講演者の先駆けとなった——と思う——ミス・ライト[10]という女性だ。とはいえ、母は兄のヘンリーの身を立てることを渡米のおもな目的としていた。世間に破産を広く知られることなくイギリスの所帯を畳むという、おそらく追加的な目的も持っていた。オハイオ州のシンシナティで母は雑貨店を開いた。それに投資した金はみな失ったと思う。もともと大金を出していたはずがない。ほかの人もひどい目にあったに違いないと思う。しかし、母は身のまわりを見、米国の親戚を見て、それについて本を書く決意をした。母は一八三一年にこの本を携えて帰って来て、一八三二年初頭に出版した。そのときすでに五十歳だった。出版したとき、もしこれで金を稼ぐことができなかったら、家には金がなくなることを知っていた。母はこれまで一シリングも稼いだことがなかった。すぐ出版社からかなりの金を——私が正しく覚えているとすれば——数か月以内に四百ポンドを二回受け取った。このときから死ぬまで、母はとにかく二十年以上本を書き、かなりの収入をえた。そんな作家の経歴を始めるにはかなり遅い年齢だった。

『米国人の家庭マナー』が母の一連の旅行記では最初のもので、おそらくいちばんできがよく、いちばんよく知られていた。この本は当時の米国人のマナーに重要な影響を与え、その影響が彼らからも充分評価されたと言って過言でない。若者の成功の見込みとか幸福とかについて判断するとき、母くらい資格のない観察者はきっといない。国家が繁栄の途上にあるかどうか見る課題を扱うとき、母くらい不向きな人はいない。母はたいていの女性がするように、見るものを自分の立ち位置から判断した。もしあるものが母の目に醜く映ったら、それはすべての人の目にも醜いはずだ。――醜かったら、悪いものに違いない。米国の人々は食べ物や着る物にたくさん恵まれながら、テーブルに足を載せたり、目上の人を敬わなかったりしたら、どうだろう？　母は米国人を無作法で、荒削りで、低俗だと見て、――彼らにそう言った。応接間ではじつにしっくり合っていたあの共産主義的な社会思想は、あっさり水に流してしまった。母の本はじつに辛辣だったが、如才なく書かれており、家族を破滅から救った。

次々に本が出た。――最初に小説が二つ、それからベルギーとドイツ西部に関する本が出た。母は私が「オーリー農場」と呼んだ家を新たに整備して、私たちを再びほどよい快適さで包んでくれた。母の性格をかたち作る陽気さと勤勉の組み合わせを表現するのに、誇張なんか必要ない。勤勉は自分を律する内向きの姿勢で、母はそれをほかの人々に見せなかった。それでも、それは一緒に暮らしていれば見なくてもわかった。母は朝四時には机に着いて、世間の人が目覚める前に仕事を終えていた。一方、陽気さは外向きでほかの人々に残さず向けられた。母は人の脚が踊るのを見て踊ることができ、人の舌が飲み食いするのを見て飲み食いすることができ、人の美しい装いを見て誇りに思うことができた。どんな母も自分の娘にはこれができる。ところが、母は表情や声や態度が気に入ったどんな娘に対してもこれができた。仕事中でも愛する人々の笑い声を聞くと喜んだ。たくさん、とてもたくさんいやなことがあったから。母は時々仕事を厳しいと感じた。――というのは、母は贅沢で、使う金がほしかったから、非常にたくさん仕事をするように迫られた。それでも、母は私が知っている人のなかで誰よりも陽気で、とにかく大喜びすることができた。

私たちはこの新たなハローの生活をほぼ二年続けた。その間、私はまだ学校に通っていた。その二年が終わるころ私は十九歳だった。それから、大きな破局があった。父は体調がいいとき、修道士や修道女の事典を書く寂しい生活をするなかで、まだ馬やギグを保有していた。一八三四年三月のある日、私は夏まで学校にとどまることになっていたが、突然そうしないでそのとき卒業することになった。そのころ、朝早く父から呼ばれて、ロンドンまで馬車で送るように言われた。父はずっと寝込んでいたから、ほかの人から馬車を御してもらうと、体に応えたに違いない。私がオステンド(11)行きの船に父を乗せる予定なのだと、告げられたのは出発後のことだった。私はシティを抜けドックスまで父を送って、船に乗せた。父は多くを喋るたちの人ではなく、最後までオステンドへ行く理由を明らかにしなかった。海外に引っ越しするという漠然とした話は、前に聞いたことがあったけれど、父が先に、しかもこんなに突然船出する理由がうちに帰るまでわからなかった。ギグでうちに帰ったとき、家と家具は州知事の執達吏に差し押さえられていた。

私が家に近づいたとき、以前私たちのところにいた庭師から呼び止められた。もし私がほんの数ヤードでも先へ進めば、ギグも馬も馬具もみな取られてしまうと、囁き声と身振り手振りで教えられた。どうしてそれが取られてはならなかったか、いまだにわからない。私はささやかな不正行為にすぐ取り掛かって、まんまとやり通したが、私たちの誰にもたいして利益をもたらさなかった。私はギグを村に御して行って、十七ポンドで馬車一式を金物屋に売った。金物屋が正当と主張する言い値だった。私は庭師からずいぶん褒められた。庭師は私が多くのものを火中から救い出したと思ったようだ。私の小賢しさで唯一得をしたのは金物屋だったと思う。

私が家に帰ったとき、略奪の場面が進行中だった。とはいえ、愉快なことがないわけではなかった。母は様々な障害があるなか、だいじに思ういくつかの安ピカ物を残す工夫をした。あまり多くではない。というのは、当時の家の装飾は今ほど贅沢ではなかったから。それでも、陶磁器、少しのガラス器、数冊の本、安い銀食器があった。これらのものが二つの庭のあいだの隙間から、友人のグラント大佐の敷地にひそかに運び出された。当時十六と十七だった妹らと少し年下のグラント家の娘らがおもな略奪者だった。私は喜んでその仲間に加わった。資産を管理する執達吏らが呪いの言葉を発しながら、人がよくて暴力を控えるなか、私たちは目一杯債権者らをあざむいた。私はそんなふうにして盗んだ数冊の本をいまだに持っている。

家族全員が数日親切な大佐の家で寝て、あらゆる女性のなかでいちばん愛らしい大佐の妻から世話をされ、慰められた。それから、私たちは父のあとを追ってベルギーへ行き、ブリュージュの城壁のすぐそとの大きな家に落ち着いた。このころ、そして父が亡くなるまで、母が稼ぐ金ですべてがまかなわれた。母は今また家具を揃えた。母が二年前に米国から帰って来て家を整然と整えるのはこれが三度目だった。

この新しい流刑に六人が参加した。兄のヘンリー[12]はケンブリッジを退学しており、病気だった。下の妹[13]も病気だった。私たちはまだ話し合ったことはほとんどなかったが、あの荒廃させる悪鬼、肺病が家族のなかに巣くっていると感じ始めていた。父は病気であるうえ、失意のなかにいた。それでも、机に着くことができるときはいつも教会の記録の仕事をした。私と上の妹[14]は健康だった。しかし、私は怠惰な、みじめな居候、あのもっとも救いのない身、すなわち十九の奥手であり、身を立てる道あるいは職業、商売について何の考えも持っていなかった。それでも、思い出せる限りかなり幸せだった。というのは、ブリュージュなら、恋ができると思えるかわいい娘らがいるうえ、学校という真のみじめさから逃れていられたから。が、将来の生活については抱負さえ持てなかった。私たちのためにこんなにたくさん仕事をしなければならないのは母にとって苦痛だろう、こんなに絶えず仕事を強いられているのに、私たちが怠惰にしているのは母にとって苦痛だろう、との苦い感情が時々込みあげてきた。とはいえ、もし母が五十五歳の女性にとってそれがまるで当然の生活ででもあるかのように仕事をしていなかったら、私たちはおそらくもっとそんな苦い感情を抱いただろう。

それから、私たちの家に徐々に悲しみが暗く忍び込んできた。次兄は病人だった。ぞっとする病名――その後数年間あらゆる言葉のなかでもっとも恐ろしい言葉――が宣告された。もはや虚弱な胸のせいだとか、一時的に特別な看病が必要だとかいった問題ではなく、肺病だった！　ブリュージュの医者はそう言い、私たちはそれが正しいことを知った。そのときからそと目に見える母の仕事は看病だった。家のなかに二人の病人がいた。二人の世話をするのは母の手だった。もちろん母は小説も書き続けた。私たちは予告された間隔で本が出版されるのに気づくようになっていた。――実際つねに出版された。医者の水薬瓶とインク壺が母の部屋で対等の位置を占めた。私はいろいろな状況のなかで多くの小説を書いてきた。が、心の全体が瀕死の息子の寝床のそばにあるとき、私が小説を一つでも書けたかどうか疑わしい。心を二つに分ける母の力、この世の難儀にもかかわらず知性を澄ませ、はたさなければならない義務に向かって、心をふさわしい状態に保つ母の力に匹敵するものを私は見たことがない。小説を書くことは人がはたすように求められるいちばん難しい仕事ではないと思う。それでも、かなり心の平静を必要とすると思われる仕事だ。サー・ウォルター・スコットは混乱した心で小説を書いて亡くなった。母は病人のいる家の夜と昼の看護をなし遂げたけれど、――というのは、まもなく亡くなる三人の病人がいたからだが、力を削がれることなく執筆を続けた。

私はこのころある方面からオーストリアの騎兵連隊に入らないかという申し出を受けた。それで、兵士になるというのが私の運命であるように見えた。が、私はまずドイツ語とフランス語を勉強しなければならなかった。両言語についてほとんど何も知らなかったからだ。このため一年の猶予を与えられた。出費なしに言語を習得するため、私はウィリアム・ドルーリーが当時ブリュッセルで経営していた学校の古典語助教師(15)の職を引き受けた。私が七歳でハロー校に行ったとき、ドルーリー氏はそこの先生だった。今五十三年のときがすぎ去ったあと、彼はまだその地で牧師として職責をはたしている[16]。私はブリュッセルへ行った。三十人の少年の指導を託されたと思うと、今でも心は落ち込む。その少年らはフランス語を学ぶためそこに来ていたのであり、親は古典語の習得にはこだわっていなかったことをただただ願うばかりだ。二度生徒を散歩に連れて行くように送り出されて、二度目の散歩のあとドルーリー夫人から、少年らの服がこんな実験を繰り返すのには耐えられないと、はっきり言われたのを思い出す。私が外国語を勉強していたかどうか思い出せない。この職に六週間しか就いていなかったから、まだ振り返り授業も始められていなかった。六週間がたったころ中央郵便局事務官の職をもたらす一通の手紙が届いて、私はそれを受け入れた。母の親友にフリーリング夫人がいた。その夫のクレイトン・フリーリングの父、サー・フランシス・フリーリングが当時中央郵便局局長だった。母は私のみじめな立場のことを聞いて、親友の義父に局内の職の提供を請うていた。

私はブリュッセルからロンドンへ急いで帰る途中、ブリュージュに立ち寄り、病人の数が増えているのを知った。私が前にその家を出たとき、下の妹のエミリーは悪いのか、いいのかどっちつかずの状態で、虚弱だと言われていた。ほんとうのことを知っているのに、心が萎えないように嘘をつくあの偽りの希望を込めて、彼女は虚弱だと言われ、ただ虚弱だったが、――今は病気になっていた。もちろんその妹は亡くなる運命[17]にあった。私はそんなことを耳にしなかったし、ほかの人にも言わなかったけれど、次兄と妹の両方がそんな定めにあることに気づいていた。そのうえ、父もひどく悪かった。私は知らなかったが、母は病人だらけの場所が上の妹の害になると考えて、彼女をイギリスに送り返すことにした。こういうことはみな一八三四年の秋の終わりに起こった。この年の春、私たちはブリュージュに来たのだ。当時母は死にそうなこれらの病人――夫と子ら――を看病するため、また家族を支える小説を書くため、町の郊外の大きな家に一人で、二人のベルギー人女中とともに残された。母のいちばんいい小説が書かれたのは母の人生のこの時期だった。

中央郵便局への私の入会式については次章で触れよう。クリスマス直前に次兄が亡くなり、ブリュージュに埋葬された。次の二月に父が亡くなり、兄のそばに埋葬された。父の長い最後の時間を慰めてくれたと願いたい——あの退屈な事典の仕事も死とともに終わった。私は時々父の悲運を振り返って、何時間も思いを巡らした。父は立派な教育を受けた多才な人で、優れた仕事能力と平均よりもはるかに強い体を持ち、悪習に染まることもなく、快楽に溺れることもなかった。生来情が深く、子供の幸せを篤く願っていた。父はかなり財産のある家に生まれついていたから、世に乗り出すとき、すべてを足下に置いていたと言っていい。ところが、父の場合、すべてがうまくいかなかった。手を触れれば必ず失敗を生むように見えた。望みのない企画に次々に手を出して、そのたびにそのときかき集めた金をみな使ってしまった。いろいろな呪いのなかで父が受けた最悪のものは、いちばん愛する人々でさえ耐えられないひどい癇癪だった。私たちはみな父から距離を置いた。しかし、いざとなれば父が私たちのため心臓の血をも差し出したことを私は信じている。私が知る限り、父は長い悲劇の人生を送った。

父の死後、母はイギリスに戻って、バーネットの近くのハドリーに小さな家を借り、家具を入れた。そのころ私はロンドンの中央郵便局で事務官をしていた。母が毎朝ほかの人が寝床を出るずっと前から仕事をしながら、ささやかなディナー、ささやかなダンス、ささやかなピクニックでいかにその家を陽気にしていたかよく覚えている。けれども、母は一年以上ハドリーには住まなかった。ロンドンに移って、再び家を借り、家具を整えた。生き残った妹セシリアはその家から結婚して、カンバーランド(18)へ行ってしまった。母はすぐ妹を追って行き、今度は家を借りるだけでなく、土地も買った。町の近くに三エーカーの土地を買い、自分のために住まいを建てた。それは一八四一年のことだったと思う。母はこんなふうに十年で六度引っ越しして、家を整えた。しかし、カンバーランドの気候が厳しすぎると知ると、一八四四年にフィレンツェへ移り、一八六三年に亡くなるまでそこにいた。母は一八五六年、七十六歳まで執筆を続けた。そのときまでに百十四冊の本を書いた。最初の本は五十になるまで書かれなかった。人生初期には何もしていなかったから、この世を去る前に何かをしたいとの大望を抱く人々にとって、母の経歴は大きな励みになるだろう。

母は我欲のない、情愛深い、非常に勤勉な女性で、生活を楽しむ大きな能力と頑健な体を具えていた。豊かな創作力とかなりのユーモアとロマンスの真の感情にも恵まれていた。しかし、洞察力も、正確さも欠いていた。道徳や風習を描こうとするときだけでなく、事実を描こうとするときでさえ、どうしても誇張に陥ってしまった。

註

（1）Hampshire の村で、Reading と Berkshire と Hook のあいだに位置する。

（2）*Pamela* や *Clarissa* を書いた Samuel Richardson のこと。

（3）*Evelina* や *Cecilia* や *The Diary and Letters of Madame d'Arblay* を書いた Frances Burney のこと。

（4）Cecilia Trollope（1816-1849）は本書でしばしば触れられる John Tilley と結婚し、32歳で亡くなった。彼女の *Chollerton* は１８４６年に出版された。

（5）（原註2）15、16世紀のフランスの大きな出版業者エスティエンヌ（Estienne）一家は少なくとも9人か10人からなり、おそらくどの一家よりも文学作品を生み出した。しかし、彼らは出版する作品を編纂し、しばしば翻訳したけれど、ふつうの意味で作家ではない。

（6） *Castle Rackrent* を書いた Maria Edgeworth（1767-1849）のこと。

（7） *The Pursuits of Literature*（1784）を書いた Thomas James Mathias（1754-1835）。

（8） Oxford の詩学教授だった Henry Hart Milman（1791-1868）。

（9） Letitia Elizabeth Landon（1802-38）は Elizabeth Browning や Christina Rossetti に先行する女流作家。

（10） Frances Wright（1795-1852）は実際にはスコットランド人。Frances Trollope は Frances Wright の解放奴隷コミュニティーに10日しか滞在せず、Cincinnati に逃げた。

（11） ベルギー北西部 West Flanders 州の港町。

（12） Henry Trollope（1811-34）は22歳で亡くなった。

（13） 18歳で亡くなった Emily（1818-36）のこと。

（14） Cecilia（1816-49）のこと。

（15） Drury 氏は１８２６年に債権者から逃れるため Harrow 校を捨てて Brussels に移った。Trollope 一家も１８３４年に彼と同じ道をたどった。

（16） (原註３) この言葉が書かれて２年後に彼は亡くなった。

（17） Emily は *The Bertrams* の舞台となる Barnet の近くの Hadley に埋葬された。

（18） 本書第５章のイギリス諸州図参照。

第三章

中央郵便局

一八三四年から一八四一年

私がまだドルーリー氏が営むブリュッセルの私立学校で助教師をしていたとき、ロンドン中央郵便局の事務官として出仕するように言われた。途中ブリュージュを通り、父と次兄ヘンリーに会った。それが二人に会った最後だ。ますます寂しくなる家族は、二度と集まることはなかった。家族はみな死につつあった。母を除いてだ。母は死にかけている人を夜通し看病し、ずっと小説を書き続けて、ちゃんとした屋根の下で彼らが死ねるようにした。もし母が小説を書くことができなかったら、どこにも屋根を見出せなかったと思う。今から四十年以上も前のことだ。長いときの経過を振り返りつつ、ペーソスをねらう小説の場面でのちに私がしばしば語ったのとほぼ同じ冷静さで、父や母、兄や妹の物語ではあるが、それを語ることができる。それでも、この場面はほんとうにペーソスに満ちていた。私はそのころ父の生涯に見られる損なわれた野心に深く共感し、母が耐えていた激しい緊張も強く感じ取っていた。しかし、私は両親のもとを訪ね、立ち去ることしかできなかった。もはや両親の重荷にならなくてもいいという思い――すぐ間違っていると証明された思い――には、私にとってどこか慰めになるものがあった。私の給料は年九十ポンド。それでロンドンに住み、紳士として体面を維持し、幸せになる予定だった。十九の歳、そんなことができると思い、そんな試みができることを喜んでいたとしても、私は驚かない。とはいえ、ほかの人が、世間について多少でも知っている友人が、そんなことができると思ったら、驚いてしまう。適切に監督され、統制のもとにおかれ、生活の規律ができあがった若者なら、きっとそれができるかもしれない。今でもできるかもしれない。その若者に週に食事と宿の費用としてこれくらい、衣類にこれくらい、洗濯代にこれくらい払わせる。それから――どう言ったらいいだろう？　――一日六ペンスが小遣いと乗合馬車代として残ることを納得させる。計算する人はその六ペンスで充分すぎると思うだろう。そんな計算が私のためになされることはなかったし、私がそんな計算をすることもなかった。充分な収入が保証されており、ほかの事務官のようにそれで生活していかなければならないと思っていた。

　とはいえ、年九十ポンドをまだ私のものにしていなかった。私はロンドンに到着するとすぐ、友人のクレイトン・フリーリングのところへ行った。彼は当時印紙局の局長だった。彼からセント・マーティンズ・ル・グランド[1]の将来の職場に連れて行ってもらった。サー・フランシス・フリーリングがそこの局長で、新米の下級事務官が初めは会ってもらえないほど高い地位に就いていた。それで、彼の長男のヘンリー・フリーリングのところに連れて行かれた。長男は次長で、私の適性試験をした。私はその試験の話をずっとあと『三人の事務官』[2]の冒頭近くで克明に描いている。もしこの回顧録の読者がその章を読んで、チャーリー・チューダーがどのように内航局に入ることができたか見れば、アンソニー・トロロープが一八三四年にどのようにロンドン中央郵便局の秘書課に入れたかわかるだろう。私は風切羽の古いペンを渡され、『タイムズ』紙から数行を写すよう求められて、すぐひと続きのしみと間違い綴りの写しを作ってしまった。「これじゃ駄目だね」と、ヘンリー・フリーリングは弟のクレイトンに言った。クレイトンは私の友人だったから、私が緊張しているのだと力説して、家で書いて翌日見本として持って来ることを許してくれと頼んだ。私はそれから計算は得意かと聞かれた。何と答えたらいいだろう？　私は九九の掛け算を習ったことがなかった。円錐曲線を知らないのと同じように、分子と分母のたすき掛け定理[3]も知らなかった。「少しはわかります」と私は謙遜して言った。翌日綴り方がちゃんとできることを見せられたら、計算能力のその「少し」について試験されるのだとそのとき確信した。もしその「少し」が熟練したすばやい計算能力と、ふつうの定理の完全な修得を意味していないことがわかったら、私は郵便局で経歴を積むことはできないだろう。建物の主階段——仕分け係やスタンプ係の部屋を作るためその階段はもう取り壊されたと思う——を降りるとき、クレイトン・フリーリングからあまり落胆しないように言われた。私はブリュッセルの学校に戻ったほうがいいと思った。それでも、仕事に取り掛かって、長兄の監督のもとギボン(4)の四、五ページの美しい写しを作り、不安な気持ちでこれを翌日役所に持って行った。私は習字には満足していたが、数字では駄目だろうと確信していた。しかし、ザ・グランドに着いたとき——セント・マーティンズ・ル・グランドの地名から当時私たちは職場をそう呼んでいた——、適性については何も言われることなく机に座っていた。誰も私の見事な習字を見てくれなかった。

私の若いころ国家公務員志望者が試験を受ける仕方はそんなふうだった。私が試験された仕方はとにかくそんな具合だった。そのころから確かに大きな変化が起こった。いくつかの点で大きな改善がなされた。とはいえ、国家公務員に選ばれる若者の絶対的な適性に関しては、益よりも害になる措置のほうが多くなされたのではないかと思う。害なしに益はえられたかもしれないとも思う。今日の競争的試験の規則ではどの職も公の競争に開かれており、職は志望者のなかでいちばんいい者に与えられる。誰がいちばんいいか知る方法が現在ないことや、採用された方法がいちばんいい者を抽出していないことなどのせいで、私は今日の方法に反対だ。今日の方法は、たくさんの若者のなかで誰が一連の質問にいちばん上手に答えられるか決めるものだ。若者はその質問の解答を家庭教師によって、——この選考方法が採用されてから、この目的のため生み出されてきた教師によって用意してもらう。少年が国家公務員試験を受けることが家庭内で決められると、その少年は一定の詰め込み勉強をさせられる。とはいえ、そんな扱いは教育とは無関係だと私は断言する。将来の仕事に対する適性の点では、少年はそんな扱いを受ける前と少しも変わらない。逆に、若者は試験に合格することで、おのれの教育的達成について誤った考えを抱き、ある程度職に不向きになる。現在行き渡っている競争的試験のせいで、若者の行動や行儀、性格にほんとうのところ誰も責任を負わなくなってしまった。責任はおそらく以前は軽いながらも存在し、重くなりつつあったのに。

競争的選択という危険な楽観主義に頼ることなく、新人の適性を試験する部署があってもよかったし、これからいっそう知恵がついた未来の時代にはそれができるかもしれない。私を拒絶する人間がいるはずがないなどと言うつもりはない。それでも、私は厚かましいから、もし私を拒絶したら、官庁は貴重な公務員を一人失うことになると言いたい。こう言っても、私が退職したあと、私の仕事ぶりを少しでも覚えている人々はそれを否定しないだろう。必要とされるわずかな学識さえ持たない若者は、確かに採用されるべきではない。役所は地理、算数、フランス語の初歩や作文を学ぶ学校であってはならない。しかし、これらはみな競争的試験という危険を冒さなくても確かめられる能力だろう。

この問題で改革者の主張に屈した人々は、選ぶ若者の能力を担保したいとの目的だけでその主張に屈したわけではなかった。人々はそれだけを目的とするのではなく、推薦制度からの脱却という別のねらいを持っていた。イングランドでは推薦制度ができあがり、その制度のもとで政治家が政治的な支持を買うため、彼らの影響力を行使することが徐々に必要になっていた。事務所を持つ庶民院議員は、年に五人の事務官を推薦することができる。が、彼を議会に送った人々のなかから五人を推薦するよう迫られることになった。議員にとって官職の分配に愉快なところは何もなかった。推薦制度を完全に廃止せよ。試験制度でも同じくらいに支持者をえることができる。ほかの議員もそうしたから、彼は推薦制度を安く売り渡した。懇願や拒絶や嫉妬や文通はただただわずらわしいばかりだ。要するに、議員は推薦の世話から逃れたかったのだ。議員の手が清潔になり、その心が明るくなっていることを私は疑わないが、役所はだいたいにおいていい人材に恵まれなくなったと思う。

今書いていることは、きっと私が死ぬまで読まれないだろうから、今勇気がなくて誰も活字にできないことをあえて言っておこう。――とはいえ、ある人々は時々友人の耳に私が言いたいことを囁いている。それは、この世には「紳士」でなければちゃんと埋められない地位があるということだ。人は紳士という言葉を使ったら、ほとんど恥辱的な目にあう。もし私が判事や主教は紳士であるべきだと言ったら、「生まれながらの――家系によらない――紳士」はどうなるのだという軽蔑的な言葉に出会う。もし私が庶民院議員は紳士であるべきだと言ったら、私がこれまでに言ったことは一顧も顧みられなくなる。陸軍や海軍の将校職あるいは公務員職は、紳士に独占的に与えられるべきだと、公務員が公の場で言ったら、それくらい大きな害を身にもたらすことはないだろう。彼は紳士という語を定義するように挑まれ、定義を試みても失敗する。しかし、彼は言いたいことを理解しているし、たぶん定義するよう挑む人々も理解している。村の肉屋の息子は、牧師の息子と同じくらい、教養を必要とする職にふさわしいかもしれない。そういうことはしばしばある。そういうとき、私くらいそんな立派な肉屋の息子を喜んで迎え入れる者はいない。ところが、採用のチャンスは牧師の息子のほうが大きい。一つの階級の門は、他の階級にも開かれるべきだ。が、門も、障壁も、相異もないと断言してみても、一つの階級にも他の階級にも何の益もたらさない。競争的試験の仕組みは、思うに、階級的な相異がないという想定に基づいている。

私は試験なしに職に就いた。今振り返ってみると、当時の私の精神や知性についてどういう状態だったか正確に把握していると思う。私は学校教育修了後ふつうに見込まれる平均以下しか授業で学んだことを覚えていなかった。フランス語もラテン語もギリシア語も読めず、どんな外国語も話すことができなかった。きちんとフランス語を話す力を身につけたことがないことを、ここでも、ほかのどこでも明言していい。ディナーを注文し、鉄道の切符を手に入れることくらいはできたが、それ以上のことはできなかった。自然科学ではほんの初歩についても無知であり、私の習字はほんとうに悲惨で、綴りは不正確だった。恥ずかしい思いをしないで試験に合格できそうな科目は一つもなかった。それでも、私は十九で仕事を始めた同じ階級の平均的な若者よりも多くのことを知っていたと思う。あらゆる国々の詩人の充分な一覧を主題や時代とともに――おそらく歴史家の一覧も――誰よりも答えることができた。私の国が統治される仕方についても的確に理解していた。主教や判事、学長や閣僚の名をみな知っていた。これはたいして役に立つ知識ではないが、もっと有益なほかの知識なしには身につかないものだ。私はシェイクスピアやバイロンやスコットの作品を読んでおり、それらについて論じることができた。ミルトンの詩行の快さにも精通していた。『高慢と偏見』が英語で書かれた最良の小説だとすでに心に思っていた。『アイバンホー』を再読したあと、その栄冠を部分的に撤回したものの、『ヘンリー・エズモンド』(5)が書かれるまで、ほかのどの小説にもその栄冠を与えなかった。私は時々綴りで失敗したが、上手に手紙を書くことができた。言いたいことがあったら、それを書かれた文字で読み手にわかるように表現することができた。あの競争的試験に合格してきた連中が決して駆使することができない能力だ。私は人生初期の十五のときから日誌をつけるという危険な習慣を始め、これを十年間続けた。その日誌を顧みることもなく持っていたあと――一度も覗くことはなかった――、一八七〇年に調べてみて、ずいぶん赤面しつつ破棄した。愚かさ、無知、無思慮、怠惰、途方もない奇想、うぬぼれといった罪を自覚した。しかし、私はこの日誌のおかげでペンとインクをすばやく使うことに慣れ、効果的に自己を表現する方法を学んだ。

私はここで人生初期から身につけていたもう一つの習慣――その習慣に捧げた時間数を考えるなら、自分でもしばしば当惑する習慣、今の私を作るのに役立ったに違いないと思う習慣――に触れたいと思う。私は少年時代に、子供のころも、一人でたくさんのことをやるしかなかった。学校生活について話すとき、ほかの少年らが一緒に遊んでくれない状況がどうして起こったか説明した。私は孤独だったから、心のなかに遊びを作り出さなければならなかった。ある種の遊びが当時――じつはいつもそうだったが――なくてはならないものだった。勉強は私の好みではなく、完全に怠惰でいるのも楽しくなかった。それで、空中楼閣を心のなかにしっかり築くことにいつも取り掛かった。楼閣構築の努力は発作的なものではなく、その日その日の絶えざる変化に曝されることもなかった。記憶が正しければ、私は数週間、数か月間、年をまたいで、一定の法則と、調和、妥当性、統一性に自分を縛りながら同じ物語を続けた。その物語には起こりえないことが入り込む余地はなかった。――外部の状況から見てほんとうらしくないことも入り込む余地はなかった。もちろん私がそのなかの主人公だった。それは空中楼閣に不可欠なものだ。しかし、私は王にも、公爵にもなったことがない。ましてや私の身長や容姿が固まったとき、アンティノウス(6)にも六フィートの人にもなったことがない。学者にも哲学者にもなったことがない。それでも、物語のなかで私はとても賢い人で、美しい若い娘らから好かれたものだ。私は卑劣なものを嫌い、親切で、気前がよく、気高い考えの人になろうと努めた。結果、全体的に見て実際の私よりもずいぶん立派な人になっていた。中央郵便局に入る前の六、七年間、この習慣を続けて、仕事に就いたあとも決してやめなかった。これほど危険な精神的習慣はないと思う。けれども、私はもしこんな習慣を持たなかったら、小説を書くことはなかったとよく思う。このようにして、虚構物語のなかで関心を維持し、想像力によって創り出された作品のなかにとどまり、物質的な生活を超えた世界に完全に住むことを学んだ。私は初期の夢の主人公役を放棄して、私という存在を脇へ置くという違いはあるものの、後年同じことをした。

私は役人生活の最初の七年間が自慢できるものでも、公務に役に立つものでもなかったことをもちろん認めなければならない。ロンドンでこの七年間をすごした。きちんと毎朝午前十時に役所にいるのが義務だった。いつも十分遅刻したことで上司と口論になったと思う。たいして立派な公務員とは思えない周囲の連中から、すぐ不品行だとの評判をえて、厄介者と見られるようになったと思う。気をつけなければ解雇されるぞという注意を時々耳にした。特に初期の苦言の一つは、愛する友人のクレイトン・フリーリング夫人から伝わって来た。夫人は——私がこれを書いている時点でまだ健在だ——目に涙を溜めて、母のことを考えるよう私に懇願した。それはサー・フランシス・フリーリングがまだ存命中のことだった。サー・フランシスは私が役所に入って十二か月余りで在職中に亡くなった。しかし、その老人は死の床から一度ならずみずから手紙を書いて、愛情のこもった優しい言葉を私に掛けてくれた。

サー・フランシス・フリーリングのあと中央郵便局を継いだのはメイバリー大佐で、大佐ははっきり私の友人ではなかった(7)。私が新しい主人を友人にできるほど価値のある人間ではなかったことはわかっている。とはいえ、ちゃんとした判断力の持ち主なら、私について大佐のように低い評価はしなかったと思う。何年もときがたったから、今なら書くことができるし、ほとんど怒りを感じないでいられる。それでも、私がどんな有益な仕事にも適さないやつとして扱われたときの、鋭い苦痛をよく思い出す。私はもがいた。仕事をしようともがいたのではなく、——というのは、もがかなくても仕事に難しいところなんかなかったから——、仕事をする意欲があることを示そうともがいた。それでも、悪評から逃れられなかった。私にできる努力によって悪評を取り除くことができなかった。確かに不品行だったことは認める。私が手紙を迅速に、正確に、適切に書けること——それが私たちの役所のおもな仕事だった——は、あまり好意的に受け取られなかった。十時に来て、いつも四時半まで机に着いている役人は、あまり効率的ではないにしろ、私よりも好かれた。そんなふうに好かれるのが適切なのだろう。が、もう少し励まされたら、私も時間を守ったと思う。私は何も認められず、向こう見ずだった。

　私たちの何人かの素行はなるほど非常に悪かった。夜勤当番職員に当てられた快適な居間が上階にあった。私たちは数人で昼食後よくここに来て、一、二時間エカルテ(8)をして遊んだ。今役所でそんなことができるかどうかわからない。私たちはよくここで夜食を取り、カード遊びをした。煙草の煙が充満するとてもすばらしい酒宴だった。私たちの建物の一部には別の一団が住んでいた。これは当時外国郵便を送り出し、受け取ることを業務とする紳士らだった。彼らがほかの仕分け局員よりも遅くまで、あるいは早くから働いていたかどうか覚えていない。しかし、外国郵便には何か特別なものがあると思われていた。それらを取り扱う者は外部情勢に惑わされない心を持つことが必要とされ、給料も国内向けの仕事をする局員のそれよりも高く、住宅費も払う必要がなかった。結果的にそんな連中の住宅には、いくぶん手に負えないやから――カードや煙草が好きで、紅茶よりも水割りを好む手合――がいた。私はその一員ではなかったが、彼らと仲よくしていた。

　当時の中央郵便局の経験をいろいろ話しても、読者の関心を引けるとは思わない。私はいつも解雇寸前だった。とはいえ、もし機会さえ与えられたら、いかにいい公務員になれるか示そうといつもあがいていた。けれども、運命は裏目に出た。あるとき、私は職務上局長のテーブルの上に紙幣の入った私信を置かなければならなかった。私信と記されていなかったから、私は当然その手紙を開封した。大佐は手紙を見たが、部屋を出るとき、それを動かさなかった。大佐が帰って来たとき、手紙はなくなっていた。その間、私はまた何か仕事をする必要があって、その部屋に戻っていた。手紙がなくなって、私は呼び出された。大佐が手紙のことでかんかんに怒っているのがわかった。主任は浮かぬ顔をして、予想される金の行方についてあれこれ言っていた。「手紙を取られたんだ」と大佐は怒って私に言った。「いいかね！　部屋にはわしと君以外に誰もいなかった」大佐はそう言って、握りこぶしをテーブルの上に激しく叩きつけた。「それなら」と私は言った。「いいですか！　あなたがそれを取ったんです」私も握りこぶしを叩きつけた。――が、偶然にもテーブルの上ではないところを叩いてしまった。そこには大佐がいつも書き物をしていたと思われる移動式の机があった。この移動式の机には大きなインク壺があって、インクがいっぱい入っていた。私のこぶしは運悪くその机に当たって、インクは飛び散り、大佐の顔とシャツの前面を覆ってしまった。それからは見ものだった。主任が大量の吸い取り紙をつかんで、局長の救援に駆けつけ、インクを懸命にふき取ろうとした。また、大佐がもがきながら吸い取り紙越しに罪のない主任の腹を殴ったのも見ものだった。そのとき、大佐の個人秘書官が例の手紙と金を持って入って来たから、私は部屋に戻ってよいと言われた。この件は特別な害を私にもたらさなかったと思うが、あまり好ましい出来事ではなかった。

私はいつも面倒に巻き込まれた。ある田舎の若い娘が私と結婚したいとの思いに憑かれたことがあった。そんな願いを抱くとは、とても愚かな娘だったに違いない。この話をこれ以上長々と続ける気はない。こんな状況に置かれた若者で、私くらい非難されるところのない若者はいなかったと、主張すれば充分だろう。彼女から誘いが来たが、それをはっきり断る勇気がなかった。私はディナーも取らず三十分もしないうちにその家を去り、二度とそこへ行かなかった。それから文通があった。――もし一方的に手紙が送られてくる状況を文通と呼ぶことができるならだ。ついに彼女の母が中央郵便局に現れた。その女の姿を思い出すと、今でも私の髪は逆立ってしまう。女は腕に大きな籠を抱え、頭に大きなボンネットを被って、私が六、七人の事務官と一緒に座っている大部屋に入って来た。使い走りが待合室にいるように彼女を説得しようとしたけれど無駄だった。女はその使い走りについて来て、私たちのいる部屋の真ん中に立つと、大きな声で私に

「アンソニー・トロロープさん、あなたはいつになったら私の娘と結婚するつもりなのです？」[9]と言った。私たちはみな最悪の瞬間というものを経験している。これは私の最悪の瞬間の一つだった。しかし、私はそれを切り抜けて、その若い娘とは結婚しなかった。こういうささやかな出来事が役所の私にとって逆風だった。

それから、私生活の別の一面が役所の評判のなかに忍び込んで来て、私に打撃を与えた。これから説明するように、私は当時請求書に支払う金をほとんど持ち合わせていなかった。こんな状況のなか、ある仕立屋が十二ポンド――と思う――の手形を私から受け取った。その手形が金貸しの手に渡った。メクレンバーグ・スクエア[10]近くの小さな通りに住むその男と、私は胸を引き裂くような、とはいえじつに親密なかかわりを持った。一度四ポンドの現金を彼から受け取った。もとの仕立屋の請求金額とその四ポンドは繰り返される手形の更新のあと途方もない額に達して、私は最終的に二百ポンド以上を支払った。こういうことは語るに値しないよくある話だ。しかし、この男の特異な点は、私につきまとって役所に毎日訪ねて来るというところにあった。彼はあの石階段を毎日登って来ることに価値があると長期間思っていた。そして、私の椅子の後ろに立って、いつも同じ言葉[11]を囁いた。「さて、わしはあんたに期限を守ってほしいんじゃ。期限を守ってくれさえしたら、あんたがほしい金額を差しあげたい」彼は清潔な小さな老人で、いつも糊の効いた幅広の白ネクタイをしていた。その警告をするとき、首をひねる癖があった。訪問のしつこさを思い出すとき、老人が時間と労力の割にいい報酬をもらっていなかったと感じないではいられない。そういう訪問はじつにひどい災難だった。役所の私の評判に役立つはずがなかった。

当時私に起こった別の悲運についても話さなければならない。秘書課の下級事務官には構内の夜勤要員としていつも一人が割り当てられる。秘書課の他の職員が建物を出たあと、彼はそこの統括守護神と見なされた。私がまだ若いころ——おそらく二十一歳だった——、この責任ある地位を占めた。夕方七時ごろ、どこかの女王が——ザクセンの女王だったと思うが、確かに女王が——夜間郵便の出るところを見たがっているとの伝言が届いた。この時間にはたくさん郵便馬車が出ており、見ものだった。やんごとない訪問者が時々それを見に来た。しかし、そういう場合、ふつうあらかじめ手筈が定められており、専門の担当官が主人役を務める段取りになっていた。今回の場合、私たちは不意を突かれて、専門家がいなかった。それで私が指示を出し、女王に付き添って施設内を回った。それが適切と思えたから、少し控えて後ろを歩き、そうしながら階段をあがりさがりするとき、しばしば大きな危険に曝された。とはいえ、非常に重要な、慣れない義務をはたす自分の態度にかなり満足していた。女王と一緒に老紳士が二人——きっとドイツの貴族だ——と、老貴婦人が一人いた。彼らは二台のガラスの馬車でやって来て、見物し終わると、それで帰って行った。彼らが帰る準備をしているとき、二人の貴族が低い声で相談しているのを見た。それから、会話の結果として、一人が私に半クラウン貨を差し出した！　それもまずい瞬間だった。

前に書いた通り、私は年九十ポンドで愉快な暮らしをする気でロンドンにやって来た。七年間中央郵便局で働いて、そこを離れるとき、年収は百四十ポンドだった。この間、私は借金に追われ、絶望的な状態になっていた。楽になる期間が二回あって、それが合計二年近くに及ぶ。その期間、私は母と一緒にいたから、快適に暮らすかたわらで、借金に追い詰められていた。母は私が払ってくれと頼んだ金や、借りているとわかった金をみな払ってくれた。しかし、こんな状態で誰が母にすべてを話したり、打ち明けたりできようか？　たいして借金を抱えていたわけではなかったが、私が耐えていたような取り立ての重圧のもと、どうやってふつうに生活することができたか、時々楽しむことができたか、今では想像もできない。私は不可解な書類を持った州知事の執行吏からよくつきまとわれた。二度豚箱に入ったと思うけれど、収監されたことはないのを覚えている。そんな緊急事態には、誰かが私の支払いをしてくれた。今振り返りながら、青年時代の私がワルだったかどうか問うてみなければならない。私は青年時代に何も善をなさなかった。しかし、いったいどんな正当な理由があって、私に善を期待することができただろうか？　期待することなどできなかった。私がロンドンに到着したとき、どんな生活の仕方も用意されていなかった。どんな助言も与えられなかった。下宿に入っても、時間をもてあました。社交クラブに所属することもなかったし、自宅に迎え入れてくれる友人もほとんどいなかった。そんな生活なら、若者は仕事のあとすぐ家に帰って、いい本を読んだり、紅茶を飲んだりして、長い夕べをすごせばいい、と言われるかもしれない。厳格な両親に育てられて、ほかに楽しいことがあることを知らないとき、若者はひょっとするとそんな生活を送るかもしれない。私はずっとパブリック・スクールで生活して、楽しいことを見てきて知っているうえ、楽しいことに参加したことがなかった。いい本と紅茶ですごすどんな訓練も受けていなかった。日ごろ女性の顔を見たり、女性の声を聞いたりできる上品な家はなかった。品行方正へと導いてくれるものは私の前に現れなかった。こんな状況なら、思うに、若者は自堕落な生活への誘惑にほぼ間違いなくはまってしまう。もちろん精神力が強く、資質が厳格な素材で編まれていたら、誘惑に屈することはないだろう。とはいえ、そんな強い精神力、そんな厳格な資質は、思うに、まれなものだ。とにかく私は誘惑に屈した。

いったいどれほど多くの若者が私と同じようにロンドンに出て自堕落になり、完全に生活を破綻させているか知りたい。私の場合、思うに、そんな破綻した生活のなかでももっとも危険なものだった。機械関係の仕事に送り込まれる若者は、危険から長時間遠ざけられるし、少年時代にもふつう快楽を期待しないように教え込まれる。そんな若者は身を粉にする状況と重労働を予測している。私の場合、ほとんど快楽を味わったことがないながら、快楽を享受し、期待するように教えられた一人だ。私はそんな快楽の観念で頭をいっぱいにしており、今勤務時間を除けば完全に自制を失っていた。――上品な家の影響をまわりにまったく欠いていた。こんな生活について喜劇的に話してきたが、ここには確かに悲劇的な面があった。振り返ると、――後年絶えず振り返ってみるけれど――、悲劇的な面がいつも大きく浮かびあがってきた。ときがたつにつれて、実際そうなってきた。こんな泥沼から逃げ出す道があるだろうか？　私はよくそう自問して、逃げ道はないといつも答えた。生活の状態は悲惨だった。私は役所を嫌った。仕事を嫌った。何よりも自分のだらしなさを嫌った。私は手に入る唯一の職業が作家であり、開かれている唯一の作家業が小説を書くことだと、学校を出てしばしば心に言い聞かせてきた。数年前読んで破棄した日誌のなかで、中央郵便局に入って二年もたたないうちに、私がこの問題を議論しているのを見つけた。国会議員になるのは問題外であり、法曹界に入るつもりもなかった。私が入ったような公務員生活に、真の成功が開かれているようには見えなかった。しかし、ペンと紙なら自由に操ることができる。詩には手が届かないと思った。脚本もできれば喜んで選んだだろうが、私の技量を超えていると信じた。歴史書か、伝記か、随筆かを書くには充分な学識を具えていなかった。だが、小説を書くことはできると思った。それをやってみようとごく初期の段階で決意した。とはいえ、歳月だけが流れて、その試みがなされることはなかった。それでも、小説を書こうと思わずにすぎた日はなかったし、書くのを後回しにした恥辱を意識せずにすぎた日もなかった。そんな精神状態から生じる悔恨の念が読者に理解してもらえるだろうか？　メクレンバーグ・スクエアの紳士が午前中いつも私につきまとっていた。――私はこの憎むべき男にいつもいらいらした。が、夕方になると、紳士を追い払う努力をすることができなかった。

私は当時少し本を読み、フランス語とラテン語を読めるようになった。ホラティウスに精通するとともに、私たちの国の偉大な詩人の作品に親しんだ。文学については強い情熱を抱いていた。サミュエル・ジョンソンが『リシダス』[12]を嘲笑したので、住んでいたノーサンバーランド・ストリート[13]の窓から『詩人列伝』を投げ捨てたのを覚えている。私の部屋はその通りのメリルボーン救貧院[14]裏門に面しており、じつにわびしいところだった。私が絶えず借金を払えなかったので、そこの下宿屋の善良な女将さんをほとんど破産させてしまったと思う。

私がどんなふうに日々の食べ物を調達していたか、ほとんど思い出すことができない。ただしばしば夕食にありつけなかったことをはっきり覚えている。若者はふつう食事を用意してもらう。私は言わば下宿に入っていたけれど、毎日その日の食べ物を自分で調達しなければならなかった。朝食については下宿でいくらかツケを利かせることもできたが、そのツケをしばしば停止された。それで、私は日ごとこまめに朝食代を払って食べなければならなかった。飲食店でツケは利かなかった。定期的にたかることができる友人もいなかった。私にはフラム・ロード[15]のはずれに叔父[16]がいて、叔父の家は中央郵便局から四マイル離れており、私の下宿からほぼ同じ距離だけ離れていた。そういうことで、私は絶えずみじめな状況のなか、時々無一文になり、叔父から借金をした。

どのようにしてこのみじめな生活から抜け出すことができたか話す前に、このみじめさを緩和してくれた友情について一言二言話しておかなければならない。私の人生におけるもっとも古い友人はジョン・メリヴェールだ。彼はサンベリーとハロー校の同年で、私の指導教師ハリー・ドルーリーの甥だった。その後友人となったハーマン・メリヴェールは彼の長兄であり、イーリーの聖堂参事会長で歴史家だったチャールズ・メリヴェール[17]は彼の次兄だ。私は十歳のときジョンと知り合った。今週中にジョンとディナーをする予定であることを伝えることができて嬉しい。当時私が彼とつるんでいたとここで言うことで、彼の人格を傷つけることがないように願っている。彼には金がなかったけれど、ロンドンに家があった。それで、彼は私が耐えていたような貧乏をほとんど知らなかった。五十年以上彼とは親友だ。それから、W――A――という友人がいた。彼の人生の悲運のせいで本名を明かすことができないが、私は彼を心から愛していた。彼はウィンチェスター校とオックスフォードの出身で、両方で面倒に巻き込まれた。彼はそれから教師――むしろ助教師と言ったほうがいい――になり、最後に聖職者になった。しかし、あらゆることにツキがなくて、数年前に貧困のなかで死んだ。彼はひどく片意地で、女性のドレスさえも恐れる恥ずかしがり屋で、何事にも自制ができなかった。いつも刺すような良心を抱えて、かなり喧嘩っ早かったけれど、愛すべき友人だった。おそらく私が知っている人々のなかでいちばんユーモアのある人だった。当人はユーモアの才についてまったく自覚していなかった。彼はあらゆる事柄をうまく処理して、汲めども尽きぬ楽しみを作り出す能力があることをぜんぜん自覚していなかった。かわいそうなW――A――！　彼は幸せな転換点、人生がぼんやりと初めて重大なかたちで現れて、成功に向かう転換点を一度もつかむことができなかった。

W――A――とメリヴェールと私は小さな同好会を作って、それを浮浪者クラブと呼んだ。きちんとした会則を作り、それにのっとってロンドンに隣接する州を徒歩でさまよった。私たちが行ったいちばん遠い土地がサウサンプトンだ。とはいえ、バッキンガムシャーとハートフォードシャーが私たちにとっていちばん親しみのある場所だった。こういう放浪が当時の私の生活でいちばん幸せな、おそらく無邪気な時間だった。怒らせた村の当局者からしばしば危険な目にあわされたけれどだ。どんな移動手段にも料金を払わず、一日五シリング以上は使わず、一時間ごとに選ばれる首領の命令にすべて従う（これを破ると重い罰金が科せられる）、というのが私たちの会則だった。ここで私たちの冒険のいくつかを話したいと思う。――どんなふうにW――A――が脱走した狂人役、私たちが付き添いの看守役を演じて、荷車に乗せてもらい、精神病院に近づいたら、逃げ出したか。どんなふうに浮かれ騒ぎで町の人々を恐れさせて、夜なかに小さな町から叩き出されたか。どんなふうに干し草のある納屋の二階に忍び込んで、干し草用のフォークで未明に起こされたか。どんなふうにそのフォークの若い持ち主が負傷した男のうめきを聞いて窓から逃げ出したか！しかし、これらが愉快なのはW――A――がいたからで、私が語ったらおもしろくなくなってしまう。

ジョン・ティリーは中央郵便局でずっと管理職の席に座っていたが、このころ妹[18]と結婚して、カンバーランドへ赴任し、そこで監督官の地位に就いた。彼は四十年以上私の友人だ。貴族院の書記官ペレグリン・バーチも友人で、バーチは、私たちがハローで執行吏から押収品を奪ったとき、私たちを助けてくれたグラント大佐の娘と結婚した。これらの人々が私の人生でもっとも古く、もっとも親しい友人らで、そのうちの三人がまだ生き残っていることを幸せに思う。

私が中央郵便局の秘書課にほぼ七年いたころ、いつも嫌っていた職、いつも解任されることを恐れていた職から逃れる道が開かれた。監督官補佐と呼ばれる新しい管理職がそのころ局内に創設された。イングランドに当時七人の監督官がおり、スコットランドに二人、アイルランドに三人いた。これらの監督官それぞれに最近補佐が配属された。任務は監督官の指示のもと担当地域を監督しつつ旅して回るという職だった。補佐のその職に応募すべきかどうかについては、局内の若者に多くの疑念があった。報酬はよく、仕事は魅力的だった。が、初めその職には何か蔑視すべきところがあるように見られていた。補佐のついた最初の監督官が、ビールを取って来るよう補佐を走らせたとか、別の監督官がリネンを洗濯に出すよう補佐に命じたとか、そんな噂があった。しかし、アイルランドの監督官補佐ほどひどい職はないとの強い思いがあった。とはいえ、補佐はみな指名された。私は職を求めるなどという発想を持たなかったし、たとえ求めても職は与えられなかっただろう。ところが、しばらくしてアイルランドの遠い西部から、派遣された補佐が驚くほど無能だとの報告が届いた。驚くほど無能な人以外に、アイルランドの西部のそんな任務には就かないだろうとそのとき思われた。その報告がロンドンの役所に届いたとき、それを読んだ最初の人が私だった。私はそのときひどい苦境に陥っていた。借金を積み重ねていたうえ、局長の大佐と喧嘩しており、自分が破綻した生活をたどって最低の穴へとまっしぐらに落下すると確信していた。それで、私は大胆に大佐のところへ行くと、もし行かせてくれるなら、アイルランドへ行きたいと志願した。大佐は喜んで私をお払い箱にし、私は任地に向かった。これは一八四一年八月のことで、そのとき二十六歳だった。アイルランドの給料は年にたった百ポンドの予定だったが、本土を離れる手当として毎日十五シリングを受け取り、一マイル旅するごとに六ペンスを受け取ることができた。同じ旅の手当はイングランドでもなされていた。だが、そのころアイルランドの旅はイングランドの半額でできた。アイルランドでの私の収入は、必要経費を支払ったあとでもすぐ四百ポンドになった。これは私の人生の最初の幸運だった。

註

（1）St Paul 大聖堂に北から至る通り。
（2）*The Three Clerks*（1857）。
（3）a/b=c/x, ax=bc, x=bc/a という規則。
（4）*The History of the Decline and Fall of the Roman Empire* の作者 Edward Gibbon（1737-94）。
（5）Thackeray の１８５２年の作。
（6）ハドリアヌス帝の寵臣。ナイル川で溺れ死んだが、その美しさのため帝によって神のように祭られ、多くの彫像が作られた。
（7）William Leader Maberley 大佐は１８３６年から１８５４年まで中央郵便局の局長だった。大佐は会計監査局に異動

（8）になり、中央郵便局局長の後任は Rowland Hill だった。
（9）32枚の札を用いて二人でするゲーム。
（10）Trollope は *The Three Clerks* 第27章で Charley Tudor に同じような出来事を描いている。
（11）King's Cross 駅の南、Gray's Inn Road の西に隣接する。
（12）Trollope は取り立て屋にしつこくつきまとわれる作中人物として Charley Tudor と Phineas Finn を描いている。
（13）John Milton 作。
（14）現在の Luxborough Street のこと。Baker Street と並んで二つブロック東側を南北に走る通り。
（15）正確には St Marylebone parish workhouse と言う。１７３０年創立。現在は University of Westminster になっている。
（16）ロンドン南西部を走り、さらに南西に Brompton Road に続く通り。
（17）Trollope の母 Frances の弟 Henry Milton（1784-1850）のこと。
（18）John Lewis Merivale は John Herman Merivale（1770-1844）の5番目の息子で、40年以上大法官裁判所の登録官を務めた。彼の長兄 Herman Merivale はインド省の次官になった。次兄の Charles Merivale は本書第6章冒頭に出る *History of the Romans under the Empire* の著者として有名。
１８１６生まれの Cecilia のこと。

第四章　アイルランド――私の最初の二冊の小説　一八四一年から一八四八年

私はこれまで私の人生の最初の二十六年間を短く記録した。苦悩と恥辱と内なる悔恨の時期だった。私の語り口がただこの時期の不条理な印象を残しただけでなければいいと思う。実際のところ、私はときとしてほとんど死にたくなるほどみじめで、しばしば私が生まれたときを呪った。邪悪な人、邪魔な人、役に立たない人、かかわる人々が恥じ入らなければならない人、そんな人としてつねに他者から見られているという感覚につきまとわれた。青年時代の私はそんなふうに見られていたとはっきり感じる。愉快に遊ぶ能力が私にあることを知っている少数の友人らからさえ、私はなかば恐れられた。愛されたいという欲求や、人気者になりたいという願望が薄弱だったことを認める。私くらいそんな欲求や願望を持たなかった子、少年、若者、青年はいない。とても貧しい生活が続いて、貧乏に耐えることができなかった。ところが、私がアイルランドに足を踏み入れた日から、こういう不幸はみな私から消え去った。その日から私くらい幸せな人生を歩んだ人がいるだろうか？　知っている人々を見回してみても、そんな人は誰一人見出すことができない。しかし、まだすべてが終わっているわけではない。それを心に留めて、逆境の苦しみがどれほど大きいか、堕落する落胆がどれほど圧倒的か、軽蔑のみじめさにどれほど落ち込みやすいか思い出すとき、――いいことがどれほどすばやく去り、悪いことがどれほどすばやくやって来るか思い起こすとき――、私はしばしばもう一度終わりが近いことを望みたい気持ち、終わりが来るように祈りたい気持ちになる。事態は今好転しつつあるのだろう――。

シカシモシ、運命ノ女神ヨ、アナタガ何カ口ニシ難イ恐怖デ私ヲ脅シテオラレルナラ、
イッソノコト今ゾ今残酷ナガラ私ノコノ命ヲ取ッテモライタイ(1)

大きな不幸があるので、その不幸の恐怖が幸せと混じり合って混合物になる。私はそのとき父と妹と兄を失っていた。――その後もう一人の妹と母を失った。――しかし、私はこれまで妻も子も失っていない。

私がアイルランドで監督官補佐の職に就くつもりであることを伝えたとき、友人らは首を横に振ったけれど、思いとどまれとは言わなかった。みな私のロンドン生活が失敗であることを知っていたからだ。母と長兄は当時海外にいたから、私に助言することができなかった。私の意図を知らなかったから、抗議しようにも間に合わなかった。私はほんとうのところこの件を誰にも相談しなかった。唯一相談したのは、イングランドから出る助けとして二百ポンドを借りた愛すべき老縁者、一家の弁護士だった。彼は私に金を貸すとき、かぶりを振り、哀れむ目で私を見た。数年後金を返すとき、彼は「結局、おまえがあそこへ行ったのは正しかった」と言った。

しかし、当時は誰も私が行くことを正しいとは思わなかった。二十六歳で年百ポンドの給料をもらい、コノート(2)のアイルランド担当監督官補佐になるなんて！　自分でもそれが正しいとは思わなかった。――中央郵便本局とロンドンから私を切り離すためなら、どんなことでも正しいということを除いてだ。

私はこれからはたす職務について漠然とした考えしか持っていなかった。アイルランド全体についても漠然とした考えしか持っていなかった。これまでは机に着いて、自分で手紙を書くか、他人が書いた手紙を本に写すかして時間をすごしてきた。できない仕事や不向きな仕事をするよう求められることはなかった。アイルランドでは田舎の郵便局を回る監督官補佐になり、とりわけ査察するのは郵便局長の会計簿だ！　とい

うことを今理解した。しかし、この仕事に適しているかどうか誰からも聞かれなかったので、自分でそれを聞く必要もないと思った。

一八四一年九月十五日、ダブリンに上陸した。この国に知人はおらず、中央郵便本局の同僚からもらった二、三通の紹介状しか持たなかった。アイルランドは冗談とウィスキーがあふれる土地、そこでは変則が生活の規則であり、頭の怪我が名誉の勲章と見なされるところだと思っていた。私はシャノン川沿いのバナガー(3)という村に住むことになった。この地はこれまで悪魔を含めてすべてを征服していたが、一度征服されたことがあったので、私の耳に残っていた。バナガーを拠点におもにコノートで査察の旅をした。それでも、東の一帯へも出掛けたから、そういう旅をしたら、時々ダブリンまで出ることがあった。とても汚いホテルに入って、ディナーのあとはウィスキー・パンチを注文した。これには刺激があったが、パンチがなくなると、とても退屈した。話し掛けたり、会ったりする人が一人もいない国にいるのはとても奇妙だった。コノートのいろいろな場所を旅して、会計簿を補正するのが、九九の掛け算を勉強したことがない、長い割り算をしたことがない私の運命になるように見えた。

上陸の翌朝、私はアイルランド中央郵便局の局長を訪問して、メイバリー大佐から私の非常に悪い人物評が届いていることを知った。大佐がいい評価を送って来るはずはなかった。それでも、大佐が私を無価値だと、おそらく解雇する必要があると伝えてきたことを、この新しい上司から教えられると、少し傷ついた。「しかし」とこの新しい上司は言った。「私は長所によってあなたを判断する」そのときから公務を辞するまで、私は私を非難する言葉を聞いたことがない。自分の仕事が評価されているとわかるのに、何か月もかからなかった。一年とたたないうちに非常に立派な公務員だとの評価を手に入れていた。

ときはとても楽しくすぎて行った。いくつかの冒険をした。私は冒険の二つを「コナー城のオコナーズ」(5)と

作中に登場するアイルランドの地名

「バリーモイのジャイルズ神父」(6)という短編にして『あらゆる国々の物語』(7)のなかに収録した。物語の細部がすべて事実だとまでは言わないが、おもなところは事実と言っていい。もし本書がこういうものを書く場なら、私は同種のものをたくさん書くことができる。私が補佐する監督官が猟犬の一群を飼っていることを知ったので、私はハンター種の馬を買った。監督官はそれが気に入らなかったようだが、その不平をうまく口に出すことができなかった。監督官は猟犬を従えて狐狩りをすることはなかった。しかし、私はそれをした。こうして私は人生のうちでいちばん楽しい遊びの一つを始めた。それ以来ずっと忠実に狩りを続けている。私自身が測り難い執念、理解し難い愛着をもってそれを愛するようになった。確かに私くらい距離や資金面や身体面での負い目を抱えながら、精を出して狩りをした人はいない。体重はとても重いし、視力は劣るし、狩りをするには貧乏だし、今は老人だ。翌日狩りをするため、郵便馬車の御者台でしばしば一晩中旅をしなければならなかった。ほんとうのところいい騎手だったこともない。公務員の規律に合わせるかたちで狩りの生活をすごした。それでも、猟犬を従えて狩りをすることを三十年以上も私の務めとし、いつも元気よくその務めをはたしてきた。本の執筆にも、郵便局の仕事にも、その他の楽しいことにも、狩りの邪魔をさせなかった。私が狩りをすることは郵便局でもすぐ知られたようだ。勤務がイングランドに異動になったとき、狩りの件についてどんな難癖もつけられなかった。私は物語のなかでじつにいろいろな話題を取りあげて、たいてい喜んで書いてきたが、狩りに関する話題くらい喜びを込めて書いたものはない。じつに多くの物語で狩りを――きっと多すぎるほど――書き込んできたから、物語の性質上狩りについて書けないとき、いつも合法的な楽しみを奪われたように感じた。狩りの描写で私に至高の喜びをもたらしたのは、偶然ほかの狩り手から奪った馬で走る場面――サリー州選出の国会議員として記憶されている私の親友チャールズ・バクストン(8)に起こった状況――だった。

アイルランドではほんとうに楽しい生活を送った。私はいつも動き回っていた。それに、過去の経済状況と比較すると、私が裕福な状況にあることをまもなく知った。アイルランドの人々は私を殺さなかったし、私の頭を割らなかった。彼らは陽気で、利口で――労働者階級の人々はイギリスのそれよりも知的だ――、経済観念に優れ、もてなしがいいことにすぐ気づいた。彼らの金使いが荒い話をずいぶん聞くけれど、浪費癖はアイルランド人の性質ではない。彼らはイギリス人よりも正確にポンドのシリング換算をし、より確かに一シリングが十二ペニーであることを知っている。しかし、彼らは片意地で、道理がわからず、ほとんど真実を無視してはばからない。私は一八五九年になってついにこの国を離れるまで、何年も彼らのあいだで生活したから、彼らの性格を充分研究することができた。

アイルランドに二週間もいないうち、ゴールウェイ州の西のはての小さな町に送られた。債務不履行の郵便局長の口座について貸借対照を行い、負債がいくらあり、支払能力があるかどうか報告するためだ。当時そんな口座はとても手軽で、毎日勘定がなされた。郵便局の監督官は本来郵便局長の口座にかかわることはない。当時は、扱う金額が小さい割に、それを扱う様式がとても入り組んでいた。しかし、私は仕事に取り掛かって、債務不履行の郵便局長からそれらの様式の扱い方を教えてもらった。それから口座の貸借対照に成功して、局長が負債をまったく支払えないことを問題なく報告することができた。もちろん局長は解雇されたが、私にとってとても役に立つ人だった。この仕事にはそれ以外に何の問題もなかった。

ともあれ、私は郵便事情について大衆から出る不満を調査することをおもな仕事とした。充分聴取しなければならないほど不満が大きくて強いとき、役所は今も昔も役人の一人を現場に送り込んで、不満を調べ、事実を究明する。しばしばそんな小さな目的のため大きな費用を必要とした。それでも、制度は全体にうまく働いた。州内に私の部署が目を持ち、目を見開いているという雰囲気が生み出され、信用が生み出されるにつれて、私は楽しんでこの仕事をこなし、いつも簡単に処理した。なぜなら、私がすることといったら、ただ最後に報告書を書くだけと言ってもよかったからだ。この仕事には計算書も、帳簿つけも、多数の書式を操作する必要もなかった。そんな不満と調査の一例をあげなければならない。なぜなら、結局それが多くのものの象徴的な例だと思うからだ。

キャヴァン州[9]のある紳士が、郵便局の取り決めによって受けた損害について非常に激しい不平を言ってきた。紳士は強い言葉でたくさん手紙を書いてきた。不満は今すぐどうこういう性質のものではなかったが、とても耐え難かったようだ。紳士は非常に憤慨しており、怒りのせいで陥りがちなあの侮蔑で心を満たしていた。そこは私の担当区域ではなかったが、私が若くて強かったので、貸し出されて、彼の個人的な怒りの刃先を受けることになった。真冬だった。私は暗くなるころ吹雪のなか郷士の田舎の在所、彼の屋敷まで馬を御した。無蓋の二輪馬車で小さな町から別の小さな町へ行く途中だった。紳士の不満の原因は、その二つの町のあいだで交わされる郵便配送にかかわるものだった。家に入ったとき、確かにとても寒く、ずぶ濡れで、じつに不快だった。執事に迎え入れられたが、紳士本人が急いで玄関広間に現れた。私はすぐ用件を説明し始めた。「何とまあ！」と、紳士は言った。「びしょ濡れじゃありませんか。ジョン、トロロープさんにブランデーのお湯割りを持って来ておくれ。熱いやつだぞ」私がまた郵便の話を始めようとすると、紳士は手ずから私の外套を脱がして、仕事の話を始める前に寝室にあがるよう勧めた。「寝室ですって！」と私は叫んだ。こんな夜には犬さえもそとには出さないよと、彼は私に請け合った。それで、私はまずブランデーのお湯割りを応接間の暖炉で飲んだあと、寝室に案内された。私が降りて行くと、彼の娘を紹介され、私たち三人でディナーをいただいた。私は娘が食堂を出るとすぐ郵便の話を再び持ち出した。が、そのときの紳士のもっともな怒りを決して忘れられない。私は仕事の話でワインの味をまずくするような無作法者だったのか？　それで、私はワインを飲んだ。それから娘が歌を歌うのを聞いた。父はそのあいだ肘掛け椅子で寝ていた。私はとても楽しい夜をすごした。ところが、主人は眠すぎてその夜郵便局の話を聞くことができなかった。翌朝、私は朝食後当然出ていかなければならなかったから、問題をその時議論しなければならないと説明した。紳士は首を横に振り、明らかにうんざりした、ほとんど絶望したような様子で手をもんだ。「でも、報告書に何て書けばいいんですか？」と、私は聞いた。「好きなように書いてくれ」と、彼は言った。「もしあなたに言い訳か何かほしかったら、私に手心を加える必要はない。私は一日中ここに座っているから——何もしないでね。手紙を書くのが好きなんだ」X氏は地域の郵便の取り決めに今とても満足していると私は報告した。親切な友人から手紙を書く仕事を奪ってしまったことをかすかに後悔した。紳士はこれからおそらく救貧法局を相手にしたり、間接税務局を非難したりすることができるだろう。郵便局ではそれ以後彼から不満を聞くことはなかった。

私は三年間バナガーで狩りをする監督官を続けた。その間、ダブリン近くの海水浴場キングズタウン(10)で、その後妻となるローズ・ヘーゼルタインと出会った。アイルランドに来てちょうど一年たったころ婚約した。ところが、結婚できるまでにそれから二年の遅延があった。彼女には財産がなかったし、私にも郵便局以外に収入がなかった。まだ若干借金があった。もし馬を買わなければ、間違いなくそれはもっと早く返済できていただろう。アイルランドに来てほぼ三年たったとき、一八四四年六月十一日、私たちは結婚した。私の人生のよりよい始まりとしては、初めてアイルランドに上陸した日ではなく、むしろこの幸せな日をあげるべきかもしれない。

その三年間は充分楽しかったけれど、必ずしも心から幸せというわけではなかった。狐狩りやウィスキー・パンチやすてきなアイルランドの生活は、――本書がそういうものを書く場なら、短編集一巻にすることもできただろう――、小説家になろうというだいじな決意を私の心から絶えず脇へそらしていた。私はアイルランドに到着してからいっさい執筆していなかった。婚約しても、書いていなかった。結婚したとき、二十九才だったが、最初の小説の第一巻を執筆していた。執筆をこんなふうに遅らせていたため、大きな悲しみをつのらせていた。私は新しい職に就いて確かに怠けてはいなかった。仕事を覚えたので、関係者みなから私に任せれば大丈夫だと思われていた。いつもおびえていたロンドンでの立場とは、正反対の立場を保っていた。しかし、それでは充分ではなかった――ほとんど満足できなかった。ただ執筆を始める気になりさえすれば、別の道が開けるかもしれないとまだ感じていた。思うに、読んでおもしろい小説を書く私の能力を疑っていなかった。私が疑っていたのは書く努力と出版の機会だった。

二つの職業を同時に追求する活力が、必ずしもみなに与えられているわけではない。私がこれに必要な活力を見出したのは、つい最近になってのことだ。朝の早い時間を使うことが必要で、私はまだ朝の早い時間が好きになれなかった。なるほどまだ若かった。それでも、自分を信頼して生活習慣を変える力を持つくらいもう年を取っていた。出版が難しいことは耳にしていた。——もしこの自伝を終わらせるつもりなら、私は出版について多くのことを言わなければならない。私はすでに母の代理で出版社と交渉したことがあり、原稿を埋めることができる多くの初心者が大衆の前に作品を出す力がないことを知っていた。たとえ本が印刷されても、売上をあげるためいかに出版者が何もしないかも知っていた！　たくさんの本——たくさんの優れた本が——

人に見られぬまま咲いて顔を赤らめ
砂漠の空気のなかにその甘いかおりを虚しく放つ(11)

ことをすでに知っていた。

それでも、私は出版に向けて強い目的意識を持っていた。次のようなかたちでその最初の努力をした。私はリートリム州のドラムスナ(12)と呼ばれる小さな町、というよりも村にいた。そこの郵便局長が金銭関係で悲しい目にあっていた。友人のジョン・メリヴェールが一日か二日私のところに滞在していた。おもしろくもないあの田舎を散歩していたとき、私たちは訪れる者のない門に入り、雑草と草が生い茂る通路を歩き、最近打ち捨てられた田舎家の廃墟にたどり着いた。私が訪れたいちばん鬱蒼とした場所だった。最初の小説の最初の章でこのことを書いたから、ここでは記述しないでおく。私たちはそこをうろつきながら、みじめな光景の原因について互いに意見を出し合った。私はまだ荒廃した壁と朽ちた梁のあいだにいるうちに『バリクローランのマクダーモット家』(13)のプロットを作りあげた。プロットそのものについては、今までにこんなにいいプロットを作ったことはないと思う。——とにかくペーソスを盛り込めるプロットだった。私は語りの技術にまだ熟達していなかったので、語りで崩れたことに気づいている。それでも、『マクダーモット家』はいい小説で、ジャガイモの病気と飢饉と抵当権設定地法案以前のアイルランドの生活を理解したい人は読むに値する。

友人が去ったあと、私は執筆に取り掛かり、最初の一、二章を書いた。このころまで——前に触れたことがある——空中楼閣の習慣を続けていた。しかし、今私が築いている城は、あの古い家の廃墟にかかわるものだった。が、執筆は遅々として進まなかった。数ページを書く時間か、活力かを見出せるのはほんの時々だった。一八四三年の九月に物語を書き始めて、一八四四年六月に結婚したとき、一巻だけ書いていた。

私の結婚はほかの人の結婚と同じで、私と妻以外の人には特別おもしろ味なんかない。結婚式はヨークシャーのロザーハム(14)で行われた。妻の父がそこの銀行の支配人だったから。私たちはそんなに裕福ではなく、生活費としては年四百ポンドしか持たなかった。

そんな貧困に立ち向かうなんて、二人は馬鹿だと多くの人々が言うだろう。私が答えることができるのは、その日から小遣いをポケットに入れていないわけではなかったこと、すぐ借金を返す手段を見つけたことだ。とはいえ、小説の代価として評価できる収入を受け取るには、それから十二年以上を待たなければならなかった。

私は結婚直後アイルランド西部を離れ、狩りをする監督官と別れ、南部の別の監督官についた。前よりもいい地区に移動して、村にすぎないバナガーではなく、かなり重要な町クロンメル(15)に住むことができた。既婚者になってみると、前の住まいを心地よいと思わなくなっていた。独身者としてそこに入ったとき、非常に優しく受け入れてもらえたが、イギリス人の妻を連れて来たとき、アイルランド全体に何か悪い振舞いをしたような気がした。若者がアイルランド人の輪のなかに手厚く受け入れられるとき、アイルランドの若い女性と結婚することは期待されていないとしても、アイルランドのそとの若い女性とは結婚しないことが期待されている。私は違反を犯してしまったように感じないではいられなかった。

私がバナガーに住むころから、アイルランドには大きな変化が起こった。ずいぶんいい方向への変化なので、アイルランドの窮境がいつまでも変わらないと、人々がしつこく話すのを私は時々不思議に思う。今は賃金が昔のほとんど二倍だ。郵便局は少なくとも田舎で雇う労働者にほぼ二倍――昔週五シリングの人には今九シリング、昔週七シリングの人には今十二シリング――払っている。ほとんどの村に銀行が設立され、賃貸料はイングランドよりも遅滞なく支払われている。階級間の宗教的な敵意が完全に消えたわけではないが、それも消えつつある。一八四一年にバナガーにやって来た直後、私はあるカトリック教徒と夕方食事をした。翌日、私はとても手厚くもてなしてくれたプロテスタントの紳士から相手を選ばなければならないと注意された。当時、プロテスタントの席とカトリックの席の両方に座ることはできなかった。今、そんな警告はアイルランドのどこでも通用しないだろう。なるほど自治の問題は厄介だ。――自治を主張している連中自体が、それをぜんぜん信じていないから特に厄介だ。自治がもしこのまま進んだら、庶民院でそれを支持すると公言する二十人のアイルランド議員くらい、打ちのめされてまごつく人々は、イギリスにもアイルランドにもいないだろう。しかし、こんな厄介な問題が一気になくなることは望めない。とにかく自治の問題は前世紀末の反乱よりもまだ扱いやすい。自治は連合(16)からの離脱よりもまだまじだ。オコンネル[17]の怪物的な集会ほども厄介ではない。スミス・オブライエン[18]やバリンガリー[19]のキャベツ畑の戦いほども危険ではない。フィニアン団ほども血生臭くない。オコンネルからバット氏[20]への転落は、政治的な病の自然な悪化だった。この政治的な病は、一つの治療で治るなどとはとても期待できないものだ。[21]

　結婚してから一年たったころ、最初の小説を完成させた。一八四五年七月、私はイングランド北部にそれを持って行き、ロンドンの出版社を相手に最善を尽くしてくれと言って母に原稿を託した。妻以外にそれを読んだ人はいない。私が知る限り、出版する前に私の書いたものを読んだ友人はいない。私にとって審美眼という観点からじつに都合のいいことに、妻は私の小説をほとんどすべてこんなふうに出版前に読んだと思う。私は友人に一行でも読むように求めたことがない。私は書いたものを一語でも――妻にさえ――声に出して読んだことがない。一つの例外が――そのときになったら話すことにするが――あるだけで、プロットについて友人に相談したこともない。執筆中の著作のことをほかの人に話したこともない。私は最初の原稿を母に託すとき、出版社に渡す前に母がそれに目を通すことはしないほうがいいと申し合わせた。著作の仕事には賢さが必要だが、私には賢さがないと母から思われていることを知っていた。私が作家として登場することなど家族から期待されていなかったことを、カンバーランドの身内――母、妹、義弟、それに兄――の顔に見、声に聞くことができた。私の前に同じ分野で家族にすでに三、四人の作家がいた。その数をさらにふやしたがる一員がいるというのは、ほとんど馬鹿げたことのように思われた。父はたくさん書いた――あの教会関係の長い著述をした――けれど、まったく成功しなかった。母は当時有名な作家の一人だった。兄も著作を始めており、それでかなりいい収入をえていた。妹のティリー夫人も『チョラートン』という小説を書いていた。当時それは原稿の段階で、のちに匿名で出版された。身内からは私の出版の企てを病気の不幸な悪化と受け取られているように感じた。

それでも、母は私のために最善を尽くして、モーティマー・ストリート(22)のニュービー氏が本の出版を引き受けてくれたことをすぐ報告してくれた。彼の支出で印刷し、利益の半分を私にくれるということだった。利益の半分！　多くの若い作者はそんな企てから多くを期待する。ほんとうに断言できるが、私は何も期待しなかったし、何も求めなかった。名声も、世に認められることも望まなかった。本が失敗することはわかっていて、その通り失敗した。当時この本を読んだという人を一人も知らない。たとえこの本がときの批評家によって注目されたとしても、私はその批評を見ていない。批評について問い合わせたことも、その件で出版社に手紙を書いたこともない。私はニュービー氏との合意書の複写と予備的な覚え書きを一、二所持しているが、彼からはそれ以外に何ももらっていない。彼が私に支払をしないからといって、私を粗末に扱ったとは思っていない。おそらく五十部も売れなかっただろう。――ちなみに、収支報告は受け取らなかった。

私は覚えているが、これで失望したとも、傷つけられたとも思わなかった。不平の言葉を吐かなかったのは確かだ。出版後、この本については妻にすら一言も言わなかった。私が本を書いて出版した事実や、別の本を書いている事実は、私の生活にも、郵便局で最善を尽くそうとする私の決意にも、何ら影響を及ぼさなかった。アイルランドでは誰も私が小説を書いていることを知らなかったと思う。だが、私は書き続けた。『マクダーモット家』を一八四七年に、『ケリー家とオケリー家』(23)を一八四八年に出版した。出版社を替えたとしても、運までは変えられなかった。この二番目のアイルランドの物語は、コルバーン氏によって世に送り出された。彼は長いあいだ母の出版を担当してきた人で、グレート・モールバラ・ストリート(24)に君臨し、今はハースト&ブラッケット社が続けている事業を創ったと信じている。彼は以前ニュー・バーリントン・ストリート(25)でベントレー氏の共同経営者だった。私は前作と同じく利益の半分をえるという合意を出版社と交わして、まったく同じ結果を味わった。この本は読まれなかっただけでなく、アイルランドではまったく耳にされることもなかった。なるほどそれは筋立ての点で『マクダーモット家』よりも劣っているとしても、語りの点では優れている良質なアイルランドの物語だ。私はまた口をつぐんで、何も言わなかったし、何も感じなかった。ちょっとした成功でも熱狂しただろうと思いながらも、失敗の用意はできていた。私はこれらの本を心から楽しんで書いた。ところが、それらを出版するときが来たとき、誰かが読んでくれることを想像することができなかった。

しかし、『オケリー家』についてはその後かなり心を悩ます問題に突き当たった。私は初めて批評というものに出会った。本を送った――私の本をみな送っている――親友の一人が、アイルランドまで私に手紙を寄越してきた。彼は『タイムズ』紙の神々のなかでも権威ある神の一人と、社交クラブでディナーをともにした。そのとき、この特別な神から『オケリー家』が「機関紙」としてもっとも影響力のある『タイムズ』で注目される見込みだと聞いたという。私はこの情報にずいぶん心を動かされた。とはいえ、もしこんな注目がなされるとするなら、別の手段によって注目がなされたら、たとえば友人の友情によってではなく、本自体の長所短所によって作者が刺激されるとしたら、注目はもっと価値のあるもの、少なくとももっと誠実なものになっただろうと思った。このまま著作業を続けるつもりなら、私はどんな批評家とも自分のために取引をすまいとそのとき心で決めた。批評を求めることも、嘆くこともすまい。批評家に称賛されても感謝はすまい。酷評されても心のなかでさえ批評家と喧嘩はすまい。私はこの規則をきわめて厳格に堅持した。できればこの規則をすべての若い作家らに勧めようと思う。批評家らにしつこくおもねてえられるものは、決してそんな恥辱に値するものではない。卑劣な手段によってえられるものすべてに当然同じことが言える。それでも、こういう問題で泥に堕ちていくのはたやすい。「アウェルヌスヘノ降リ道ハイトヤスシ」[26]この雑誌またはあの雑誌に数語言葉を寄せれば本の売上に役立つだろうと、友人の批評家にほのめかしても何の過ちもないように思える。しかし、そんなふうにしてえられた称賛は、大衆に不正を犯すことになる。そんな称賛や注目は作家を食べさせるためではなく、大衆を教化するためにあるからだ。そんな口当たりのいいほのめかしから、批評家の足元にはいつくばるまで、さらに贈り物をするまで、ついには批評家と作家の馴れ合いにまで堕落するのはじつにたやすいことだ。その他の悪もそれに続く。が、ここはそんな批判の場ではない。けれども、本書の仕事が終わる前にそんな批判の場を作れると信じている。私は友人の手紙を無視したが、『タイムズ』には注意していた。ついに書評が現れた――『タイムズ』の本物の書評だ。私はそれを暗記した。文字通りにではないにしろ、今でもその内容を言うことができる。「私たちは『ケリー家とオケリー家』に関しては、台所のテーブルの上に羊肉の脚がいつも並べられていることについて、主人が従僕に不平を言うときの言葉を言えばいい。さて、ジョン、確かに羊の脚はおいしいね。実質のある食べ物だ」さらに私たちはジョンの回答を言えばいい。「実質はあります、旦那さま。その通りです、実質はありますが、少し粗悪です」それが書評[27]であり、書評が出ても本は売れなかった。

私はコルバーン氏から収支報告を受け取った。三百七十五部印刷されたこと、粗悪であるが実質のある食べ物を好む人に百四十部売れたこと、彼が六十三ポンド十九シリング一と二分の一ペンスの損失をこうむったことを知った。収支報告の正しさを一瞬も疑わない。次の手紙で私に与えられた助言の賢明さも疑わない。とはいえ、私はそれに従うことをまったく考えなかった。

グレート・モールバラ・ストリート

一八四八年十一月十一日

拝啓――私はロンドンにいなかったこととほかの事情のため、『ケリー家とオケリー家』の販売結果をもっと早く調査できなかったことを申し訳なく思っています。最大限の努力はしましたが、駄目でした。売上が残念ながらあまりにも少なかったので、出版の損失がかなり出ました。たくさんの小説が出版される結果、各々の販売がいくつか例外はあるものの、小さくならざるをえません。それでも、読者がアイルランドを題材にしたものを好まない、ということは明白にわかります。それゆえ、小説を書き続けるようにあなたを激励することができないことはご理解くださるでしょう。

とはいえ、あなたが小説『ヴァンデ県』(28)をほとんど完成させているのを知っていますので、都合のよいときにその小説を見せてくださるとありがたいです。――私はあいも変わらず、など、など。

H・コルバーン

厳密言えば、手紙は論理的ではないにしろ、明白な事実を明白に伝える理性的な手紙だった。「最大限の努力はしました」との言い訳は気に入らなかった。人気をえるための努力は、作家からなされなければならないと思うからだ。しかし、私の始めた作家業を激励できないというコルバーン氏の言葉を善意に受け取った。私自身が成功しないほうに二十対一で賭けただろう。とはいえ、書き続けても、私はただペンと紙を失うだけだ。もし二十のうち一つの勝算が私にあれば、そのとき私はいったいいくら勝つのだろうか！

註

（1）*Sin aliquem infandum casum, Fortuna, minaris; Nunc, o nunc liceat crudelem abrumpere vitam.* ウェルギリウスの『アエネーイス』第8巻578〜9行。
（2）アイルランド北西部 Galway, Leitrim, Mayo, Roscommon, Sligo の諸州からなる。
（3）Athlone の南28キロ。
（4）Henry Ireton 指揮下の Cromwell 軍によって1652年までに征服が完了した。
（5）"The O'Conors of Castle Conor" は *Harper's New Monthly Magazine* 誌に1860年5月初出。
（6）"Father Giles of Ballymoy" は *Argosy* 誌に1866年5月初出。この短編は *Lotta Schmidt, and other Stories*（1867）に再録されている。
（7）Chapman & Hall から第1集が1861年に、第2集が1863年に、第3集が1870年に出た。
（8）彼は1865年から1871年まで東 Surrey 州の国会議員だった。狩りで馬を奪う話は *The Eustace Diamonds* 第38章の Nappie の灰色の馬の挿話のもととなった。
（9）北アイルランドと境を接する Ulster 地方の一州。
（10）ダブリン南東の港町ダンレアレ（Dun Laoghaire）の旧称。
（11）Thomas Gray の *Elegy written in a Country Churchyard*（1751）第14連。
（12）Carrick-on-Shannon の南東8キロ。
（13）『バリクローランのマクダーモット家』（*The Macdermots of Ballycloran*）のあらすじ――サディアス（サディ）は父が飲んだくれであるため実質的なマクダーモット家の家長だ。彼は妹ユーフェミア（フィーミィ）がプロテスタントの警察官でイギリスの犬、マイルズ・アッシャーに恋していることにいら立っている。サディは結婚する気もないのに妹と駆け落ちしようとしたアッシャーを殴り殺す。彼はいちじ山に逃げたあと、ジョン・マグラス神父とともに当局に出頭する。神父は故殺が証明されると信じている。しかし、サディは緑リボン会とかかわっていた。鍵となる証人フィーミィは妊娠が原因で裁判のさなかに亡くなってしまう。サディは殺人の罪で処刑される。マクダーモット家の屋敷バリクローランは廃墟となる。

（14）Sheffield と Doncaster のあいだの町。
（15）Tipperary 州の州都で、州最大の町。
（16）1801年の大ブリテンとアイルランドの連合。
（17）Daniel O'Connell（1775-1847）。カトリック解放（1829年）に尽くしたので「解放者」と呼ばれる。1843年に扇動の罪で投獄される。
（18）William Smith O'Brien（1803-1864）。1848年の Tipperary 蜂起を指導し、オーストラリアに流刑された。
（19）Tipperary 州南。Clonmel の北北東27キロ。
（20）Isaac Butt（1813-79）はアイルランド自治同盟（1870年結成）の会長。
（21）1858年に米国で結成されたフィニアン団は1870年代初めには衰えていたけれど、1879年の土地同盟の結成と1882年の Phoenix Park 殺人事件で再び燃えあがった。
（22）現在 Telecom Tower の南 Middlesex 病院の南側の通り。
（23）『ケリー家とオケリー家』（*The Kellys and the O'Kellys*）のあらすじ――マーチン・ケリーは10歳年上のアナスタシア（アンティ）・リンチと婚約している。彼女の父シメオン・リンチは長男バリーと喧嘩して、資産の半分をアンティに残した。バリーとアンティ兄妹は双方とも弁護士を雇って遺産を争う。アンティはケリーの母のところに身を寄せているが、重病に罹る。バリーはコリガン医師にアンティがいなくなれば報酬を与えるとほのめかす。一方、フランク・オケリー（バリンダイン卿）は貧乏なファニー・ウィンダムに恋している。彼女の後見人カッシェル卿は、生活レベルが違うので彼女とは一緒になれないとフランクに言う。しかし、ファニーは突然兄を亡くして、10万ポンドの資産を手に入れる。カッシェル卿は自分の自堕落な息子をファニーと結婚させようと画策する。その息子は借金取りに追われて海外へ逃げ出す。フランクはアームストロング牧師の助けをえて、カッシェル卿と和解する。治安判事であるフランクは、コリガン医師からバリーによるアンティ殺害計画を知らされる。フランクはコリガン医師とアームストロング牧師とともにバリーを訪れて、マーチンとアンティの結婚を彼に認めさせ、永久にこの土地を去るよう命じる。マーチンとアンティ、フランクとファニーが結婚する。
（24）地下鉄 Oxford Circus 駅の南を Oxford Street と並行して走る通り。

(25) Regent Street と Saville Row を結ぶ通り。

(26) ウェルギリウス『アエネーイス』第6巻126行。アウェルヌスはナポリ湾の北側に位置する港町プテオリ(Puteoli 現在は Pozzuoli と呼ばれる)近くの深い湖で、地下への入口とされた。

(27) Trollope は書評のことをうろ覚えでこのように書いているけれど、実際のものはもっと好意的だった。書評は *Trollope, the Critical Heritage* (ed. Donald Smalley) に再録されている。

(28) ヴァンデ県はフランス西部ビスケー湾に面する。フランス革命期にこの県の王党派住民はヴァンデの反乱を起こした。1793~96年のことで、『ヴァンデ県』(*La Vandée*) はこの反乱を背景として書かれた歴史ロマン。『ヴァンデ県』のあらすじ——ルイ十六世の処刑のあと、王党派の反乱がフランス西部のヴァンデ県で勃発する。アンリ・ド・ラ・ロシュジャクランとシャルル・ド・レスキュールという二人の貴族が反乱の指導者。行商人出身のジャック・カトリノーが最高司令官に選ばれ、共和国軍をソーミュールから撃退して反乱を勢いづかせる。貴族のアンリとシャルルの妹マリーの恋、農民のジャック・シャポウとアンノ・スタンの恋が描かれる。カトリノーは階級を超えてアンリの妹アガタを愛するけれど、ナント市の攻防で戦死して愛を成就することができない。アガタはアドルフ・ドゥノの横恋慕の対象にもなる。カトリノーの死後、反乱軍は無慈悲に鎮圧される。

第五章

私の最初の成功

一八四九年から一八五五年

私は前作の完全な失敗を知らされたとき、もう三作目の小説に取り掛かっており、ほとんど完成させていた。とはいえ、一八五〇年まで出版の合意には至らないことを知った。コルバーン氏は『『ヴァンデ県』という新しい歴史的小説』に二十ポンドを支払うことで納得していた。思うに、彼はそのころまでに『オケリー家』の悲惨な失敗を忘れていたに違いない。三百五十部を売ったら、さらに三十ポンド、六か月以内に四百五十部を売ったら、さらに五十ポンドを私にくれることにも同意していた。私は二十ポンドをもらったが、その後『ヴァンデ県』について何も知らされなかった。収支報告を受け取ることもなかった。歴史的な題名が、アイルランドを題材にしたものよりも、おそらく彼には魅力的に思えたのだろう。私が同じ出版社から歴史小説を書くことに対する警告を受け取ったのは、それからあまりたたなかった。——が、この間の事情については詳しく話しておこう。

この小説の売上結果が、前二作のそれと同じであることに疑問の余地はない。とはいえ、私は結果を問い合わせてみなかった。今日まで何の情報もえていない。物語は前二作よりも明らかに劣っている。そのおもな理由は、私がアイルランドの人々の生活を正確に知っており、ヴァンデ県の人々の生活をじつのところ何も知らなかったからであり、また私の語りの能力が、過去の事実を語るよりも現在の事実を語るほうに向いていたからだ。しかし、私は先日その本を読んでみて、恥ずかしいものだとは思わなかった。作中人物の感情の把握は真実だと思う。作中人物は明確な輪郭を描いて造形されており、物語も単調ではない。私が覚えている限り、今のこの論評がこの本についてこれまでに書かれた唯一の批評だ。

ともあれ、私は二十ポンドを受け取った。ああ、悲し！　私が執筆で次の一シリングを稼ぐには、これから何年も歳月を費やすことになる。私はほんとうに自分でこの金を稼いだわけではないことに気づいていた。金は兄の熱意が立派な出版者を「説き伏せて」えられたものだ。兄は私のために契約してくれた。私は今では出版者のことをよく知っており、彼らの仕事の流儀にずいぶん驚かされてきた。――彼らが同じ作家に対して見かけの気前のよさと、見かけのしみったれをごちゃまぜに示すことに目を見張るけれど、とりわけ彼らが時々説得されて、やすやすと少額の金を無駄に使うことくらいびっくりすることはない。現在でなく将来返済することにしさえすれば、彼らは本人か客かに数ポンドを楽々とひねり出すことができる。「あなたは彼女に二十ポンド出す約束をしたほうがいい。六か月後の今日でいいだろう」出版者は金が戻って来ないことを知っているが、少額の金で客のしつこさから逃げ出すことを無駄ではないと思っている。

さて、私は『ヴァンデ県』を書いているあいだに、別の方向の文学的試みをした。一八四七年から一八四八年に荒廃と崩壊がアイルランドを襲った。初めは飢饉、次に伝染病、そこから起こるみじめさと難儀がおそらく最悪の状態に達していた。そのころ、そんなアイルランドを絶えず旅することが私の職務だった。コークの西部とケリーとクレア[1]は際立ってひどい状態だった。死の手を食い止めるため政府がした努力――成功したと私が思う努力――は、いまだに多くの人々の記憶に残っている。サー・ロバート・ピールがいかに穀物法を廃止する気になったか、その後ジョン・ラッセル卿がいかに人々を雇用する対策や、インド産の小麦を供給する措置を取ったか、そんな努力だ。多くの人々が後者の措置を疑問視した。アイルランドの人々はもちろん働かないで食べることを願っていたからだ。ジェントリー階級はおもに地方税の拠出に責任を負っていたが、処理するには事態があまりにも手の届かないところにあると思いたがった。私はこの問題でそのころしきりに頭を悩ませており、政府が正しいと思っていたから、微力ながらも政府を守りたいと考えた。S・G・O（シドニー・ゴドルフィン・オズボーン卿）[2]は、当時『タイムズ』紙で政府のアイルランド政策を――彼の文体を覚えている人々がご存知のように――非常に強い言葉で難詰した。私はそのころ――今でもそうだ――卿よりもずっとよくアイルランドを知っていると思っていた。また、時代のひどい悪を和らげるため取られた措置が、ときの大臣が採用できる最良のものだったことを示したかった。私は一八四八年にロンドンに出て、強い決意をもって当時の『イグザミナー』紙の編集長ジョン・フォースター[3]氏に会った。彼とはそれ以来の親友だ。新聞の編集を理解する文壇は、彼ほど有能な週刊新聞編集者が前にもあとにもいなかったことを認めると思う。文人として彼に欠点がないわけではなかった。辻馬車の御者が、治安判事の前で彼について証言したと伝えられることはまったくほんとうだ。彼はいつも「気まぐれな人」だった。批評家としてはベントリー[4]やギフォード[5]一派に属していた。この一派は、意見の違う批評家みなに言葉の迫撃砲を浴びせる連中で、違う意見を持つことは人格的な罪であり、人身攻撃に値するとでも言わんばかりのやからだった。それでも、彼は熱意のゆえにいい編集者であり、携わる仕事に心血を注いだ。彼の時代に『イグザミナー』紙はリベラルな週刊新聞のあるべき姿になっていた。それで、私はジョン・フォースターのところへ行って、リンカンズ・イン・フィールズの部屋に案内された。ディケンズが三、四年前に朗読したあの部屋だ。彼の伝記の第二巻[6]にその肖像画つきの挿絵がある。

　私は当時誰も文人を知らなかった。母と一緒に暮らしていたころ数人の文人らに会ったことがあるが、それはずいぶん昔のことで、そんな文人らはみな亡くなっていた。私は新聞からえられる知識で文人らがどんな人々か知っていた。ある程度は母を通して、またある程度は私の実らぬ努力を通して、私はこの同業者集団に属していると感じた。とはいえ、私がそんな主張をしても、おそらく誰からもそれを認めてもらえないだろう。この編集長に対して、そんな主張などしなかった。私は名と職を伝えて、アイルランドの救貧院を見たり、現地の状況を知ったりする機会をえたと事実を述べた。この件について一連の手紙を書いたら、『イグザミナー』紙に載せてもらえるだろうか？　私の前に大きく立ちはだかった大人物は、次のように喜んで言った。もしその手紙が文体と内容の点で薦められるものなら、もしそれが長すぎるものでないなら、――読者はみなこんな場合に編集長がどんなふうに保身を図るか知っている――、もしこういうことなら、もしああいうことなら、それは喜んで娯楽として受け入れられるだろうと。手紙は喜ばしい娯楽として受け入れられた。――印刷と出版が喜ばしい娯楽とするならだ。けれども、この手紙についてはもはや何の音沙汰もない。結局、政府を擁護することはできなかったと、アイルランドは明言した。『イグザミナー』紙の会計係が私に報酬の小切手を送って来ることもなかった。

小切手がもらえるものだったかどうかいまだにわからない。人は手紙を一通新聞に書いても、報酬をもらえない。ある意味個人的な手紙を何通書いても報酬をもらえない。私はその後揃いの手紙を新聞に寄稿して、報酬をもらったことがあるが、そのときは報酬を交渉した。この手紙の場合、私は報酬を期待しながらも、そんなに大きく期待していなかったから、あまり失望はしなかった。今は一通も手紙を手元に持っていないから、かなり苦労しなければ、ここでこの手紙に触れることはできなかっただろう。手紙のなかで言ったことは覚えていない。しかし、私はそれを書くのに全力を尽くしたことを覚えている。

歴史小説がアイルランドを題材にした前二作同様完全に失敗したとき、結局これが私の適切な方向かどうか自問し始めた。私に対してなされた批評的判断が正当かどうか問うことはしなかった。私が正当に評価されることのない悲運の才能の持ち主だ、というような考えに悩まされることもなかった。私は世間の良識によって自分の本が言わば地獄へ落とされたのだと信じて、出版後はそれを読まなかった。とはいえ、まだペンを置くつもりがないことは自覚していた。それゆえ、私は方向を変え、脚本を書いてみようと決めた。脚本を書くことを試みて、一八五〇年に一部無韻詩、一部散文で『気高い男たらし』という喜劇を完成させた。のちに『彼女を許すことができるか?』という小説でこのプロットを翻案した。私はこの劇に知力の限りを注いだと信じている。これを完成させたとき、ずいぶん満足したことを認めなければならない。私はそれを複写し、また複写し、あちこちに手を入れ、それからそれを旧友のジョージ・バートリーに送った、彼は俳優であるうえ、私がロンドンにいたころ大劇場の舞台主任をしていた。彼なら、私のため、私の母のため、専門的な経験からえた充分な恩恵を分け与えてくれると思った。

私は今日の前に彼からもらった手紙――何十回も読んだ手紙――を開いている。完全に批判的なものだった。「読み始めたとき」と彼は言った。「私は君の創作に大きな期待を抱いていた。劇的に始まっていないと思ったが、それは直せたかもしれない」この調子が全体に及ぶことをそのとき知った。ところが、旧友が本題に入って熱くなると、批判はますます厳しくなり、耳を打つほどになった。ついに致命的な一撃が来た。「君のヒロインの性格をどう言い表していいか途方に暮れたが、マダム・ブルードの最後の発話で、君は私に代わってそれを言い表してくれている」マダム・ブルードはヒロインの叔母だ。「『マーガレット、あなた、二度と婚約破棄などしてはいけません。そんなことはぜんぜんあなたの性格に合っていません。どんな技巧を使おうと、ほとんど共感はえられないでしょう』まったく同じことを言えば、それがきっとこの劇の観客に与える印象だろう。それで、もし私がまだ舞台主任だったら、『気高い男たらし』の上演(7)を薦めることはできないと、不本意ながらつけ加えなければならない」私は大きな打撃を受けた。本を無視されるのは、作家に徐々に応えてくる不快な事実だ。特別苦痛となる瞬間はないし、気絶させるような激しい非難もない。ところが、友人からの、確かな定見を持つ専門家からの、こんな批判は顔面への一撃だった! しかし、私は批判を忠実に受け入れて、誰にも一言もこの件について話さなかった。ただ妻に手紙を見せて、真実として受け入れなければならないとの考えを述べた。それ以来、批判的な真実としてそれを受け入れてきた。のちに一度ならずこの劇を読んで、彼が正しいことを知った。とはいえ、会話の部分はいいと思う。いくつかの場面は私がこれまでに書いたいちばん気の利いたものではないかと思う。

ちょうどこのころ別の文学的な企画が私の目の前に浮かびあがって、六か月か八か月、かなりの大きさになった。私はジョン・マレー氏に紹介されたとき、アイルランドの手引書という企画を提案した。私はたいていの人よりも、おそらく誰よりもアイルランドを知っていたから、それをうまく書けると説明した。彼は腕試しに数ページを書いて送るよう私に求めた。彼は私が書いたものを受け取って、二週間以内に回答すると請け合った。私はアイルランドに戻ると、数週間一生懸命仕事をした。ダブリン市と、キラーニーの湖水風景があるケリー州を「書き」、ダブリンからキラーニーまでの経路を「書き」、頼まれた仕事のほとんど四分の一を書き終えた。原稿の束をアルベマール・ストリート(8)に送った。――が、その束は一度も開かれなかった。由緒ある通りに到着した日から九か月たったあと、私の怒りの手紙に応えて、一言もなく送り返されてきた。私のものを返せと言い立てて、それを手に入れた。私のものが私にとってまったく役に立たなかったことは言うまでもない。正直な話、ジョン・マレーはのろまでなかったら、安い料金でじつにいいアイルランド案内を手に入れていたと思う。

一八五一年の初め、私は郵便局から特別任務を与えられて、とても忙殺されたので、二年間何も書くことができなかった。田舎で現在行われている手紙の配送を延伸し、そのころまで非常に不規則なかたちで行われていた配送を正常化する計画が立てられた。ある田舎では、配達される手紙がほとんどないにもかかわらず、配達員が送り出される。そういうやり繰りは、おそらく影響力のある人物の依頼が理由になっているのだろう。一方、別の田舎では影響力のある人物がいないので、配達員がぜんぜんいない。イング

作中に登場するイギリス諸州

ランドやアイルランドやスコットランド中でこういう状態を改めることが意図された。私はすぐ担当のアイルランド地区で仕事に取り掛かった。それからイングランドの一部でも同じ仕事をするよう招聘され、その仕事で人生のもっとも幸せな二年間をすごした。デヴォンシャーから始めて、コーンウォール、サマセットシャー、ドーセットシャーの大部分、チャネル諸島[9]、オックスフォードシャーの一部、ウィルトシャー、グロスターシャー、ウスターシャー、ヘレフォードシャー、モンマスシャー、それから南ウォールズ六州、これらのあらゆる人里離れた土地を私は訪れたと思う。

こんなふうに、ほとんどの人が経験することのない緻密さで、グレート・ブリテンのかなりの部分を見る機会をえた。少なくとも長年勤めたどんな役人も働いたことがない仕方で働いた。私はほとんどどこへも馬にまたがって行った。二頭のハンター種の馬を持ち、あちこち借りられるところで三頭目を借りた。アイルランド人の馬丁[10]――今では三十五年間私に仕えてくれている老人――を一緒に連れていた。私はこんなふうにこの広大な地域でほとんどあらゆる家を見た。重要な家はみな見たと言っていいと思う。手紙の受取手をみな把握する郵便網を作ることが目的だった。フランスでは、今もそうだと思うが、すべての手紙を配送するのが習慣だ。手紙に宛名書きされた人がどこに住んでいようと、遅かれ早かれその人の家に手紙を届けることが郵便配達員の義務だ。とはいえ、もちろんこれは時間をかけて実現されなければならない。配達の大きな遅れは、配達されないよりも悪いと私たちは思っていた。ある場所では週に三回ポストを置き、時々は週に二回しか置かないこともある。しかし、こんな不安定な置き方はけしからぬことだと見なされた。私たちは大蔵省のお偉方が科す出費に関する健全な法に縛られている。配達員の賃金――手紙一通につき半ペニーと計算される賃金――を払うくらい、充分な数の手紙がない周回区域を定めることは、私たちには許されていない。それでも、計算の仕方は私たちに委ねられていた。意欲的な役人なら、数字をあげることに熱意を燃やすだろう。私も熱意を燃やしていたと思う。進んで間違った計算をするつもりはなかったが、担当区域に縛られる郵便局長と事務員は、私がいい結果を願っているのに気づいたのではないかと思う。情熱が心のなかでどう成長するものか見るのはおもしろい。その二年間、郵便配達員を国中の田舎に行き渡らせることが私の野心だった。私が提案した田舎のポストは、当局から一度も駄目出しされなかったのを覚えている。ところが、ポストのいくつかは採算が取れず、のちに廃止されたのではないかと思う。あるいは、私があの家もこの家も含めたいとの意欲に駆られたから、配達員を遠く離れたところまで送り出したのではないかと思う。法律は配達員が一日十六マイル以上歩いてはならないと定めている。もし歩く距離がみな測れる道で測られていたら、距離について疑念を持たれることはなかっただろう。けれども、私の配達員はあっちこっち道のないところへ行かされた。彼らに近道をさせるのが私の特別な喜びだった。彼らが徒歩で行く近道を私は馬の背に乗って測ったので、おそらく時々彼らに少し不公平だったかもしれない。

私は一日平均四十マイルほど馬に乗って仕事をした。旅した距離一マイル当たり六ペンスを支給された。従者に支払えるくらい旅をすることが、とにかく必要だった。私は旅をして、狩りの費用もそこから出した。私を以前に見たことも聞いたこともない小さな田舎の郵便局長にとって、私の姿はしばしば驚きのまとだったろう。朝の九時に赤い上着とブーツと半ズボン姿で、局長をふいに訪問して、局に届くすべての手紙の処理について問い合わせをしたからだ。同じいでたちで地域の農家や牧師館やその他の孤立した屋敷へ馬で近づいて、手紙をどう受け取るか、何時に受け取るか、とりわけただで配送されるか、一定の料金を払うか、そこの人々に聞いた。というのは、当時私には許せない罪と思える悪習がはびこっていたからだ。田舎の配達員は習慣に従って、家が集配周回区域外だと言い、追加の仕事に料金をもらわなければならないと主張すると、手紙一通について一ペニーを取った。私はこの悪を根絶したと思う。私は実際大衆にとって慈悲心に富んだ天使であり、こういう訪問によってより早く、より安く、より規則的な手紙の配送を至るところにもたらした。ところが、私の使命である天使のような性質が、しばしば相手からは充分理解されなかった。私はせっかちに仕事に取り掛かると、不思議に思っている主婦やぽかんと口を開けている農夫に、充分説明する時間を与えなかった。狩りの服を着た男がなぜ彼らの私的な件で多くの無礼な質問をするか、その理由をきちんと説明しなかった。「おはようございます。いくつかお尋ねしたいことがあって伺いました。私は郵便局の監督官です。あなたはどんなふうに手紙を受け取っていますか？　私は少し先を急いでいますので、すぐ教えていただいてもよろしいでしょうか」それから、私はペンと手帳を取り出して、情報を待った。実際のところ、実情を確かめる方法はほかになかった。もし私が夏の嵐のように不意打ちを食らわせなかったら、配達員から金を盗まれている当の人々は、反感を恐れて盗みを打ち明けなかっただろう。彼ら自身のため、私は彼らを驚かせて実情を暴露させることが必要だった。私は連中の意表を突いた。徹底的に不意打ちに慣れたから、すぐ生まれつきの内気さを忘れた。――とはいえ、その訪問は時々田舎の遠慮がちな住民の度肝を抜いた。それでも、私は仕事をした。完全な満足感をもって私がしたことを振り返ることができる。まるきり真剣だった。今や多くの農民が、無料で毎日手紙を運んでもらえていると信じる。私がいなかったら、彼らは依然として週に二回、郵便局のある町まで手紙を取りに人を出さなければならなかっただろう。あるいは変則的に手紙を届けてくれる人に、金を払わなければならなかっただろう。

私はこの仕事に完全に時間を奪われた。大量の文書を書く必要があったので、どんな文学上の仕事もすることができなかった。これとは別の仕事をしようと思い、日ごと文学上の仕事のことを考えて、浮かんで来るプロットの断片をしばしば頭のなかで思い巡らした。しかし、ペンと紙をもって座り、新しい小説を書き始める日は来なかった。結局、小説以外に何があっただろう？　脚本では小説よりも徹底的に失敗していた。というのは、小説は印刷するところまで進んでいたからだ。役人としての仕事の重圧は、ロンドン中央郵便本局の要求から生じるものではなかった。本局は私の機敏さに驚いて、再三この仕事に私を就けていたけれどだ。仕事の重圧は、馬の代金を払うため充分な距離を旅する必要や、そんな旅に伴う手紙や返信、数字、報告書といった大量のものに対応する必要から生じていた。私は郵便配送を遠く広く延伸したいとの過剰な熱意にとらわれていた。それでも、この仕事をとてもすばやく、完璧にこなしたことを誇りとしたい。

私はこの任務の途中ソールズベリーを訪れた。ある真夏の夜、聖堂の近くをそぞろ歩いているとき、『慈善院長』(11)の物語を着想した。そこからバーチェスターを中心とする主教や参事会長や大執事が登場するあの一連の小説を生み出した。すぐ断言してもいいが、書き始めるとき、私くらい聖職者について書けないと思う人はいなかった。私の人生のどの時期に、構内の様子を詳しく知るほど長く聖堂の市に住んだことがあるかと、しばしば聞かれた。私は――ロンドン以外に――どんな聖堂の市にも住んだことがない(12)し、構内については何も知らないし、当時どの聖職者とも特別親密になったことがない。私は大執事に対して父が持つような甘い愛情を感じていることを告白する。私の大執事は実在しそうなほど真に迫っていると言われるけれど、思うに、ただただ私の道徳的な意識から努力して生み出されたものだ。大執事はこうあるべきだとか、持っていてもおかしくない長所があれば、こうなるだろうとか、そんな私の意見がこの姿だった。見よ！　こうして大執事が生み出された。権威ある有力者によってこれは完全に本物の大執事だと太鼓判を押された。とはいえ、思い起こすことができる限り、私はそのころ一人の大執事とも話したことがなかった。私はこの称賛をとてもありがたく感じた。大執事はそんなふうにまるまる私の頭のなかから生み出された。――ところが、一般に聖職者について書くとき、私は書き進むに連れて彼らについて知っていること、知っている振りをしていることをみな総動員しなければならなくなった。それでも、最初に物語を着想するとき、聖職者一般とは無関係に着想した。私は対立する二つの悪――二つの悪と見えるもの――に強く心を惹かれていた。こんな問題について芸術的判断に欠けていたので、同じ一つの作品で二つの悪を暴露できるし、二つの悪とも描く必要があると思った。最初の悪は、教会による基金や寄付金の詐取という悪だ。その金はもともとは慈善の目的を持っていたのに、怠惰な高位聖職者によって教会の収入となってしまった。当時、慈善の目的に対する不正行為(13)と思えるそんな事件が、一度ならず大衆の知るところとなった。二つめの悪は、それとは正反対のものだ。私は今述べた不正に強く心を打たれる一方、この件でおもな罪人とはとても思えない教会収入の受取手を、新聞が不当に厳しく指弾することにしばしば怒りを感じた。人がある聖職に任命されるとき、その職の収入をあまり疑問に思うことなく受け取るのは自然なことだ。彼が労働に対して給与をもらいすぎていると最初に気づくことはめったにない。彼は国家行事に当たってただ美と威厳を示すよう求められるだけだが、彼が見せる美と威厳に対して年二千ポンドでは足りないと思う。そんな聖職者に対して、なされなくてもいい酷評がなされているように感じた。しかし、私は二つの悪を結合できると考えたとき、完全に間違っていた。どんな作者も大義を主張するとき、唱道者の流儀、すなわち一つの大義を主張する原則に従わなければならない。そうしなければ文書を無効にしてしまう。一方の側を取りあげて、それを固守しなければならない。そうすれば力強くなる。良心にためらいがあっては駄目だ。そんなためらいはこの仕事では著作家を無力にする。あらゆる不正にまみれた太った赤鼻の牧師を描いてもいい。その牧師は要求されるあらゆる職務を公然と怠り、貧しい人々からくすねた金で奔放に生活し、――そうしながら、高潔な新聞の穏やかな諫言に挑戦する。あるいは一方、私の慈善院長のように善良で、思いやりがあり、優しい牧師を描いてもいい。その牧師は一生懸命働いているのに、充分な報酬をもらえない神の言葉の奉仕者で、日刊紙『ジュピター』の恨みの毒に曝されることになる。『ジュピター』は根拠となる事実などなしにただ個人的な恨みによって、毒のある残忍な匿名の社説で貧しい牧師を引き裂く。ところが、私の誠実な感覚に照らすと、どちらの構想も妥当性を持ちえなかった。風刺は攻撃する対象である悪徳を誇張して、攻撃するために悪徳を作り出す点で正当化されない。戯画化は容易に中傷に陥るし、諷刺は名誉毀損になる。私は貪欲な赤鼻の牧師も、新聞による悪意に満ちた暗殺もともに信じられなかった。金は配慮の欠如と、おのずと調整される階級間の自然な流れによって、ほかに行かないで、牧師のポケットに滑り込んできたのだと私は信じた。新聞記者は可能な限り力をえたいと願う同じく自然な傾向によって、――大義に向かっても言葉を使うけれど——残酷な方向にも言葉を使う気になったのだと私は信じた。とはいえ、この二つの目的が組み合わされるはずはなかった。私はどちらか一方でも書き通せる人間ではないことを知るくらい今では自分をよくわきまえている。

それでも、私はこの問題についてじっくり考えた。[14] 文学的努力をまったくすることなく二年がすぎ去った。一八五三年七月二十九日、私はヘレフォードシャーのテンベリーで『慈善院長』を書き始めた。私がソールズベリーの小さな橋の上で一時間立ち尽くし、ハイラム慈善院の場所を満足して見詰めてから十二か月以上がたっていた。私がこれまでに書いたどの小説にも確かにこんなにたくさん思念を注いだことはなかった。たとえそんなにたくさん思念を注いでも、私はこのとき第一章しか書いていなかった。書く時間をえるため役人の仕事を控えたほうがいいと心に決めた。しかし、私はちょうどこのころアイルランド北部の州——アルスター及びミーズとラウス両州——に派遣されて郵便監督を担当していた。これまで役人言葉でいう監督官補佐だったが、今は監督官になっていた。おもな違いは約四百五十ポンドから約八百ポンドに収入が増加したことだ。とはいえ、当時の手取りの総額は、まだ旅するマイル数に依存していた。私が熱い思いを抱いていたイングランドの郵便の仕事は、断念せざるをえなかった。イングランドのほかの部分は別の男らによってなされていた。私に委ねられていた地域はすでにほぼやり終えていた。できれば、私は国中を馬で乗り回して、田舎の郵便配達員をあらゆる教区、村、小村、屋敷へ送り込みたかった。

私たちはこのころ住まいについてずいぶん落ち着かない状態にあった。クロンメルに住んでいるあいだに二人の息子が生まれた。息子らについてはきっとまもなく触れなければならない重要な話題だ。クロンメルでは下宿に住んでいた。そこからコーク州の町マロウに転居した。そこでは家を借りた。マロウは狐狩りの中心地で、私にとってはじつに居心地がよかった。しかし、イングランドにいなければならないとわかったとき、私たちはそこの家を諦めた。それから、本拠地を町から町へ移しながら、イングランド西部地方を放浪した。この間、エクセターやブリストル、カーマーゼン、チェルトナム、ウースターに住んだ。次に再び移動して、ベルファストに十八か月間住んだ。その後、よく知っているダブリン南東郊外のドニブルックに家を借りた。

新しい地域を担当する監督官は、仕事が重すぎて本を書くことなんかできなかった。この仕事をする人は郵便制度の本質をわきまえているだけでなく、郵便局長や局員の性質やくせまで知ることを求められた。再びその小説を取りあげたのは、一八五二年の終わりになってであり、書き終えたのは一八五三年の秋だった。それはほんの短い一巻で、最近なら六週間、たとえほかの仕事に押されても二か月で完成させることができただろう。本の扉を見ると一八五五年まで出版されなかったことがわかる。私は友人のジョン・メリベールを通して出版者のウィリアム・ロングマンと知り合いになり、彼からこの原稿を出版すべきとの保証をもらった。ロングマン社は利益を折半する条件でこの本を出版する提案をしてくれた。折半が気に入っているわけではなかったが、私は本の出版を切望していたから、その申し出に応じた。『マクダーモット家』を書き始めてから今や十年以上がたっていた。成功が収められるとしたら、そのときが確かに来たと思った。私はせっかちに成功を求めてはいなかったけれど、そういうときがあるとすれば、確かにそのときが来たと思う。

読書界が『慈善院長』に夢中になることはなかったとしても、ほかの本が失敗したようにはこの本が失敗しないのだと私はすぐ感じた。新聞紙上で本の紹介がいくつか載り、私が本を書いたことをまわりの人々から知られたのを見て取ることができた。ロングマン氏は称賛を表して、しばらくして利益を分配すると知らせてきた。一八五五年の終わりに、私は九ポンド八シリング八ペンスの小切手を受け取った。それは私が文学作品で稼いだ最初の金だった。哀れなコルバーン氏から受け取った二十ポンドは、私が稼いだものではない。一八五六年の終わりに、別に合計十ポンド十五シリング一ペンスを受け取った。金銭的成功はたいして大きくなかった。実際、時間当たりの報酬として見ると、石工のほうがいい報酬をもらっているだろう。千部が印刷され、五、六年たって、そのうちの約三百部が別のかたちに切り替えられなければならなかった。それらは廉価版として販売された。『慈善院長』の原本は第二版という完全な栄誉には到達しなかった。

私はこの小説が意図した目的という点でまったく失敗していることをすでに述べた。それでも、この小説はそれ自体の長所――私の持つ力のすべてがそこに見出せるという長所――を具えている。主教、大執事、大執事の妻、特に慈善院長の性格はみな上手に、くっきりと造形されている。私は一連の肖像画を具体化して、私が見るように意図したものを読者が見るように画布の上に表現することができた。この才能ほど作者が持っていて役に立つ才能はない。じつに許し難い不注意から文法上の過ちをしばしば犯したものの、英語の文体はよかった。そんな結果があって、私はすぐ別の小説に取り掛かることをためらわなかった。

『慈善院長』について『タイムズ』紙に出た批評記事に対して、ずいぶん遅れた回答として一言ここで言っておきたい。私が正しく覚えているとすれば、『慈善院長』と『バーチェスターの塔』を一緒にした記事のなかで、あの小さな本とその続編が作者から見てとても心地よい言葉で論じられている。善意の記事だと言っていい。が、『タイムズ』の批評家が善意よりも高い動機に基づいて動いていることは当然だと思う。しかし、個人攻撃に走った作者、私の病的な心的状態について優しい非難の言葉が記事にはつけ加えられている。問題の個人攻撃は『タイムズ』の編集長あるいは主幹に向けられたものとされている。というのは、私はトム・タワーズという『ジュピター』紙――確かに『タイムズ』紙を指すものとしてその名を用いた――の有力者を物語中に登場させていたからだ。ところが、当時私はアイルランド在住で、『タイムズ』にかかわるどんな紳士の名も知らなかった。それで、トム・タワーズによって誰か特定の人を表すはずがなかった。私は大執事を創り出したようにその新聞記者を創り出した。一方の創造が個人的なかかわりを持つものでも、病的な傾向を表すものでもないと同様、他方の創造もそうではない。トム・タワーズがかかりそめにも『タイムズ』にかかわる紳士だとすれば、私の道徳意識は再び非常に強力だったに違いない。

註

（1）本書第4章のアイルランド図参照。

（2）Godolphin 初代男爵の三男（1808-1889）。聖職者、博愛主義者、作家。S.G.O. の署名で *Times* 紙に寄稿。

（3）伝記作家で、批評家（1812-1876）。Dickens の友人。

（4）Richard Bentley（1794-1871）。*Bentley's Miscellany* 誌を発刊。

（5）William Gifford（1756-1826）。批評家。

（6）John Foster の *Life of Charles Dickens* 第1巻は１８７２年に、第2巻は１８７４年に出版された。

（7）*The Eustace Diamonds* の第52章で Lizzie Eustace と Carbuncle 夫人と Lucinda Roanoke が *The Noble Jilt* を観劇する場面がある。

（8）PiccadillyStreet と直角に交わり、そのまま真っ直ぐ進むと St James's Street へ続く Mayfair の通り。

（9）イギリス海峡南部、フランス北西岸近くの島々。Jersey や Guernsey などの島がある。

（10）Barney McIntyre のこと。本書第15章の註（3）参照。

（11）『慈善院長』（*The Warden*）のあらすじ――ハーディング師は　バーチェスター聖堂の音楽監督で、当て職として聖堂付属ハイラム慈善院の院長を務めている。グラントリー主教は彼の友人で、グラントリー大執事（主教の息子）は彼の長女スーザンと結婚している。彼は末娘のエレナーと院長邸に住む。慈善院には12人の収容者がいる。若い改革者のジョン・ボールドはエレナーを愛しているにもかかわらず、院長収入の多さに比べて収容者の手当が極端に少ないことを告発し始める。ボールドは訴訟に踏み切り、大執事は教会を守るためこれに断固戦うよう主張する。日刊紙『ジュピター』もボールドの味方をしてハーディング師を告発する。ハーディング師は晴れた良心で職務を続けることができないと、院長職を辞任する。ボールドは訴訟をやめてエレナーと結婚する。主教は院長職を空席とする。ハーディング師はセント・カスバート教区の牧師となる。

(12) **Trollope** は学校時代実際には **Winchester** に住んでいた。**Barchester** はおそらくどの聖堂の市よりも **Winchester** に似ている。

(13) *The Warden* でも述べられている二つの事件は、**Winchester** の **St Cross** 慈善院と **Rochester** のグラマー・スクールにかかわるものだ。

(14) １８８３年にウスターシャーとなる。

第六章

『バーチェスターの塔』と『三人の事務官』　一八五五年から一八五八年

私が初めて雑誌に投稿を試みたのは、イングランドの田舎郵便局を回る旅の前だったと思う。私はチャールズ・メリヴェール作『帝政下のローマ人の歴史』の最初の二巻を出版直後に読んで、カエサルに関する著者の考えをただすため弟のジョンと文通した。この二巻のせいで、私はこれまでに生きたおそらくもっとも偉大な人物カエサルの性格を調べてみたいと思い立ち、何年かのちにちょっとした本を書いた。ときが来ればその本についても話さなければならない。またこの二巻のせいで、私はラテン語文学全般を愛好するようになり、それをのちの人生の大きな喜びの一つとした。ちょうどこのころみながビスマルクについて知りたいと思ったように、私はカエサルについて知り、その性格について真実に到達したいと思った。カエサルに深く共感しつつ、ルビコン川を彼が暴君として渡ったのか、それとも愛国者として渡ったのか、絶えず心のなかで議論した。私は力量を越えた題材を不当に扱っていると思うこともなく、メリヴェール氏の本を書評するため、『内乱記』(1)を徹底的に研究し、雑誌用の論文としてはまれなほど大量の本を調べた。とはいえ、それは私の人生のその後の営みから見れば正鵠を射た調査だった。私は二つの論文――一つはおもにユリウス・カエサルに関するもの、一つはアウグストゥスに関するもの――を書いて、『ダブリン・ユニヴァーシティ・マガジン』誌に載せた。論文はたいへんな努力の成果であったのに、金銭的には何ももたらさなかった。私はジョン・フォスターを訪問したとき控え目に接したように、論文を編集者に送ったときも、とても控え目にして、あえて金のことには触れなかった。しばらくしてダブリンに雑誌のオーナーを訪問したとき、彼からこんな論文がふつう友人を喜ばせるために書かれることと、友人を喜ばせるために書かれる論文にはふつう金が支払われないことを告げられた。イーリーの聖堂参事会長が今問題の発言をした人物で、私の友人だった。けれども、私は不当に扱われたと感じた。というのは、私は批評で彼を喜ばせるつもりなんか少しもなかったからだ。のちにアイルランドに帰ったとき、私は別の論文をいくつか同じ雑誌に書いた。一つの論文は非常に厳しい告発を意図したもので、ちょうどそのころ出た公式の『青書』[2]——公務員を採用するための競争的試験の導入に備えて——に関するものだった。私はそれとは別の論文にいくらか忘れてしまったが、支払をしてもらった。一八五七年の終わりまでに十年の労苦に対して五十五ポンドを受け取った。

私がある執筆システムを採用したのは『バーチェスターの塔』に取り掛かったころだ。この執筆システムはその後数年に渡ってじつに有効であることがわかった。私は旅にたくさんの時間を費やしていた。旅の性質が今や変化して、馬にまたがって旅することはもはやなくなった。鉄道が運送手段を与えてくれた。私は生活の非常に多くの時間を鉄道の客車ですごしていることに気がついた。人は旅をするとき本を読むのではなく、「じっと座って、胸中の思いを仕分けすべきだ」と、カーライルが前に言ったけれど、私はほかの人と同様によく本を読んだ。とはいえ、もし私が執筆によって金をえる仕事をし、同時に郵便局にも最善を尽くすつもりなら、読書よりももっと有効に旅の時間を利用しなければならない。そこで、私用に小さな剥ぎ取り用のノートを作った。数日練習したあと、机に着いているときと同じように、客車のなかですばやく書くことができるようになった。鉛筆で執筆して、妻が私の書いたものをのちに原稿に起こした。

このようにして『バーチェスターの塔』と次の小説の大部分を、さらにそれに続く小説の多くの部分を執筆した。この執筆法を避けたいと思わせる唯一のものは、いかにも文学をやっているぞといった外見にあった。四、五人の連れの乗客の前で仕事をするとき、私は外見がそうなっていると感じた。しかし、郵便の事情について問い合わせをするとき、西部地方の農婦らの驚きに慣れたように、それにも慣れた。

『バーチェスターの塔』(3)の執筆は大きな喜びだった。主教とプラウディ夫人は私にとってじつにリアルで、大執事の難儀やスロープ氏の恋もそうだった。完成したとき、W・ロングマン氏はこれを読者に見せるべきだと言い、誰が書いたかわからない非常に長たらしい難解な批評を添えて私に原稿を返して来た。これには申し出が添付されており、それはこの批評家から出された提案に私が応じるという条件で、利益折半方式によりこの小説を出版し、私の折半分から百ポンドを前払いするというものだった。提案の一つはこの小説を二巻に削れと要求していた。私は出版者への回答のなかで、批評をよく調べながら、代わる代わる一つを拒否し、一つを受け入れたあげく、とうとうどう考えても作品の三分の一を削る気にはなれないとはっきり言った。いったいどうしたら削るなどということができるかわからないから途方に暮れる。きっと原稿を燃やして、同じ物語で別の本を書いたほうがましだろう。いったいどうしたら六つの単語から二つの割合で完成された小説をそぎ落とすことができるのか、私にはわからない。そんな課題が試みられたことがあり——おそらく実際になされたこともあるのだと思う。が、私はそれを試みることを拒否した。ロングマン氏はとても慈悲深かったので、批評家の条件を強く言うことができなかった。そんなことがあったにもかかわらず、本は無事出版された。私は気苦労をしたせいで、この本をあまり見直していない。

この本は『慈善院長』が成功したように成功した。大きな評判をえることはなかったけれど、小説好きに薦められる本の一つになった。『バーチェスターの塔』は今やすぐには死なない、生きておそらく四半世紀は読まれる小説になった。そう言うとき、おそらくそれは言いすぎかもしれない。しかし、たとえそうだとしても、この本の寿命は今までのところ、続いて出た姉妹編の生命力によって引き延ばされている。もし『フラムリー牧師館』や『バーセット最後の年代記』がなかったら、『バーチェスターの塔』は実際こんなにも知られていなかっただろう。

私は前払いで百ポンドを受け取ることができ、とても喜んだ。これはじつにありがたい明白な収入の増加であり、実質的な成功への第一歩と見られるだろう。著述にたずさわる作家は――芸術にたずさわる画家も、彫刻家も、作曲家も――金銭を重く見てはいけないと、多くの人々が思っていることを知っている。この不自然な自己規制は、こういう芸術家以外に拡大されることはないと、多くの人々が見ていることも知っている。法廷弁護士や聖職者や医者や技術者、俳優や建築家さえ、おのれの能力と技術を用いて、体面を汚すことなく人間性のおもむくまま、できる限り快適に妻子とおのれの腹を満たし、服を着るよう努力している。彼らは肉屋やパン屋と同じように合理的な現実主義者だ。ところが、芸術家や作家は金銭的な報酬を第一の目的とするなら、天職に付随する高雅な栄光を忘れてしまうと言われる。こんな教えを説く人々は私の考え方と本書に、背を向けるとともに、ずいぶん気を悪くするだろう。彼らはいわゆる美徳の実践を芸術家に求めている。が、それは人間性に反しており、それが実践されれば、私の目には美徳ではなくなってしまう。彼らは金銭愛を捨てるように説教する牧師のようだ。しかし、この牧師は金銭愛があまりにも明瞭に人間性に根差す特徴なので、そんな説教が因習的で非知的な敬虔の念に基づくたんなるたわごとだと知っている。物質的な進歩はみな、おのれとまわりの人々のため最善を尽くしたいという人間の欲求から生じている。文明とキリスト教自体が、物質的な進歩によって可能となってきた。私たちは必ずしもこの問題を口外しないけれど、みんなそれを感じている。人がたくさん稼げば稼ぐだけ、その人は仲間にとって役に立つ人だと知っている。いちばん役に立つ弁護士は概していちばん収入の多い人だ。――医者についても同じだろう。主教を選ぶ人々がいつもいちばんいい人を選ぶとすれば、教会でも同じだろう。それなら、芸術家や作家の世界でも同じことが言える。ティツィアーノやルーベンスは金銭的な報酬を軽視しただろうか？　私たちが知る限り、シェイクスピアは役者としての仕事を支えるため、知力の限りを尽くしてつねに金のため働いた。今世紀ではバイロンやテニスン、スコット、ディケンズ、マコーリー、カーライルよりも文名の高い作家がいるだろうか？　これら偉大な作家は労働の金銭的な結果を軽視しなかったと言っていい。法律、物理学、宗教教育、芸術、文学など、どれを職業にしようと、職業的な情熱に駆られて時々完全に金銭を無視する人が、私たちのなかに現れる。その人はみんなから情熱のゆえに尊敬され、もし妻子がいなければ、労働の大きな目的である金銭を無視しても、後ろ指をさされない。しかし、金銭を無視するからといって、その人が立派な人だと思うのは間違いだ。たいていの人が金銭を無視するようなことはしない。そんなことをする少数の人は敗北に苦しむ。誰だって友人をもてなしたいし、貧乏人に気前よくしたいし、みんなにけちけちしたくないし、子供に惜しみなく与えたいし、貧困がもたらす不可避の恐怖からおのれを解放したいと思う。金銭を無視することが立派だとの主張は、議論に耐えられそうもない。――ところが、作家は仕事の報酬を無視し、金で買えない彼の頭脳を一般大衆の福祉のために捧げて満足しろと言われる。頭脳は金で買われなければ一般大衆にあまり奉仕しようとしない。イギリスの作家から著作権を奪ってみなさい。そうすればすぐイギリスに作家はいなくなるだろう。

私はここでこれを言っておく。なぜなら、私はいろいろな職業をふつうに見る見方で、私の職業の成果をとらえることを本書の目的としているからだ。ほかの人がほかの職業で成功するように、努力と、忍耐と、必要な適性と、かなり平均的な才能を具えて、文学に身を捧げる一人の男が、生計をえることに成功する。そんな私の例によって、どんな見込みが著作業にあるか見せられるだろう。私は良好な成果をあげたが、思うに、そんな才能の結合から期待できるほどすばらしい成果をあげられなかった。

私は間違いなくいつも名声の魅力にとらわれていた。金銭面の野心に加えて、初めから郵便局の事務官を越える存在になりたかった。大物として知られること、――大物になれないにしろ、アンソニー・トロロープになること、それは私にとってだいじなことだった。この欲求はごく一般的なもので、有益だと思う。それは「気高い精神の最後の弱み」(4)と呼ばれるものだ。この弱みはあまりにも人間的なものなので、それのない人は人以下か、人以上の存在だ。私にその弱みがあることを認める。とはいえ、私が文学を職業とするとき、最初の目的が、法律を志すときの法廷弁護士のそれ、オーヴンを設置するときのパン屋のそれと共通のものであることを認める。それは私と私に属する人々が快適に暮らせる収入をえたいと願うことだ。

きちんと仕事をするよりも、手っ取り早く金を稼げるからと、もしある人がひどい本を書いたり、ひどい絵を描いたりして、しかも最善を尽くしていると公言したら、――つまり、上質黒ラシャの代わりに安物を売ったら――、彼は不誠実であり、詐欺師と同じだ。本人が稼いでいない金を受け取る法廷弁護士も、無任所聖職禄に依存して満足する聖職者もそうだ。芸術家や作家は充分な労働を注いだときと、仕事をぞんざいにしたときを――いい仕事と、悪い仕事を――胸中で定めるとき、織物の販売員には決して起こらないような難儀に出会う。それは彼がおのれに対して厳しく対峙しなければならない危機のときだ。利害という自然な偏向に対して良心が正しいバランスを保っていると感じていなければならないときだ。もし彼がその対峙をしなければ、遅かれ早かれ不誠実がばれてしまい、それに応じて評価されるだろう。彼は結局私たちみなを律する誠実さという単純な規則で律せられることになる。私は多くのことを言ったけれど、労働の時点にあるとき感じる問題が、労働の金銭的結果に象徴的に現れてくるのだと指摘することをためらわない。

私は『バーチェスターの塔』に前払いで百ポンドを受け取った。それでも、それがよく売れたため、出版社からさらにほどほどの額の支払をえた。その日から今本書を書いている現在まで、この本と『慈善院長』のおかげでほとんど毎年少しずつ収入をえてきた。明細書をじつに定期的に受け取っているから、その二冊で七百二十七ポンド十一シリング三ペンスを受領していることがわかる。これはその後出た三つか四つの作品で私が取得した金額よりも多い。支払は二十年以上に渡ってなされている。

私が次の小説『三人の事務官』を携えてロングマン氏のところへ行ったとき、毎年の分割払いよりも一括払いのほうが望ましいと主張して、相手を説得することができなかった。公正な価値だと彼が思う価格でそれを買ってほしかった。私は彼と議論するとき、作家が作品の売上で充分な利益を保証できる立場に立ったら、出版者は利益の折半を期待する資格をすぐ失うはずだと言った。金銭的損失の危険があるあいだは、出版社が損失の全体をかぶらなければならない。そんな役割分担はかなり公平だ。しかし、生み出されるものが市場価値のある商品だとわかっているのに、出版者がそんな折半の要求をするのはあきれたことだ。私は言いたいことを言ったと思うが、ロングマン氏は同意しなかった。私がよその出版者に行ってたくさん金をもらっても、もらう以上に失うものがあると、氏は私を説得しようとした。「私たちの名があなたの書名とともに載ることが」と、彼は言った。「稼ぎをふやすよりも価値のあることだと、あなたは考えるべきです」これは私が排斥する金銭の軽蔑というあの大げさな教義の臭いがするように思えた。私はロングマン社の名を重視していたが、小切手に書かれているその名のほうが好きだった。

私はパターノスター・ロウの威厳のあるコラム記事で、ロングマンの出版者から言われた発言にもおびえた。その発言によると、彼らは虚構物語をあまり必要としてはいないように見えた。出版者は当時まだ存命の多産な作家に触れて、（問題の作家の名をあげ）Dが年に三つ小説を（出版者に）持ち込んでいると断言した！　にしんのように多産な作家についてなら、こんな発言が妥当だろう。とはいえ、私は私の詩神がどれほど豊饒であるか知らなかったから、よその出版者へ行ったほうがいいと思った。

私はそのとき『三人の事務官』[5]を書き終えていた。ロングマン社に売ることができなかったから、手始めにコルバーン氏のあとを継いだハースト&ブラケット社にそれを持ち込んだ。この社の一人と会う約束を取りつけたところ、相手の紳士から約束をすっぽかされた。アイルランドからイタリアへ向かう途中で、私にはロンドンで原稿を処理する余裕が一日しかなかった。約束を破った罪深い出版者の帰りを待ちながら、グレート・モールバラ・ストリートに一時間座っていた。原稿の包みをわきの下に抱えて立ち去ろうとしたとき、職長が私のところに来た。職長は私が帰らなければならないのを哀れに思ったようで、原稿を残して行くように言った。しかし、職長がそのときその場で買うと言ってくれなければ、残して行くつもりはなかった。職長にそんな権限はなかったのかもしれない。ひょっとすると彼の判断としては、購入に反対していたのかもしれない。とはいえ、問題を議論しているあいだに、彼からある助言を与えられた。「それが歴史ものでないことを願いますよ、トロロープさん」と職長は言った。「何を書こうと、歴史ものは駄目ですね。あなたの歴史小説(6)は誰からも相手にされません」それから、私は『三人の事務官』をベントリー氏のところに持って行った。その日の午後、彼に二百五十ポンドで売ることに成功した。彼の息子はまだその著作権を持っている。会社はそれを買ってずいぶん得をしたと思う。確かにそれは私がそれまでに書いたいちばんいい小説だった。プロットは『マクダーモット』のそれほどよくはない。また、プラウディ夫人や慈善院長のそれに匹敵する作中人物もそこにはいない。けれども、この作品にはもっと一貫した関心があり、私がこれまでに書いた(7)——上手に描写された——最初の恋愛場面がある。ケイト・ウッドワードがおのれの死を確信して、愛する若者と別れようとする一節を読むとき、まだ涙ぐんでしまう。私は彼女を殺す勇気を持ち合わせなかった。殺せと言われても、殺せなかった。二人が今日まで幸せに暮らしていることを疑わない。

　私は法廷弁護士のチャファンブラスを初めてこの小説で登場させた。この弁護士に恥ずかしいところはないと思う。しかし、今おもに注目するのは、サー・グレゴリー・ハードラインズという作中人物をこの小説でお披露目したことだ。こうすることで、大いに嫌われている公務員の競争的採用試験計画にきついお灸を据えるつもりだった。サー・チャールズ・トレヴェリアンが当時その競争的試験のおもな唱道者だった。サー・グレゴリー・ハードラインズは公務員の世界に関心を抱く人なら当時誰でも知っているが、サー・チャールズ・トレヴェリアンをモデルとしたものだ。「私たちはいつも彼をサー・グレゴリーと呼びます」と、のちにレディー・トレヴェリアンから言われた。夫人やその夫と懇意になったあとのことだ。競争的試験は好きになれなかったが、サー・チャールズ・トレヴェリアンはとても好きになった。今でも好きだ。サー・スタッフォード・ノースコートは今大蔵大臣だが、当時友人のサー・チャールズと手を結んでいた。サー・スタッフォードも『三人の事務官』ではサー・ウォーウイック・ウエスト・エンドというちょっとひょうきんな名で出ている。

さて、そういうことがあるけれど『三人の事務官』はいい小説だ。

私は原稿が売れると、妻とともにイタリアへ旅立った。そこの母と兄を三度目に訪問するためだ。一八五七年のことで、そのころ母はもう筆を折っていた。執筆をやめた最初の年だった。母は自分の苦労が終わった喜びと、私の苦労が同じ分野で始まった喜びを語った。実際には、私の執筆はすでに十二年続いていたが、人の経歴はふつう成功の始まりを起点とすると見なされるからだ。私はこの外国旅行で断えず冒険に出会った。今その冒険を思い出すとき、遠い昔の大陸旅行について小さな本でも書いてみたい気になる。今度の旅では、ゆっくりスイスを抜け、アルプスを越えて進むあいだに、見放された哀れなイギリス人にしばしば出会った。友もなければ、旅への適性も欠き、いつも道に迷い、駅伝乗合馬車に席を見つけ出せず、宿屋に寝床を見つけられない人々だ。あるときクーア(8)で、そんな人が正午に出発予定のエンガディン峡谷(9)行乗合馬車の乗客席に、午前五時に座っているのを見た。その人はすでに乗客で混み合っている午前五時半発の馬車で、アルプスを越えるつもりでいるのにだ。「ああ！」と、その人は以前のちょっとした悲運に触れて言った。「今度は間に合いました。誰に何と言われても私はこの席から動きません」彼は私の説明を聞いたとき、人生が厳しすぎて、耐えることができない人のようだった。ところが、彼はイタリアへ入ったあと、フィレンツェのピッティ宮でまた私に出会った。「ちょっと教えていただけませんか？」と、彼は私の肩に触れて囁き声で聞いた。「人々はひどく意地が悪いので聞く気になりません。医者のヴィーナス(10)はどこに置かれているんでしょう？」彼はウフィツィ美術館へ行くように私から教えられたが、失望したのではないかと思う。

それでも、私たち自身もミラノに入ると、彼が陥っていたのと大差ない難儀を味わった。寝床を予約しないまま夜の十時に馬車でホテルに乗りつけたら、満室だと言われた。それから、ホテルからホテルへ回ってみて、みな満室だと知った。そのみじめさは旅行者ならよく知っている。それでも、馬がこれ以上進めないからと、夜中に道路の真ん中で夫婦が馬車から降りるように言われるような例はあまり聞いたことがない。私たちはそんな目にあった。しかし、もう一度いちばん近いドイツ人のホテルへ行くように御者を説得した。それから、主人に降りて来てもらうため門衛を買収した。私はふだんとても下手なフランス語を喋るのに、非常に雄弁にドイツ人経営者に話し掛けたので、主人は深く同情して私の首に両腕を回すと、私たち夫婦を寝床に就けるまで見捨てはしないと誓った。主人はそうしてくれた。しかし、ああ！　そのベッドには何とたくさん共有者がいたことか！　こんな体験を通して、大陸では外国人旅行者に提供される宿泊施設が、自国の住人に提供されるものとはずいぶん違っていることを旅行者は学ぶ。

私たちがディナーの途中その夜のうちにベローナへ行こうと決めたのは、前回ミラノを訪問したときだった。そのころ、電報がオーストリア当局では公務にしか使われない時代だった。真夜中にベローナに到着する六時の汽車があった。私たちは夜食と寝台を注文する電報を打ってくれるようホテルの使用人に頼んだ。その要求が使用人に驚きを与えたように見えた。しかし、私たちはしつこく頼んだあげく、その電報に二十ツヴァイツィガー[11]請求されることを知って、かすかに悲しくなった。電報がミラノでは新しく、その値段はひどく高かった。二十ツヴァイツィガー払って、夕食の用意と寝台を確保したのだと心を慰めて出掛けた。私たちがベローナに到着したとき、プラットホームでシニョール・トロロピィを呼ぶ大きな声があった。私は頭を突き出して、名を名乗った。そうすると、舞踏会のしゃれ者のような派手な身なりの人物に応対された。彼は背後にほとんど同じように派手な六人の従者を従えていた。彼は手に帽子を持って「ドゥエ・トーレ」の主人だと私に言った。熱くなる瞬間だった。しかし、お連れ――「メ・ジャン」――について聞かれたとき、もっと熱くなった。私はただ振り返って妻と義弟を指差すことができただけだ。それぞれに二頭の馬のついた三台の馬車が私たちに用意されていた。ホテルに到着したとき、全館赤々と照明されていた。私たちは動き回るとき、必ずろうそくを掲げた従者を帯同した。間違いがわかってもらえたのは徐々にだ。そのうえ、私たちは請求書を恐れたが、それがどの程度のものになるか出発のときまで知りようがなかった。それでも、主人は彼の思い込みが根拠のないものだったと認めて、寛大に扱ってくれた。主人はこれまで電報を受け取ったことがなかったのだ。

　こんな話をして申し訳ないと読者に謝りたい。確かにこんな話は私の意図からはずれている。私の意図に密接に関連しない話はこれ以上しないように努めたい。私はイギリスを去る直前に『三人の事務官』を書き終えていた。フィレンツェでは新しいプロットをひねり出そうと苦しんだ。そのとき兄と一緒にいたので、粗々のプロットを描いて見せるように兄に頼んだ。兄は『ソーン医師』という私の次の小説のプロットを描いて見せた。私は特にこれを述べておく。なぜなら、これが、私が物語のプロットを私の頭以外の源泉に頼ったただ一度の機会だったからだ。歴史からであろうと、想像作品からであろうと、どの程度まで読んだものから無意識に出来事をプロットとして採用したか――私にはわからない。私のように仕事をしている人がそういうことをしたに違いないことは明らかだ。しかし、そうしたとき、意図的にしたとは思っていない。私は一度もほかの人の作品を取ったり、故意にそれに基づいて私の作品を作ったりしたことはない。私は他人がこういうことをするのを責める立場にはない。想像的作品を手掛けた私たちの巨匠らもそんな援軍を手に入れた。シェイクスピアは見つけられる石切場ではどこでも石を掘り起こした。ベン・ジョンソンはギリシア・ローマの古典研究に基づいて、物語の構造をもっと不器用に組み立てた。彼は何の断りもなく古代の詩人と歴史家の両方から翻訳してすべてを作っても、品位にかかわるとは思わなかった。とはいえ、当時はそんな断りなんかしないのがふつうだった。剽窃が実際にあり、じつにふつうになされ、罪だとは思われなかった。今は違っている。作家が他人の言葉かプロットかを使ったら、それを認めるべきだと私は思う。自分で生み出していない作品に功績を要求してはならない。断言してもいいが、私は他人が書いた言葉を自分のものとして印刷したことはない(12)。もし私が剽窃したら、読者にはおそらくそのほうがよかったかもしれない。というのは、私は今話している小説『ソーン医師』が、私のどの本よりもたくさん売上があることを知っているからだ(13)。

『ソーン医師』を書いている途中の一八五八年初め、私は中央郵便本局のお偉方から、エジプトの郵便物の鉄道輸送についてパシャと協定を結ぶため、その国へ行くよう要請された。協定はすでにあるけれど、アレキサンドリアからスエズまでらくだによる袋と箱の輸送にかかわるものだった。その協定以降鉄道が発達し、今やほとんど完成して、新しい協定が必要とされた。それで、私はダブリンからロンドンに出て来て、途中再び出版者らと仕事をした。執筆中の小説はまだ完成していなかった。作品はまだ途中だが、もう売る取り決めをしてもいいほど書いていると思った。ベントリー氏のところへ行って、著作権料として四百ポンドを要求した。彼は同意したが、翌朝中央郵便本局に私を訪ねて来て、割に合わないと言った。私が帰ったあと、数字を計算して、せいぜい三百ポンドがその小説の価格だと気づいたという。私はもっと金をもらおうと躍起になっていたから、大急ぎで――というのは、もう一時間しか余裕がなかったから――ピカデリーのチャップマン&ホールへ向かった。大早口でエドワード・チャップマン氏に必要なことを言った。あの店の奥でその後私が喋った多弁の最初のものだった。彼はハウンズロー・ヒース[14]で声を掛けてきた追いはぎでも見詰めるように私を見詰めて、私の望む通りにしてもよいと言った。私はこれを売れたものと見なした。確かに売れたのだ。私が一緒にいるあいだずっと彼が手に火かき棒を握り締めていたことを覚えている。――しかし、ほんとうのところ、たとえ彼が本を買うのを断ったとしても、身の危険はなかっただろう。

註

（1）ジュリアス・シーザーが紀元前49年から48年のポンペイウスとの戦いを記したもの。

（2）Trollope は *Dublin University Magazine* 誌に Merivale のローマ史に関する二つの論文と公務員試験に関する論文の三つを書いている。

（3）『バーチェスターの塔』（*Barchester Towers*）のあらすじ――グラントリー主教が亡くなり、息子のグラントリー大執事があとを継ぐものと思われていたが、政権交代のため低教会派のプラウディ博士が主教としてバーチェスターに現れる。その奥方も付牧師のスロープも低教会派に属しており、高教会派中心の聖堂参事会に激震が走る。スロープはハーディング師の娘、今は未亡人となっている金持ちのエレナー・ボールドに目をつける一方、名誉参事会員スタンホープ博士の娘シニョーラ（マデリン）にも色目を使う。スタンホープ博士の息子バーティも金目当てにエレナーに接近する。大執事は主教一派に対抗するため、フランシス・アラビンをオックスフォードから招聘する。スロープはハイラム慈善院の院長職をえさにして、父をその職に戻したいと願うエレナーに言い寄る。エレナーは周囲の人々からスロープと結婚するのではないかと不信の目で見られる。しかし、スロープから求愛されたとき、エレナーはきっぱり彼をはねつけ、頬を平手打ちする。バーティからも求婚されるが、エレナーはやんわりと拒絶する。スロープは院長職をクイヴァーフル師とハーディング師の両方に持ちかけたことがばれ、奥方から見捨てられる。アラビンはシニョーラの忠告に促されて、エレナーに求婚し、受け入れられる。聖堂参事会長が亡くなり、政府はハーディング師を指名するが、ハーディング師は大執事の助けを借りてそれをアラビンに譲る。

（4）野心のこと。John Milton の *Lycidas*（1637）のなかの言葉。

（5）『三人の事務官』（*The Three Clerks*）のあらすじ――ヘンリー・ノーマンとアラリック・チューダーとチャーリー・チューダーは薄給の若い国家公務員。三人はしばしばウッドワード夫人と三人の娘（ガートルード、リンダ、ケイティ）の家を訪問する。アラリックは試験に合格してヘンリーが望んでいる職場の地位を手に入れ、ヘンリーが愛する長女ガートルードと婚約、ヘンリーの恨みを買う。アラリックは金をえようとして、株屋のアンディ・スコットから丸め込まれ、疑わしい投機に誘われたあげく、信託資金を横領する。アラリックは裁判にかけられ、6か月収監の判決を受ける。ヘンリーは家の資産を相続して、次女のリンダと婚約する。ヘンリーはアラリック事件の解明に当たってガートルードを助け、アラリックが獄から出されるとすぐ二人をオーストラリアに移住させる。内航局に勤務するチャーリー・チューダーは借金を作り、金貸しに追われる。バーの女給との結婚を危うく逃れて、すっかり自信をなくしてしまう。しかし、アラリックの破綻を見て、置かれた状況の危険を察知する。チャーリーは三女ケイティの影響を受けて更生し、いい地位に就いて、病気から回復したケイティと結婚する。

（6）Trollope は *Castle Richmond* の初めでもこの会話を繰り返している。

（7）Charley Tudor のこと。

（8）スイス東部の州都 Coire あるいは Chur。

（9）スイス東部 Inn 川上流の渓谷。

(10) 医者（Medical）の Venus ではなくメディチ家（Medici）の Venus のこと。
(11) ツヴァイツィガーは昔ドイツ・オーストリアで使われた銀貨で、20クロイツァーに相当する。
(12) （原注4）私はこの言明に一つ例外を述べなければならない。『ユースタス家のダイヤモンド』の法定相続動産に関する法的意見は、現在ノーサンプトン選出国会議員チャールズ・メレウェザー（Charles Merewether）によって書かれたものだ。書かれたものは権威ある支配的な考えとなっていると私は告げられている。
(13) Trollope の存命中はどの小説よりも *Doctor Thorne* がしばしば再版された。
(14) ロンドン西部の自治区 Hounslow にある。

第七章

『ソーン医師』――『バートラム家』――『西インド諸島とスペイン系アメリカ』

私は陸路フランスを縦断してマルセイユまで旅した。そこからアレクサンドリアまでひどく荒れた船旅をするなか、毎日割り当てのページ数を書いた。このときは船室のテーブルに紙を置いたまま一度ならず個室のトイレへ駆け込んで吐いた。二月のことで、みじめな天候だったけれど、それでも仕事をした。シッカリ仕事ヲスレバ、何事ニモ打チ勝ツ。[1] こんな骨折りをする充分な身体的力が、すべての人に具わっているとは言わないが、真の難事に直面するとき、たいていの人はほとんどどんな状況でも仕事をすることができると信じている。私はこれ以前から自分に仕事を課す仕組みを作っていた。締め切りに縛られれば、どうしても仕事をしなければならない。が、縛られなくても、仕事をしたり、しなかったりという状況ではいけないと感じた。その仕組みを私と同じようにそう感じる人々に強く勧めたい。郵便局のため報告書を書くことは義務だった。とはいえ、出版社のために書くことが明確な義務となったことはない。望めば自由に怠惰になれる。しかし、作家業というこの第二の職業を引き受ける決意をしたとき、課した規律に従っておのれを縛ることが有効だと思った。新しい本に取りかかるとき、私はいつも週ごとに区切った日記を用意して、仕事の完成のため私に許された期間それを持ち歩いた。書いたページ数を毎日これに書き込んだ。それゆえ、一日二日怠惰にすごすと、その怠惰の記録がそこに残って、私の顔をみつめ、不足分を埋めるように、仕事を増やすように要求してくる。郵便局のもう一つの仕事がそのとき重いとか軽いとか、あるいは私が書いている本に急ぐ必要があるとか、ないとか——その時々の状況に応じて、私は一週に非常に多くのページ数を割り当てた。平均はおよそ週四十ページ。二十ページまで落ちることも、百十二ページまであがることもあった。ページというのは曖昧な言葉だが、私は一ページを二百五十語入るように作った。見張っていないと単語がいくつなのかわからなくなるので、書き進むとき、一語一語数えた。出版者と交わした取引では、――もちろん相手方には知らせないが、心のなかで――たくさん言葉を提供することをいつも請け負った。引き渡すとき、一語たりとも語数に欠ける本を渡したことがない。語数が多すぎることもあまりなかったと思う。私は申し出た大きさ以内に作品を正確に完成させることを誇りとした。とりわけ申し出た期限内に完成させることを誇りとした。――いつもそうしてきた。いつも目の前に語数の記録があって、ページ数を充分満たせない一週間は、目の上のたんこぶだった。もしそんな屈辱的な一か月をすごしたら、心は悲しみでいっぱいになった。

天才はこんなやり方なんかに目もくれないと人から言われた。私は自分を天才だと思ったことはないが、もし私が天才なら、こういう束縛でおのれを縛ったほうがいいと思う。忠実に守る規則くらいはっきり力強いものはない。石をうがつのは水滴の力だ。毎日の小さな仕事は、もしそれがほんとうに毎日続けば、やったりやらなかったりのヘラクレスの仕事にも打ち勝つ。野ウサギに追いつくのは亀だ。野ウサギに勝ち目はない。野ウサギは亀が半分しか進んでいないことに満足するのではない。すばやく疾走したおのれの姿を美化することで時間を無駄にする。

仕事を刻限通りにできないため、いつも苦渋の生活を送る作家を私は知っている。そんな作家は学校の門に入ったのに、授業に苦闘する生徒のようだ。彼らは出版者から信用されない。楽々と書けないから、いちばんいいものを書くことができない。私は別の職業の重荷を抱えていても、彼らの倍の仕事をし、しかもほとんど苦もなくやりとげた。作家としての経歴全体を通して、仕事に遅れる恐れを一度も感じたことがない。印刷に回す原稿について不安を一度も感じたことがない。原稿は締め切りのずっと前に――とてもずっと前に――ほとんどいつも私のそばの引き出しに入っていた。罫線の入った空間と日付のあるあの小さな日記が、覗いて見ることができるあの記録が、勤勉を求める日ごと週ごとのあの要求が、そういうことをみな私のためにやってくれた。

そんな作業監督に屈服することを恥じる人々がいる。想像力を使って仕事をする作家は、霊感に動かされるまで待つべきだと考える人々がいる。私はそんな考え方が唱えられるのを聞くとき、ほとんど軽蔑の念を抑えることができない。靴職人が霊感を待ったり、獣脂ロウソク製造人がロウの溶ける神聖な瞬間を待ったりしたら、私はそっちのほうがよっぽど分別があるように思う。物書きを仕事とする人が、――時々書く人のように――、おいしいものを食べすぎたり、飲みすぎたり、葉巻を吸いすぎたりしたら、仕事にふさわしい体調を保てないだろう。同じように不摂生にしていたら、靴職人だって仕事にふさわしい体調を保てない。待ち望まれる霊感とは、そんな不摂生が招く悪害に対して、ときがもたらす治癒のことではないかと時々思う。健全ナル精神ハ健全ナル身体ニ宿ル。(2) 作家はほかの職人と同じように健全なる身体を、――加えて勤勉なる習慣を必要とする。本を書くとき、いちばん確実な助けとなるものは、滑り止めワックスを椅子の座部に塗ることだと教えられた。私は霊感よりもワックスのほうをずっと信じている。

私がするよりも高い水準で仕事をしたことがない人に、本物の天才が曝される緊張や衝動について語る資格はないと言いたい。私は自分の能力をあまり高い水準に位置づけるつもりもないし、人の活動に見られる幅広い能力の多様性を進んで認める用意もある。しかし、私の経験によると、仕事を通常の生活状態と見なす習慣を身につけるなら、人はいつもその能力にふさわしい仕事をすることができる。それゆえ、職業作家志望の若者らが最高級の作家を目指すときにも、私は彼らにペンで熱狂的な急ぎ仕事をしないように、まるで弁護士の事務員のように毎日机に着くようにあえて助言する。――だから、割り当ての仕事をなし遂げるまで彼らを椅子にへばりつかせておこう。

私はエジプトにいるあいだに『ソーン医師』を完成させ、翌日『バートラム家』に取りかかった。このときは質ではなく、少なくとも量で前作に勝ろうとの決意に動かされていた。それは作家として恥ずべき野心だと、きっと読者から指摘されるだろう。しかし、作家が職人のように仕事を見る気になれば、必ずしもこれが恥ずべきものだとは思わない。これが私の仕事、これが私の鋤が入った鋤跡。これを手がけたのだから、真剣にこの仕事をするつもりでいた。仕事をいいかげんにしたことは良心にかけて一度もない。いいにしろ、悪いにしろ、私は最善を尽くして小説を書いた。たとえそれぞれの小説のあいだに怠惰な三か月を置いたとしても、その分うまく書ける保証はない。それを確信していたので、ある日『ソーン医師』を完成させ、翌日『バートラム家』を書き始めた。

私はそのときエジプトにほぼ二か月滞在して、ついに郵便協定の条件を締結することに成功した。あれからおよそ二十年たち、本書が印刷されるまで、さらに数年かかるだろう。私がそこでどんな困難に出会ったか、ここで話しても守秘義務を犯すことにはならないと思う。到着すると、私はパシャの役人――当時ヌバール・ベイと呼ばれている人――と話し合うことになっているのを知った。彼はスエズ運河の出資割り当てについて最近私たちの政府と交渉しており、ヌバール・パシャとして政界でよく知られている人だと思う。彼はとても礼儀正しい紳士で、アルメニア人だとわかった。私は彼の事務所に一度も行ったことがない。彼が事務所を持っていたかどうかも知らない。彼は使用人を連れ、パイプとコーヒーを携えて、一日置きに私のホテルを訪ねて来た。私は彼が来るのをかなり楽しみにしていたが、一点だけ彼とは意見が合わなかった。彼は金の問題についても他の細部についても、逓信大臣が求めるほど早く同意してくれそうもないように見えた。彼は一点だけ断固私に反対した。私がエジプト国内のどこでも二十四時間で郵便物を運ぶように望む一方、彼は四十八時間でいいと考えていた。私は頑固だったが、彼も頑固だった。長いあいだ合意に至らなかった。ついに彼は東洋人らしい穏健さをかなぐり捨てたように見えた。イギリス人以上に精力的に私を説得しようとして、もし短時間の輸送に固執するなら、私が恐ろしい責任を負わなければならないと力説した。とどこおりない確実なイギリスの輸送レベルが、エジプトでも安全に実現されるという、そんな思い違いを私がしていると彼は言った。「イギリス逓信省が要求するどんな条件も主人のパシャが呑むことは確実です」と彼は言った。「パシャはイギリスのものに非常に尊敬を払っていますからね。その場合、私、ヌバールはただちに職を辞してどこか目立たぬところへ引きこもります。私は破滅するに違いありません。それでも、引きこもれば、こんな性急な試みに伴う死や流血が、私の身に及ぶことはないでしょう」私は東洋的な穏健さとイギリス的な断固たる態度で、私のパイプ――いや彼のパイプ――を一服吸い、彼の運んで来たコーヒーを飲んだ。私は三度、四度と彼の訪問を受けるあいだ、輸送が二十四時間で容易になされるとの持論を時々繰り返した。彼はついに折れ、真心のこもった挨拶をして私を驚かせた。彼はもはや流血とか辞職とかといった問題に触れなかった。設定した二十四時間という時間を几帳面に守らせることが彼の責任になると、丁寧に私に保証した。時間は几帳面に守られた。今でもまだ守られているものと私は信じる。とはいえ、粘り強い交渉が、ことさら私の特別個人的な勇気の結果ではなかったことを白状しなければならない。問題が議論されているあいだに、私の耳に次のような情報が入ってきた。(3)「半島及び東洋蒸気船会社」という会社が、二十四時間よりも四十八時間のほうがその会社の輸送の都合に合っていると見ていたこと、この会社が鉄道の大きな出資者だったので、鉄道を管理するエジプトの大臣が、おそらくこの会社の便宜を図りたがっていたこと。こういったことだ。私は流血と破滅というあの恐ろしい構図を誰が発案したか知りたいと思った。イギリス人の心情と操作がそこにかかわっていたとずっと信じている。

私はエジプトのあと聖地を訪問した。途中マルタとジブラルタルの郵便局を視察した。このとき体験した冒険で本を一冊いっぱいにすることができた。『あらゆる国々の物語』のなかに収録された短編は、ほとんどこのときの出来事に基づいている。「グアダルキビル川のジョン・ブル」という短編がある。それはその川をセビリヤへ向けて遡上する途中、私と友人に起こった事件を扱っている。私たち二人は、闘牛士だと信じて疑わなかったある男の金の装身具について議論した。ところが、その男がじつは公爵で、しかも英語まで話せた！　彼は何と親切だったことか、それでいて何と徹底的に私たちを嘲笑したことか！

私は帰宅途中チャップマン&ホール社から、『ソーン医師』の代金として四百ポンドを受け取った。また、『バートラム家』を同じ金額で同社に売ることに同意した。この『バートラム家』をまさしく放浪のなかで書いた。アレクサンドリア、マルタ、ジブラルタル、グラスゴー、それから船上、最後はジャマイカでそれを完成した。西インド諸島への旅についてはあとでちょっと触れるつもりでいる。それで、ここではこの二つの小説について話しておいたほうがいいと思う。売上を相対的な人気の証明と考えてよければ、『ソーン医師』[4]は私が書いたどの小説よりも人気のある小説だったと思う。『バートラム家』[5]はそれとは正反対の運命をたどった。友人らによってさえこの小説について好意的に語られたことがないのを知っている。思うに、読者の心に残るどんな作中人物もこの小説には出て来ない。二つの小説はほぼ同じ長所を持つとしても、どちらもよくないと私自身は思っている。二つの小説は『三人の事務官』に比べれば、ペーソスとユーモアの両方でかなり劣っている。法廷弁護士チャファンブラスに比肩する作中人物は、この二つの小説に出て来ない。『ソーン医師』のプロットはいい。それゆえ、私はプロットのよし悪し――私の感覚では物語のなかでいちばんつまらぬ要素と思うもの――が、大衆の判断では物語をいちばん高めるもの、あるいはいちばん貶めるものだと思うようになった。『トム・ジョーンズ』と『アイヴァンホー』はほとんど完璧なプロットを持ち、前世紀と今世紀の小説流派のなかでおそらくもっとも人気がある。しかし、今例にあげた二小説では、そこで示されるプロット構成の才能よりも、アミーリア[6]の繊細さとか、バーリー[7]とメグ・メリリーズ[8]の粗野な力強さとかのほうが、二人の偉大な作家の力を私に教えてくれる。小説はユーモアによって活気づけられ、ペーソスによって快くされたふつうの生活の絵を描くべきだ。その絵を注目に値するものにするため、画布はリアルな肖像画で満たされなければならない。世間や作者にとって既知の個人的な肖像画ではなく、既知の性格的特徴を吹き込まれて新たに創造された人物の肖像画だ。私の考えでは、プロットはこれらの人物の乗り物にすぎない。乗客のいない乗り物、すなわち作中人物が生命を持たない奇妙な物語を書いても、それはただ間の抜けた見せ物でしかない。とはいえ、ストーリーがなければならない。ある種の乗り物が提供されなければならない。『バートラム家』の乗り物はふつう以上に悪かった。この小説は特別な作中人物の登場によって救われなかったので、失敗した。私はその失敗に驚かなかった。それでも、『ソーン医師』の成功には驚いた。

　私は当時一方の小説の成功あるいは他方の小説の失敗が原因で、右往左往することはなかった。小説を出せばすぐ売れること、批評家から注目を浴びていること、出版者に対して今私が持つ強い立場、これらすべてが、私が目標地点に到達したことを示していた。小説を書いたら、私はきっと売ることができる。パタノスター・ロウの出版者がぼやいたあの多作の作家の半分でいい。もし私が二年に三冊出版することができたら、役人の収入にさらに年六百ポンドを追加することができる。私はアイルランドにまだ住んでいたから、年千四百ポンドあれば、立派な家を持ち、生命保険に入り、二人の息子を教育し、おそらく週に二回狩りをすることができるだろう。もしそれ以上の収入があれば、それに越したことはない。――とはいえ、年六百ポンド入れれば、喜んで成功と見なしていいだろう。入って来るのは遅かったが、入って来たときはとても嬉しかった。

私はエジプトから帰るとすぐ、グラスゴー郵便局を見直すためスコットランドに送り込まれた。そこでしなければならなかったことが何だったか、今はほとんど思い出せない。が、郵便配達員とともに街中を歩いたこと、建物の最上階まで登って行ったことを覚えている。もし私が配達員と一緒に街を歩き尽くさなかったら、上司は配達員の仕事の範囲を判断する力が私にはないと言っただろう。真夏のことで、これまでになく疲れる仕事だった。こんな目にあったら、誰でも不平を言うだろう。こんなとき、もし仕事のあとうちに帰って恋愛場面を書かなければならないとしたら、配達員の場合、事情はどうなるだろうかとよく考えた。しかし、私がグラスゴーで書いた恋愛場面はみな『バートラム家』にかかわるもので、あまりできのいいものではなかった。

その後一八五八年の秋、私は西インド諸島へ行き、アウゲイアース王の牛舎(9)のように汚れたそこの郵便制度をきれいにするよう依頼された。そのころまでに植民地郵便局はだいたい本国によって直轄管理され、逓信大臣の管轄下にあった。紳士らが郵便局長や監督官になるためイギリスから派遣された。西インド諸島が幸せに住める場所とは思われていなかったので、そんなふうに送り出された紳士らは、仕事上の熱意や能力よりも収入に対する欲で際立つことが時々あった。それで、牛舎はアウゲイアース王のそれのようになっていた。また、私は一部の島々でイギリスが持つ管轄権を島の知事に移管する計画を実行するよう、他の島々ではそんな計画を提案するよう指示されていた。それから、私はスペイン政府と郵便協定を結ぶためキューバへ、またニューグレナダ(10)政府と同じことをするためパナマへ行くことになった。私はこれらの仕事をみな満足できるかたちで実行した。セント・マーティンズ・ル・グランドにいる上司らも満足できたと思いたい。

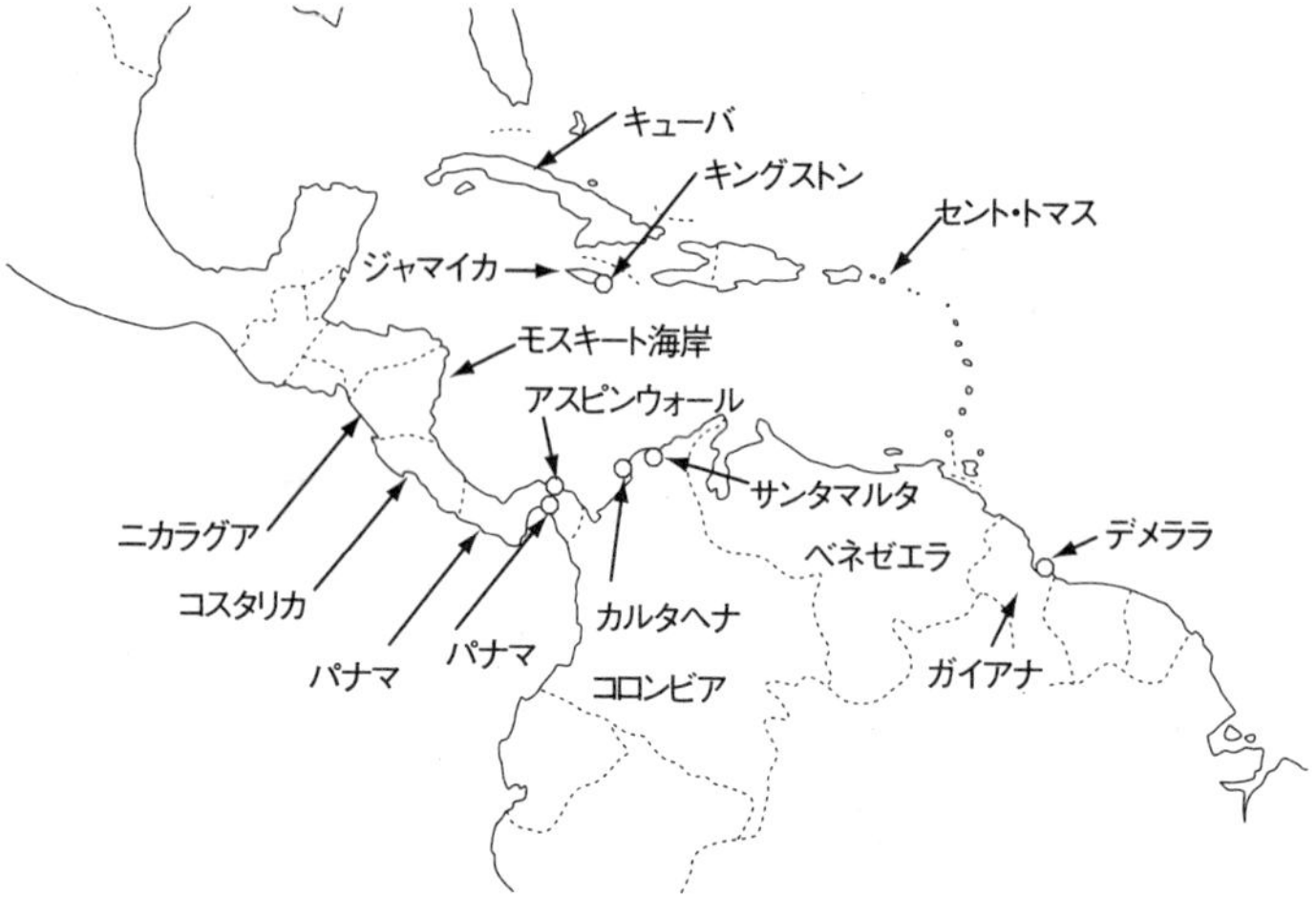

作中に登場する中南米の地名

しかし、この旅は今私が抱える主題にとって重要だ。全体から見て、私のペンから出たいちばんいい本と思えるものを書くことができたからだ。短いけれど、あえて言うが、おもしろく、実用的で、真実味のある本だ。私は中央郵便局で秘書官からこの旅が必要だと知らされると、すぐチャップマン&ホール社に本の企画(11)を告げ、一巻二百五十ポンドを要求した。キューバへ向けてジャマイカのキングストンを出る船上でこれを書き始めて、幾週も旅をしながら仕事を続けた。キューバからセント・トマス(12)へ行き、そこからデメララ(13)へ、再びセント・トマス――この地域ではいろいろな場所へ行く拠点――に戻り、サンタマルタ、カルタヘナ、アスピンウォール(14)、地峡を越えてパナマ、太平洋を北へのぼりコスタリカ沿岸にある小さな港、それから中央アメリカを横切り、コスタリカを通り抜け、ニカラグア川をくだってモスキート海岸(15)、その後バミューダ、ニューヨーク経由で故国に帰った。もし航海の詳細がお望みなら、私の本に書かれている。今記憶に残っていることだが、それを書いたり、準備したりするとき、いっさいメモを取らなかった。まったく準備をしなかった。描写と意見を体験からそのまま紙上に載せた。正確な情報を提供する本を書くのに、これがいちばんいい方法だと言うつもりはない。しかし、作者の目が見、作者の耳が聞いたものを読者の目と耳に再現するには、いちばんいい方法だ。読者が作者に抱く信頼には二種類ある。うまく読書を利用したい人は、その二種類を注意深く区別する必要がある。事実に対する信頼と、知覚がとらえるものに対する信頼の二種類だ。一方はどうだったかをあなたに正確に伝える。もう一方はそうかもしれないこと、そうに違いないこと、当然そうなるはずのことをあなたに暗示する。前者はたんに信じることを求める。後者はあなたにみずから判断し、みずから結論づけることを求める。前者は予測することなどしないし、後者は正確さを意図しない。調査が前者の武器であり、観察が後者の武器だ。どちらも誤り——故意に犯す誤り——なのかもしれない。また、どちらも揺るがぬ真実なのかもしれない。これについては読者がみずから判断する以外にない。しかし、スラスラ書き、正確とは言えない速さで仕事をする人も、すべての言葉を事実の岩の上に置く人と同じように、真実を伝えて、ある意味信頼できる人なのかもしれない。私は旅をしながらたくさん書いた。じつに不正確だったとしても、いつも見たままに真実を書いてきた。——正しく絵を描いてきたと思う。(16)

西インド諸島における黒人白人相互の立場について私が取った見解は、当時の『タイムズ』紙の見方と一致していた。この新聞にあいだを置かずに次々と二つの記事が現れた。(17)そのおかげでこの本は日の目を見た。もしこの本がひどいものだったら、思うに、『タイムズ』の後押しによっても世に認められるはずがなかった。のちに私は記事を書いた寄稿者と知り合いになった。本人から記事を書いたと知らされたから。私はふつうではとてもえられぬ支援を彼から与えられたが、負い目は感じていないと彼に言った。彼はこの問題を同じ見方で見ていなかったと思う。

私はこの批評によって作家としての地位を大いに高められたと思う。こんな手段でこんなふうに作家が地位を高められることが、文学界にとっていいことかどうかはあとの章で議論したい問題だ。しかし、結果はただちに現れた。というのは、私はすぐチャップマン&ホール社へ赴き、次の小説の代金として六百ポンドを要求してそれを通した。

註

（1） *Labor omnia vincit improbus.* ウェルギリウスの『田園詩』1の145行。
（2） *Mens sana in corpore sano.*
（3） イベリア半島のこと。
（4） 『ソーン医師』（*Doctor Thorne*）のあらすじ――ヘンリー・ソーン（ソーン先生の弟）はメアリー・スキャッチャードを誘惑して子を作る。怒ったメアリーの兄ロジャーはヘンリーを殺す。ソーン先生は婚外子であることを秘密にしてその子メアリーを引き取る。石工のロジャー・スキャッチャードは港湾事業や鉄道敷設を請け合う実業家として大成、大富豪になり、サーの称号をえる。ソーン先生は借金まみれの郷士グレシャムの相談役となり、借金をサー・ロジャーから借りてやる。メアリーと郷士の息子フランク・グレシャムは相思相愛になる。しかし、グレシャム家（特に母レディー・アラベラ）はフランクに金持ちと結婚して家を再興してほしいと願う。それで、女相続人のミス・ダンスタブルを息子に勧め、メアリーを迫害する。サー・ロジャーは深酒で体をこわして、ソーン先生の助けを求める。サー・ロジャーは病弱な一人息子のルイ・フィリップが25歳になるまで先生に資産の管理を委ねる。そのとき、先生はサー・ロジャーにメアリーという姪がいることを初めて明かす。サー・ロジャーとルイ・フィリップはあとを追うように亡くなり、先生は遺産をメアリーに相続させる。フランクは晴れてメアリーと結婚し、グレシャム家を再興する。
（5） 『バートラム家』（*The Bertrams*）のあらすじ――ジョージ・バートラムはシティで働く金持ちの伯父ジョージ・バー

トラム・シニアからオックスフォードに行かせてもらう。ジョージは聖職に就きたいと思い、聖地を訪問。エルサレムで父のサー・ライオネル・バートラムに会う。子供のころから会ったことがなく、彼の養育に関心を示さなかった父だ。サー・ライオネルは軍の外交担当職に就いて東洋にとどまっており、個人的には魅力的な人だが、とんでもない浪費家だ。ジョージは聖地で伯父ジョージの孫キャロライン・ウォディントンに出会って、恋に落ちる。ジョージとキャロラインはだらだら3年間婚約を続け、ついに合意のうえでそれを破棄する。キャロラインはすぐ野心的な法務次官サー・ヘンリー・ハーコートと結婚する。サー・ヘンリーは贅沢な生活を送る一方、キャロラインには祖父から金を手に入れるよう迫る。彼女は祖父が一人で住むハドリーの陰気な田舎屋敷に逃げ込む。サー・ヘンリーは内閣が倒れて職を失い、借金に苦しめられ、友人に見捨てられ、キャロラインを取り戻すことができず、自殺する。ジョージはキャロラインと和解して結婚する。サー・ライオネル・バートラムはリトルバスに引退するとき、資産をねらってミス・サリー・トッドと結婚しようとするが失敗、息子から引き出せる金と年金に出費を切り詰める。

（6）Henry Fielding の同名小説（1751）の主人公。

（7）Sir Walter Scott の *Old Mortality*（1816）に登場する Burley の老 Balfour を指す。

（8）Sir Walter Scott の *Guy Mannering*（1815）に登場するジプシー。

（9）ヘラクレスが5番目の功業として1日で清掃したと言われるエリスの王の牛舎。

（10）1831年から1858年に存在した現在のコロンビアとパナマとその他の地域を版図とする共和国。

（11）のち *The West Indies and the Spanish Main* として出版される。

（12）西インドの Virgin 諸島の島。

（13）ガイアナ北部、中心都市は Georgetown。

（14）現在はパナマの Colón。

（15）ニカラグアの北部カリブ海側海岸。

（16）*currente calamo.*

（17）*Times* 紙は *The West Indies and the Spanish Main* について二つの長い論評を1860年1月6日と18日に出した。両方とも E. S. Dallas によって書かれたもの。

第八章

『コーンヒル・マガジン』と『フラムリー牧師館』

私は西インド諸島から帰ってすぐ、アイルランド地区の担当からイングランド地区の担当へ配転を受けた。そのころ私の公務は担当地区からそとに出る特殊なものになっていた。しかし、この間ずっとダブリンに家があった。そこに妻と子供も住んでいた。私は愚かなあこがれからイングランドに帰りたいとよくため息をついた。生まれた日からそこを去るまで二十六年のイングランド生活はずっとみじめなものだった。私は貧しく、友もなく、喜びもえられなかった。ところが、アイルランドではいつも幸せだった。私はかかわったすべての人々から尊敬をえて、心地よい家を興し、たくさんおもしろいことも楽しんだ。狩りは私にとって大きな喜びだった。今イングランドへの移動とロンドン近郊の家を考えるとき、狩りはあきらめなければならない[1]と感じた。しかし、物書きはアイルランドにいてはいけない。――首都の出版者や社交クラブ、ディナー・パーティーに行けるところに住むべきだ、と私は思った。それで、私は局に移動の申請をした。ちょっと問題はあったが、エセックスとサフォーク、ノーフォーク、ケンブリッジシャー、ハンティンドンシャー、ハートフォードシャー[2]の大部分からなるイングランド東部地区を割り当てられた。

私はこのころ中央郵便局の上司らにあまり受けがよくなかった。古い友人であるメイバリー大佐はこれからしばらくして退職させられ、彼の地位はペニー郵便の創始者ローランド・ヒル氏によって占められた。私はヒル氏に一度も共感を抱いたことがない。彼も私に対してそうだ。彼は数字や事実について非常に正確だった。ところが、彼くらい人の道を理解しない人には――彼の弟のフレデリックを除けば――会ったことがない。郵便局の公務員らは――昔なら大きな軍を組むことができるほどたくさんの人々は――、この二人の兄弟にとって正確な仕事を当てにできる部品だった。脱線することなくいつも同じ速度、同じ力で回転し続ける車輪を当てにできるようにだ。ローランド・ヒルは国の利益を最優先させる勤勉な公務員だった。しかし、彼は厳しく仕事を課す人でもあった。もし彼が最終的に抑制されなかったら、かかわりを持つ部署の調子を完全に狂わせてしまっただろう。彼は局長であり、私の義弟は——その後ヒル氏の後継者となったが——次の地位にいた。ヒル氏の弟は局長補佐だった。私は当然地位から見て局内の管理とは無関係だった。それでも、時々多かれ少なかれ自分がそれに巻き込まれていることに気がついた。私は非常に有能な公務員として知られていた。郵便局を知る誰からも反論されることなく、私についてそう言えたと信じている。私はこの局が大好きだった。何か問題が議論されるとき、たいてい自分の意見を持っていた。それゆえ、しばしばまわりの人々に不快に振る舞ったことは間違いない。時々は意図的にそうしたことを覚えている。とはいえ、私は仕事を知っていたから、自分を抑えることができたし、みなの役に立った。『三人の事務官』の出版によって上司らに不快な思いをさせた。その後、中央郵便局の大部屋の一つで、事務官らを前にして行った「公務」に関する講演[3]でさらに不快な思いをさせた。このときは逓信大臣[4]——私と個人的に親しい関係にある大臣——が私を呼んで、私を解雇すべきだとヒル氏から伝えられたと教えてくれた。私を解雇するつもりかと聞くと、大臣はただ笑うだけだった。私はとても役に立つ人材であり、そんなふうに扱われてはならないと思っていたから、脅しを意に介さなかった。講演は許可されていたし、命令に逆らったことはない。施した講演について恥と思うところはどこにもなかった。公務員は契約の範囲内でしか公の奉仕者ではない。契約外ではふつうの職業、ふつうの業界の人と同じ政治的自由、どんなことでも追求できる自由、意見の自由の権利を与えられている。そんな考えを私は唱道した。これらはみな今ほぼ認められている。けれども、確かに当時は認められていなかった。当時は郵便局の誰も国会議員にすら選挙で投票することができなかった。

私は公務員生活の全体で事務書類の書式の改善に最善を尽くした。数千という報告書を書いたと思う。——その多くをやむなくとても長く書いた。あるものではバーレスクふうの馬鹿げた件を扱い、あるものでは怒りの火花を散らし、また、かすかなペーソスの温もりを盛り込んだ。これらの報告書にずいぶん力を注いだ。送付用書式で——下書きなしに——書くことに習熟した。精神が瞬間にとらわれた思いをそのまま紙に投げつけることができるのは、そんなふうに書くことによってだ。粗々の下書きまたはメモのようなものは、のちに手を加え、修正し、大げさにするため使われる。そんな書き方では時間の浪費がはなはだしい。もし人がペンの技能を知っているなら、語句や文を修正しなくても書けるようになっていなければならない。私は言いたいことが何かすぐ相手にわかるように報告書を書けるようになっていた。とはいえ、私の報告書は好意的に見られていなかったと思う。古い書き方をないがしろにし、お役所ふうの言葉を使わなかったから、嫌悪を感じる人がいるという噂を耳にした。郵便局でこういう仕事に携わるかたわら、私はあらゆる点でつねに即座に権威に従うことを信条とした。しかし、意見を言うことを決して遠慮しなかった。私に指示を出す上司らは、私が知るほど仕事のことを知らず、この変更あるいはあの変更の影響がどんな結果をもたらすか私が知るほど知らなかった。受け取るべきではないと知る上司の指示を実行するとき、私は不適切な指示の愚かさをためらいなく指摘した。礼儀正しく使うことのできるいちばん強い言葉でだ。私はこんな公文書の通信を大いに楽しんだ。生涯の大きな喜びの一つとしてそんな公文書のいくつかを思い出す。それでも、それがほかの人にとってもそんなに楽しかったかどうか定かではない。

ともあれ、私はイングランドの担当地区を手に入れることに成功して、——私にそれを与えずにいることは上司にはとてもできなかっただろう——、一八五九年末に向けて引越しの準備を進めた。当時、私は

『リッチモンド城』を書いていた。この小説をチャップマン&ホール社に六百ポンドで売っていた。ところが、このころおそらく私の作家としての経歴に大きな影響を及ぼす文学上のある企画が持ちあがった。郵便事業の件で外国を飛び回ったり、イングランドの田舎を馬で回ったり、アイルランドの郵便を整備したりしているあいだ、――この十八年間ずっとそういう生活を送ってきた――、ロンドンの文壇に近づく機会などまったくなかった。家庭の神々をイングランドに戻したいと思った背景には、文壇に近づく機会をえたいとの思いがあったのだろう。しかし、アイルランドにいても――一八五九年の十月にはまだそこに住んでいた――、一八六〇年元旦にサッカレーを編集長とする『コーンヒル・マガジン』誌が発刊の予定だとの噂が耳に届いた。

私は当時時々いくつか短編を書いており、それぞれ別の雑誌に出版したあと、やがて『あらゆる国々の物語』にまとめて再版した。一八五九年十月二十三日、私は――思うに、それまで一度も会ったことがない――サッカレーに手紙を書いて、短編のいくつかをその雑誌用に送りたいと申し出た。これに応えて二通の手紙を受け取った。一通は『コーンヒル』のオーナー、スミス&エルダーの十月二十六日付の手紙で、もう一通はその二日後に書かれた編集者の手紙だった。サッカレー氏の手紙は次のようなものだった。――

南西区、オンスロー・スクエア、(6)三十六番地
十月二十八日

親愛なるトロロープ様――スミス&エルダーがあなたに提案書を送っています。仕事のほうはそんなふうになされていますから、私には楽しい話をさせてください。私たちの新しい雑誌の協力者としてあなたを迎え入れることを、私がどれほど喜んでいるか言わせてください。添付した計画書に目を通していただけれ

ば、物語のほかにもいろいろなかたちで、あなたが私たちの協力者になれることがおわかりになると思います。生活と仕事についてご存知のことは何でもお聞かせください。あなたは世間をずいぶん揺す振ってきた人であり、あなたの記憶や書類入れには無数の下書きが入っているに違いありません。どうか小説以外のかたちでその下書きを磨きあげることができないかお考えください。出来事が起こって、生き生きとした何かいい話があるときは、私たちのことを思い起こしてください。この雑誌のおもな目的の一つは物語を紡ぐことから脱却して、世間に立ち返ることです。私があなたの技能、特にあなたの才能を貶めているなどと考えないでください。私は自分がペーストリー職人のようだとよく言います。ほんとうはタルトが嫌いで、パンとチーズが好きなのですが、大衆が（私たちにとって都合のいいことに）タルトを好むので、私たちはタルトを焼き、売らなければなりません。ある夜、私の家で騒ぎがありました。うちの家長は（ディナーのあと小説を読もうとすると、ほとんどいつもそのまま眠ってしまうのですが）、すっかり目を覚まして階段をのぼり、応接間に入ると、『三人の事務官』の二巻目がほしいと言いました。『コーンヒル・マガジン』誌が『三人の事務官』と同じくらい愉快な話を掲載できたらと希望しています。あなたの作品が読者から誠実に読まれていることを、チャップマン社の人々が、——私の思っている通り誠実な人々であるなら——、心から愛情を込めてあなたに伝えていることと思います。

W・M・サッカレー

とても嬉しい手紙だった。スミス&エルダーの手紙も嬉しかった。十二月十二日までに初回分原稿を手交するという条件で、新しい雑誌用として三巻本小説の著作権料千ポンドを私に提供してくれた。この提供には私を驚かせる多くのことがあった。第一に、報酬がこれまでに受け取った額の倍以上、チャップマン&

ホールから私が受け取る予定の報酬のほぼ倍だった。第二に、依頼が突然だったことだ。今はもう十月の終わりで、私は初回原稿を六週間以内に印刷所の手に渡さなければならなかった。『リッチモンド城』を半分ほど書きあげていたけれど、それはチャップマンに売っていた。私は小説の全体を完成するまで、部分では出版しないことをすでに芸術上の原則としていた。しかし、毎月読むものから判断すると、当時の主要な作家らは小説を未完のままこんなふうに急いで出版するやり方をしばしば――おそらくいつも――採用していた。ディケンズ、サッカレー、ギャスケル夫人が小説の一部をすでに出版しているのに、未完のまま遺して亡くなる[7]という事実が、そんな事情を証明している。私はまだ小説を部分的に出版するというやり方をしたことがなく、そんなことをする気にはなれなかった。とはいえ、作家が小説の始めと終わりを合わせる力を持たなければならないことには気づいていた。始めと終わりを合わせることは疑いなく作家の第一の義務だ。作家はそうすることに努める。それでも、作家は食い違いの欠陥を修正する力も手にしていなければならない。

性格ヲ始メタトキト同ジヨウニ
最後マデ維持シヨウ[8]

はあらゆる作中人物と事件の展開について作家が念頭に置いていなければならないことだ。あなたのアキレウスは最初から最後まで「せっかちで、火のようで、無慈悲で、鋭敏で」なければならない。けれども、あなたのダーウス[9]も同じように変らずダーウスでなければならない。それがもっと難しい。豚を市場に運ぶ田舎者は、用意した道をいつも正確に豚に旅させることはできない。ある若い娘に物語の結末でとても完全とは言えない行動をさせるとき、物語の始めの行で鮮明に提示した天使のような純粋な娘の描写は、少し調子を落とした表現に修正する必要がある。部分が書かれたらすぐ出版に回される——連載システムがもたらした——大急ぎ出版のやり方は、できあがる作品にとって有害だと私は感じた。もし今出版者からなされた提案に応じるなら、私は自分で定めた原則に背かなければならない。とはいえ、そんな原則ももし適切な場面で放棄されなければ、原則そのものが暴君になるだろう。もし「たんまりもらうこと」が理由なら、原則は臨時的に停止されるべきだろう。私は裁判官として席に着いて、現在の理由が「たんまりもらうこと」だと判決をくだした。この私の最初の連載小説の試みで、原則を破ってもいいと思った。しかし、断言していいが、これ以後一度も原則を崩したことはない。

ともあれ、私をとても驚かせたのは、こんなに直前になるまでこの新しい『コーンヒル・マガジン』誌が、掲載する小説を持っていないという事実だった。将来この本を読んでくださる読者は、この刊行物について当時盛りあがっていた大きな期待を思い出すことができるだろう。サッカレーの名は耳目を集める魔術的な力を持ついい名だった。オーナーのスミス&エルダーはこの仕事を始めるに当たって、じつに気前のいいやり方をした。読者がこれまで倍近くの値でえていたものをはるかに凌ぐいい雑誌が、一シリングで手に入ることを、期待に満ちた読書界に信じさせることができたからだ。期待が満たされたかどうか言える立場にはない。私自身が初めの数年のあいだ、ほかの誰よりもたくさんこの雑誌のために書いたからだ。しかし、期待はなるほど見込みにすぎなかった。——そんな約束をしているというのに、編集長やオーナーが宴会で提供するおもな料理をまだ何も決めていない状態で、十月の終わりを迎えるような事態がどうして起こったのだろうか?

この問いに対する回答は、そのころ編集長が残念ながら遅延の習慣に侵されていたことに見出される。想像するに、編集長は小説を書く仕事を自分で引き受けておいて、時間がなくなるまでそれに取り掛かるのを延期してきたのだ。つまり、私と同じように彼にもまだ書く時間があったと言えるだろう。確かに時間はあったと思う。条件は同じで、彼には世話する彼の雑誌があり、私には郵便局があった。しかし、彼は自分の活力に信頼が置けなくなったから、新兵の活力に依存しようと考えた。私がまだ底のほうにいるのに、彼は私よりもほんの四つ年上で、頂点に登り詰めていた。

私は原則を破ることに決めたあと、すぐダブリンをたってロンドンへ向かった。十一月三日木曜の朝ロンドンに到着して、金曜の夕方そこをたった。その間にスミス&エルダー社と契約を結び、物語のプロットを整えた。ともあれ、私はロンドンに着くと、まずピカデリーの一九三番地にエドワード・チャップマン氏を訪ねた。もし私がそのとき彼のために書いている小説が『コーンヒル』のほうに合うなら、彼との取り決めはなかったものと見なしてもいいのではないか？　そうだ、そう見なしてもいいかもしれない。が、もしその物語が『コーンヒル』に合わなければ、チャップマン氏との取り決めがまだ生きていると考えてもいいのではないか？　――取り決めは『リッチモンド城』の原稿を来たる三月に彼に手渡すことになっていた。それについて私は自由に裁量してもいいかもしれない。エドワード・チャップマン氏は話し合いのなかでどんな提案にも同意してくれた。彼は一度たりとも本を断ったことがなく、値を値切ったこともなかった。それから、私は急いでシティへ行き、初めて『コーンヒル』のジョージ・スミス氏と面会した。彼は『リッチモンド城』がアイルランドの物語だと聞くと、彼の雑誌のためには何か別の物語を書いてくれと私に求めた。アイルランドの物語は雑誌の始めとしてはふさわしくないと思っていた。彼は教会にかかわるものではどうかと、それが私独自の主題でもあるかのように提案してきた。私は彼のために書くことになる小説を雑誌に連載しつつ、同時に『リッチモンド城』も出版しなければならない私の事情を伝えた。――けれども、彼はそれについて何も答えずに、少し聖職者が出て来るイギリスの生活を扱うイギリス的な物語を書いてくれと言った。私はこういう注文を受けて仕事に向かい、『フラムリー牧師館』(10) のプロットを組み立てた。

アイルランドに帰る旅の途中、私は客車のなかでこの物語の最初の数ページを書いた。書こうとしている物語の構想を頭に入れていた。――決して悪者ではないのに、偶然周囲の人々の生活が世俗的である状況と、本人の若さのせいで、誘惑に負けてしまうイギリスの牧師のちょっとした伝記だ。若い貴族に対する牧師の妹の恋愛は必要な添え物だ。というのは、小説にはそんな恋愛がなければならないから。それから、私はフラムリー牧師館をバーチェスターの近くに置くことで、古い友人であるプラウディ夫人と大執事に寄り掛かることができた。これらのわずかな要素から寄せ集めを組み立てた。それでも、その真のプロットは結局たんに一人の娘の話――愛する貴族の一家から愛情をもって受け入れられるまで、彼との結婚を受け入れない娘の話――からなっている。これくらい能のない、芸術性のないものはない。とはいえ、作中人物が非常にうまく扱われたので、この物語は最初から最後まで人気を持続し、連載が続くと、雑誌のオーナーからも編集者からも、ますます好意的に受け入れられた。物語は完全にイギリス的なものだ。少し狐狩りがあり、少し貴族への擦り寄りがあり、少しキリスト教的な美徳があり、少しキリスト教的な偽善の言葉がある。英雄行為もなければ、極悪な悪行もない。教会の話がたくさんある一方、恋愛の話はもっとある。徹底的に誠実な恋愛の話だ。――娘の側は男性を好きになるにはあまりにも天真爛漫で、上辺を作るところがない。男性の側はかわいい娘のためかなりの金を出すから、中途半端に恋に落ちていない。二人とも相手を求めており、それを口に出すことを恥ずかしいとは思わない。イングランドに住んで同じような生活をしてきた人々は、結果的に『フラムリー牧師館』を愛した。ルーシー・ロバーツはおそらく私が描いたいちばん自然な――善良な娘らのなかでもとにかくいちばん自然な――イギリス娘だと自分でも思う。彼女は私にとって『三人の事務官』のケイト・ウッドワードほどかわいくはないにしろ、もっとリアルな生きた人だと思う。実際、そんな作中人物としてルーシー・ロバーツくらい生きた人は描けないと私は思う。

この小説には弱点となる部分がなく、退屈するページが続くこともないことを指摘したい。連載で小説を出すとき、作者はただの一か所でも読者を退屈させることはできないと強く意識する。これを読んでいる読者から誤解されたくないが、そんな意識があっても、物語の作者は部分的にしばしば退屈に陥る。私自身退屈に陥ったことが私の墓石に重くのしかかる罪だ。とはいえ、作者はこんな仕事に乗り出すとき、同時に、読者の目に触れるわずかなページから、何ページも読み飛ばされるわけにはいかないと感じる。だから、『ウェーヴァリー』(11)の上巻の前半が一シリングの分冊で出版されるなんて誰が想像できるだろうか？『フラムリー牧師館』を書いているとき、私はこのことをはっきり自覚していた。こんなふうに深い自覚に基づいて仕事をしたので、ひどい退屈に落ち込むことはなかった。

その後私は一つの批評に出会った。私という作家について私よりもはるかに立派な同業の作家が書いた批評だ。その作家はめざましい知性と温かい想像力に恵まれて、私とは正反対の作品を書くことになった人、米国のナサニエル・ホーソーンだ。私は当時彼とは面識がなかったが、彼の作品は知っていた。私はその批評のなかで大いに褒められたから、ここにそれを引用(12)しておく。というのは、それは確かに正鵠を射ていたからだ。「私の個人的な趣味が」と彼は述べている。「私の書くことができる小説とはまったく違った種類の小説に向かっているのは奇妙だ。もしほかの作家が書いた私の本にそっくりなものに出会ったら、私はそれを読み通すことなどできないと思う。アンソニー・トロロープの小説を読んだことがあるだろうか？　彼の小説は私の趣味にぴったり合う。――しっかりして、実質があり、牛肉の歯ごたえとエールの霊感を通して書かれている。まるで巨人が大地から大きなかたまりを切り取って、そのかたまりの上にいる住人が見られているとも知らず、日々の仕事を続けているまま、それをガラス箱のなかに入れたかのようだ。これらの小説はビーフステーキと同じくらいイギリス的だ。こんな小説が米国で試みられたことがあるだろうか？　こんな小説を徹底的に理解するには、イギリスに住むことが必要だ。とはいえ、どこに住んでいようと、人は本性に照らしてこんな小説に成功の栄誉を与えると思う」

この批評には一八六〇年初頭の日付があり、『フラムリー牧師館』がそこで触れられているはずはない。それでも、それは私が書いたどの小説によりも『フラムリー牧師館』に当てはまる。この批評は、正しいにしろ正しくないにしろ、私がこれまで創作のときに心に思い描いていたものを正確に表現している。私はいつも「大地から大きなかたまりを切り取って」、男女を――ここよりも高められることも、ことさら低められることもなく――ここにいる私たちのあいだを歩いているように、そのかたまりの上で歩かせたいと思った。その結果、読者は神か悪鬼かのところに連れて行かれると感じるのではなく、読者に似た人間的な存在にそこで出会う。もしこれができたら、思うに、正直がいちばんで、真実が勝ち、嘘が負けるという観念、娘は純粋で、しとやかで、利他的なら愛されるし、男は誠実で、正直で、勇敢な心を持つなら尊敬されるという観念、卑劣なかたちでなされたことは醜く、忌まわしくて、気高くなされたことは美しく、上品だという観念で小説の読者の心を満たすことができる。これらの教訓は、思うに、私の小説よりももっと高雅な媒体によって仰々しく教えられるものだ。そんな教訓は私たちのもっとも偉大な詩人らから与えられる。ところが、多くの読者が小説の場合には、その教訓を把握することができるのに、偉大な詩人の作品の場合には、読まないか、読んでも教訓を見落としてしまうことがある！　散文の物語においてさえ、作中人物が作家の燃えるような想像力によって雲の上の人として高められるなら、そそっかしいふつうの読者には取っつきにくい相手になる。作中人物は読者が無意識に自分に似ていると感じる控え目な人物のほうが理解されやすい。女性読者はフローラ・マクドナルドによりもルーシー・ロバーツにおそらく共感しやすいと思う。

小説家が美徳や気高さを教えるという考えを馬鹿にする人、(13)——たとえば、小説を読むことを罪と見なす人、またはそれを無駄な暇つぶしと思う人がたくさんいる。そんな人々は物語の語り手を、邪悪な世界で邪悪な快楽に迎合するやからと見ている。私は自分の芸術をそれとはまったく違った見方で見ている。つまり、私はいつも自分を説教師と見なして、私の説教壇を聴衆にとって有益な快いものにできると思っている。どの娘も私の本を読んだあとは読む前よりも慎み深くなり、一部の娘は慎み深さを、身につけるに値する魅力として私の本から学び取ると確信している。どの若者も男らしさへの道が虚偽といんちきのなかには見つからないことを私から教わり、一部の若者は男らしさへの道が、真実と気高い柔和な精神のなかに見出されることをおそらく学ぶと思う。そういうことこそ私が教えようと努力していることだ。読者に自分に似た作中人物、あるいは自分をなぞらえられる作中人物を提示することによって、そういうことをいちばんよく教えられると思う。

私は『フラムリー牧師館』——あるいはむしろ『コーンヒル』誌との関係——を通して、アイルランドに住むことで切り放されていたあの文壇にあっという間に参入することになった。一八五九年十二月、まだ一生懸命小説に取り組んでいたころ、私は東部地区の担当となり、イングランドに戻って、ロンドンから約十二マイルの住まいに落ち着いた。その住まいはいくぶんもったい振ってウォルサム・ハウスと呼ばれ、ハートフォードシャーに位置するけれど、エセックスとミドルセックスの両州に境を接していた。私はこの家を初め借りていたが、改築に約千ポンド使ったあと購入した。この家からコーンヒルとピカデリーの両方にしばしば足を運ぶことができた。それで、機会があれば同業の人々とも交わることができた。

『コーンヒル・マガジン』誌だけでなく『ペルメル・ガゼット』紙でも、私たちに恩恵を施していたジョージ・スミス氏が、贅沢なディナーに寄稿者らを招いたのは、一八六〇年一月[14]のことだった。多くの点で記憶に残る宴会だった。おもに私にとってそうだった。というのは、このとき私は初めてその後非常に親しく交際するようになった多くの人々に会ったからだ。一つの機会がこんなにたくさんの友情の出発点になるのは、めったにないことだろう。サッカレーや、このあと私が誰よりも愛した（サー・）チャールズ・テーラー[15]や、ロバート・ベル[16]、G・H・ルイス[17]、ジョン・エヴェレット・ミレー[18]に会ったのはその日、そのテーブルでだった。その後私はこれらの人々みなと親しく交際した。——とりわけ、ここでは最後にあげた人について話そう。なぜなら、彼はそのときから多くの私の仕事に協力してくれたから。

ミレー氏は『フラムリー牧師館』の挿絵にかかわった。が、これは彼がした最初の『コーンヒル』の仕事ではなかった。この雑誌の第二号に載ったモンクトン・ミルンズ[19]の『口にされぬ対話』に彼の挿絵がある。彼が『フラムリー牧師館』に描いた最初の挿絵は、私が今話したディナーのあとに出た。私は彼が私の小説にかかわっていることをそのときは知らなかったと思う。それを知ったとき、とても誇らかに感じた。彼はのちに『オーリー農場』や、『アリントンの「小さな家」』、『レイチェル・レイ』、『フィニーズ・フィン』の挿絵を描いた。彼は私の物語に全部で八十七枚の挿絵を描いてくれた。彼以上に良心的な仕事をしてくれる人はいなかったと思う。挿絵には二つの型、悪い画家によっても、いい画家によっても等しく採用される二つの型がある。小説家はそれをよく知っているし、小説の読者もそれを学んでいる。ミレー氏がどちらの画家か言うまでもないだろう。ともあれ、彼はいい画家としてただきれいな絵を描く型を選んでもいいし、作家の作品を研究してそこから主題をえる型を選んでもいい。前者の型を選ぶほうが確かにやさしい方法だから、いいと思われていることはよく知っている。画家は自尊心があるから、作家の考えに自分の考えを従属させることをいつも嫌うし、時々あまりにも怠惰なので、作家の考えがどんなものか見つけ出すことさえできない。しかし、このミレー氏は高慢でも、怠惰でもなかった。彼は描くどの挿絵でも請け負った作家の見方を高めることを目的とした。その目的のため作品研究に苦労を惜しまなかった。私は挿絵に描かれた作中人物の何人かを本から本へまたいで再出させているが、人物についての私の初期の考えを、彼の卓越した挿絵によって記憶に消えることなく刻印してもらった。そういう挿絵は十五年前に始められた。そのときから今日まで今話している画家への愛情はぐんぐん増した。彼に会うことはいつも喜びだった。彼の声は私の耳には甘い響きだった。彼がいないところで彼が賛美されるとき、私は必ず賛美者としてそれに参加した。彼を非難する一言が話されるとき、私は必ず非難する人に反論した。もし万一ここに書いている言葉が彼の目に留まることがあったら、墓場から届いて、私の敬意を伝えてくれるだろう。——生きているときにこんなことは言えないから。

サー・チャールズ・テーラーはその夜四輪箱馬車で私をうちに送ってくれて、その後、私と非常に親しくなった。彼は金持ちに生まれついていたから、職業に就いて作家の名簿に自分の名を載せる必要に迫られなかった。しかし、作家の名簿に名を連ねる人々とつき合っていた。もし金欠か野心かに突き動かされたら、名簿に名を連ねたはずだ。彼はギャリック・クラブの王様だった。だが、私はまだそのクラブに入会していなかった。彼は私の同時代で最上のディナーを出した。いちばん立派なディナーの提供者だった。——喜んで今でもそうだと言える[20]。乱暴な口の利き方や、彼を嫌う人にはいやでたまらないぶっきらぼうな態度や、いくぶん暴君的なところがあったが、彼は友人らの王であり、太陽のように誠実で、「慈悲」の神のように気前がよかった。

ロバート・ベルは亡くなってほぼ十年[21]になる。その十年を振り返って、私たちがいかに親しかったか思い出すとき、知り合って六年しかつき合っていないことが奇妙に思える。彼はごく若いころからペンで身を立てきた。これまでのところ成功していたから、欠乏に陥ることなんか一度もなかったように見える。とはいえ、彼の勤勉と才能なら、確実であるように見えた地点には到達しなかった。彼は文壇ではよく知られていたのに、一般読者には知られていなかった。役に立つ、良心的なジャーナリストだったが、劇や小説では一度も人気を博すことがなかった。彼はキャニング[22]の伝記をものし、またイギリス詩人の注釈本を書いた。それでも、大きな成功を収めなかった。彼ほどイギリス文学をよく読んでいた人を私は知らない。そのため彼の会話には独特の魅力があった。しかし、ペンではそれと同じ幸せを読者に与えることができなかった。彼は「文学基金委員会」[23]にかかわったことで長く記憶されるだろう。委員会の忠実な、じつに信頼できる後ろ盾だった、委員会に私を最初に紹介してくれたのも彼だったと思う。文学者はおのれが軽んじられ、正当に評価されていないと特別思い込みがちな手合いだとよく言われる。ロバート・ベルはかつて占めたいとあこがれ、手に入れていてもおかしくない文学的地位に確かに達しなかった。私はしばしばこの話題を彼と議論した。けれども、彼はおのれの文学的運命について、不満の言葉を一言も漏らしたことがない。彼は真夜中にチャイムが鳴るのを聞くのが好きだった。口に熱いショウガを含むのが好きだった。そんなとき、彼のウィットと穏やかな歓声くらいに甘い声が人の唇から出たためしはない。

ジョージ・ルイス——世間は彼の妻がジョージ・エリオットだと知っている——も、私の親友の一人だった。今でもそうだ。彼は炯眼をもって鳴る、いちばん厳しい批評家だと思う。欠点は彼の厳しさだ。彼は正直に振る舞えば苦痛を与えるときでも、正直に振る舞おうとした。正直でありたいとの意思のせいで、苦痛を与える必要のないときにも人に苦痛を与えた。彼は本質的に疑う人であり、信頼する力をもう少しで失うところまで疑うようおのれを駆り立てた。ここで言う信頼とは、人が別の人に感じる個人的な信頼のことではない。文学を充分楽しむために必要とされる文学の卓越性への信頼のことだ。彼は一人の現代作家を完全に信頼していた。運命によって結ばれたすばらしい女性作家だ。彼女のペンから生まれるものに、彼が与えた惜しげない称賛くらい魅力的なものはない。現代の小説家を話題にするとき、この女性作家にはもう一度触れることにしよう。

ウィリアム・ラッセルも私の親友の一人だ。私たちはいつも彼を「ビリー・ラッセル」(24)と呼んだ。ウィットのある発話をきびきびと連発する点で、ビリーに匹敵する人を私はほかに一人しか知らない。その人はチャールズ・レーバー(25)という同じアイルランド人で、私の以前からの知己だ。二人のうちではレーバーのほうが驚嘆すべき話者だったと思う。彼の話し振りのほうがおそらく少し楽しく、彼の才知のほうが鋭くて予期せぬものだった。しかし、「ビリー」もまた驚くべき人だった。特別な通信員として海外にいるときも、新聞業の混乱のなかで国内にいるときも、彼は魅力的な朋輩だった。【けれども、文学上の企画においては信頼できる人ではなかった。彼はかつて米国の電信網に関する記事を書くと私に約束した。締め切りをはるかに遅れて原稿の前半を送って来た。――それからずっとあと、全体の印刷が終わっていてもいいころ、最後の四分の一を届けて来て、欠けている部分を次の郵便で送るとほのめかした。欠けた部分は結局送って来なかった。つながっていない断片は、最後の最後に印刷業者の活字でくっつけられた。おかしなところに気づいた者は誰もいなかったと聞いている。こんな場合、彼と議論しても、非難しても無駄だった。彼は機敏なウィットでいつも最後の一言を言い放った。彼は最近王侯貴族とのつき合いが忙しくて、古い友人らにあまり姿を見せていない。(26)】

サッカレーについてはその死を記録するとき、改めて話すことにしよう。

ジョージ・スミスのテーブルで初対面の人がほかにもたくさんいた。アルバート・スミス(27)はその直後に亡くなったので、それが最初で、最後の出会いとなった。ヒギンズ(28)はジェイコブ・オムニアムとして世間で知られており、私が大いに敬意を払っているジャーナリストだ。ダラス(29)はしばらく『タイムズ』紙の文芸批評を担当していた。確かに能力の点ではその後同じ分野に現れたほかの誰よりもいい仕事をした。ジョージ・オーガスタス・サラ(30)は、もし身を正しく処していたら、人騒がせな論説の時代にあってどの記者よりも高い地位に昇っていただろう。フィッツジェームズ・スティーブン(31)はぜんぜん違ったタイプの学識の人で、まだ頂点に達していないが、疑いなく判事らのなかで頂点に立つだろう。そのほかにもたくさんの人々がいた。――しかし、ディナーに結びつく様々な人々の名を今は思い出すことができない。

【私は無分別のせいでこんなディナーにみずから終止符を打ってしまったのではないかと思う。サッカレーが主人の向かいの席に陣取って、ジョンソン博士がついたてに隠れてディナーを取っているのではないか(32)と聞いたのは、最初のディナーの場面だったと思う。古い逸話はよく知られているので、ことさらここでそれに触れる必要はないだろう。私たちの気前のいい出版者は、隣の人と会話中で、その問い掛けを聞いていなかった。サッカレーは当然ちょっとした冗談が言いたかったので、問いを繰り返した。スミス氏は隣の友人とまだ話し込んでいたから、ジョンソンという人は部屋のなかにはいないと思うとテーブル越しに答えた。この話にはたいしておもしろ味はなかった。あったのは冗談を認めてもらおうとするサッカレーの無益な試みだった。翌朝、不運にも私は一人の友人にこの話をした。――が、安心して話をすることができない男がそばにいるところでそれを話してしまった。私はそのとき知らなかったけれど、その男はゴシップねたのどぶさらい(33)――情報源から偶然えたくずの醜聞を拾いあげ、悪意の香料をまぶして嘘の報告を作り、金を払ってくれる新聞に売ってなりわいを立てているやつ――だった。この話は完全に改悪され、真実をねじ曲げられ、サッカレーとスミスの両方に対して悪意を詰め込まれ、毒を盛られて米国の新聞に送られた。それだけなら、たいした問題はなかっただろう。この国では米国の新聞はあまり読まれなかったから。しかし、みなが読んでいる、少なくとも当時みなが読んでいる――『サタデイ』紙がたまたまその米国の新聞を手に入れて、その新聞の流儀で関係者みなをばらばらに引き裂いた。なぜそんなディナーが催されたのか？　なぜそんな話が交わされたのか？　ロンドンの私的テーブルの会話が、ニューヨークの読者の邪悪な飢えを満たすため、ゴシップにされるのは名誉なことなのか？　この記事はサッカレーをひどく苦しめた。スミス氏をひどく当惑させた。私はどぶさらいを違反行為で責めた。彼は罪を認めて、許しを請うた。私はほかの人たちに私の過失を告白した。――というのは、こんな男の前で何かを口にしたのは過失だったから。私は許されたが、コーンヒルのディナーはなくなった。(34)】

『フラムリー牧師館』に関して、さらに次のことを言っておきたい。これを書くとき、イギリスの州に私がつけ加えた新しい州を以前よりも親密に知るようになった。私はその州のすべて――道路、鉄道、町、教区、国会議員、馬を用いる様々な狩り――を心のなかに収めた。大貴族と城、郷士と在所、禄付牧師と教会をみな把握した。これはバーセットシャーに場面を設定した四番目の小説だ。これを書くとき、愛する州の地図を作った。私があたかもそこに住み、歩き回ったかのように、様々な付随的なことを知っている架空の場所があったから。これらの物語の全体で、もはや名づけられていないそんな場所はなくなった。

註

（1）（原註5）さらに16年後まで狩りは放棄されなかった。

（2）本書第5章のイギリス諸州図参照。

（3）この講演は“The Civil Service as a Profession”と題して *Cornhill Magazine* 誌に１８６１年3月に出版された。

（4）Lord Stanley of Alderley のこと。
（5）ローマ神話でペナーテース（Penates）はもともと食料を収める納戸の神々だったが、所帯全体を守る家庭の神々となった。
（6）South Kensington で Fulham Road と Brompton Road に挟まれたところ。
（7）Dickens の *Edwin Drood* や Thackeray の *Denis Duval* や Mrs Gaskell の *Wives and Daughters* など。
（8）ホラチウスの『詩論』（126-7）。
（9）プラウトゥスやテレンティウスなどローマの喜劇作家らが用いた劇中の奴隷の名。
（10）『フラムリー牧師館』（*Framley Parsonage*）のあらすじ――マーク・ロバーツは少年時代の学友ルードヴィック・ラフトン男爵との親交から、ラフトン卿夫人に気に入られ、フラムリーの牧師となる。その後ラフトン卿夫人の親友を妻にもらう。チャルディコウツの主人サワビー氏は借金に困って、いやがるロバーツに4百ポンドの約束手形を書かせる。ロバーツは何度も手形を更新するうち、ついに返済できなくなって執達吏の差し押さえを受け、ラフトン卿から救われる。ラフトン卿はロバーツの妹ルーシーと結婚したいと思っており、卿夫人から反対されている。卿夫人は大執事の娘グリゼルダとの結婚を息子に勧める。ルーシー自身が身分の違いを認めて、ラフトン卿の求婚を拒絶する。ルーシーは卿夫人から息子と結婚するよう求められない限り、卿を受け入れられないと言う。ルーシーは貧しいクローリー牧師の妻がチフスに罹ったとき、その家に泊まり込んで看病する。卿夫人はルーシーに息子と結婚してくれるように求める。ミス・ダンスタブルとソーン先生が結婚することになる。ソーン夫妻はサワビー氏が残したチャルディコウツを手に入れる。
（11）Sir Walter Scott の歴史小説第1作（1814）。
（12）Hawthorne の論評は1860年2月11日の日付のある James T. Fields への手紙でなされた。
（13）戦いに負けた Charles Edward Stuart の逃亡を助けたジャコバイトの女性。
（14）初めは3月となっていたが、1883年に1月と訂正された。
（15）Sir Charles Taylor（1817-76）は Trollope の Garrick クラブの友人。
（16）ジャーナリスト、Canning（この章の註22参照）の伝記作者で、サーの称号をえた（1800-67）。

(17) George Henry Lewes（1817-78）。文芸批評家、哲学者、George Eliot のパートナー。

(18) Sir John Everett Millais（1829-96）。ラファエル前派の画家。

(19) Richard Monckton Milnes（1809-85）。詩人。

(20)（原註６）ああ悲し！　これを書いて1年もしないうちに彼は私たちのもとを去った。【Taylor は１８７６年に亡くなった。】

(21) Bell は１８６７年に亡くなった。

(22) George Canning（1770-1827）。トーリーの政治家で長く外務大臣を務め、４か月首相も務めた。

(23) Royal Literary Fund のこと。作家を経済面から支援した。

(24) William Howard Russell（1820-1907）。*Times* 紙のレポーター。従軍記者の先駆け。

(25) Charles James Lever（1806-72）。アイルランド出身の小説家。

(26)【　】の部分は Henry Trollope が編集の段階で削除した。

(27) Albert Richard Smith（1816-1860）。小説家、旅行記作家。

(28) Matthew James Higgins（1810-68）。Jacob Omnium のペンネームを用いたジャーナリスト。

(29) Eneas Sweetland Dallas（1828-79）。スコットランド出身のジャーナリスト、作家。

(30) George Augustus Sala（1828-95）。ジャーナリスト、小説家。

(31) Fitz-James Stephen（1829-94）。法律家、判事。

(32) Samuel Johnson が最初の本 *Life of Mr Richard Savage*（1744）を出版直後、みすぼらしい格好をしていたので、友人らと一緒にディナーを取ることができず、ついたての背後で食べながら、この本を褒める友人らの言葉を聞いて喜んだという逸話が残っている。

(33) Edmund Yates（1831-94）を指す。彼は１８５８年に Garrick クラブで耳にした Thackeray の私事を暴露してクラブから追放された。

(34)【　】の部分は Henry Trollope が編集の段階で削除した。

第九章

『リッチモンド城』、『ブラウンとジョーンズとロビンソンの苦闘』、『北アメリカ』、『オーリー農場』

私は『フラムリー牧師館』を半分書き終えたとき、チャップマン&ホール社に書いているもう一つの小説『リッチモンド城』に戻って、それを完成させた。このときが頭のなかで二つの違う小説を同時に抱える唯一の機会だったと思う。しかし、二つを抱えていても何の困難にも、混乱にも陥ることはなかった。私たちはたいてい異なった人々の輪のなかに住んでいる。ロンドンの友人らを離れて、田舎の友人らのところへ行くとき、それぞれの生活の細部をふつうちゃんと覚えている。ラスティカムの牧師、その妻としゅうとめと親類、古い友人の郷士、その一族の歴史、馬で不必要に大麦を荒らしたため、私たちに腹を立てている農夫マッジ、狐をみな今罠に掛けている——昔は猟場番人だった——あのやくざな密猟者、私たちが車大工と結婚するよう口添えしたかわいいメアリー・キャナ、——私たちはそういう田舎の生活をみな生き生きと胸中に保っている。一方で、社交クラブの噂話や、前の社交シーズンのディナーや、ロンドンの親密な交際で起こる出来事を記憶から追い払うこともない。私たちは生活のなかで常に小説を紡いでいるようなものだ。そして、それぞれ異なった物語をはっきり区別して保つことができる。人は関心に値するものを確かに記憶している。年を取るに連れて記憶をなくすと聞くけれど、それは人が関心を抱く能力をなくすのだと理解すべきだ。たとえば、人はふつう老いて弱々しくなると、手元にどれだけ金を持っているか忘れてしまう。小説を上手に書きたい人は、学習しなければならないことをたくさん抱えている。ところが、彼がその技術をいったん習得すると、二つか三つの小説を同時に書けない理由はない。気づいていることだが、私は仕事に取り掛かるまで、やらなければならない仕事についてあまり考えない。ペンを握るとき、プロットのもっとも細い糸をたどって問題を解決できると信じ、考える努力をほんとうにほとんど何年も放棄してきた。しかし、精神はやり終えた仕事に絶えずかかわっている。たとえ私が『フラムリー牧師館』か『リッチモンド城』かを十五年前に半分書きかけて残したとしても、今ほとんど問題なしに物語を完成させることができると思う。出版後は『リッチモンド城』を見ていない。私はこの小説をあまりうまく書けなかったが、出来事はみな覚えている。

『リッチモンド城』(1)は確かに成功しなかった。――それでも、そのプロットはかなりよくて、私がふつうに見つけるプロットよりもずいぶんいい。場面は飢饉時代のアイルランドに設定されている。私はイギリスの読者がアイルランドの物語をもはや望んでいないことをよく知っている。アイルランド人の性格が特にロマンスにとても適しているので、どうしてそれが望まれないのかわからない。が、アイルランドを主題にしたものが、一般には不快なものとして受け取られている。とはいえ、この小説はそれ自体が弱々しい作品で、作中人物は共感を呼び起こさない。ヒロインには二人の恋人がいて、一人はやくざ者、もう一人は堅物だ。やくざ者を巡って、ヒロイン(2)は母を恋敵にする。母娘の恋敵関係は、サッカレーの『ヘンリー・エズモンド』で見事に描かれている。が、そこでは母の愛が、娘の冷淡さのせいで正当化されているように見える。『リッチモンド城』では、母が娘から男の愛を奪おうとする。娘のほうはピリッとした特徴を具えておらず、母のほうはかなり押しが強いので、読者をほとんど不快にさせる。会話はしばしば生き生きしており、事件のいくつかはうまく描かれている。しかし、物語は全体として失敗だ。けれども、これが出版されたとき、批評家からは手荒に扱われなかったことを覚えている。私がここで使っているほど厳しい言葉は、思うに、この小説について浴びせられたことがない。

私は今ウォルサム・クロスの家に落ち着いた。その家で数人の友人らを慎ましくもてなすことができた。

キャベツやイチゴを育て、自分でバターを作り、自前の豚を殺した。そこに十二年住んだ。そのころが私にとってもっとも幸多き歳月だった。私は一八六一年にギャリック・クラブの会員になり、それ以来そのクラブに帰属意識を持ってきた。クラブに所属して二年たったころ、サッカレーの死に際して、クラブの管理委員会から彼に替わって委員となるように要請された。それ以来ずっとそこの威厳のある幹部の一人だ。私はこのころまで人とのつき合いをほとんど経験したことがなかった。クラブについては何も知らなかったし、少年時代には社会的な集まりからさえ追放されていた。それで、最初はギャリックの快活さを心から楽しんだ。ディナーを取ることはめったになかったが、そこにいるとお祭りのように感じた。私は午後階上の小さな部屋でホイストの五番勝負をするのを何よりも楽しみとした。今話しているのはキング・ストリート[3]の古いほうのクラブだ。それ以来ディナーの前にホイストの勝負をするのが私の習慣になった。それで、何か特別用事がない限り、――たとえば、狩りがあるとか、家の若い暴君[4]によって広場で乗馬をするよう求められるとか、そんなことがなければ――、ホイストが「いつも午後の習慣」になった。私は畢竟あまり褒められたものではない娯楽の奴隷になっていると感じて、この習慣にはまった自分に時々良心の呵責を感じた。この習慣をやめよう、リップ・ヴァン・ウィンクルが言うように、「誓って断とう」としばしば思った。しかし、私の「誓って断とう」はリップ・ヴァン・ウィンクルのそれと同じだった。今冷静に考えてみると、この習慣に執心したのはやはり正しかったと思う。人は年を取るにつれて、若いころよりも娯楽をほしがる。しかも、年を取ると娯楽を見つけるのが難しくなる。読書は確かに余暇の楽しみになる。本かトランプかどちらかを選ばなければならないとしたら、私は疑いなく本を選ぶ。ところが、一度に一時間半以上、一日に三時間以上読書を楽しむことは、めったにできないことを知っている。これを書いているとき、狩りをやがてあきらめなければならないことを覚悟している。六十をすぎたら、田舎を馬でまっすぐ駆け抜けるのは、ほんの一握りの人にしか許されていない。ほかのかたちで馬に乗る方法を採用する気にはとてもなれない。トランプがなかったら、今はずいぶん途方にくれたと思う。ギャリック・クラブでトランプを始めたとき、たんにそれをする人たちとの交際が好きで始めたのだけれど。

私は交際する人々のあいだで人気者になったと思う。いわゆる愛情への飢えという性格上の欠点にずっと気づいていた。まわりの人々から好かれたいとの願望――人生の前半には決して満たされることのなかった願望――にずっとつきまとわれていた。学生時代のみじめさのかなりの部分が人気の少年を見るときのそねみから生じていた。私が万魔堂に置かれ、徹底的にみじめな目にあっているのに、そんな人気の少年は社会の楽園に住んでいるように思えた。その後、ロンドンですごした若者時代にも、私はほんの数人しか友人を持つことができなかった。郵便局の事務官らに対しても、最初の二、三年間完全に一人ぼっちの立場を堅持した。そのころでさえ自分を社会ののけ者と見なしていた。アイルランドの生活はそれよりもはるかによかった。私は所帯を持ったし、まわりの人々の尊敬に支えられた。しかし、アイルランドでもほんとうのところ、ほとんど社会的交際をしていなかった。家族の欲求を満たす程度の収入をえていたが、他人をもてなすほど充分なものをもらっていなかった。私はウォルサムに落ち着いて初めて、本格的にまわりの人々との交際を始めた。ギャリック・クラブは私が人気者になっていると実感できる最初の集まりだった。

私はまもなくほかのクラブの会員にもなった。ハノーヴァー・スクエアに「芸術クラブ」[5]があって、私は開会式に出たものの、三、四年たってもその建物に足を運んでいないことがわかって、名を取りさげた。それから、「公務員クラブ」の発起人の一人になった。――私の判断によるのではなく、ほかの人々にそそのかされたからだ。同じ理由でそのクラブもやめた。一八六四年に「文芸クラブ」[6]の管理委員に選出される栄誉をえた。これについてはスタノップ卿[7]の後押しに恩義を感じている。管理委員になった事実を知らされたときほど驚いたことはない。同じころ「国際人」の会員になった。これはバークリー・スクエア[8]のチャールズ・ストリートで週二回会う小さなクラブだ。会員と会員の友人らみなにただでお茶とブランデーの水割りを出してくれた！　私はそこの集まりをとても楽しみにした。ジェイコブ・オムニアム[9]、モンクトン・ミルンズ、トム・ヒューズ[10]、ウィリアム・スターリング[11]、ヘンリー・リーヴ[12]、アーサー・ラッセル[13]、トム・テーラー[14]らにそこで会うことができた。そのクラブは保革入り混じった強い政治色で活気づいていた。リポン卿[15]、スタンリー卿[16]、ウィリアム・フォースター[17]、エンフィールド卿[18]、キンバリー卿[19]、ジョージ・ベンティンク[20]、ヴァーノン・ハーコート[21]、ブロムリー・ダヴェンポート[22]、ナッチブル・ヒューゲッセン[23]、その他多くの政治家が議会の機密事項を自由に囁いていた。のちに私は「ターフ・クラブ」[24]の会員になった。そのクラブは高い賭け金でホイストをするのにいい――負ければ逆の――ところだとわかった。

　私は一八六一年八月に『コーンヒル・マガジン』誌のためもう一つ小説を書いた。およそ一巻の長さの中編で、『ブラウンとジョーンズとロビンソンの苦闘』[25]という小説だ。この中編では確かに柄にもない文体、以後二度と用いなかった文体を試みた。滑稽をねらったもので、俗語をいっぱい用い、商売のやり方を諷刺しようとした。とはいえ、私はある程度この本にはおもしろいところがあると思うのに、ほかの誰からもそんな意見を聞いたことがない。この本は私の通常の作品レベルに到達していないと思うと、優しく出版者から言われた。それ以外に、思うに、この本について意見が述べられるのを聞いたことがない。出版者は著作権を買ったものの、一八七〇年まで本のかたちに再版しなかった。それから、この本は音モナク[26]文学の世界から忘れ去られた。批評されることも、読まれることもなかったと思う。私はこの中編に対して六百ポンドを受け取った。このころから今日まで作品に対しては、ほぼ同じ割合で支払を受けてきた。ふつうの小説一巻分に六百ポンド、そんな五巻の長さに匹敵する――二十の分冊で出版できる――長編には三千ポンドだ。

私は時々それ以上を受け取ってきたと思う。匿名で作品を出版したときを除いて、どの物語に対してもそれ以下ではなかったと思う(27)。ここでこれだけ述べたから、本が書かれるたびにその本の金額をいちいち述べなくてもいいだろう。けれども、この自伝を完成させるとき、文学的労力に対して受領した金額すべての目録を提示するつもりだ。『ブラウンとジョーンズとロビンソンの苦闘』は私が出版者に売ったいちばん抜け目のない取引だったと思う。

一八六一年、南北戦争が米国で勃発した。私は当初からこの戦争に大いに関心を寄せた。母が三十年前にこの海の向こうの親戚について本を書いた。本は非常に人気を博したけれど、思うに、いくぶん不公平なものだった。母は米国の若い人々の風俗を不快に思っており、彼らの活力をほとんど認めていなかった。私は母の足取りを米国でたどって、別の本を書きたいと長年思っていた。すでに西インド諸島からの帰途、ニューヨーク市と州を短期間訪問したが、そのときは何か意見を表明するほど見聞を広めていなかった。戦争が行われているときだから、私がしたいと思う探求に特にふさわしいときだとは思わなかった。それでも、戦争が話題となっている機会に乗じて、本が人気を博すかもしれない。それで、私がかかわる大きな二つの力に相談した。出版社のチャップマン&ホールが一方の大きな力だ。私は難なく出版者とこの話を整えた。出版者は私の条件で本を出版することに同意して、旅の成功を祈った。もう一つの大きな力は逓信大臣と、局長のローランド・ヒル氏だ。私は九か月という並はずれた期間の休暇を求めた。局長を相手にしたふつうの手続きでは休暇がえられないことを恐れたから、大臣のところへ直接赴いた。「病気が理由かね?」と大臣は私の顔を見て言った。そのときの私の顔は非常にたくましい男の顔だった。大臣は公務員というものを誰よりもよく理解しており、あくどい言い訳や虚偽をたくさん見聞きしていたはずだ。そうでなければそんな質問はしなかっただろう。私はとても元気で、本を書きたいと大臣に言った。「そんな恩恵を求める特別な根拠はあるのかね?」私は職務を立派にはたしてきましたと言った。たくさん異を挟まれたにもかかわらず、九か月の休暇を手に入れた。休暇はこれまでの私の働きでえたものだと承知している。ヒル氏は休暇の覚え書きに、これは私が局にはたした特別な奉仕に相当するものだとの一項をつけ加えた。しかし、私はそんなただし書きのある恩恵を受け入れることを断った。その一項は逓信大臣の指示で撤回された。[28]

私は八月に米国へ向けて出発し、翌年五月に帰国した。滞在中戦争が荒れ狂い、国中が兵でいっぱいだった。私は滞在期間の一部を軍の攻撃の前線に沿って、ヴァージニアとケンタッキーとミズーリですごした。カリフォルニアを除いて当時分離していない州を全部訪問した。——耐えられないほどの不快を覚悟しなければ、分離側の州に入ることはできなかった。自分に課した課題を一生懸命こなしながら、人々の習慣と制度をたくさん見てきたと思う。まわりで荒れ狂う戦争にもかかわらず、平常の営みを続けようとする米国民の執着くらい、私を感銘させたものはない。産業も娯楽も戦争の威圧なんか受けていないかのように見えた。新しい連隊が日々必要とされていたのに、学校や病院や施設は決しておろそかにされなかった。私たちが環境にあっという間に順応するというのは真実だと思う。たとえロンドンの四分の三が炎に包まれているとしても、私が火を免れた地域に住んでいたら、きっとディナーを出してもらうことを心待ちにするだろう。

このとき書いた本は西インドに関する本よりもずいぶん長くなり、その本と同じくほとんどメモを取ることなしに書かれた。この本には多くの情報が盛り込まれ、多くの不正確な部分があるにしろ、真実が語られている。とはいえ、いいできではなかった。退屈で、混乱しているので、米国について知りたい人々にとって、将来的な価値はないと思う。ちょうど南部を愛する人々にとって希望が非常に明るく、北部に味方する人々にとって恐怖がいちばん強かったころ、戦争のさなかに出版された。それでも、この本は北部が勝つとの確信を表明している。——一ページ、一行といえどこの確信を揺るがしていない。この確信は北部の大義の価値と、北部の優勢な力と、イギリスが南部を承認しないという信念と、フランスがイギリスの政策に追随するという見解に基づいている。私の予言は正しかった。予言の根拠が正しかったと思う。南部の大義は間違っていた。リンカーン氏が大統領に選出され、南部は政治的優位を失ったため、戦争を引き起こした。大男に挑む小男として戦わなければならないから、勇敢に戦った。その勇敢さと、米国人の性格についての——南部人は北部の同胞よりも立派な紳士だという——誤解に基づく感情が、ここイギリスでは南部人への大きな共感を生んだ。だが、米国人はあまりにも公正なので、ロマンスの精神によって政治行動に導かれることはない。この信念が正しいことが裏書きされた。北部の大義が危機に曝される瞬間があった。イギリスの参戦もありうるとき、その危機が起こった。スライデルとメイソン両氏(29)——当人らは取るに足りない連中だ——が南部側からヨーロッパに送り出されて、ハバナでうまくトレント号というイギリスの蒸気船に乗り込むことができた。リンカーン政府はこの派遣を過度に重要なものと見なして、阻止しようとした。コモドー・ウィルクスという男が海上で警察官の職務に就いていて、トレント号を停船させ、二人の男を下船させた。一人がボストンへ、もう一人がニューヨークへ連行され、拘禁されたため国中が勝利に湧き立った。コモドー・ウィルクスは栄光をえるような勇者的なことを何もしなかったが、英雄になり、褒美の剣を受け取った。イギリスが当然乗客の返還を求めたとき、米国は二人を差し出すことをしばらく拒否した。そのとき、スーアード氏(30)が国務長官だった。スーアード氏は多くの政治的失策を犯したとしても、賢い男だった。私はそのときワシントンにいて、この件に関する北部指導者の意見の対立がとても熾烈であることを知った。サムナー氏(31)とスーアード氏は、リンカーン氏のもとで党内の要人だった。サムナー氏は二人の男の引き渡しに反対し、スーアード氏は引き渡しに賛成すると見られた。大統領は最終的にスーアード氏の主張を採ったため、イギリスの宣戦布告を免れた。私はその決定の日スーアード氏とディナーをともに[32]して、その家でサムナー氏に会い、決定がどうなったか食堂を出るとき教えられた。その日の午後、私たちイギリス人は一時間の猶予でおそらくワシントンを退去しなければならなくなると大使館から通告されていた。このときが北部側の大義が戦争中に直面したいちばん厳しい危機だったと思う。

　ともあれ、私の本はこんな見方では正しかったが、私が知る限りほかの部分で間違っていたから、いい本ではなかった。私は今教訓や娯楽をえる目的なら、誰にもこの本を読むように薦めることができない。西インド諸島の本では薦められたけれどだ。この本は時代の目的をはたして、大衆と批評家に正しく受け入れられた。

　私は米国へ出発する前、『オーリー農場』[33]を完成させた。この小説は『ピックウィック』や『ニコラス・ニクルビー』やその他多くの小説が出版された一シリング分冊で出た。友人らのなかで今私の小説について言葉を掛けてくれ、意見を持つ能力のある人々の大部分が、これが私が書いたいちばんいい小説だと言う。私はこの意見に同意しない。小説が持ついちばんの利点はプロットやユーモアやペーソスにではなく、作中人物の完全な描写にあると思う。作中人物が第一だと私が主張するのは当をえている。そう認められるくらい、物語の主人公をきちんと発展させている後続の作品に、私はまもなく触れるつもりだ。『オーリー農場』のプロットは、おそらく私が作ったもののなかでいちばんいいものだろう。それでも、このプロットはおのずからばれて、物語のなかであまりにも早く役目を終える欠陥を抱えている。レディー・メイソンは遺言補足書を捏造したことを老いた夫に打ち明けるとき、『オーリー農場』のプロットを解いてしまう。彼女は物語のど真ん中でこれをやってしまう。とはいえ、これとは無関係にこの小説はいい。サー・ペリグリン・オーム、孫のペリー・オーム[34]、マデリン・ステイヴリー[35]、ファーニヴァル氏[36]、チャハンブラス氏[36]、商売にたずさわる紳士らはみな上手に造形されている。狐狩りもいい。弁護士の発話もいい。モールダー氏[38]は七面鳥を見事に切り分け、カントワイズ氏[39]は情熱をもってテーブルとイスを売る。この物語には退屈なページが一ページもないことがわかる。私は『オーリー農場』が好きだ。特にミレーの挿絵が好きだ。どの言語のどの小説のなかで見る挿絵よりもいい。

私は目的地点に到達したと今感じている。一八三四年にロンドンに上京するとき、胸に抱いていたことを一八六二年には実現していた。一八四三年に『マクダーモット家』を書き始めたとき、その目的に向けて最初の一歩を踏み出した。文学者のなかで地位を確立し、安楽かつ快適に生活できる収入を確保した。――安楽と快適のなかには多くの贅沢も含まれる。このころから十二年間、私の年収は平均四千五百ポンドだった。私はこのうちおよそ三分の二を使い、三分の一を貯金した。おそらくもっとうまくやれただろう。――つまり三分の一を使い、三分の二を貯金することもできた。しかし、私は簡単に入ってくる金を自由に使いたいと思っていた。

それでも、この生活があまりにもぴったり私の思念と願望がめざす生活に一致していたので、私はこれを達成したことに誇りを感じた。この思念と願望が求める仕事に自分を押し込めるとき、いやいやながらやっと押し込める状態だったので、私は恥ずかしくてよく顔を赤らめたものだ。文学に専念する者は金銭的結果――一般にはそのために仕事がなされる――に、無関心であるべきだと考える人々がいる。私がいかにそんな人々の高い考えに到達しないか前に話したことがある。私はやすやすと手に入る収入をいつも大きな僥倖と見なした。六ペンス貨を気にしたり、シリング貨をだいじにしたりしなければならないこと、石炭が早く燃え尽きてしまうのを悲しむこと、家のリンネル類を新しくする必要にふさぎ込むこと、自分の入り用に迫られて友人へのおそらく愚かな施しができないこと、――こんな心配がまったくないのが人生の安楽にとって本質的なものだと私は思った。この二十年のあいだ私は安楽に暮らしてきた。私くらい若いころにこうなる見込みのない者はいなかっただろう。あるいは、二十五のときの私くらい、友人らからこんな贅沢はできないと予想される者はいなかっただろう。

とはいえ、金は甘美だが、実現された尊敬のまなざしと友人関係と生活様式はもっと甘美だ。私は少年時代に汚れた長靴とズボンで泥道をはうように学校へ向かうとき、このみじめさが最悪のものではなく、この泥と孤独と貧困が確実に私の生涯に及ぶのだと。いつも心に言い聞かせてきた。まわりの少年らは国会議員になったり、禄付牧師や聖堂参事会長や教区の郷士になったり、法廷で声をとどろかせる弁護士になったりするだろう。私は今この少年らからつき合ってもらえない。——後年においても彼らからつき合ってもらえることはないだろう。それでも、私はそのとき彼らに混じって生活していた。ほかの少年らが大学へ行く年齢で、私が郵便局の事務官になったとき、昔のいやな未来図が実現されているように感じた。私は事務官の仕事を高貴な職業だとは思っていなかった。有能な公務員によっていかにたくさんいい仕事がなされてきたか、当時は知らなかった。郵便局がついに私の心のなかで大きくなり、私の心情にねじ込んできた。郵便物が規則的に配達されて人々に届いてほしいと強く願うようになった。しかし、私は私の上昇志向をつねに小説の執筆の上に重ねており、ついに小説の執筆によって上昇した。

私は人におべっかを使うとか、貴族や富豪に近づきたがるとか、そんな傾向は見せなかったと思う。それでも、著名人との交際が好きだったと、富で際立ったことで多くの利点をえたと、ここで言うことをためらわない。いちばん高級なラシャ地の広幅織物が金で買えるように、いちばんいい教育も金で買える。貴族の息子は商人の息子よりも情報を握る人と親しく交わることができる。立派な先祖を持たない夫の妻——あるいは立派な先祖を持たないことを幸せと思う夫の妻——よりも、立派な先祖のいる夫の妻のほうが容易に恩恵にあずかれる。そういった立派な先祖の助けなしに人が情報と恩恵を手に入れるとき、見る目のある人々はそれを高く評価して、克服した困難のゆえにいっそうその所有者を尊敬する。しかし、生まれのいい人や金持ちとの交際が、たいてい追求するに値するという事実は残る。今私はこれを言う。なぜなら、これこそ私がこれまで生きてきた規範だったし、私を仕事に駆り立ててきた動因だったから。

下位の階級の人は自分よりも明らかに高い階級の人々とどういうふうにつき合えばいいか？　この問題が議論されるのを聞いたことがある。もしある侯爵あるいは伯爵が地位などまったくない私に親しく尊敬を向けてくれるとき、私はその人との交際で親しみのほうか、相手の地位の高さのほうか、どちらを念頭に置くべきだろうか？　二者のあいだで地位の違いがあまりにも明白である場合、親しみの最初の動きは、いつも地位の高いほうから出て来なければならないと、私は常々言ってきた。とはいえ、もしひとたび親しみが定着したら、地位を重要なものと考えてはならない。親密な友情は、平等以外の関係を認めないように見える。私は君主の友人になれるはずがない。おそらく君主のかなり下の多くの人々とも友人にはなれない。なぜなら、そんな人々とは平等になりえないからだ。

一八五九年から六〇年の冬、私はウォルサム・クロスに初めて来たとき、狐狩りを終わりにすることをほぼ決心していた。当時はこの娯楽を続ける収入を当てにすることができなかったうえ、アイルランドよりもイングランドのほうが、狐狩りにきっと金がかかると思ったからだ。アイルランドから雌馬を一頭持って来た。けれども、その雌馬は狐の狩り場で乗るには私には軽すぎた。しかし、金が入ってきたので、私はあっという間に昔の習慣に戻ってしまった。一頭の馬を買ったのを皮切りに、二頭三頭と買い足して、結局馬屋につねに四頭以上のハンター種の馬を置くことになった。子供が家にいるときは時々六頭も持っているときがあった。エセックスが狩りのおもな場所だった。あたかも生まれたときからエセックスの郷士だったかのように、私はだんだんそこでよく知られるようになった。私くらいエセックスの水路の深さ、幅、保水量を調べた人はあまりいないだろう。私が激しく馬を乗り回したことは、エセックスの人々みなが認めると思う。この娯楽を楽しむ理由を、満足のいくまでまだ分析できていない。狩り場の様々な手順についてはよく知ってるけれど、今でも狩りそのものについてはほとんど知らない。猟犬がどちらに曲がったか見るほど目がよくなかった。それで、狐がこっちに行ったか、あっちに行ったかわからなかった。実際、私が注意するのは、猟犬の上に馬を乗りあげないようにすることだけだ。目はフェンスのかたちがわからないほど悪かった。人のあとを追い掛けるか、馬洗い池か砂利取り穴に落ち込むと確信しながら馬を進めるかだ。そのどちらにも飛び込んだことがある。私はとても重いから、高価な馬には乗ったことがない。また、こういう乗馬にはもう年を取りすぎている。とても体が固いので、乗馬台か盛り土の助けなしに馬によじ登ることができない。それでも、できれば先頭を取りたいと決意して、少年のように精力的に昔と同じように走る。道路を嫌い、道路を馬で進む若者を軽蔑する。年下の連中に混じって、(40)栄光の地位ではなく面目の地位を占めながら、最後まで長距離を走り切ったときくらいいいものは、この世から——この世に財宝はたくさんあるけれど——えられないと感じる。

註

（1）『リッチモンド城』（*Castle Richmond*）のあらすじ——リッチモンド城に住む金持ちの地主サー・トマス・フィッツジェラルドは、メアリー・ウェインライトと結婚して、ハーバートとエメリンとメアリーという三人の子供に恵まれる。メアリー・ウェインライトの前夫は、パリで死んだと信じられている。城の近くにはデスモンド伯爵未亡人が娘のクレアラと若いパトリックとともに住んでいる。サー・トマスの親戚で、ハーバートに次ぐ相続人であるオウエン・フィッツジェラルドも、あまり遠くないところに住んでいる。オウエンはクレアラに恋しており、彼女と婚約していると思っているが、伯爵未亡人はオウエンの独身生活に問題があるとして婚約を認めようとしない。じつは未亡人自身がオウエンに恋しているからだ。やがてマシュー・モレットが現れて、メアリー・ウェインライトの前夫だと名乗り、子供は庶子になるぞ、土地はオウエンのものになるぞとおどしてサー・トマスをゆする。家付弁護士プレンダーガストは状況を素直に受け入れるしかないと言う。サー・トマスは失意のうちに亡くなり、家族は城を出る用意をする。そんなとき、弁護士はモレットがメアリーに会う前に結婚していたこと、サー・トマスの結婚が適法であることを発見する。ハーバートが資産を受け継ぎ、クレアラと結婚する。

（2）Lady Clara を指す。

（3）Covent Garden にある。

（4）妻の姪で孤児の Florence Bland が１８６３年以来同居していた。

（5）Regent Street と New Bond Street に挟まれた広場。

（6）The Athenaeum のこと。

（7）Philip Henry Stanhope（1805-75）。第５代 Stanhope 伯爵。

（8）Green Park の北 Mayfair にある。

（9）前出の Mathew James Higgins のこと。

（10）Thomas Hughes（1822-96）。Lambeth 選出国会議員。*Tom Brown's School Days* で有名。

（11）Sir William Stirling-Maxwell, 9th Baronet, of Pollock（1818-78）。スコットランドの歴史作家、政治家。

（12）Henry Reeve（1813-95）。*Times* 紙の外国事情専門家。*Edinburgh Review* 誌の編集長。

（13）Arthur Tozer Russell（1806-1874）。聖職者、聖歌作者。

（14）Tom Taylor（1817-80）。*Punch* 誌の編集長。

（15）George Frederick Samuel Robinson, 1st Marquess and 2nd Earl of Ripon（1827-1909）。リベラル派の政治家。

（16）Edward Stanley, 2nd Baron Stanley of Alderley（1802-69）。リベラル派の政治家。

(17) William Edward Forster (1818-86)。リベラル派の政治家。
(18) George Henry Charles Byng, 3rd Earl of Stafford (1830-98)(Enfield 子爵)。リベラル派の政治家。
(19) John Wodehouse, 1st Earl of Kimberley (1826-1902)。リベラル派の政治家。
(20) Lord William George Frederick Cavendish-Scott-Bentinck (1802-48)。保守派の政治家。
(21) Sir William Vernon Harcourt (1827-1904)。法律家、ジャーナリスト、リベラル派政治家。
(22) William Bromley-Davenport (1821-84)。保守派政治家。
(23) Edward Hugessen Knatchbull Hugessen, 1st Baron Brabourne (1829-93)。リベラル派の政治家、外交官。
(24) Arlington Club として1861年に設立された紳士クラブ。現在は Carlton House Terrace にある。
(25) 『ブラウンとジョーンズとロビンソンの苦闘』(*The Struggles of Brown, Jones, and Robinson*) のあらすじ——引退したバター商人ブラウンと、婿のジョーンズと、広告の力を信じるロビンソンは男性専用服飾店を共同経営している。ブラウンの臆病、ジョーンズの横領、ロビンソンの浪費の結果、事業はすぐ破綻する。ロビンソンはブラウンの末娘メアリアンとの結婚を願う。しかし、彼女のもう一人の求婚者、肉屋のブリスケットのほうに見込みがありそうだ。メアリアンは二人の恋人を天秤に掛けて競わせたあと、結局二人から捨てられて、不平の多い病弱な父の介護に日々をすごす。
(26) sub silentio.
(27) (原註7) これを書いた日から私は料金の減額にあった。【Trollope がいちばん高い支払率をえた時代は1860年代だった。一度目の減額は1870年に始まり、二度目ははっきり1876年にあった。】
(28) (原註8) 郵便局で奉仕している期間、私は大いに特別な仕事をした。特別な仕事に対する報酬が当時局内ではふつうだったが、私は一度もその報酬を求めたことがなかった——一度も報酬を受け取らなかった。しかし、もしそんな報酬の問題が生じるとしたら、ヒル氏が出した金額で私の仕事を評価されたくなかった。
(29) John Slidell と James Mason のこと。
(30) William Henry Seward のこと。
(31) Charles Sumner のこと。

(32) 1861年の Boxing Day のこと。Trollope は *North America*（1862）では Seward 氏にもっと厳しかった。

(33) 『オーリー農場』（*Orley Farm*）のあらすじ――サー・ジョゼフ・メイソンは後妻の子ルーシアスが生まれたとき、かなり年を取っていた。彼はロンドン近郊のオーリー農場で晩年をすごし、遺言捕捉書によって農場をこの子に遺す。長男（先妻の子）は大きな土地をもらっていたが、これに満足せず、捕捉書に対して訴訟を起こし、負けてしまう。ルーシアスはドイツで科学的農法を学んだあと、オーリー農場の管理を引き継ぐ。彼はこのときいくつかの借地契約を取り消す。一つはサー・ジョゼフの遺言を書いた弁護士の義子で、いかさま弁護士のサミュエル・ドックラスとの契約だ。借地権を失って激昂したサミュエルは、土地の所有に関する書類を吟味して、捕捉書が偽造された証拠を発見する。長男はこの証拠を示されて、訴訟を再開する。ルーシアスの母レディー・メイソンは、クリーヴ荘園のサー・ペリグリン・オームと彼の息子の嫁イーディス・オームと親しくしている。訴訟が再開されたとき、サー・ペリグリンはレディー・メイソンを全面的に支え、彼女を守るため結婚を申し込む。彼女は深く感動するが、捕捉書偽造のせいで結婚できないことを知っている。彼女は裁判で無罪となるものの、ルーシアスはオーリー農場を長男に返す。

(34) Sir Peregrine Orme の一人息子の未亡人 Edith Orme の一人息子。闘鶏を好み、賭博に手を染め、借金を重ねる。Madeline Staveley に求婚する。

(35) Judge Staveley の娘で、若い Peregrine Orme から求婚されるが、拒絶する。彼女は Felix Graham と結婚する。

(36) Lady Mason の法廷弁護士となる Thomas Furnival のこと。

(37) 法廷弁護士で、Alaric Tudor（*The Three Clerks*）や Lady Mason や Phineas Finn（*Phineas Redux*）の弁護をする。

(38) 茶とコーヒーとブランデーを売る商人。

(39) 金属製の家具を売る商人。

(40) 『彼女を許せるか？』の第17章で Trollope は狐狩りをする自分の姿を Pollock という名でおもしろおかしく描いている。

第十章

『アリントンの「小さな家」』と『彼女を許せるか？』と『フォートナイトリー・レヴュー』

私は一八六二年年頭の数か月まだ『オーリー農場』の分冊を出していた。同時に『ブラウンとジョーンズとロビンソンの苦闘』を『コーンヒル・マガジン』誌に出していた。一八六二年九月に『アリントンの「小さな家」』を同じ雑誌で連載し始めた。北アメリカに関する本も一八六二年に出した。一八六三年八月に『彼女を許せるか?』の最初の部分を一連の分冊で出版し、一八六四年まで続けた。一八六三年に『レイチェル・レイ』という短い小説を通常の一巻本で出した。加えて、この間に『あらゆる国々の物語』という短編集二巻を刊行した。一八六五年の早春には『ミス・マッケンジー』を『レイチェル・レイ』と同じかたちで出した。同年五月には『ベルトン荘園』を『フォートナイトリー・レヴュー』誌の創刊とともに始めた。この雑誌についてはこの章で少し述べることにする。[1]

私は大急ぎで市場を私の書物でいっぱいにしたことを認める。私という一人の作家がこんなに短期間にこんなに大量のものを出すことなど、読書界から予想されていなかった。一つには、私がパターノスター・ロウの出版者をあきれさせた不運な紳士ほどもこれまで多作ではなかったからだ。――その紳士の多作の話にはどこかロマンスの味わいがあるようにいつも思われた。一つには、私が出版者にも読者にも、しばしば注目に値しない作家だと思わせるようなことをしてきたからだ。出版者についてはひとまとめにして言っている。私はおもに二つの出版者から別個になされる激励によって、市場を満たす罪を犯してきたと思う。『コーンヒル・マガジン』誌にはいつもスミス氏の提案に沿って書いた。それ以外の作品は善意で交わした契約に基づいてチャップマン&ホール社から出版した。もし私が同時に二人の人に――一人はコーンヒルの出版社に奉仕し、もう一人はピカデリーの出版社に奉仕する二人の人に――なれたら、とてもよかったかもしれない。ところが、私は二つの出版社で同一人物であることを保ったから、あまりにもしばしば巻頭ページを私の名で飾ることになった。

もし批評家が本書のこの部分にこだわるなら、今言ったように急いで書くことによる一つの大きな悪、すなわち作品の粗製濫造という悪を、私が無視していることをもちろん指摘するだろう。もし大急ぎで書くことによって作品が劣ったものになるなら、批評家は当然正しいことになる。私の最良の批評能力をこの問題に適用して、他人の作品を判断するように私の作品を判断すると、私の場合、そう信じているが、私がいちばん速く書いた作品がいちばんよくできている。私は『アリントンの「小さな家」』や『彼女を許せるか?』よりもいい物語を作ってきた。つまり、これら二つの物語のプロットよりも、いいプロットを生み出してきた。これら二つの物語に見出せる作中人物よりもいい作中人物を二、三の物語で描いてきた。けれども、これら二つの物語をよく吟味するなら、現物以上にいい仕事をすることはできなかったと思う。たとえこれら二つの物語にそれぞれ二年ずつ手間を掛けたとしても、物語を語る技術上の努力で、これ以上改善することはできなかっただろう。劇や小説を書いたことがある人だけが、プロットの操作にかける時間が、いかに短いか知っている。この疲れる仕事に頭脳が向かうことができる時間が、どんなに短いかも知っている。苦しみもだえる疑念とほぼ絶望の数時間――少なくとも私の場合がそうだ――、あるいは数日間といったところがふつうだ。それから、事件の最終的な展開について何も決めないまま、何かを決める能力もないまま、しかしある作中人物あるいは複数の作中人物のじつに明確な着想を抱いて、私は見えないフェンスに向かって騎手が突っ込むように、急いで作品に取り掛かる。時々狩りの用語で言う落馬にあった。すでに述べたように、二つの小説――『バートラム家』と『リッチモンド城』――でそんな落馬を経験した。これに似たほかの困った事態についても、これから話さなければならない。それでも、こんな失敗は仕事を大急ぎですることから生じるのではない。作品を突貫作業で書きあげるとき、——時々非常に速く仕上げた——、私は着想の部分ではなく、物語を語る部分に熱い重圧を加えることでこのスピードを実現した。一日八ページ書く代わりに、十六ページ書いた。週五日仕事をする代わりに七日仕事をした。いつもの平均を三倍にして、書いている物語に当座はあらゆる思念を集中させた。山々のあいだの静かな場所で——交際も、狩りも、ホイストも、日ごろの家庭内の義務もないところで——ふつう突貫作業をした。そんなふうにして書いた作品にこそ、私がこれまでに生み出すことができたいちばんすばらしい真実、最高の精神を確かに具現させていた。そんなとき、処理している作中人物のなかに、完全に魂を吹き込むことができた。私は作中人物らの悲しみを嘆き、その愚かさを笑い、その喜びを噛み締めながら、岩や森のなかを一人さまよった。私は創造するものではち切れそうになると、ただ興奮して、手にペンを持って座り、作中人物の一団を動かせるだけ速い速度で私の前を旅させた。

こういうことはみな、作家の頭脳が生み出す粗雑な物語について言うなら、それでいいかもしれない。しかし、一般大衆に物語を運ぶ文体について言うなら、とてもいいとは言えないと、批評家がまた口を出すだろう。結局、作家が大衆に思いを伝える入れ物、すなわち文体は、作家の思いに勝るとも劣らず重要だ。作家は世間受けのいい言葉を使うことができなければ、人気をえられない。それはまったくほんとうのことだ。それゆえ、世間受けのいい、別の言い方をすると、澄んだいい文体を作家は完成させなければならない。読者にとって心地よいと同時に理解しやすい書き方を、どうすればうまく手に入れることができるだろうか？　作家は正確でなければならない。なぜなら、正確さなしに読者の快さも、理解も実現できないからだ。読者は言語を縛る規則、無意識に教え込まれている規則に作家が従うことを期待している。作家が規則に従わなければ、読者をむかつかせる。かなり苦労しなければ、規則に従う文体を作りあげることはできない。作家は学ぶべきことをたくさん抱えている。さらに、それだけのことを学んだうえで、学んだことを難なく使いこなす習慣を身につけていなければならない。けれども、読者を喜ばせるものを書いているときにではなく、それよりずっと前にこれらのことを学んで習得していなければならない。偉大な演奏家がすばやい指の動きで音楽を奏でるように、怒る講演者が口から言葉を吐き出すように、熟練植字工が指で活字を拾うように、電信技士が耳に届く小さな響きを音節に変換するように、作家は言葉を駆使できなければならない。言葉を重視する人は書くとき、ふつう苦心の跡を残す仕事をする。もちろん私はここで散文のことを言っている。というのは、詩のことなんか知ったことではないからだ。私たちはそれなりに限られた趣味にとらわれている。

速く書けば、疑いなく不正確さを招く。——耳はすばやく正確に働くかもしれないが、時々精神的な重圧のせいで調子を崩し、文が終わる前に最初の構成がどうだったか忘れてしまう。それが不正確さを生み出すおもな原因だ。単数主語が複数形の動詞で受けられて、恥ずかしいことになる。他の複数形があいだに入って、複数のかたちに耳が引っ張られるからだ。同語反復が起こる。耳が新たな強調を強く求めるとき、望んでいる強調がすでに表現されていることを忘れるからだ。こういう間違いの原因をたくさんあげてみても始まらない。人がギボン(2)のような長い文を書くとき、間違いがまさしくつまずきの石(3)となる。マコーリー(4)が間違いの分類をして、私たちにそれを避けさせるため多くの仕事をした。速く書く作家はこれらの間違いを完全に払拭することができない。私について言うと、ずいぶん修練を積んできたものの、間違いを免れることができなかった。それははっきり認める。とはいえ、新聞記者が原稿を手元からそのまま印刷所に送るよう求められることはめったにない。本の作者がそんなことを求められることはありえない。少なくとも四度

――原稿で三度、印刷で一度――すべて読むのが私の習慣だ。私は多くの作品を印刷段階で二度読む。それでも、間違いがスパイ一人ではなく、大隊で入り込んで来ることを知っている。作品そのものが速筆で書かれているからではなく、校正が不充分だから間違いが生じると、この点から推測している。仕事の最大の重圧のなかで結果的に大急ぎで書かれた部分は、いちばん効果的で、決して不正確ではないと私は確信している。

『コーンヒル・マガジン』誌の勇ましいオーナーに対して、『ブラウンとジョーンズとロビンソンの苦闘』が傷つけた――と思う――私の名誉を、『アリントンの「小さな家」』[5]が挽回してくれた。この小説には私の読者がいちばん好きな作中人物の一人、リリー・デールが登場する。私はリリーが迎え入れられた熱狂的な愛情を、読者と共有することができなかった。彼女がいくぶん堅苦しい女性だと感じたからだ。彼女は初め紳士気取りの俗物と婚約するが、その婚約を破棄される。彼女はたいしてよくないもう一人の男性[6]をほんとうは愛していたにもかかわらず、完全に崇拝し切れない男性の妻になる決心をするほど、最初の大きな破綻から抜け出すことができなかった。リリーは堅苦しい女性だとしても、老若を問わず多くの読者の心をとらえた。そのため、私は当時から今日に至るまで絶えず手紙を受け取ってきた。手紙はいつも私にリリー・デールとジョニー・イームズの結婚を懇願するものだった。しかし、もし私が二人を結婚させていたら、彼女の運命について作者に手紙を書きたいと思わせるほど、これらの読者にとって彼女が親しい存在になることはなかっただろう。彼女が読者から愛されるのは難儀を克服できなかったからだ。リリー・デールと小説のおもなる関心を別にすれば、『アリントンの「小さな家」』はいいと思う。ド・コーシーの家族は生き生きと描かれている。公務員の英雄、サー・ラフル・バフルもそうだ。サー・ラフルは生きた人ではなく、一つのタイプを表すよう意図されている。ところが、描写のモデルと想像される男性がまもなく選び出された。

私は肖像がとてもよく似ているとしばしば請け負われた。私が勝手にモデルにしたと思われている紳士には会ったこともない。アリントンには老郷士[7]もいる。かなり金銭的に困った田舎紳士の生活がうまく描かれていると思う。

『彼女を許せるか？』[8]が私の評判を高めるのに、あまり役に立たなかったことを知っている。が、私はこの小説についてどれだけ大きな愛情を込めて話しても話しすぎることはない。この物語は友人のバートリー氏からずっと前に突き返された脚本をもとに作りあげられている。読者は拒否された経緯を覚えているだろう。その脚本は『高貴な男たらし』と呼ばれていた。批評家が高貴という点に疑念を投げ掛けるのではないかと忖度して、小説の題名としてこの名はまずいと思った。私が最終的に採用した題名には、前の題名よりももっと不確かで控え目な感じがある。娘[9]の性格はかなり力強くできあがっているが、魅力的ではない。もとの脚本から同じように移し替えられたユーモラスな作中人物らはうまく描かれている。肉づきのいい未亡人[10]がその一例だ。彼女は二人の利己的な求婚者のうちいい男だということで、承知のうえでやくざ者のほうを選ぶ。多くの小説で滑稽さがねらわれるなか、ベルフィールド大尉とチーズエイカー氏の板挟みになるグリーノー夫人はとりわけ滑稽だ。しかし、この物語を私にとって身近にしているのは、プランタジネット・パリサーと妻のレディー・グレンコーラをここで最初に登場させたことだ。

この二人の作中人物とその取り巻きが私の後半生にどんなに大きな比重を占めたか、また私の政治的、社会的所信を表明するため、彼らをどんなにしばしば利用したか、どれほど話し、強調しても読者にそれを納得させることはできない。コブデン氏[11]にとって自由貿易が、ディズレーリ氏[12]にとって党の支配が現実のものであったように、私にとって彼らは現実のものだった。私は庶民院のベンチから喋ったり、演壇から雷を落としたり、講演者として効果的に話したりすることができなかった。それで、私の胸の思いを発散する安全弁として彼らを用いた。プランタジネット・パリサー氏は『アリントンの「小さな家」』で登場していたが、あまり有望な作中人物として出て来たわけではない。彼はこの小説の終わりのほうで当代一の大女相続人グレンコーラと結婚することで、人生の行き詰まりを打開するよう促される。それから、大女相続人は『彼女を許せるか？』で初めて既婚夫人として登場する。パリサーは公爵――オムニアム公爵――の甥で、世継ぎだ。公爵は『ソーン医師』で初めて登場し、のち『フラムリー牧師館』にも現れる――私が今言った――取り巻きの一人だ。私は二人の作中人物とその政治的、社会的な友人らに、最上の階級の罪や弱点や悪を描き、同時に徳や美点や強さも表そうと努めた。もし私が強さや徳を悪や罪よりも優勢なものとして描いていなかったら、意図したように絵を描けなかったことになる。プランタジネット・パリサーはじつに高貴な紳士であり、――世襲貴族と長子相続の変則(13)と見えるものを国に対して正当化する人物だと思う。妻グレンコーラはどこを取っても夫に劣る。が、妻もまた愚かさの薄い層の下に立派な原則の基盤――彼女に対して初めに悪がなされたとの思念をときとともに忘れさせて、召された場所で義務をはたすよう教える原則の基盤――を具えている。あるいはそんな基盤を具えているように意図されている。彼女は大きな悪の経験をした。――ほんの子供にすぎないころ、好きでもない男性(14)と結婚するよう強いられた。――彼女はそのときほんの子供にすぎなかったが、ほかの男性(15)を愛していた。彼女は重い難儀にあったけれど、屈することはなかった。

私は物語のなかでその重い難儀を処理した仕方と、そうした自分を弁明するため一言言っておきたい。『彼女を許せるか？』のなかで、私はグレンコーラの初恋――美しい、上質の、まったく無価値な初恋――を紹介している。娘が心労でやつれないようにしたり、女相続人があんなやくざのバーゴに資産を食い尽くされないようにしたりすることは、なるほど娘の身内の義務だった。とはいえ、愛してもいない男性との結婚を娘に強要することはいつでも間違いだ。娘に別の愛する男性がいるときは、とりわけ間違っている。この教訓を教えるため、私は愛する男性による駆け落ちの誘いというぞっとする危険に若い妻の身を曝した。私はやくざな恋人が成功するかどうかしばらく未決状態にして、なるほどどっちつかずの状態を続けた。そのころ、みなから尊敬されている著名な国教会の高位聖職者[16]から、私の本を厳しく批判する一通の手紙を受け取った。あなたの小説を娘らから読んでもらうのが、生活のなかの無邪気な楽しみだったと、その聖職者は言った。ところが、あなたは今娘らに本を閉じるように命じなければならないようなものを書いている！あなたはこんな邪悪なきわものにも手を染めなければならないのか？　姦通を考える妻が、あなたの本にふさわしい作中人物とでも思っているのか？　それで、私は彼に反論した。説教壇からにしろ、聖餐台からにしろ、聴衆に向かって彼は姦通を非難しなかったかと。もし彼が非難したことがあるなら、どうして私が同じ教義を読者に説教してはいけないのか？　清純な娘が駆け落ちをしたとき、娘が学ばずにはいられなかったこと、学ぶべきではなかったことなど、私は書いていない。私はほのめかした罪の魅惑に完全に踏み込んではいない。聖職者は優美な返事を返してきて、不快な議論を避けながらも、初志を捨てていなかった。彼は手紙で扱うには問題が大きすぎると言い、私が彼の田舎を訪問して一週間滞在し、話をつけるよう希望した。しかし、その機会はまだ訪れていない。

レディー・グレンコーラはこの難儀を克服して、一部には善悪の観念によって、一部には夫の真に高貴な行為によって、どうにか夫との絆を取り戻す。彼女は人生のロマンスを失う一方、豊かな現実をえて、充分その風味を味わうことができる。彼女は地位を愛して、まず社会的な、次に政治的な上昇の野心を抱く。夫はどこまでも人がいいから徹底的に妻に忠実だ。妻は性格的に不完全だから、夫に不完全に忠実だ。

二人の作中人物を一つの物語から次の物語へと再登場させるとき、私はたんに一貫性――厳正に維持されたら、自然に背く一貫性——の必要だけでなく、ときがつねに生み出す変化の必要にも気づいていた。十年たったら性格上のおもな特徴が変わっている、というような人はほとんどいない。利己的な人はやはり利己的であり、不実な人はやはり不実だろう。とはいえ、人はこれらの特徴をそとに表す仕方を変える。これらの特徴を強める力、弱める力も変える。これらの作中人物が年を取るに連れて、私たちみなに訪れる変化を見るのが私の研究だ。オムニアム公爵夫人は首相の妻として役割をはたすとき、バーゴ・フィッツジェラルドと駆け落ちしたいと願いながらも、駆け落ちなどするはずがないことを心得ている、あのレディー・グレンコーラと同じ女性だ。首相である公爵は自尊心を傷つけられ、心にひりひりと痛みを抱えていても、権力と地位を初めて提供されたとき、妻のためにそれを放棄するあの同じ男性だ。——それでも、夫婦は活動的な生活のなかで当然生み出される変化に曝されてきた。こういうことを完全に描くことが最初から最後まで私の心にあった。ところが、それが苦労の割に報われなかったことがわかっている。

私はこの計画を実行するため、大きな画布に絵を繰り広げなければならなかった。こんな芸術を好む人がいるにしても、その人にわざわざ全体を見る労を期待することができないほど大きな画布だ。オムニアム公爵やプランタジネット・パリサーやレディー・グレンコーラの性格を把握するため、『彼女を許せるか』『フィニーズ・フィン』『帰って来たフィニーズ』『首相』(17)を誰が連続して読むだろうか？　このシリーズはそんなふうに読まれなければならないと誰が気づくだろうか？　しかし、私はこのシリーズを書くことで充分満足した。人がみな何らかのかたちで参加したいと願う時代の政治活動に、こんなかたちで存分に参加することができた。私はこれら三人の作中人物——今名をあげた小説以外の小説にも時々出て来る三人——を生涯最高の創作と見なしている。プランタジネット・パリサーは全体としてとらえると、私が創造したどんな作中人物よりもしっかり地に着いた人物だと思う。

一八六三年のクリスマス、私たちはサッカレーの訃報を聞いて驚いた。彼は当時『コーンヒル・マガジン』誌の編集長の地位――彼の気質とも習慣とも合わない地位――を何か月も放棄していた。それでも、その雑誌のページを埋める著作で依然として雇われていた。私は彼と知り合って四年しかたっていなかったが、彼と彼の家族とはとても親しくしていた。私は彼を知人のなかでいちばん優しい心根の持ち主だと思っている。彼はこの世の愚鈍を大げさに軽蔑しながら、触れ合う個人の喜びや難儀に同じように大げさに共感した。彼は金のこと、病気の妻のこと、娘らが話し相手になる前に家庭が崩壊してしまったことで、人生初期にとても不幸だった。このため社交クラブにのめり込み、一般の交際を嫌悪するようになった。だが、そんなことで心情に影響を受けたり、想像力を曇らされたりすることはなかった。彼は今なお架空の生活の痛みや喜びにふけることができ、邪悪な行為の邪悪な結果を読者に示す義務を――最後までそれを義務として――感じることができた。彼が周囲に見るこの世の愚鈍のせいで、書かずにはいられないあの風刺の筆勢を抑えられなかったのが、おそらく作家としての彼のおもな欠点だった。諷刺しか書けない風刺家は、少ししか書いてはいけない。でないと、諷刺は彼が住む世界の罪から生じるというよりも、彼自身の辛辣な気質から生じるように見えるからだ。私自身は『ヘンリー・エズモンド』が英語で書かれたもっともすばらしい小説だと思う。卓越した言葉使いと、作中人物の明確な個性と、選ばれた時点における描写の真実性と、すばらしいペーソスがこの判断の理由だ。サー・ウォルター・スコットでさえ比肩し難い語りが繰り広げられるいくつかの場面がここにある。これを疑う人は、レディー・キャッスルウッドがハミルトン公爵を説得する一節を読めばいい。エズモンド大佐が花嫁を引き渡す役を引き受けるなら、公爵のベアトリスとの婚礼は栄誉あるものになると、公爵に考えさせる一節だ。サッカレーが私たちのもとを去ったとき、名のある作家らをあとに残して死んだ。しかし、問題をいちばんよく理解している人々は、この時代の虚構物語の大家(18)が逝ったと感じたと思う。

『レイチェル・レイ』(19)は私のどの小説もあったことがない運命を経験した。これより数年前に『グッド・ワーズ』誌という刊行物が私の友人、グラスゴーの有名な長老派教会牧師ノーマン・マクラウド博士の編集で創刊された。一八六三年、博士はその雑誌に一編の小説を書くよう私に求めてきた。彼は原則として問題を宗教的な話題に限定しないと説明し、さらに私の手に委ねれば安心だとお世辞を言った。私は回答として博士が間違った作家の選択をしていると思うと伝えた。つまり、彼は『グッド・ワーズ』の読者に小説を一つ届けたいのだろうが、私の小説が彼の望むようなものにはとうていならないこと、また、特定の宗教的傾向を持つものや、私のいつものやり方とは違ったかたちで書くものを、引き受けることができないことを私は伝えた。私はこれまで通り世俗的な作家であり、かつ一部の人から邪悪だと思われているとすれば、これまで通り邪悪な作家だ。たとえ私が『グッド・ワーズ』のために書いても、相変わらず世俗的で、かつ邪悪だろう。博士からは一貫して要請を受けた。それで、私はこの刊行物用の物語について話をまとめた。私はそれを書いて、送った。まもなくそれはかなりの部分が印刷され、この物語では駄目だとのほのめかしを添えて、送り返されて来た。博士くらい嘆きと後悔にあふれた手紙を書いて来た人はいなかった。すべて彼のせいだと言っていた。私の助言を聞いておくべきだった。もっと賢く振る舞えばよかったと。物語はそれなりにいいものだが、博士は『グッド・ワーズ』の紙上にそれを載せて読者に提供することはできない。許してもらえるだろうか？　博士が出版を決めたせいで私がこうむる金銭的な損失を、オーナーが進んで償うつもりでいる。損失はあった――というよりもボツになれば損失が出るだろう。私は責任が実際に編集長にあると感じて、その金を受け取った。今物語は出版されている。すばらしいものでも、決して優れたものでもないけれど、たいして邪悪でもない。最初のほうの章に踊り——私がいつもこの娯楽を受け入れていることをはっきり示すように描かれた踊り——の場面がある。私の友人[20]が異議を唱えたのはこの踊りだった。ある人にとっての食べ物はほかの人にとっての毒だ、というのはおそらくほかのものについてと同様小説についても言えるようだ。

私は『ミス・マッケンジー』[21]を、恋愛を扱わなくても小説が作れることを証明したいとの思いで書いた。ところが、この試みも小説の結末前に破綻する。恋愛を扱わないとの目的を補強するため、ヒロインをじつに魅力のない——金銭問題に苦しめられる——オールド・メイドにした。しかし、本の最後で彼女でさえ恋愛をして、老いた男性とロマンチックな結婚をする。私は慈善バザーという金集めの方法を当時とても不快に感じていた。この物語では読者を納得させるため、慈善バザーを厳しくこきおろしている。それ以来、この意見を変える機会がなかったことだけ言っておきたい。『ミス・マッケンジー』は一八六五年の早春に出版された。

私は同じころほかの者と一緒に定期刊行誌『フォートナイトリー・リヴュー』誌の創刊に携わった。私たちのある者は『リヴュー』に大いに信頼を寄せ、すばらしいものが生み出されることを期待した。しかし、ほんとうのところは私たちのあいだにほとんど共通理解がなく、信頼も期待も正当とは言えなかった。とはいえ、私たちは目的に向かって真剣であり、その真剣さでいくらか役立ったと思う。私たちみなが合意していた点は、個人の責任と結びついた言論の自由だった。私たちは保守でもリベラルでもなく、宗教的でも自由思想的でもなく、迎合的でも排他的でもなくしよう。——けれども、語るべきことがあり、語る仕方を知っている人には誰でも自由に語らせよう。ただし、その人はつねに署名の責任を負って語らなければならない。私は当初とほうもないこの否定の原則に反対して、キリストの神性を否定したり、疑問視したりする考えが表に出てはならないと主張した。その原則に同意していたことを考えると、これはじつに不合理な反対だった。この否定の原則は、私たちが提案している出版物の主張としてはじつに馬鹿げたもので、仲間に入ろうとしていた一人、二人をただちに追い出してしまった。それでも、私たちは前進して、会社――有限会社――を作った。私たちはそれぞれ千二百五十ポンドを拠出したと思う。私は少なくともそれだけ拠出した。有名なフランスの出版物の例に倣って、二週間に一度出版することに合意し、それを『フォートナイトリー・リヴュー』と呼んだ。編集長としてG・H・ルイスの奉仕を確保した。役員会が財政を管理することになった。役員会は二週間に一度開かれることになり、私がその議長となった。文学作品に対する支払は、気前のいい厳密な現金制にすることに決めた。私たちは資金がなくなるまで原則を実行し、それからチャップマン&ホール社にはした金で著作権を売った。ところが、私たちが資産を手放す前になって、隔週刊行というやり方が作品を大衆に届ける業界にとって不人気であることがわかった。私たちの定期刊行物がそんな反対を押さえ込めるほど有名ではなかったので、折れて、それを月刊誌にした。しかし、名は『フォートナイトリー』であり、今もまだ『フォートナイトリー』だ。当時の定期刊行物のなかで、これはおそらくもっとも真剣かつ熱心な雑誌で、娯楽に終始することもなく、軽薄でもなく、ふざけてもいなかった。とはいえ、そんな馬鹿げた誤称で毎月出て来るという顔を持っている！　現代文学の慣習を知る人がみな心得ているように、定期刊行物の名を変えることはとても重要なことだ。名を変えれば、まったく新しい企画を始めることになる。それゆえ、名はしっかり選ばなければならない。――つまり、この名はとても悪い選択で、私一人に責任のある失敗だ。

否定の原則に見られる折衷主義は、まったく実際的でなかった。それはまるで一人の紳士がどの政党も支持しないまま、個人的な発話によって国に奉仕しようと決意して、庶民院に入って行くようなものだった。

そんな紳士は庶民院に入っても、たいして国に奉仕しない。もちろんその企ては停滞した。自由主義、宗教にとらわれぬ立場、開かれた調査はその正反対のものと一緒になって現れて来ることに反対しない。なぜなら、それは正反対のものを押さえ込めるとうぬぼれているからだ。逆に、正反対のものは自由主義、宗教にとらわれぬ立場、開かれた調査と結合しては現れない。当然の結果として、私たちの新しい刊行物はほんものの自由主義、宗教にとらわれぬ立場、開かれた調査の機関となった。結果はよかった。『フォートナイトリー・リヴュー』誌の今や確立された原則には、私自身が納得していない多くのものが含まれるけれど、この出版物が個性を具えて、私たちの定期刊行文学のなかでよく理解され、大いに尊敬される地位を主張したとはっきり言える。

この件にからんで私と私の希望について言うと、私は文学的誠実さの増進を強く願っていた。文学的誠実さはなるほど望ましいとは思うが、当時いいと言われている手段によっては達成し難かった。私は『リヴュー』の初期の号で、著作物に著者の署名を入れることを提唱する論文を出した。署名が政治問題に関するジャーナリスティックな記事にまで拡大されないことを認めたうえでのことだ。私はできる限りの論陣を張ったと思う。それでも、さらに深く考えてみると、政治的な著作物に好意的に例外を設けることにした理由が、他の主題の著作物にも拡大できるのではないかとも思い始めた。私たちが現在受け取る文学批評の多くはほんとうにとてもひどい。――あまりにもひどいので、不誠実と無能の両面から告発を受けている。本は編集者によって無能な人々の批評に委ねられ、読まれもせず批評され、しかも好意的に批評される。批評家の署名が求められれば、編集者はもっと注意深くなるだろう。しかしその結果、私たちがほんの少ししか批評を手に入れることができなくなり、大衆がその少しに信頼を置かなくなる恐れがある。一般読者はただのジョーンズから本を薦められることなんか望んでいない。一方で、大物の匿名の推薦は『タイムズ』『スペクテーター』『サタデー』の名の重みとともに読者に届いて来る。

私はこの件にたくさん問題があることを認めるけれど、当時唱道した教養を推し進める点で臆病ではない。著者の名が出れば誠実に向かうし、名が出ると知れば著者の精励と配慮を大いに増進させると思う。これは著者に著作物の違法使用や不誠実な主張をしないように促す。人は出版しても恥ずかしくない著作物を自分のものと認めることを恥ずかしがる必要はない。『フォートナイトリー』では、すべての著作に署名がついている。このようにしていいことがなされてきたと思う。『フォートナイトリー』が始まってから、他の定期刊行物の記事の署名もずいぶんふつうになってきた。

しばらくすると、ルイス氏は彼の並みの体力には仕事が重すぎると感じて、編集長を引退した。彼を失うことは痛手だった。後継者を見つけ出すことにかなり難儀した。現オーナーは後継者を選ぶことができて幸運だったと言わなければならない。次の編集長ジョン・モーリー氏はすばらしい忍耐力と熱意と能力で仕事をこなした。もちろんまわりにずいぶん進歩派の寄稿者集団を従えている。彼自身が「ずいぶん進歩派」なので、ほかに助力者なんかなくてもやっていけそうだ。この定期刊行物は独自の基調を打ち出し、実力を具えてその独自性を維持している。おそらくそれを嫌う多くの人々がいるが、軽蔑する人はいない。およそ九千ポンド使ったあと、会社がそれを売ったとき、ほとんど価値がないか、まったく価値がなかった。今私はそれがいい資産になっていると信じている。

『フォートナイトリー』への私の最後のかかわりは狐狩り(22)の問題だった。歴史家のフリーマン氏の記事がそこに出て、私が愛する娯楽を残酷と野蛮性という観点から非難した。教養ある人がこんな粗野な気晴らしに喜びを見出すことなどできるだろうか、とフリーマン氏はキケロを引用して問うた。私は『フォートナイトリー』とのつながりをいつも意識していたから、これをほとんど父に対する子の反抗と見なした。少なくとも同じコラムでフリーマン氏に答える義務があるように感じた。私はそうしてよいというモーリー氏の許可をえた。狐狩り擁護の文書を書いて、それを出した。フリーマン氏は狐狩りが残酷だという非難の根拠として、有益な目的以外に人は神の創造物に不快なことをしてはならない、という点を主張しているように見える。寒さから女性の肩を守ることは有益な目的だ。それゆえ、女性に肩掛けを手に入れるため、毛皮を持つ獣を数十匹雪のなかで罠にかけ、鉄条網にとらえ、飢え死にさせる。しかし、百か二百の人々の集まりと健康な娯楽は、有益な目的とは見なされない。――この娯楽のため、一匹の狐が殺されるか殺されないかにすぎないのにだ。この娯楽が食べ物や衣類とほぼ同じくらい必要不可欠なものだと、フリーマン氏はとらえることができなかったと私は思う。この娯楽の野蛮性について、また、教養人にとってそれが結果的に不適切であることについて、フリーマン氏がさらに非難する愚かさは、狩りの現場で実際になされたり、言われたりしていることについての彼の無知と――おそらくキケロの言葉についての誤解――によるものだ。

私の応えに対する回答があった。私はさらなる発言のため紙面を割くよう求めた。編集者はどうしてもと言われれば、割こうと言った。けれども、編集者はこの論争の終結を望んだ。もちろん私は沈黙を守った。編集者は共感をことごとくフリーマン氏に向け、狐には向けなかった。狐狩りがなくなれば、狐はイングランドにいなくなってしまう。『フォートナイトリー』が狐狩りを擁護する場ではないと感じた。その後、フリーマン氏はこれから出す狐狩り全体を非難する小冊子に、私の論文を載せてやると親切にも提案してきた。彼が最初と最後の言葉を述べるという。上手に使うことが知られているあのずたずたに引き裂く力を――私に反論の機会を与えることもなく――彼が持つことになる！　私はこれを断るしかなかった。たとえ彼が最初の言葉を述べるとしても、もし私に最後の言葉を言わせてくれるなら、彼の小冊子に加われることを誇りに思うと伝えた。とはいえ、この申し出は彼の考え方に合わなかった。

『フォートナイトリー・リヴュー』誌にはいつも一編小説を入れることが、この件について私の意見とはいくぶん対立する管理役員会で決定されていた。当然私が最初の小説を書くことになったので、『ベルトン荘園』[24]を書いた。この小説は属性の点で『レイチェル・レイ』や『ミス・マッケンジー』に似ている。この小説は読んでおもしろいし、真に迫る場面を含んでいるが、格別長所を持つわけでもなく、作家としての私の評判に何もつけ加えなかった。出版されたあと見ていないが、今思い出そうとしても、私が書いた小説のなかでいちばん記憶のなかにないように見える。

註

（1）20の分冊で出された。
（2）Edward Gibbon については本書第3章の註4参照。
（3）「ローマ人への手紙」第14章第13節。
（4）Thomas Babington Macaulay（1800-59）。
（5）『アリントンの「小さな家」』（*The Small House at Allington*）のあらすじ――デール夫人と二人の娘ベルとリリーがアリントンの「小さな家」に住んでいる。この家は夫人の義兄で郷士のクリストファーから無料で借りている。所得税庁に勤めるジョン・イームズは少年時代からリリーに恋していたけれど、いざリリーに求婚しようとするとき、アドルファス・クロスビーに先を越される。クロスビーはリリーと婚約して2週間後、ド・コーシー伯爵の末娘アリグザンドリーナと婚約してリリーを捨てる。イームズはリリーに変わらぬ愛を抱き、求婚し続けるが、リリーは結婚を受け入れない。クリストファーは弟の子バーナードにベルと結婚してアリントンを継いでほしいと願う。しかし、ベルは貧しい医者クロフツと結婚する。

（6）John Eames のこと。

（7）Christpher Dale のこと。

（8）『彼女を許せるか?』（*Can You Forgive Her?*）のあらすじ——個人資産を持つアリス・ヴァヴァサーは、いとこのジョージ・ヴァヴァサーとあわただしく婚約して解消、田舎紳士のジョン・グレイと婚約する。しかし、彼女は田舎の穏やかな生活には順応できないと、ジョージの妹ケイトから説得され、婚約をまた解消する。ケイトは兄ジョージが国会議員になる資金をアリスからえようとねらっている。アリスは結婚を1年間延ばすという条件で、ジョージと再び婚約する。ジョージは祖父のヴァヴァサーから廃嫡され、選挙資金のめどが立たなくなり、アリスにそれを出すよう求める。ジョン・グレイはこれを知って4千ポンドを用立てる。ジョージは選挙に勝って議員となるが、再選挙を戦って負けてしまう。ジョージはジョン・グレイが選挙に介入していたことに腹を立て、彼を殺そうとするけれど、まわりに友人も金もないことに気づいて、米国へ逃亡する。金持ちの女相続人レディー・グレンコーラは、オムニアム公爵の世継ぎ、プランタジネット・パリサーと愛のない結婚を強いられる。彼女は魅力的なやくざ者バーゴ・フィッツジェラルドに恋している。政治に専念する実直な夫パリサーとの結婚生活をわびしく、空虚に感じている。バーゴはグレンコーラがまだ自分に恋していると思い、舞踏会を機に駆け落ちをするよう説得する。パリサーは妻の危機を警告されると、舞踏会に駆けつけ、グレンコーラを家に連れ帰る。彼女はまだバーゴが好きだと夫に告白し、別の女性と再婚して世継ぎをえるよう、彼女を自由にするよう夫に請う。パリサーは待望の大蔵大臣の地位を捨て、妻と長いヨーロッパの旅に出る。グレンコーラのいとこで、腹心の友アリス・ヴァヴァサーも夫妻に同行する。そこにジョン・グレイも加わる。ジョンはついにアリスを説得して結婚する。ジョンはパリサーが牛耳る選挙区シルバーブリッジから国会議員になる。グレンコーラと夫は世継ぎの誕生で幸せになる。この世継ぎ、シルバーブリッジ卿は未来のオムニアム公爵となる予定だ。

（9）Alice Vavasor のこと。

（10）Alice のおば Arabella Greenow のこと。彼女は結局借金まみれのしゃれ者 Gustavus Bellfield 大尉を選ぶ。

（11）Richard Cobden と John Bright は「反穀物法同盟」を指導し、自由貿易を理想として掲げた。

（12）Benjamin Disraeli（1804-81）。保守党の政治家、首相（1868, 74-80）。

(13) Plantagenet Palliser は Omnium 公爵の甥に当たる。
(14) Plantagenet Palliser のこと。
(15) やくざな Burgo Fitzgerald のこと。
(16) 相手の聖職者が誰か不明。
(17) *The Duke's Children* がこのあと1880年に出版される。
(18) Trollope は *Cornhill Magazine* 誌に Thackeray への献辞を書き、評論 *Thackeray* を1879年に出版した。
(19) 『レイチェル・レイ』(*Rachel Ray*) のあらすじ――ルーク・ローワンは「バンゴールとタピットのリンゴ酒醸造所」を経営するバンゴールの甥で、跡継ぎだ。ルークは醸造所の利益を守るため、バスルハーストへ出掛け、そこでレイチェル・レイに出会い、恋に落ちる。醸造所のもう一人の経営者タピットの妻は、三人娘の一人とルークを結婚させたいと願っていたため、このロマンスに当惑する。レイチェルの姉、プライム夫人は未亡人で、プロング師から求婚されている。レイチェルも母レイ夫人もプライム夫人の福音主義の強い影響下にある。レイ夫人とプライム夫人はルークをオオカミだと断定して、二人のロマンスを押しつぶそうとする。ルークは二人の既婚夫人コーンベリー夫人とスチュアート夫人の助力をえて、レイチェルと結婚し、醸造所の経営に成功する。
(20) Macleod 博士はのち Trollope の小説 *The Golden Lion of Granpère* を *Good Words* 誌に受け入れた。
(21) 『ミス・マッケンジー』(*Miss Mackenzie*) のあらすじ――マーガレット・マッケンジーは魅力のない35歳のオールド・メイド。兄の死でわずかな資産をえて、冴えない生活のなかで初めて自由に幸せを求めようとする。これを確実にするため、陰気なロンドンの家を離れ、リトルバスの気持ちのいい共同住宅に引っ越す。そこで、彼女は次々に財産目当ての求婚を受ける。福音主義の牧師ジェレマイア・マグワイア師、兄の共同経営者の息子サミュエル・ラブ・ジュニア、9人の子を持ついとこのジョン・ボールらだ。彼女はみな断るが、年取ったいとこのジョンに恋してしまう。彼女は受け取った資産が実際にはジョンのものであることを知り、彼と結婚する。
(22) (原注9) 私はこの *Fortnightly Review* 誌にその後様々な記事、特に私が大きな労力を注いだキケロに関する二つの記事を書いた。
(23) Trollope の回答は1869年12月 *Fortnightly Review* 誌に出た。

（24）『ベルトン荘園』（*The Belton Estate*）のあらすじ――バーナード・アミドローズの金使いの荒い息子が自殺したあと、ベルトン城は限嗣相続によってノーフォークに住む遠い親戚、農夫のウィル・ベルトンの手に渡る。ウィルは新しい地所への最初の訪問で、クレアラ・アミドローズに一目惚れし衝動的に求婚する。クレアラは金持ちのおばウィンターフィールド夫人の遠い親戚で、国会議員のエイルマー大尉に恋しており、ウィルの申し出を断る。クレアラは母が亡くなって以来、毎年一定期間おばのウィンターフィールド夫人のところですごしている。クレアラはおばの相続人だと一般に見られている。しかし、おばが亡くなったとき、おばは資産をエイルマー大尉に遺す。クレアラと結婚する約束を大尉に取りつけたうえでだ。しかし、クレアラは熱意に欠けた求婚を大尉から受けたうえ、エイルマー・ホールに婚約者として訪問したとき、大尉の母から鼻であしらわれる。が、大尉がそれを母に注意することもなかったので、クレアラは婚約を解消する。ウィル・ベルトンはクレアラをあきらめておらず、地所の管理を引き継いだあと、彼女と結婚する。

第十一章

『クレーヴァリング家』と『ペル・メル・ガゼット』と『ニーナ・バラトカ』と『リンダ・トレセル』

一八六六年と一八六七年に発表された『クレーヴァリング家』は、私が『コーンヒル・マガジン』誌のために書いた最後の小説だ。私がいちばんいい歩合の支払を受け取ったのはこのせいだ。この小説は『フラムリー牧師館』と同じ長さで、価格は二千八百ポンドだった。この金額が多いにしろ少ないにしろ、『マガジン』のオーナーから一枚の小切手で支払われた。

『クレーヴァリング家』[1]は、読者がすでに名に馴染んでおり、私が性格をよく理解している作中人物を再出させる手法——今私がごくふつうに行っている習慣——にのっとって書かれていない。私が正しく覚えているとすれば、前に現れたことがあるか、のちに現れることが許される作中人物は、誰一人としてここに現れて来ない。私はこの物語を全体的にいいものと見ているが、一般の人からはこの判断が支持されなかったことを承知している。この物語のヒロイン[2]は明らかに金と地位を目当てに結婚する若い娘だ。彼女はまさに結婚しようとしているときでさえ、それ以外に理由があるとおのれを偽ることができない。それほど金と地位を目当てにしていることは、明々白々たる事実だ。結婚相手は年寄りで、評判の悪い、よれよれの放蕩者だ。その後、そんな作法違反に当然の罰が訪れる。彼女が自由になったとき、ずっと愛してきて、ずっと愛されてきた男性は、ほかの娘と婚約している。この男性はぐらぐら揺れ動いて弱い。彼が主人公役を演じるとき、彼の弱さが小説の欠点となる。とはいえ、ヒロインのほうは強い。——目的意識の点でも、欲望の点でも、降り掛かった罰が彼女にふさわしいと自覚する点でも強い。

しかし、『クレーヴァリング家』のおもな長所は、いくつかの場面がじつにおもしろいところだ。ユーモアは私の得手ではないけれど、アーチー・クレーヴァリング大尉や、その友人ブードル大尉や、ソフィー・ゴードルーブの性格づけにはユーモアがあると思いたい。ソフィーの兄パターオフ伯爵もよくて、若い主人公ハリーの横槍をかなり巧みにさばいている。『クレーヴァリング家』にも人非人の夫を持つ妻、一人っ子の世継ぎを亡くして夫から責められる妻[3]がいる。彼女の悲しみは哀れだと思う。最初から最後まで物語は上手に語られている。それでも、思うに今『クレーヴァリング家』を読む人はいない。たくさん書いてきた小説を振り返ってみても、出版して二年以上持つことが見込める本はそのうち数冊しかない。この小説で『コーンヒル・マガジン』誌とのつながりに幕を閉じたが、オーナーのジョージ・スミス氏とは関係を絶ったわけではない。スミス氏はこのあと私の小説をさらに一冊単行本で出版し、私が数年間寄稿する『ペル・メル・ガゼット』紙をこのころ創刊した。

『ペル・メル・ガゼット』紙が創刊されたのは一八六五年で、紙名はサッカレーが着想した架空の定期刊行物に由来する。この夕刊紙はジョージ・スミスの資産と腕力によって打ち立てられた。スミスは雑誌と出版業界へのコネを利用して、文学者集団を周囲に集めることに成功した。集団は文学的能力に関する限り一丸となって、幸先よくこの夕刊紙を浮揚させることができた。彼を補佐した最強の二人は、同時代でいちばん強力な新聞記者だと思う「ジェイコブ・オムニアム」と、もっとも良心的で勤勉なフィッツジェイムズ・スティーヴンだ。『ペル・メル・ガゼット』紙の初期の成功はこの二人の補佐と、オーナーの疲れを知らぬ活力と総合的な能力に負うところが大きい。ほかの寄稿者としてはジョージ・ルイス、ハネイ[4]——ハネイは確かコラム記事のため雇われてエディンバラから来たと思う——、ホートン卿[5]、ストラングフォード卿[6]、チャールズ・メリヴェール、現編集長のグリーンウッド[7]、グレッグ[8]と私、その他多くの人々がいた。あまりにもたくさん寄稿者がいたので、重要な行事で平民院があふれるのを私は見たことがあるが、『ペル・メル』

のディナーではそれよりももっと充実した賓客の群れに出会った。ロンドンの浮浪者一時収容所探訪という大きなスクープ記事を今でも覚えている多くの人々がいる。——本書が将来出版されるとき、きっとまだ覚えている人々がいるだろう。ロンドンの救貧院浮浪者一時収容所で、収容者と一緒に一夜をすごす。そんなみじめな体験を引き受けるだけでなく、見て、感じたことを記録できる人材が選ばれなければならない。勇気と忍耐力を具えたグリーンウッド氏の弟に白羽の矢が当たった。みごとに書かれた描写は潜入者本人の兄によっておもに書かれたと思う。記事には大きな反響があり、その夜の恐怖を味わった当人について秘密が保たれたことで、反響はいっそう大きくなった。私はホートン卿が体験者だと一度ならず確信した。私自身がその英雄だと噂する声も聞いたことがある。ついに名を伏せられていた人は、もはや彼の栄誉が秘匿されていることに耐えられなくなり、事実を明らかにした。が、おそらくこれは約束に反することだった。彼は名が知られれば栄誉を利用できるとの確信に突き動かされたのだろう。とにかく、救貧院ですごした一夜の記録は、スティーヴンの法律知識と、ヒギンズの論争力、ルイスの批評的洞察力を全部合わせたよりも夕刊紙の売上を確立するのに貢献した。

　私は多岐に渡る仕事をした。米国の南北戦争についてたくさん書いた。私は当時この戦争について感覚をとても研ぎ澄ましていた。記憶が確かなら、書いたものにみな私の名を添えた。スケッチも幾組か寄稿した。そのうち狐狩りに関するものが大衆に気に入られた。それらはのちに再版されて、かなりの売上を記録した。狩りの勢揃いで出会う様々な階級の人々の描写が正確だということで、今なお狐狩りを好む人々への推薦書になっていると思う。私は一連の聖職者のスケッチも寄稿した。当時の大物聖堂参事会長[9]が批判の雷を私の頭に落としてきたくらい、それは重みのあるものと見なされた。聖職者のスケッチに関しては、これまでに私について書かれたもっとも意地の悪い批評が『コンテンポラリー』誌に現れた。私はギリシア語を理解していないと批判者から言われた。自尊心を生み出すあの言語、ギリシア語に堪能だと感じている人々から、私はしばしばそんな批判を浴びせられた。ギリシア語をすらすら読めるのはたいしたことだが、それができないからといって恥ずかしいことではない。読めないくせに読める振りをすること——それは恥ずかしいことだ。国教会の参事会長らが首都の月をしきりに見たがっていると私が書いたことから、その批判者は怒りに駆られたのだ。

私は『フォートナイトリー』で批評の仕事をしたように『ペル・メル』でも批評の仕事をした。批評が趣味に合うとは思わなかったが、厳密な良心に従って仕事をした。手に取ったものを読んで、真実と信じることを述べた。金銭的な結果と比較すれば、まったく不釣り合いなほど多くの時間をいつも批評に割いた。『ペル・メル』のため批評をしているとき、大きな悲しい事件にあった。ある紳士[10]——その妻が私とは姉妹のように親しい——が公務員としての振る舞いのため厄介なことに巻き込まれた。彼は濡れ衣を着せられたと思い、それを晴らすため小冊子を作った。彼はそれをある日私に手渡して、読んで意見があれば聞かせてくれと言った。私はその依頼を無分別だと思ったから、小冊子を読まなかった。彼は再び私に会いに来て、二番目の小冊子を手渡し、意見を述べてくれと強く迫った。小冊子を読んで、意見が言えると思えば言うと私は約束した。とはいえ、思いたいことではなく、思ったことを言わなければならないと答えた。もちろん彼はこれに同意した。私はこの件の調査のためずいぶん道草を食った。——骨の折れる調査をした。役所におけるその紳士の行為は軽率だったが、彼に対してなされた名誉にかかわる非難が、根拠のないものだとわかった、あるいはわかったと思った。私はこれを述べたが、人が手にペンを持っているときによくやるように、——彼の軽率さについても思ったことを必要以上に強調した。その意見は棍棒か、大ハンマーみたいなもので、防御するにしろ攻撃するにしろ、人がそれを使うとき、与える打撃力を図りかねるたぐいの意見だった。もちろん感情の行き違いがあり、愛する友人らとの絶交があり、悪意として受け取られたとの思いがあった。私は悪いことをしたと思ったことも白状しなければならない。それでも、真っ白だとは思えない人をまるきり白塗りにしてしまうことなんかできなかった。彼が私の目に何色に映っているか明らかにする義務——ましてやそれを確認する義務——など私にはなかった。が、私は紳士のしつこい依頼に掻き乱された。そんな依頼などなされるべきではなかった。私は間違った行為をした彼を罰したことで、私の身に悪の報いを受けてしまった。彼が亡くなる前に、彼の妻が私たちを会わせることに成功したことをつけ加えておかなければならない。

　夕刊紙の初期のころ、オーナーは編集長も務めており、ある仕事を引き受けてくれと私に依頼してきた。その仕事はどの瞬間を切り取ってみても、浮浪者一時収容所ほどひどい苦痛をもたらすものではなかった。が、その苦痛は人間性がその苦痛に屈服するまで引き延ばされる性質のものだった。エクスター・ホールで行われる五月の集会(11)にシーズン中全部出席して、生き生きとした、できればおもしろい成り行きを報告するようオーナーは望んだ。私は三時間続く一つの集会に出席して、「宗教を模索するズールー人」と題した——と思う——報告を書いた。とはいえ、その集会が終わったあと、鼻息の荒いオーナーのところへ行って、もっと能力にふさわしい仕事を課してほしいと頼んだ。たとえ『ペル・メル・ガゼット』紙——私にとってとてもだいじな夕刊紙だった——のためとはいえ、五月の集会に二度出ることなどとてもできなかった。ましてやシーズンを通じて出るというような殉教に耐えられるはずがなかった。

　私は新聞の仕事に向いていないことがわかったと認めなければならない。人生の早いうちからこの仕事を始めていなかったので、新聞のやり方を学んだり、束縛に耐えたりすることができなかった。掲載する記事の責任を負う編集者の判断に従って、言葉が差し替えられるとき、私は落ち着きを失った。私のため仕事の題材を選んでもらうのではなく、私が仕事の題材を選びたかった。他人に都合のいいときに書くのではなく、私が書きたいときに書きたかった。私は新聞の常任職員としては役立たずで、二、三年後には仕事を辞めた。

さかのぼること『コーンヒル・マガジン』誌を始めたころだと思うが、私は作家として成功した時分から、文壇に存在する不正をいつも意識していた。まだ成功していないあいだは、悩まされたことも、思いつきもしなかった不正だ。文壇では一度えられた名が行きすぎた厚遇をもたらすように私には思えた。私は称賛が当然のこととして与えられる高みに、一度もほんとうのところ到達したことがなかった。とはいえ、私よりも高位の席に着く他の作家らがいた。彼らは初心者から見ても一顧の価値もない駄作——連中が時々やらかす失敗作——を書いたにもかかわらず、批評家らが度を超したお愛想とおべっかでその席に座らせた連中だ。私がこういうことを言うとき、他の作家への嫉妬に駆り立てられているなどと思わないでほしい。私はそんな高みに達したことはないにしても、それでも私が書いたもので行きすぎた厚遇を受けるところまで進んでいた。私は与えられていないものにではなく、与えられたものに不正を感じた。下からあがって来る作家志望の人々は、私と同じくらいいい仕事をするし、おそらくもっといい仕事をするかもしれない。しかし、彼らが正しく評価されていないと私は感じた。これを検証するため、私はみずからそんな作家志望になろうと決心した。私が恵まれた文学的能力によって一つ成功したように、もう一度成功することができるかどうか、作家として第二の名を手に入れられるかどうか確かめるため、一連の小説を匿名で書こうと決心した。一八六五年に『ニーナ・バラトカ』(12)という短い物語を書き始めた。一八六六年にそれを『ブラックウッズ・マガジン』誌に匿名で刊行した。一八六七年に『リンダ・トレセル』(13)という同じ長さの物語を同じように刊行した。二作は同じような性質とほぼ等しい長所を具えているので、一緒に扱うことにしよう。ブラックウッド氏は『ニーナ・バラトカ』の原稿を読んだあと、文体から見て私が書いたものだとはわからないだろうと意見を述べた。——ところが、『スペクテイター』紙のハットン氏(14)によって正体がばらされてしまった。氏は批評の目的でほかの私の作品を読んでいるとき、しばしば耳に残るある特殊な句の反復に気づいたのだ。私が『ニーナ・バラトカ』を書いたと氏は記事で断言して、人のよさよりも——思うに——巧知を示した。しかしながら、私が氏に不平を言うのは不適切だ。ハットン氏は私の作品の批評家のなかでもいちばん観察眼を具え、ふつういちばん称賛してくれる人だったから。『ニーナ・バラトカ』は作家の正体判明が重要な話題になるほど評判を取ることはなかった。私が作者であることを知らない読者が、——いつも称賛して——この物語に言及してくれるのを一度か二度聞いたことがある。とはいえ、この物語が真に成功を収めることはなかった。『リンダ・トレセル』についても同じことが言える。ブラックウッド氏は——当然作者が誰か知っていたが——その名を出さなくても、経験を積んだ作者の作品なら売れると信じて、進んで出版してくれた。彼は二作の代金として喜んで、私の名を明示すれば与えられたであろう金額の半分を私に支払った。しかし、彼はあてがはずれたため、三つ目の作品が書かれていたけれど、その出版を断った。

とはいえ、私はこの二作をいいものだと確信している。おそらく初めの作品のほうが涙を誘わない分だけいい。二作をとてもすばやく、しかもかなりの労力を費やして書いた。二作とも場面が設定された都市——おもにプラハとニュルンベルク——を訪問した直後の作品だった。もちろん私は言葉使いだけでなく、語りの手法も従来とは違ったものにする努力をした。ハットン氏には失礼ながら、この点では成功したと思う。この二作ではイギリスの生活をまったく描いていない。私にはめずらしくふつう以上に徹底したロマンスがある。地方色を出すため、場面や場所を描写する試みをした。それも私にはめずらしいことだった。ある程度こういうことで成功したと私は自信を持っている。ニーナとリンダの愛と恐れと憎しみにはたくさん哀愁に満ちた部分がある。プラハはプラハ、ニュルンベルクはニュルンベルク。二作はどちらもいいけれど、書かれた目的をはたしていないことがわかる。もし私が前と同じ強情な忍耐力を持って続けたら、この匿名出版の試みも、前に成功したように今回も成功したかもしれない。そんな証拠がある。もし私がさらに本の値段をさげていたら、ブラックウッド氏はおそらく実験を続けてくれただろう。さらに十年無報酬でたゆまぬ努力を続けたら、二度目の名を築きあげることができたかもしれない。しかし、技巧的訓練によって作家としての能力を補強したにもかかわらず、名を署名しなければ、私が与えるものをイギリスの読者に読んでもらうことができなかった。それはとにかく確かだ。

こんなことを言うからといって、私が文学の問題で一般大衆の判断に異議を唱えているなどと思わないでほしい。一般大衆がいろいろな点で確立された評判に信頼を置くのは当然だ。小説を求める読者が、ジョージ・エリオットあるいはウィルキー・コリンズの小説を図書館に注文するのは、ピクニック用のパイがほしい女性が、フォートナム&メーソンに行くのと同じくらい当然だ。フォートナム&メーソンは、時間をかけた努力とおいしいパイを合体させることによって、やっとみずからをフォートナム&メーソンにすることができる。亡くなった詩人らが何らかの媒体を通じて詩を送って来るように、ティツィアーノがあの世から私たちに肖像画を送って来ても、『タイムズ』紙の美術評論家がその価値を見出すにはしばらく時間がかかる。こんなふうに表れる判断の遅延を私たちはあざ笑うかもしれない。が、判断のこんなのろさは人間らしくて、つねに起こるものだ。この問題について考えた結果、作家が正当に評価されずに抱く苦々しい感情を大いにくみ取ってやる必要があるとの確信に迫られたので、私はここでこんなことを言う。

私たち成功者は大志を抱くなと、若い作家志望者に言うことが多い。おそらく成功が彼らの手の届かないところにあると思うからだ。「ねえあなた、若い娘よ、家にとどまって靴下でも繕っていたほうがいいんじゃないですか?」「君、君から率直な意見を求められているから、私は君の能力にもっと合ったほかの仕事を試してみるように助言するしかないんだよ」成功した老練な作家は、決定的な助言を求める謙虚な作家志望者に、ほとんど決まり文句のようにこんな回答をしてこなかっただろうか? この回答にはなるほど残酷なところがある。それでも、回答する人は胸中問題を考えて、残酷さがいちばん慈悲を示すことだと承知している。作家志望者に立ちはだかる困難は、確かに非常に大きい。志望するのはとても簡単だし、始めるのも簡単だ! だが、人は様々な道具と多くの材料なしには時計も、靴も作ることができない。たくさん勉強もしていなければならない。とはいえ、どんな若い娘も、ペンと紙をたっぷり持っていれば本を書くことができる。どこでも、どんな服を着ていても書ける。——それはすばらしいことだ。どんな時間にも書ける。——私はずばり文学が持つこの幸せな偶然のおかげで成功した。成功すると、とても心地がいい! 志望者は当然とても多い。この努力がどうか、あの努力がどうかと意見を率直に求められるとき、経験豊かな助言者は百の努力に九十九の失敗があることをよくわきまえている。答えはまさしく用意されている。「ねえあなた、若い娘よ、靴下を繕っていなさい。それがいちばんいいんです」男性志望者にはおそらくもっと厳しくこう言う。「君は金を稼がなければならない、そうだろ。会計事務所の椅子のほうがいいとは思わないかい?」この助言は大多数の志望者の失敗によって証明されているように、おそらくきっといい助言だ。しかし、助言者の誰が自覚しているだろうか? もっと優しく扱っていたら、作家志望者という天使が昇れたかもしれない天国から彼を追放する結果にはならなかったことを。こんな誤った残酷な判断をくださなかったら、どんな時代にも対応して言葉を発したに違いないミルトンのような人を、無言と不名誉の地獄に突き堕とす結果にはならなかったことを。

これに対する答えはもう用意されているように見える。残酷な助言者にしろ、優しい助言者にしろ、判断は誤った判断であってはならない。裁判官の地位を占めようとする者は、正確な判断力を持つべきだ。ところが、正確な判断をすることがこの問題では不可能だ。批評家が確実に回答できるほど志望者がよほどいい、よほど悪いという場合があるかもしれない。「君はとにかくこれを職業にすることはできないよ」とか、あるいは「君はとにかく試してみれば成功するよ」とか。とはいえ、こんなふうに確実に回答できる場合はとてもまれだ。バイロン卿の初期の詩に関する論文――それが卿に『イギリスの詩人とスコットランドの批評家』(15)を書かせることになった――を書いた批評家は、『無為の時間』(16)そのもののよさによって批評の正当性をえる。しかし、彼が対象とした詩行は、私たちのバイロンとなったあのバイロン卿によって書かれたものだ。『ビリアド』と呼ばれるささやかな風刺詩――たぶんこれについては誰も知らないと思う――のなかに次のような上手に表現された行がある。

ペイン・ナイトの『趣味』(17)がロンドンで出版されたとき、
テキストのなかに書き留められたギリシア語の詩数行が
ちぎられ、めちゃくちゃに細切れにされ、
忌まわしいゴミとして炎に投げ込まれる定めとなった――
要するに切り裂かれるというよりも屠殺されたのだ
いくつか調子はずれの音の長短が突きとめられていたからだ――
燃え殻から煙が消えたとき、初めて
その詩行がピンダロス(18)のものだ――とわかった！

こういう事例が起こらない保証はない。しかし、私たちはまったく自由に助言を行って、いつも若い作家志望者に思いとどまるよう勧めている。

おそらく成功した作家の経歴くらい魅力的なものはない。私が今あげた文学の意外な利点自体が魅力的だ。もしロンドンが好きなら、ロンドンに住んで仕事をしてもいい。もし田舎が好きなら、田舎を選んでもいい。山の頂上で、あるいはたて穴の底で仕事をしてもいい。波のうねりや列車の揺れがあっても、仕事に差し支えない。聖職者、弁護士、医者、国会議員、公務員、商人、その店員さえも、定められた規則に従って身なりを整えなければならない。しかし、作家は品位にも、ほとんど作法にさえも配慮する必要がない。作家はほかの職業の人を縛るどんな束縛も受けない。作家以外のいったい誰が時間についても束縛を逃れていられるだろうか？　裁判官は十時に開廷し、年二万ポンド稼ぐ法務長官もカバンを持って十時に長官室にいなければならない。首相は祈祷式のすぐあとあの退屈な最前列の席に着いて、たとえ寝ていようと起きていようとそこに座っているか、議場に向かって話し掛けていなければならない。活動的な聖職者は、休息の日だと主張する日曜のあいだずっとガレー船の奴隷のようにせっせと働く。俳優は午後八時になるとフットライトに縛られる。公務員は忙しくなければ十時から四時まで役所にいなければならない。――十二時から六時という勤務も同じく厳しい。が、作家は起床してすぐ朝五時に、あるいは寝床に就く前の午前三時に仕事をしていい。作家は資本を必要としないから、金を失う危険にもあわない。いったん作家が浮上すると、出版者からそれに気づいてもらえる。実際、軽率な出版者でなければ、作家が浮上するかどうかわかる。作家は成功すると、まわりから浴びせられる尊敬のまなざしにいちばん豊かな報いを見出す。作家は低い階級に属していても、いちばん高い地位の人々と同等の立場に立つ。快適な環境が開かれたら、好きな仲間を選んでいい。金持ちにしか入れないドアに、金がなくても入ることができる。この国では文学者が厚遇されていないとしばしば耳にする。これは文学者があまり勲爵士や准男爵にしてもらえないことを言うのだと信じている。文学者はそんなものなんか望んでいないと思う。もし文学者がそんな爵位をえたら、手に入れたものよりも多くを人として失うだろう。私は名のあとにつける肩書がほしいとも、サー・アンソニーと呼ばれたいとも思わない。それでも、友人のトム・ヒューズやチャールズ・リードがサー・トマスやサー・チャールズになったら、私がどんなふうに感じるかわからない。もし私たちが爵位をえないままなら、妻がどう思うかもわからない。実際のところ、もしそんな栄誉が慣例的に授与されるとしたら、選ばれて爵位をえる文学者は、まわりの人々みなの尊敬によっていっそう心地よい価値評価を手に入れるだろう。

もしそうなら、――成功した作家の経歴がほんとうにそんなに心地よいものなら――、多くの人々がその栄誉を勝ち取ろうとしても不思議ではない。とはいえ、そんな経歴に必要な資質を志望者が持つかどうか、人はどのようにして知ることができるだろうか？　志望者は試みては失敗する。試みを繰り返しては失敗する！　一度や二度でなく失敗した多くの作家が最後に成功する！　誰が作家その人について真実を語れるだろうか？　誰が真実を見出す能力を持てるだろうか？　無慈悲な助言者は作家志望者を役所のあの腰掛けにためらいなく追い返す。優しい助言者は原稿に多くの長所があると言って作家志望者を安心させる。

ああ、若い作家志望者よ、――そんな志望者がこの本を読むとするなら――、誰もあなたにほんとうのことを教えることができないことを納得してほしい！　教えるには、あなたの内面に今何があるか知っているだけではなく、ときがこれからそこに何を生み出すか予測することが必要だろう。とはいえ、与える助言の英知について疑いを抱くことなく、次のことを言うことができると思う。あなたが仕事で生計を立てることが必要なら、第一に文学を信じることから始めてはいけないと。無慈悲な助言者から勧められたように役所の腰掛けに座りなさい。それから、あなたの自由になる余暇にあの優しい助言者の口から出た称賛を糧として、文学的な試みを我慢して続けなさい。たとえ失敗しても、致命的なものにはならない。失敗しなければ、余暇にこれ以上にいい仕事ができるだろうか？　そんな二重生活はきっと厳しい。確かにそうだが、あなたが作家の栄誉を望むなら、厳しい苦役を甘受しなければならない。

これよりも少し前、私は王立著作業者基金[19]で基金を配分する委員の一人に任命された。委員の資格で作家らの苦しみをたくさん見聞きした。あとの章でこの基金についてさらに話すことになるだろう。私は大きな愛情を込めてこの基金を見ており、この基金とのかかわりから私の信念を記録することができたら嬉しい。とはいえ、この基金の目的に沿う活動のおかげで、パンをえるため大胆に文学的経歴に乗り出すようなことはするなと、若い男女に忠告することができるようになった。それで、今私はこの基金に言及している。私の場合、苦闘しているあいだパンをほかのところで稼げなかったら、いかに完全に失敗していたかわかっている。家族のほかの者が同業に就いていたということで、いくらか助けをもらって始めた仕事だが、仕事を始めて十年間は自分で使うペンやインクや紙を買えるほども稼ぐことができなかった。それから、文学上の経験があったにもかかわらず、私が新しい跳躍点から再出発したとき、文学の仕事にさらに数年掛けることができなかったら、もう一度失敗していただろう。もちろん私よりもいい仕事をした多くの作家ら、――私よりも無限に立派な力を具えた作家らがいた。しかし、私よりも優れた多くの作家らの失敗も見てきた。

作家として成功を収めるとき、その経歴はなるほどとても心地よい。けれども、成功を追い求めるあいだ耐えなければならない苦悩はしばしばひどいものだ。そして、作家が味わう貧困は、思うに、ほかのどんな貧困よりも耐え難い。作家は正しいにしろ間違っているにしろ、極端に不公平に扱われていると感じる。徹底的に失敗すればするほど、よくあることだが、作家はおのれの長所をいっそう高いものと見なす。さもしい仕事をする人々が贅沢にふける一方、高尚な性質の作品を書く作家がパンをえることもできないで、被害者意識をいっそう鋭く研ぎ澄ます。「店の裏の小さな部屋でニタニタ笑うあの馬鹿が、毎年数千ポンドの金を稼いでいるのに、私は満たされた魂と、明晰な知性と、才能を具えながら、一日哀れ一クラウンも稼ぐことができない」しばしば頼らずにいられない慈善の金そのものが、ほかの人にとってよりも作家にとって苦々しい。作家はそれを受け取りながらも、与えてくれる手をほとんどはねのける。胸中のあらゆる繊維が被害者意識で血を流している。

作家として成功するとき、その経歴は確かに心地よい。しかし、成功しないとき、あらゆる経歴のなかでそれがいちばん苦痛を与える。

註

（1）『クレーヴァリング家』（*The Claverings*）のあらすじ――ハリー・クレーヴァリングはケンブリッジですばらしい成績を収めた。しかし、彼は愛するジュリア・ブラバゾンから捨てられる。ジュリアが金持ちの放蕩老人オンガー卿を夫として選ぶからだ。ジュリアは夫の死で頂点を迎える大陸での不幸な1年のあと、金持ちの未亡人となって、取り巻きのソフィー・ゴードループやパターオフ伯爵とともにロンドンに帰って来る。ハリーは土木技師になっており、彼の会社員の娘フロレンス・バートンと婚約している。ハリーはこの婚約の事実を言い出せないまま、レディー・オンガーと再びつき合い始めるけれど、未亡人が昔の婚約関係に戻りたがっていることを知る。ハリーは大きな誘惑に打ち勝つ。このころ、サー・ヒュー・クレーヴァリングとその弟アーチボルドがノルウェー海岸沖で嵐のため溺死する。ハリーは資産の跡継ぎになり、フロレンスと結婚する。

（2）ヒロイン Julia Brabazon（Lady Hermione の妹）のこと。

（3）Sir Hugh Clavering の妻 Lady Hermione のこと。

（4）James Hannay は１８６０〜４年 *Edinburgh Evening Courant* 誌の編集長だった。
（5）Richard Monckton-Milnes（1809-85）は詩人。１８６３年初代 Houghton 男爵となる。
（6）第８代 Strangford 子爵（1825-68）のこと。中東の権威だった。
（7）Frederick Greenwood（1830-1909）のこと。*Queen* 誌や *Cornhill* 誌の編集長を務めた。
（8）William Rathbone Greg（1809-81）のこと。
（9）Canterbury の参事会長 Henry Alford のこと。１８６６年６月に彼の批評が出た。
（10）ブラジル担当大臣（1859-63）だった W. D. Christie のこと。Trollope の旧友 Mary Christie, née Grant の夫だった。
（11）福音主義者らの定期的会合。
（12）『ニーナ・バラトカ』（*Nina Balatka*）のあらすじ――ニーナはプラハの破産した商人ジョゼフ・バラトカの美しい娘。彼女はユダヤ人のアントン・トレンデルゾーンに恋している。アントンの父スティーヴンは以前ジョゼフの共同経営者だった。トレンデルゾーン家はニーナの家族が住む家を所有しており、ジョゼフの長い闘病生活のあいだ親切にしてくれた。しかし、ニーナの金持ちの身内（特に反ユダヤ主義のザメノイ家）はユダヤ人と彼女との結婚を認めず陰謀を巡らす。ザメノイ家は家の権利書をニーナが差し出すかどうか見ることによって、彼女の愛を確かめるようアントンをそそのかす。じつは権利書はザメノイ家が保管していた。アントンが権利書を渡すようニーナに求めると、ニーナは持っていないと答えて、アントンに机を調べるように言う。が、彼はそこに権利書を発見する。ニーナは彼に誠実さを疑われたと思い込み、カールス橋から身投げしようとして、救出される。アントン家の使用人がこの悲劇的事件におびえて、権利書を机に隠すようわいろを受け取ったことを告白する。アントンはニーナと和解して、結婚後はもっと気楽に暮らせるフランクフルトへ引っ越す。
（13）『リンダ・トレセル』（*Linda Tressel*）のあらすじ――リンダ・トレセルはニュルンベルクでおばのストーバック夫人と住んでいる。この夫人は若い娘の喜びをみな邪悪と見る極端に敬虔なキリスト教徒だ。夫人は信念に従って姪を老ピーター・スタインメアと結婚させようとする。しかし、スタインメアはリンダの財産をねらっているだけだ。リンダはルードヴィック・ヴァルカームに恋しているため、スタインメアをひどく嫌っている。ルードヴィックはリンダと同い年の若者で、ピーターのいとこ。ルードヴィックは政治的見解のせいで警察からにらまれている。彼はリンダとアウグスブルクに駆け落ちして、列車から降りたとき、逮捕される。ストーバック夫人は二人のあとを追って、リンダをニュルンベルクに連れ帰るが、年取った求婚者は彼女を拒絶する。リンダは失意のうちに死ぬ。

(14) Richard Holt Hutton はヴィクトリア時代の優秀な文芸批評家の一人。１８６１年から１８９７年まで *Spectator* 紙の編集長だった。

(15) Lord Byron が１８０９年に匿名で出版した諷刺詩。

(16) Lord Byron が１８０７年19歳のときに出版した。

(17) Richard Payne Knight（1750-1824）は古典学者、美術品鑑定家、貨幣収集家。美学に関心を抱いて『趣味の原理に関する分析的調査』（*An Analytical Inquiry into the Principles of Taste*, 1805）を出版した。

(18) ギリシアの抒情詩人（522?-?438 B.C.）。

(19) David Williams 師によって１７９０年に設立された貧困に苦しむ作家を支援するための慈善基金。

第十二章

小説と小説を書く技術について

私がイギリスの散文虚構物語の歴史を書こうと思いついたのは、ほぼ二十年前だ。[1]今は書くつもりはないけれど、じつにいい題材だと思うから、根気がよくて手際のいい文学者にそれを書くように心から勧める。私自身は生計を立てるための仕事に加えてこの仕事を抱え込むことができなかったから、挫折したことを認める。その本ができたら魅力的だろうが、仕事は真逆で、厄介なものだろう。私は福音主義者の五月の会合に全部出るようにとの指示に耐えられなかったように、ひどくわずらわしくなったこの仕事に耐えられなくなった。文学史に関する私の計画によると、たくさん小説を読む必要があった。が、たんに読むだけでは駄目だ。とても優れた小説については、その優れた点を指摘できるほど読み、欠点があっても注目に値する有名な小説については、その欠点を説明できるほど読む必要がある。私はこんなかたちで多くの小説を読み、批評を書いてあちこちにしまい込んでいる。多くの小説の場合、その本の空白ページに批評を書いた。とはいえ、そんなふうに批評した本の目録さえ作っていない。『アーケーディア』[2]が目録の最初で、『アイヴァンホー』[3]が最後だったと思う。最終的に定めた計画によると、『ロビンソン・クルーソー』[4]――英語で書かれたごく初期の真に人気のある小説――から始めて、課題が完成するとき、生きている作家を除く著名なイギリス作家すべての作品を含むよう批評を続ける予定だった。しかし、ディケンズとブルワー[5]が亡くなったとき、意気込みを失った。すでにとても難しいと思っていた仕事が、私のその時期の生活ではほとんど不可能な仕事になった。

私は『ロビンソン・クルーソー』よりもずっと古い作品からこの研究を始めた。目的のためには必要であっても、読んで何の喜びもない様々な小説を読み進めた。『アーケーディア』くらい一生懸命勉強した本はない。あるいは、アフラ・ベーン夫人[6]によって書かれた物語くらい不愉快なゴミを読んだことがない。それでも、これら二作品は私の目的のためには必要だった。その目的は、個々の小説について私の評価を出すだけではない。イギリス小説が現在のかたちにどのようにしてなったか描き出し、それらの小説が生み出した影響を指摘し、その広範な普及が全体として読者に善をなしたか、悪をなしたか問うことだ。文学史は書くに値する書物だと今でも思っている。

私は小説家として私の職業を擁護するため、また、私の職業を創り出し、育てた小説に対する大衆の趣味を擁護するため、この文学史を書こうとした。私たちイギリス人のあいだに文学に対する偏見がまだあって、この本でおそらくそれを緩和することができるだろう。私はそんな確信を抱いてこの試みに駆り立てられた。小説が私たちに一般に受け入れられていることから証明されるように、この偏見は小説を読むことに対する偏見ではない。偏見は小説が高い評価を受けるとされるまさにその評価にかかっている。それは小説が優雅さと誠実さとよき教育によってえたと主張する名声から多くのものを奪っている。

人はどんな職業に就いていようと、毎日していることが善へ向かっているのか、悪へ向かっているのか、しっかり考察することなしに長くその仕事をすることができない。私は小説をたくさん書き、小説家をたくさん知っているが、そんな思いがそれら小説家にも、私にも、強かったとはっきり言うことができる。それぞれの作家が見せてきた才能と工夫と忍耐のおかげで、作家が多大なる信頼を大衆から寄せられていることに気づくとき、優れた職業についての正当な評価と作家の仕事の高潔さについて、一般の理解がまだ欠けていることを感じる。

読書家の一致した意見によると、文学では詩がいちばん高い位置を占める。詩がしっかり足場を固める前に実現していなければならない表現の高貴さ、言葉のほとんど神聖な優雅さは、散文の及ぶところではない。実際、散文を詩に変えるものはそれだ。詩がほんとうに実現されるとき、作者が空高く舞いあがり、まるで神であるかのように教えることができることを読者は知っている。腰を降ろして散文物語を書く人は、詩人がやろうとするようなことを試みないし、詩人の栄誉を手に入れようとも夢見ない。――が、散文作者は詩人と同じ性質の教えを説き、詩人と同じ目的を持つ。詩でも散文でも、作者は誤った感情をはぐくみ、人間性についての誤った概念を生み出す。誤った名誉、誤った愛、誤った崇拝を創り出す。美徳ではなく悪徳を教えることもあるかもしれない。しかし、詩でも散文でも、作者は最終的に真の名誉、真の愛、真の崇拝、真の人間性を教え込む。そうすることで真理を普及するもっとも偉大な教師となることができる。今のところ小説は小説として買われ、読まれるが、せいぜい無邪気な娯楽だとまだ一般に見られている。若い人々は――年取った人々も――詩よりも小説のほうを読む。小説のほうが詩よりもやさしく読めるからだ。とはいえ、人々は――ディナーのあとケーキを食べるように――詩を読んで、小説という趣味が邪悪ではないにしろ、無益なものだとひそかに確信を抱く。ところが、私はそれが邪悪でも無益でもないことを胸を張って主張したいのだ。

しかし、おのれの仕事を高く位置づけたがる虚構物語作者は、こういう結論に至る前におのれの仕事が邪悪であり、無益であるとの疑念にとらわれてしまう。私は日々の労苦とその性質をしかと噛み締めつつ、小説家の仕事について賢い思索家らが述べる意見に、まずひどく苦しみ、続いて深く悲しんだ。(7)

【本書をしたためている今、年齢にも地位にも尊敬を払うべき人物がまだ私たちのあいだに生きている。私がつねに思想家として重く見、作家として評価している人物、私が人として敬愛し、私自身が多くを学んだ人物だ。私は彼の次のような言葉を初めて読んだとき、びっくり仰天した。カーライル氏は当時の小説家について次のように書いた。[8]

困りはてた小説家はこのように叫ぶかもしれない。「ここで座って書いている私が、生きている者のなかでいちばん愚か者であることが、どうしてあなたにわかるでしょうか？　虚構の伝記というこの私の長い耳は、天の摂理によって読者のいっそう長い耳に何かを伝える手段となっているわけですが、読者を一人として見出せないことが、どうしてあなたにわかるでしょうか？」私たちは答える。「わかりません。きっと誰にもわかりません。ですから、尊敬すべき兄貴よ、まさしくあなたが書けるときに、まさしく伝記があなたに与えられるときに書いてください」[9]

私は自分が空論家として有罪を宣告されたかのように、初め面食らってしまった。文学上の友人ら――私がずいぶん愛し、だいじに思っている友人ら、作品が私にとって綿密な批評と研究の対象となっている友人らは――私ともどもみな空論家となってしまった。それでも、私が徐々にカーライルのこの言葉――彼はそこでロバの耳の隠喩を非常に奇妙に混乱させている――を思い切って精査し、ふるいにかけるとき、それが愚かで、しばしば傲慢であることに思い至った。私たちの愛するホメロスのような老散文家でさえ、ときとして居眠りする。カーライルはここで居眠りしていたようだ。しかし、こんな人物のこんな言葉を風のように看過することは難しい。[10]とはいえ、徐々にそんな思索家らの発言を思い切って精査し、ふるいにかけるとき、彼らがときに愚かで、しばしば傲慢であることに思い至った。そういうことから、私はイギリス小説が最初に一般的なものになって以降、その本質が何だったか問い、小説が善をなすか、悪をなすか確認したいと思い立った。私が若いころ、小説は今のように応接間を当たり前のように占拠していなかった。それをよく覚えている。小説はジョージ三世の御代にリディア(11)から扱われたようには、五十年前のジョージ四世の御代(12)には扱われなかった。リディアの時代、年長者が近づいて来ると、『ペリグリン・ピクル』(13)は長枕の下に隠され、『エインズワース卿』(14)はソファーの下にしまわれた。つまり、小説を読む自由が無限に与えられている家庭などほとんどなく、多くの家庭から小説は完全に排斥されていた。サー・ウォルター・スコットの高尚な詩的天才と正しい道徳性をもってしても、詩における立派な教訓が、散文においても立派であることを男女に理解させることはできなかった。趣味として小説を読むことは、当時ご法度となっていたのを思い出す。そんなご法度は、今私が不平を言っているあの評価の欠如よりも、小説家にはずしんとのしかかる重荷となっていた。

みなが知っているように、今はそんなご法度などない。読書する年齢の人々が大きな力を手に入れたので、完全な禁止には耐えられなくなったと言っていいのではないか？　あちこちで、主人も使用人も、ロンドンの屋敷でも田舎の牧師館でも、若い伯爵夫人も農夫の娘も、老弁護士も若い学生も、小説を読んでいる。信心深い人々用に特別な小説の供給がなされるだけでなく、そんなふうになされる供給においても、数年前なら信心深い人々が冒涜的だと思うような本も今は含まれるようになった。『グッド・ワーズ』誌の編集長から私が数年前小説を一編書くように求められたのは、この必要に応えるためだった。私が実際に小説を提供したところ、それは断られたけれど、今ならおそらくこの方面のさらなる変化のせいで受け入れられるだろう。

事情がそういうことなら、――つまり、ここで私が言っているように小説を読むことが一般に普及しているとするなら――、それは多くの善あるいは悪をなしているに違いない。時間を楽しんですごすだけが読書の成果であるはずはない。小説を読むことについても同じことが言える。それは特に想像力に訴え、若者の共感に頼る。読者が手にする本は、時代の教えの大きな部分——私たちの多くが考えるよりもおそらくずっと大きな部分——を担っている。娘らが自分に何が期待されているか、恋人が現れるとき、どうすることが求められているか学ぶのは本からだ。多くの若者が自然の本能や自己の能力を重く見ているので、私の言うことを正しいとは信じられないと思う。それでも、若者が愛の魅力がどんなもので、どうあるべきで、どうならいいか無意識に学ぶのも本からだ。このほか多くの教訓も本から与えられる。私たちの時代は、誠実でありたいとの思いが、大物になりたいとの野心によってひどく締めつけられ、乱暴に蹂躙される時代だ。富が大物になるための近道となる時代、金の誘惑のせいで他人がした不正に目をつぶる時代、多くの人々がもてあそぶ黒い油に、触れれば汚れると強く注意していても、触れずにいることがじつに難しい時代だ。——こんな時代には、栄誉ある結果になるか、あるいは不名誉な結果になるか、本が日々人々に描き出すことが、彼らの行動に大きな影響を与える。女性が魅力や接吻を下品に心なく振りまくことによって、世間で貴重と思われているものを手に入れたと本が書けば、他の女性にも同じことをするよう促すことになる。——同じように、大胆に情熱を表す女性がおもしろいと本が書けば、他の女性にも情熱的になるように誤って教えることになる。若者が小説の主人公になり、ペテンと嘘と小賢しさによって国会議員や首相にまでなれば、世間に多くの追随者を生むことになる。そんな追随者が出世を試み始めたら、虚構のカリョストロ(15)を創り出す小説家の良心に重くのしかかってくるのは当然だ。小説には押し込みや脱獄をする連中以外にも、ジャック・シェパード(16)とか、ゲイの主人公よりも獄門にふさわしいマックヒース(17)とかも登場する。

こういうことを考えるとき、——小説家は確かにこういうことを考えなければならないし、私はもちろん作家経歴の全体を通して考えてきた——、言葉と行動によって読者に関心を抱かせたいと思う作中人物をどう取り扱うかが、小説家の良心の大きな問題になってくる。小説家が効果をえるために何かだいじなことを犠牲にするよう誘惑され、ここで一言二言喋り、あそこで一枚の絵を描くように促されることはよくある。小説家はそうする力を持っていると感じ、悪の領域に近づいて、喋ったり描いたりすることに強く心をそそられる。完全な悪の領域は不潔で、まがまがしい。悪の領域の味は、口蓋と鼻が慣れて無感覚になるまで、じつにいやらしいものだ。小説家は悪の領域にほとんど踏み込まない。けれども、悪の領域には周辺部があって、そこには甘い香りの花が育ち、草が緑に茂っているように見える。危険があるのはこの境界領域だ。小説家は鈍感であってはいけない。もし小説家が鈍感なら、害も益もなすことができない。小説家は喜ばせなければならない。それで、思うに、小説家は時々この中間的な領域の花や草に頼ることで、読者を喜ばせる機会をたやすく手に入れることができる！

物語作家は読者を喜ばせなければならない。でなければ、何者にもなれない。彼は教えたくても、教えたくなくても、教えなければならない。彼はいったいどうやって美徳の教訓を垂れ、同時におのれを読者にとっての喜びの源泉としたらいいのだろうか？　説教はそれ自体しばしば口当たりがよくないことを私たちはみな知っている。道徳哲学について考察しても、暇な時間の心地よい軽い読み物になるとは思えない。それでも、小説家は良心を具えているなら、おのれの倫理体系を持ち、牧師と同じ目的を持って説教しなければならない。もし彼が効率よくこれをすることができたら、また、読者を退屈させるのではなく魅了し、美徳を美しく、悪徳を醜くすることができたら、そのときカーライル氏はおのれを困りはてた小説家と呼ぶ必要も、虚構のあのロバの耳について触れる必要も、生きている者のなかで作家がいちばん愚か者かどうか問う必要もないと思う。

多くの作家が読者を喜ばせ、教えてきたと私は思う。非常に多くの作家がこれをしてきたので、イギリス小説家はこれが団体としての彼らの仕事の成果だったと誇っていい。過去の世代を振り返ってみても、ミス・エッジワースやミス・オースティンやウォルター・スコットの小説が行ってきたことも、喜ばせ、教えることだったと断言していい。私の時代までくだってきても、これがサッカレーやディケンズやジョージ・エリオットの仕事だったことがわかる。私は死者が身につけるあの非人格性をまとって、今本書の読者に話しているから言えるのだが、これが私自身の著作の結果でもあったことを自慢したい。今私が名をあげた六人のイギリス大小説家の作品を見ても、若い女性に下品になるように、男性に不誠実になるように教える場面か、一節か、言葉がどこに捜し出せるだろうか？　本のなかで男性が不誠実に、女性が下品に描かれるとき、その男性も女性もいつか罰されなかっただろうか？「あなたはここで嘘をつき、あそこで薄情だったから、あなたは、リディア・ベネット[18]よ、正直な家の教えを忘れたから、あなたは、レスター伯[19]よ、野心のゆえに間違いを犯したから、あなたは、ベアトリクス[20]よ、俗世のきらびやかさをあまりにも愛したから、それであなたはこの世かあの世で鞭打たれるのだ」と、大胆かつ率直に言うのは小説家ではない。リディアあるいはレスター伯あるいはベアトリクスが、当人の悪徳のせいですべての読者の評価のなかで辱められるように、物語で提示していくのが小説家だ。一人の女性を賢く、美しく、魅力的に描け。男性らに彼女を愛させ、女性らに彼女をうらやましがらせるためだ。同時に彼女をベアトリクスのように無慈悲に、非女性的に振る舞わせ、とほうもない邪悪を熱望するように描け。そんな作中人物自体にはまったく何の危険もない！　それを操る小説家には世に害をなす何という危険が存在することだろう！　ところが、ベアトリクスを読む娘がみな「ああ！　あんなふうじゃ駄目ね。――私はあんなのはいやよ！」と言うように、若者がみな「ぼくの胸にあんな女性を抱かせないでくれ。どんな女性でもあれよりはましだ！」と言うように、もしそんなふうに最終的に操れたら、――そうしたら、おそらくどんな牧師もできないような説教を小説家は施していないだろうか？

小説家の仕事の多くが必然的に若い男女の交際にかかわっている。小説は恋愛なしにはおもしろくないか、成功しないかであることがわかる。恋愛のないいくつかの小説があげられるかもしれない。それらにおいてさえ、恋愛なしでやろうとする試みは破綻している。恋愛の柔らかさが、物語を完成させるために必要だと了解されている。『ピックウィック』が例外としてあげられるだろう。だが、『ピックウィック』にさえ三組か四組の恋人がいる。そのささやかな恋愛感情が、作品に柔らかさを与えている。私は『ミス・マッケンジー』でこれを試したことがあるけれど、最後に彼女に恋をさせずにはいられなかった。若者の想像力を掻き立てる情熱にこんなふうにしばしば触れることは、危険であるに違いない。虚構物語の作者はそれにちゃんと気づいている。それゆえ、そんな危険を避けるようにして、結果として善を生み出すように問いを投げ掛け、それに回答を出さなければならない。

ある意味、恋愛を扱う必要があるということは好都合なのだろう。――作家みなが恋愛を必要とするという、まさしくそんな状況のせいで都合がいい。恋愛は必要だ。なぜなら、それはみんなの熱い関心であり、関心だったからだ。みんなが恋愛を経験するし、経験したことがあるし、経験したいと思う。あるいはまた、恋愛への関心をいっそう永続化させる熱意でそれを拒絶する。それゆえ、小説家は恋愛を扱うことで善をなすように、つまり恋愛について健全な教訓をくだせるように、この主題を扱うことができれば、彼が施す善をじつに広範に及ぼすことができる。もし私が政治家に虚偽によってではなく真実によって、もっと立派に仕事をはたせると教えることができれば、大きな貢献をすることになる。それでも、限られた人数にしか貢献することができない。ところが、もし私が恋愛において誠実であることによって幸せになれると、若い男女に信じ込ませることができれば、そしてもし私の書くものが普及すれば、非常に多くの生徒を持つことになる。恋愛の問題を扇動的なやり方や、不健全なやり方で扱うことができるという考え方から、小説についての恐怖が確かに生じた。「奥様」とサー・アンソニーは劇[21]のなかで言う。「町の巡回図書館は悪魔の知恵の常緑樹です。一年中花盛りです。マラプロップ夫人、言の葉をもてあそびたがる連中が最後に果実にあこがれるのは間違いないことです」サー・アンソニーはなるほど正しかった。しかし、彼は果実へのあこがれを本来邪悪なものだと見なしている。恋愛を書く小説家はこれとは違ったふうに考える。小説家は誠実な男性の誠実な恋愛こそ、善良な娘が正当に勝ち取りたいと願ってよい宝だと信じ、――もしその娘がそれだけを願うように教えられたら、健全な願いだけを抱くよう教えられると確信している。

私はローラ・ベルがペンデニス[22]をどう愛したか読むことによって、愛したいとの思いを若い娘に教えられるとわけなく信じている。ペンデニスはほんとうのところじつに価値のない男で、いい夫でもなかった。ところが、若い娘の愛はあまりにも美しく、妻になったときの愛はじつに女性的で――同時にじつに甘く、利他的で、献身的なので、しかも――妻は夫を崇拝すべしという意味で――あまりにも夫を崇拝するので、ローラの愛を読むことによって若い娘が傷つくとか、損をするなどということは信じられない。

昔、若い娘は結婚するまで、恋愛について耳をふさいだ状態でいなければならないと思う多くの人々がいた。おそらくここイギリスにもまだそう思っている人々がいる。サー・アンソニー・アブソリュートとマラプロップ夫人も、きっとそんな意見の持ち主だ。とはいえ、昔のやり方ほうが私たちの今のやり方よりも作法の純粋さの基準に合っていると信じる気にはなれない。リディア・ラングイッシュは伯母を恐れて本を隠さずにはいられなかったが、それでも『ペリグリン・ピクル』を所有していた。人は気質的に恋愛について黙っているのが苦手で、じつに力強くそれを口にする。「長柄付三叉デ自然ヲ追イ出シテモイイケレド、自然ハチャント戻ッテクル[23]」若い娘が小説や詩を読むことによって、きっととらえられるあの自由な思考を身につけることなく、ほとんど子供部屋から――あるいは女子修道院から――男性と結婚させられることが、上流階級の作法と一致している国がある。しかし、そんなふうになされた結婚が、私たちの今の作法よりも幸せとは見られなかったことを私は知っている。

現在のイギリス小説あるいはイギリス小説家には、大きな区分がある。扇情的な小説と非扇情的な小説、扇情的な小説家と非扇情的な小説家、扇情的な読者と非扇情的な読者だ。非扇情的と見なされる小説家は一般にリアリスティックと言われる。私はリアリスティックな小説家に属する。友人のウィルキー・コリンズは一般に扇情的とされる。リアリスティックなほうを好む読者は、作中人物の解明に喜びを見出すと言われる。他方に執着する読者は、プロットの持続とそのゆるやかな発展に魅了されるという。が、思うに、こういうことはみな誤りだ。——リアリスティックでかつ扇情的になることができない不完全な芸術家のせいで、この誤りが生じている。いい小説は両方であり、しかも高度に両方でなければならない。もし小説がどちらか一方で失敗するなら、芸術上の失敗がある。小説の扇情的な場面が嫌いだと思う読者には、偉大な小説家のとても魅力的ないくつかの場面を思い出してもらおう。アイヴァンホーとともに城に捕らわれたレベッカ、モートンと一緒に洞窟にいるバーリー(24)、『ジェーン・エア』では、期待に満ちた花嫁のヴェールを引き裂く狂女、ハミルトン公爵とベアトリックスの結婚式に参列するヘンリー・エズモンドの権利について、レディー・キャスルウッドが憤慨しつつ公爵に説明する場面などだ。レディー・メイソンがサー・ペリグリン・オームの足もとにひざまずいて告白する場面(25)をそれに加えてもいいだろうか？　これらの場面で極度に扇情的になっているからといって、作者が罪を犯しているなどと言う人がいるだろうか？　プロットと言えば、細部の真実を欠いて束ねられただけ、人物と言えば、男性としても女性としても読者には現れて来ない木の塊——性格のない見せかけだけの作中人物——が語られる、そんな一連の恐ろしい出来事は、はっきりしていることだが、読者を教育することも、楽しませることも、畏怖で満たすこともできない。性格として見られることも認められることもない作中人物をめぐるただの恐怖、恐怖の上に積み重ねられた恐怖は、悲劇などではなく、恐怖を与えることとさえすぐやめてしまう。悲劇的に見える出来事は、はてしなく簡単にふやせる。一人の女性が殺されたことをあなたに語ってもいい。——あなたの住む同じ通り、隣のうちで、殺された。——夫に殺された妻、妻になって一週間にもならない花嫁だ。こんなふうにいくらでもつけ加えられる。殺害者は妻を生きたまま丸焼きにしたと言ってもいい。はてしがない。前妻も同じように虐待されたと断言してもいい。殺害者は処刑場に引いて行かれるとき、生きて三番目の妻を同じように扱えなかったことを唯一の悲しみ、唯一の悔恨として吐露したと主張してもいい。こんなふうに恐ろしい出来事を次々に創り出し、積みあげることくらい簡単なことはない。そんな創出や積みあげだけが小説家の仕事であり、それ以外に魅力のない小説が書かれるなら、それほど退屈で、無駄なものはないだろう。とはいえ、私たちはこんな理由で散文虚構の悲劇に反対しているのではない。詩と同様に散文でも悲劇的な要素を適切に扱える人は、偉大な芸術家であり、創作の努力が日常生活の穏やかな枠組みを超えない作家よりも高い目的に到達する。『ラーマムアの花嫁』(26)は喜劇的な要素を含むけれど、全体に悲劇だ。すでに触れたレディー・キャスルウッドの生涯は悲劇だ。『ジェーン・エア』では狂気の妻のためロチェスターが陥った奴隷の境遇も悲劇だ。しかし、これらの物語はたんに悲劇的だからという理由で私たちを魅了するのではなく、共感できる人々、つまり血と肉を具えた男女が難儀のなかで苦闘していると感じるから私たちを魅了する。要点はそこにある。喜劇を目指すにしろ、悲劇を目指すにしろ、もし読者が本のなかに名を見出す作中人物に共感できなければ、どんな小説も意味がない。読者の心に触れ、読者の涙を引き出すように作者には物語を語らせなさい。そうすれば、作者はそこまでは仕事をうまくやることになる。真実を——描写の真実、作中人物の真実、男女についての人間的真実を——そこに提示させなさい。そんな真実を提示すれば、小説はいくら扇情的でも扇情的にすぎることはない。

私はイギリス散文虚構物語の歴史を考えるとき、小説を書く規則をそのなかに含めようと、――あるいはもっと謙虚に言うと、老練作家の経験を利用したい初心者に技術を提供しようと思った。ところが、その問題は残念ながらここで扱うには長すぎる。今までのところ胸中で規則をはっきり定めたとも言えない。しかし、私の実践からえられた一、二について数語話しておきたい。

作家が座って小説を書き始めるとき、物語を語らなければならないからではなく、伝えるべき物語があるからそうすると、私は初めから思っていた。小説家の最初の小説は、概して正しい理由から飛び出してくる。ある一連の出来事あるいはある性格の発展が、作家の想像力に訴えてくる。――作家はこれをあまりにも強く感じるので、他者に向かって心地よい強い言葉で絵を提示できると思う。作家は語るべき物語を持っているから、座って語る。私の友よ、あなたがただちに空想力をくすぐられるか、情念を動かされるかする何かを耳にしたとき、出会った最初の人に急いでそれを伝えるように語り出すのだ。ところが、その最初の小説が大衆から愛想よく受け入れられて成功したとき、作家は当然のことながら小説作りが手の届くところにあると感じて、別の小説で語るべきものを捜し回る。彼は必ずしもそれがうまくいかないまま、頭をこづきながら座って書こうとする。どうしても伝えたいことがあるからではなく、何かを語るのが義務だと感じるからそうする。私の友よ、あなたはたとえ最初の物語でとても成功したとしても、さらに物語を語ろうとの野心を抱いて、逸話を抜け目なく捜すので、――それを語るとき、おそらく時々読者を苦しめることになる。

多くの小説家がそうだ。いい作品のあと、おそらくとてもいい作品のあと、たんに商売になるまで仕事を続けたため、読者を苦しめてきた。そんな作家の目録を作ったら、イギリス小説を書く技術でいちばん優れた人々の名が入ってくるから、そんな目録なんか作らなくてもいい。小説家は何よりも成功のため必須となる仕事のあの部分――観察と受容――に最後に疲れはてる。人が年を取ると、書くことに疲れるのはごく自然なことだ。それでも、書くことを習慣とする人は、疲れていてもちゃんと書ける。ところが、疲れた小説家は観察と受容というあの仕事に――そこから書く力が生じ、それがなければ書く力を持続できないあの仕事に――もはや精神を傾注することができない。観察と受容という仕事は、ただ机に着いているときだけでなく、ふつうに暮らしているときも、俗世を歩き回っているときも、仲間の人々と交流しているときも続いている。ほかの人が詩人になったとき、彼は小説家になった。なぜなら、広い行動範囲のなかでたいてい無意識に見たり聞いたりしたものから彼は題材を吸い込んできたからだ。とはいえ、こういうことは労働なしには、――たとえそれが無意識のものであっても――、労働なしにはなしえなかったことだ。それから、小説家が目を閉じ、耳を閉じるときが来る。老いが訪れ、記憶が薄れる、そう言うとき、目や耳をそんなふうにほんとうに閉じることを言っている。まわりのいろいろなものに関心を失い、それらに精神を振り向けることができなくなる。こんなふうに疲れた小説家が、もっと小説を書いてくれと頼まれる。彼はおのれの欠陥を知らない。たとえ知っていても、職業を放棄したくない。彼はまだ書くけれど、伝えなければならない物語があるからではなく、物語を語らなければならないから書く。読者がこんな語り方に「木のようなところ」を感じずにいられるだろうか？　作中人物は生きていないし、動かないし、まるで木の塊から切り出されて、壁に立て掛けられたかのようだ。出来事は列を作って並べられる。――その配列が作者にとってと同様、読者にとってもすぐ感知されるが、出来事は前の展開から自然に出て来る結果として互いに続かない。目のあの炎がなかったら、怒ったあの言葉がなかったら、一瞬のあの弱さがなかったら、すべては違っていたかもしれない。読者は――そう感じなければならないのに――感じることができない。物語の流れは硬直化した機械仕掛けの一部となり、流れについて疑問の余地などなくなっている。

こういう考察は、老小説家である私が仕事をやめるときに役立つもので、先に触れた初心者には不要な考察だと言っていい。この考察が私に当てはまることを進んで認める一方、多くの初心者にも不要ではあるが当てはまることがわかる。年を取った私たちのある者は、年を取っているがゆえにとうとう失敗する。私たち各人が次のように独り言を言うのがいい。

分別ヲ持ッテ、遅クナラナイウチニ老馬ヲ放シナサイ。
最後ニソレガ嘲リノナカデツマズカナイヨウニ。(27)

しかし、多くの若い作家も失敗する。伝えるべきものを持たないのに物語を語ろうとするからだ。これは生来の能力の欠如からというよりも、努力の欠如からきている。物語を始めるとき、彼は精神を充分に働かせていないし、物語を続けるときも精神を充分に働かせていない。私はプロットの構築をあまり気にしたことがない。私自身があまり完璧にできなかった作品の分野で、特に今完璧さを若い作家に求めようというのではない。どの時期においても、私が完璧なプロットの構築を私の能力の届くところに置くことができなかったのは確かだ。とはいえ、小説家はプロットの解明以外に目的を持っている。小説家は彼の頭脳の産物が読者に向かって話し、動き、生きる人間的な存在になるくらいに、作中人物と読者を親密にしたいと願っている。もし小説家がそんな虚構の人物を自分でよく知らなければ、人間的にすることができない。もし小説家が作中人物とともにリアルにしっかり親密に生活することができなければ、作中人物を知ることができない。小説家は横になって眠るときも、夢から覚めるときも、作中人物と一緒に生活しなければならない。小説家は彼らを憎み、愛するようにならなければならない。彼らと議論し、喧嘩し、許し、彼らに屈服することさえしなければならない。彼らが冷血であろうと、情熱的であろうと、誠実であろうと、嘘つきであろうとよく知らなければならないし、どの程度まで誠実で、どの程度まで嘘つきか知らなければならない。それぞれの作中人物の深さと広さ、浅さと狭さをはっきり理解していなければならない。この俗世で男女が変化する――誘惑とか良心とかに導かれて悪くなったり、よくなったりする――のを見るように、小説家が創造する作中人物も変化する。小説家はそのあらゆる変化に気づいていなければならない。作中で記録されるそれぞれの月の最後の日に、すべての作中人物はひと月分年を取っていなければならない。小説家志望の人が適性を具えているなら、あまり苦労することなくこういうことができるようになる。――しかし、できなければ、彼はただ木の小説を作るだけだと思う。

私が作中人物らとともに生活してきたのはこんな調子でだ。私はここからすべての成功をえた。作中人物らがずらりと並ぶ回廊がある。私は回廊にいる作中人物みなについて声の調子や、髪の色や、目のあらゆる炎や、身につけた服装を知っていると言っていい。それぞれの男性作中人物について彼ならこういうことを言っただろうとか、いやあんなことを言っただろうとか、女性作中人物について彼女ならそのときほほ笑んだだろうとか、いやしかめ面をしただろうとか言うことができる。この親密さが終わるのを感じるとき、そのとき老馬が牧場に放されるときだとわかる。この親密さが終わるときを、感じるべきときに感じられるかどうかわからない。私はジル・ブラース(28)ほど賢明に引退することができないと思う。しかし、私が指摘した力は、それがなければ語り手が物語を効果的に語ることができない力だと承知している。

小説家が物語を伝える言葉、絵を描く色はもちろん大いに考慮すべき問題に違いない。小説家はその他の才能――想像力、観察力、博識、勤勉をみな具えていてほしい。それでも、もし彼が快い言葉で作品を提示することができなければ、これらの才能があっても目的には何の役にも立たない。小説家が混乱して、退屈に、荒削りに、調子はずれになるなら、読者からきっと拒否されるだろう。歴史か科学の本を読む場合、読者はそれを義務のようなものと感じるだろう。ひどい文体で書かれていたら、そんな義務をとても不快に感じるかもしれない。が、良心的な読者なら、おそらくそれを読み通す。ところが、小説家はそんな義務感なんかに助けてもらえない。読者は何の罪の意識もなくそれを読むことを拒否するだろう。読んで快いものにすることが小説家に必要な第一歩だ。これをするためには正しく書くことよりももっと多くのことが必要だ。複数の著名な小説家の作品で証明されていると思うけれど、小説家はほんとうのところ正しくなくても、読んで快く書ければいい。とはいえ、小説家は理解できるもの——容易に理解できるもの、調子の整ったものを書かなければならない。

少しでも本を読んだことがある作家なら、理解できる言葉とはどういうものか知っている。文章からハンマーで叩き出されて意味があるというのでは充分ではない。言葉が明晰で、意味が——意味の一部だけでなく、作家が言葉に注ぎ込もうとしたそれ以上でもそれ以下でもない意味が——読者に苦もなく伝えられなければならない。作家みながマコーリー[29]の言うことを記憶すべきだ。「意味を明晰にする非常に重要な技術が、今何と未研究の状態であることか！　私以外にどの大衆作家もそれを考えていない」使われる言葉は電池から別の電池へ電気火花が飛ぶように、作者の心を即座に効率よく読者の心に伝える伝導体でなければならない。書かれたものならどんな問題でも、火花ですべてを伝えなければならない。深遠な問題では、読者は手探りして何もとらえ損ねないよう、何もとらえすぎないよう気をつける。小説家はそんな手探りなんか読者に期待できない。私の言う真実に気づいている若い作家は、言葉の難しさに直面するとき、ちょっと疑わしい一節が、言葉の一揃いの並びが、理想とはほど遠いにしろたいして重要ではないと、胸中で言うようしばしば誘惑されることを認めると思う。私はそんな一節がどんなつまずきの石となるかよく知っている。だから、若い作家は前進するとき、背後にそんなものを一つも残すべきではない。作家はおのれに厳しい批評家なら、明瞭に書く習慣をすぐ身につける。

私が必要だと思う調子の整った文体について、私の言いたいことを言葉にするのはもっと難しい。文体が調子はずれでも、説得力があって理解できれば、読者から認められると思う。しかし、調子はずれの文体で書かれた小説が、人気をえることはめったにない。そんな文体を常習的に用いる小説家が、人気をえることはもっとありえない。必要とされる調子は、耳の習熟によらなければならない。時間を与えられさえすれば、読まれた文が調子はずれか、語呂がいいか、判断できないほど生来鈍い耳はめったにない。どれが調子はずれか、どれが語呂がいいか、いったん理解力が形成されると、調子についてのそんな感覚が耳で育つ。たとえば、サッポー連の韻律を正確に学び、知性を通してその知識を受け入れた男子生徒は、サッポー連が正しいか、正しくないか耳で聞いてすぐわかる。音楽の才能を具え、完全な耳でしっかり音楽教育を受けたある少女が、たとえば次のような二語を入れ替えたサッポー連を読まれたとする。——

メルクリウスヨ、アナタヲ師トシテ
スナオナアムピーオーンハ歌デ石ヲ動カシタ。
亀ノ甲羅ヨ、オマエハ竪琴ノ七ツノ弦ニ合ワセテ見事ニ反響スル——(30)

少女は音のリズムに何の引っかかりも見出せない。しかし、男子生徒は少女の音楽的なたしなみも、才能も持たないけれど、詩人の韻律になじんでいるので、すぐ誤りに気づく。小説家もまた散文において語呂がいいものになじんでいる。それでも、作家がそれになじんで仕事に役立てるためには、ペンから言葉をしたたらせるとき、一語一語のリズムをとらえるように耳を訓練しなければならない。作家は短いあいだでもしばらくこれを続けると、習慣になって、紙の上に現れてくる前に韻律的な音節の持続をみな正しく把握するようになる。雄弁家の技術もこれと同じだ。雄弁家はこれから発するそれぞれの音がどのように最高潮の強さを打ち出すか前もって知っている。作家も同じようにすれば、おそらくどういうふうに魅惑したか察知されないうちに読者を魅惑する。

作家は小説を書こうとすると、たくさんページを書く仕事が待ち構えていることに気づく。状況から見ると、ふつう多量の紙面を埋めることを要求される。短い小説は一般に読者の受けがよくない。批評家は小説のふつうの長さ——読まなければならない三巻本の長さ——にしばしば不平をこぼす。とはいえ、それよりも少ない紙数で、大きな成功を収めたイギリスの小説はほとんどない。小説の執筆を職業とする小説家は、長さという この負担を彼に課された義務と思う。彼はどのように最後までこの負担を担っていくのか？ 紙面をどのように埋めていくのか？ 多くの大芸術家は私がこれから提唱する教えに、実践を通して反対してきた。——しかし、思うに、彼らは間違っていたにもかかわらず、彼らの偉大さによって成功をつかんできた。小説には脱線があってはならない。本全体においてすべての文、すべての語がストーリーを語ることに向かわなければならない。脱線は読者の注意をそらせ、しかもつねに不快にそらせる。「無分別な好奇心の物語」[31]や「山の男」の物語[32]の例でさえ、読者はこのことを感じないだろうか？ セルヴァンテスやフィールディングでさえこういうことだから、脱線を避けることをどの作家に望めようか？ 書かなければならない小説は長くなければならないが、完全に一つにしよう。この脱線の排除が、細部にまで徹底されなければならない。使われるあらゆる文、あらゆる語がストーリーの語りに向かうべきだ。「しかし」と若い小説家は言う。「こんなにたくさん埋めなければならないページ数があるのに、そんな制約に閉じ込められたら、どうやってそれを埋めたらいいでしょうか？　この私の物語がどれくらいスペースを必要とするか、あらかじめどうやって知ることができるでしょうか？　提供すると契約した三巻を、あるいは雑誌の一定紙数を埋めなければなりません。必要な場合に散漫になってはいけないとしたら、私はどうやって仕事を完成させることができるでしょうか？　画家は主題に合わせて画布の大きさを選びます。小説においては、私は主題を画布の大きさに引き延ばさなければならないのですか？」小説家がやらなければならないのはまさしくこの引き延ばしだ。もし彼が仕事に熟達するなら、効果を損なうことなくこれをなし遂げることができる。一つの画布にいくつかの異なる絵を描いてはいけない。抱えているストーリー以外の問題にさまよい出てしまったら、彼は一つの画布にいくつかの異なる絵を描くことになる。しかし、全体の釣り合いを研究することによって、語りながら必要な長さにストーリーを自然に落ち着かせる技術を学ぶことができる。ストーリーは一つでも、多くの部分があってよい。プロット自体はほんの少しの作中人物しか必要としなくても、多くの作中人物によってプロットが充分展開されるように大きく拡大されてもいい。補助プロットがあってもいい。いくつかの補助プロットが同じ一つの作品の一部として場所を占めて、おもなるストーリーの解明に向かうことになる。――画布には多くの図形があるけれど、見る者には別々の絵として見えないようにするのだ。

小説家の仕事のなかで、会話の部分くらい脱線の誤りが多く見られる部分はない。作家が精通する軽い話題で、二人の作中人物に会話をさせるのはとてもやさしいことだ！　文学、哲学、政治あるいはスポーツの話題が緩やかで散漫な文体で脱線的に扱われる。作家は楽しみつつページを満たして、読者を喜ばしていると思い込みがちだ。が、思うに、これほど大きな過ちはない。会話はふつう小説のなかでいちばん心地よい部分だ。とはいえ、会話はある意味おもなるストーリーを語る限りでのみ、心地よい部分となる。おもなるストーリーだけに限られる必要はないにしても、つねにその方向に向かう傾向がなければならない。読者は正しくかつ厳しい無意識の批判的眼識を持っている。本筋でない話題について長い会話が聞こえてくると、読者はその小説を取りあげたとき、受け入れることを約束していなかったものをだまされて受け取っているようにすぐ感じる。読者はこういうとき政治や哲学の話なんか求めていない。物語を求めている。読者はどの地点で会話がストーリーからそれたか言葉で言うことはできないだろう。が、会話がそれたとき、読者はそれを感じ取る。その感じが不快なのだ。もし小説家志望がこれを疑うなら、彼にブルワーの小説――そこには魅力的なところがたくさんある――を読ませればいい。それから、会話がそれたことで気分を害されなかったかどうか、彼に胸中問わせてみればいい。

読者の趣味を念頭に置くとき、現代の小説家が大いに依存しなければならないものが会話だ。が、会話は他の規則にも縛られなければならない。作家はストーリーのかなりの部分を会話で伝える。それでも、作家は人が実際に話すときに使う言葉を作中人物に喋らせることによってのみ、物語にかかわることができる。彼は物語のためだからといって――男女が実際にふだん使わないような――長い発話を作中人物にさせることはできない。ふつうの人々のふつうの会話は、短く、鋭く、表現豊かな文章でなされ、しばしば不完全なかたちで終わる。学識のある人々のあいだでさえ、その言葉はしばしば不正確だ。小説家は会話を組み立てるとき、読者の耳にリアリティの感覚を生み出すには、完全に正確な言葉使い――これがまともに表記されたら、衒学的な雰囲気を会話にかもし出す――と、たいていの話し手のぞんざいな不正確さ――これがまともに表記されたら、読者の気分を害してしかめ面を生じさせる――のあいだで、うまく舵を取らなければならない。もし小説家が徹底的にリアルになろうとするなら、滑稽に陥るだけのように見える。もし小説家が徹底的に正確な言葉使いを保つなら、リアリティを欠くように見える。とりわけ発話を短くするよう試みよう。作家が場面の特殊性のゆえに洪水のような長い発話が正当だと思わなければ、一気に十二語以上喋る作中人物なんかいない。

小説家はこういう点で人間性を指針としなければならない。一方、小説家は人間性に挑戦する効果的な小説を確かに描いてきた。私はそんな例として『ケイレブ・ウィリアムズ』[33]を、別の例として『アダム・ブレアー』[34]をあげることができる。しかし、こんな例外は人間性への挑戦が妥当なことだと証明できるほど多くない。作家は手にペンを持って人間性を追求していることを意識し、人間性を重く見る読者から芸術的能力と文学的適性を発揮するよう求められていることを自覚していなければならない。

若い小説家はどうすれば人間性についての知識を獲得できるかおそらく問い、考える。その知識があれば、この立場に、あるいはあの立場に置かれた男女が実際に何を話すか正確に知ることができる。言葉を印刷する植字工が一貫した知的な訓練によって活字を分類、整理する技術を学ぶように、小説家は人間性についての知識を習得していなければならない。小説家はこの状況ならこの言葉が発話されたかもしれないと、それ以外の言葉が発話されるはずはなかったと、確信をもって胸中に言うことができるくらい、人々の話し方を聞き、観察し、言わばそれを記憶のなかにしまい込んでいなければ、つまりそんな知識を具えていなければ、思うに、現代では小説家として成功することができない。

それから、小説家は読者を退屈させないように気をつけなければならない！　語られている物語の魅力をある時点まで感じながらも、物語が長くなりすぎて、魅力とは正反対のものになっていると、突然気づくことは誰にもあるだろう。本全体がこの欠点に蝕まれることがあるだけでなく、章や部分やページや節もこの欠点に染まることがある。私はこれを予防するものとして、作家自身の感覚くらい効果的なものを知らない。いったん作家が長くなっていると感じたら、読者にとってもその感覚が生じているのは確かだ。ある人々は笑みを浮かべつつ、作家にとって本人の言葉が退屈になることなんかないと、胸中断言する。が、これが真に言える作家は、つねに読者にとって退屈だろうと等しく真に言えるだろう。

註

(1) 1866年に数ページの原稿が実際に書かれた。
(2) Sir Philip Sidney, *Arcadia*（1580）。
(3) Sir Walter Scott, *Ivanhoe*（1819）。
(4) Daniel Defoe, *Robinson Crusoe*（1719）。
(5) Edward Bulwer-Lytton（1803-73）のこと。*The Last Days of Pompeii* の作者。
(6) Aphra Behn（1640-89）はイギリス最初の女性プロ作家と言われる。*Oroonoko*（1688）は有名。
(7) 次の【 】部分を越えて段落を改めることなく続く。
(8) Trollope は Carlyle の "Biography"（1832）というエッセイから引用している。
(9) 小説家がロバのような長い耳を持つということは、小説家自身が理解力を欠いたまま書いていることを表している。
(10)【 】の部分は Henry Trollope が編集の段階で削除した。
(11) Lydia Languish は Sheridan の *The Rivals*（1775）のヒロイン。
(12) 在位 1820-30。
(13) Smollett のピカレスク小説（1751）。
(14) *The Rivals* のなかで出て来る架空の小説。

(15) Cagliostro は18世紀の悪名高いいんちき医者。Trollope は Palliser 小説群のなかでトーリーの指導者 Daubeny 氏――Disraeli がモデル――を数度 Cagliostro と呼んでいる。

(16) 18世紀の追いはぎ。

(17) John Gay の *The Beggar's Opera*（1728）に出る魅力的な追いはぎ。

(18) Jane Austen の *Pride and Prejudice*（1813）の作中人物。

(19) Scott の *Kenilworth*（1821）の作中人物。

(20) Thackeray の *Henry Esmond*（1852）の作中人物。

(21) Sheridan の *The Rivals*。

(22) Thackeray の *Pendennis*（1850）の作中人物。

(23) *Naturam expellas furca, tamen usque recurret.* ホラティウスの『書簡詩』(*Epistles*, I. x. 24)。

(24) Scott の *Old Mortality*（1816）。

(25) Trollope の小説 *Orley Farm*（1862）。

(26) Scott の歴史ロマンス（1819）。

(27) ホラティウスの『書簡詩』(*Epistles*, I. i. 8-9)。

(28) Le Sage のピカレスク小説 *Gil Blas*（1715-35）の主人公。Gil Blas は王に気に入られ、首相秘書となったあと、城に引退し、余生を楽しむ。

(29) Thomas Babington Macaulay（1800-59）はイギリスの歴史家、政治家。

(30) ホラティウスの『頌歌』(*Odes*, III. Xi. 1-4)。メルクリウス（Mercury）はローマの商業の神で、ギリシアのヘルメスに相当する。アムピーオーンは亀の甲羅を反響盤とした竪琴を弾いて、石を動かしテーバイの城壁を築いたと言われる。「歌で石を」(*canendo lapides*）の部分はホラティウスの原文では *lapides canendo* となっている。

(31) Cervantes の *Don Quixote*（1605, 1615）前編第33章から第35章。

(32) Fielding の *Tom Jones* 第８巻第10章から第15章。

(33) William Godwin の作（1794）。

(34) J. G. Lockhartの作 (1822)。

第十三章　現代のイギリス小説家について

この章では、私は作品を知っている同時代の何人かの成功した小説家を取りあげて、彼らの成功がどこから来ているか、失敗があるとすれば、なぜ失敗したか指摘しようと思う。

ためらわずにサッカレーの名を最初にあげたい。彼は人間性についての最高度の知識を持っていた。彼の作中人物は、思うに、ほかのどの時代のイギリス小説家も及ばない力と真実を具えて、作中人物として卓越している。ドン・キホーテを例外とすれば、ニューカム大佐(1)くらい読者が親密になれる作中人物はいないと思う。どこから見てもまぎれもない紳士、それは何とすばらしい造形だろう！　真実紳士だと確信を持って言える人物、そんな人物を私たちは何と称賛することか！　ニューカム大佐くらい確かにこういうことが感じられる人物がいるだろうか？　サッカレーの作品がじつに優れていると私たちが思うのは、ニューカム大佐が完全な紳士だからではなく、サッカレーが大佐をそういう人物として描き出す力を有して、作中人物にこの恩恵を施し、大佐という弱く愚かな老人を私たちに愛させる力を持つからだ。

サッカレーは創り出す作中人物とともに生活していた。それは彼のいちばんいい作品を見れば明らかだ。彼は晩年に至るまでいつも伝えるべき物語を持っていた。彼がプロットに抱いていた関心によってではなく――というのは、彼はプロットに大きな関心を寄せることはなかったと思う――、彼が胸中で生き生きと作中人物を生かしていたことを私たちに確信させることによって、伝えるべき物語を持っていたことを教えてくれる。彼はベッキー・シャープ(2)と、レディー・キャスルウッドやその娘やエズモンド(3)と、ウォリントンやペンデニスや少佐(4)と、ニューカム大佐と、バリー・リンドン(5)と、絶えず胸中交流しながら生活していたに違いない。それゆえ、彼はこれらの作中人物を私たちにリアルに感じさせることができた。

私たち小説家のなかで、彼の文体がもっとも純粋だ。私の耳にはその文体がもっとも調和的に聞こえる。時々その文体はちょっとした気取りによって、また苦心の跡が見えるささやかな奇想によって損なわれるが、言葉はいつも明快だ。読者は彼の言いたいことを、意図することを苦もなく知る。記憶にある限り、彼は脱線的な挿話など扱わない。批評家は彼の作品を細かく調べてみれば、場面ごとに、場面の部分ごとに、物語が語られる明快さの度合が増していることがわかると思う。彼の物語を読むとき、女性が無作法であり、男性が不誠実であれば、必ず嘆きの感情を読者の心に生じさせる。同じように、女性がほんとうに献身的であり、男性がほんとうに誠実であれば、必ず喜びの感情を読者の心に生じさせる。ペンデニスのくだらない利己主義、ベアトリクス[6]の世俗性、ベッキー・シャープの狡猾さを私たちは何と憎むことか！　ニューカム大佐の誠実さ、エズモンドの高貴さ、ペンデニス夫人の献身的な愛情を私たちは何と愛することか！　勧善懲悪が多くの読者の心に届くとき、それは必ず善をなす。

サッカレーは晩年——老人にはならなかったから、作家としての経歴の最後のころ——、怠惰になって、読者を魅了する力を失った。構想するプロットや用いる言葉使いに目立った変化を見せなかったのはわかっている。しかし、読者は『ヴァージニアの人々』や『フィリップ』[7]で永続的かつ親密なつき合いをする作中人物に出会わない。サッカレー自身が作中人物とそんな親密な交流をしていなかったから、そうなっていることを私は疑わない。彼は創作の労力をつねに求める虚構の生活に疲れはてていた。彼はただ机に着いているときだけ、二人のヴァージニア人とフィリップに力を注いだのだろう。

現時点で、ジョージ・エリオットがイギリス小説家の第一人者だ。私の時代の小説家としては、彼女を第二位の位置に置きたい。彼女は散文作家として文壇では知られているが、おそらく小説において永続的な名声を獲得するだろう。とはいえ、実際のところ彼女は知性の本質において、物語の語り手に共通するところからかなりかけ離れている。疑いなく強い想像力に恵まれているけれど、創造するときよりもむしろ分析するときにそれを働かせる。彼女は目の前に来るものをみなばらばらにし、できれば読者にも彼女と同じくらい明瞭にその内部を観察させる。彼女がこの探求的分析をあまりにも徹底して行なうので、彼女の後期の著作を研究するとき、人は小説家というよりも哲学者と同行しているように感じる。『フィーリクス・ホルト』とか『ミドルマーチ』とか『ダニエル・デロンダ』を、若者が喜びを感じつつ読むことができるとは思わない。年を取った多くの人々にとっても、それらがとても難解であることを私は知っている。

彼女は作中人物を奇妙に簡潔に、生き生きと性格づける。それが——彼女がなし遂げたいちばん大きな成果ではないにしても——大衆の心を大きくつかんだ。彼女の本が読まれるのは教訓のせいではない。しかし、彼女が教える教訓は残る。セス・ビードとアダム・ビード(8)、マギーとトム・タリヴァー(9)、老サイラス・マーナー、とりわけ『ロモラ』のティートーは一度知ったら、忘れられない作中人物だ。後期の作中人物について、私はあまり多くのことを言うことができない。なぜなら、そこでは哲学者があまりにも肖像画家に勝ちすぎているので、人物の内面を解剖するとき、外面的な印を忘れ去っているように見えるからだ。彼女はあの精神の疲労の兆候——それを感じさせたら作家が燃え尽きたと読者に判断させるもの——をまだまったく示していない。私たちが別のポイザー夫人(10)を書いてもらえないのは、衰えからではなく、作者がポイザー夫人よりも高尚と思えるものに舞いあがっているからだ。

ジョージ・エリオットは、思うに、優れた仕事をするためあまりにも苦闘しすぎるという欠点を持っている。彼女は気軽さに欠けている。最近この兆候を文体にも顕著に表すようになってきた。彼女はいつも奇妙に正確な文体を用いたし、今も用いている。しかし、刺激的なものにしたいとの強すぎる欲求のせいで、時々文体を曖昧なものにしている。苦闘しているという感じがどうしても拭えない。そのせいでひけらかしの味がする。現時点ではほんの一部しか出版されていない『ダニエル・デロンダ』には、気づいてみると、作者が意図したものを把握するのに、私が三度読まずにはいられなかった文章がある。この才能ある女性が、私のもっとも愛するもっとも親密な友人だったこと[11]をここで打ち明けることを読者は許してくれるだろう。ここでは小説家として話しているので、詩人としてのジョージ・エリオットの長所に触れることはやめておこう。

　私の時代でいちばん人気がある小説家が、——どの時代を取ってもおそらくいちばん人気があるイギリス小説家が——、チャールズ・ディケンズであることに疑いの余地はない。もう亡くなってほぼ六年になる。彼の本の売りあげは、生前と同じ勢いで続いている。彼の小説がどの家庭にも確かに見出せること、英語を話すあらゆる国々に彼の文名がとどろいていること、英語に吸収されてよく知られる名になったガンプ夫人[12]やミコーバー[13]やペックスニフ[14]やその他多くの作中人物の人気、彼が亡くなったときの国中の嘆き、葬儀に際して彼に払われた栄誉——すべてが彼の受けのよさを証明している。彼が最後に本を書いて以来、ジョン・フォースターが書いた彼の伝記くらい人気のある本はなかったと思う。こんな証拠に逆らうことは不可能だ。人々の高い評価は、小説家が作品の批評においても当然高い地位、いちばん有利な地位を占める証拠となる。小説家の第一の目的が、読者を喜ばせることにあるからだ。この人の小説が、どの人の小説よりも読者を喜ばせることがわかっている。もちろん読者を喜ばせることに関しては、本は喜ばせても、人を傷つけるとか、本の傾向が不道徳で、教えが邪悪だとか、そんなことが言い出せるかもしれない。しかし、そんな告発がディケンズに対してなされたことがないのは言うまでもない。彼の教えは一貫して立派なものだった。あらゆることから判断して、批評家はこの作家の卓越性について自分の意見に反する証拠をたくさん見出すので、その意見を読者集団の集合的な意見に従属させるべきかどうかの問題に直面する。ディケンズをサッカレーやジョージ・エリオットの下に置くことは、ほとんど誤りのように私には思える。非常に多くの人々が、彼をサッカレーやジョージ・エリオットの上に置くことを知っているからだ。

私は独特の特異な考え方のせいで、この問題ではディケンズを上に置くことができない。ガンプ夫人やミコーバーやペックスニフやその他の作中人物は、確かにまるで実在の人物でもあるかのように、あらゆる家庭で日常的に使う言葉になっていることは認める。しかし、私の判断によると、彼らは人間らしく見えないし、ディケンズが描く作中人物はどれも人間的ではない。人間性が欠けていてもそれで通る魔法を人形にかけたのは、この作家が持つ筆力の独創性と驚異だ。私の評価によると、彼の作中人物はサッカレーのユーモアよりもかなり劣る戯画になっている。サッカレーのユーモアが、多くの読者の知性に届かなかったのとは対照的に、この戯画はすべての読者の知性に届いた。ディケンズのペーソスも人間的ではなく、芝居がかっており、メロドラマふうだ。とはいえ、そのペーソスはすべての人の心に触れるように表現されている。スマイク[15]には真の生命がない。スマイクの窮状と、白痴性と、ニコラスへの献身と、ケイトへの愛はみな度を越しており、それぞれが相容れない。それでも、読者は涙を流す。みなスマイクに涙する。ディケンズの小説はブーシコー[16]の劇に似ている。彼はもっともらしく見えるように輪郭を太く描く方法を心得ている。

ディケンズもいちばん脂が乗っていたころ、つねに作中人物とともに生活していた。――彼も徐々にそうする力を失い、読者を魅了することができなくなった。作中人物が人間的ではないにしろ、ガンプ夫人やピックウィックはみなから記憶されている。それでも、ボフィン家やヴィニアリング家[17]の人々は、多くの人々の心にとどまらないと思う。

ディケンズの文体を賛美することはできない。それは出し抜けに変化し、非文法的で、――カーライルの文体と同じようにほぼ完全に――、規則に挑戦する独自のものとして作られている。それゆえ、言葉を尊重するように教えられた読者にとって、その文体は不快であるに違いない。とはいえ、実際のところ、ディケンズがその文体でわが国の読者の大多数を満足させたことを、――正直なところ認めざるをえないから――認めるとき、批評家はおのれの批評の無力を感じないではいられない。ディケンズとカーライルという二人の偉大な作家は、書いたページで読者を満足させながら、模倣者の一団を作り出して無限の害を及ぼした。若い小説家はディケンズの文体を真似ようなどと思ってはならない。文体の模範を求めるなら、サッカレーのそれを学べばいい。

ブルワーという――リットン卿というよりもまだこの初期の名でよく知られていると思う――作家は、たいへん豊かな才能を持っている。彼は本章でこれまで取りあげたどの作家よりも立派な教育を受け、つねに博識を利用することができた。それゆえ、読者が非常に多くのことを学べるし、学ばなければならない種類の小説を生み出した。彼はわが国の政治的な状況を完璧に把握していた。思うに、この政治という主題について、ディケンズは驚くほど無知であり、サッカレーは一度も研究したことがなかった。ブルワーは広く読書をして、知識の恩恵を断えず読者に与えようとした。結果として、娯楽以上のものを小説で提供することができた。彼の小説には輝きも――想像力よりもむしろ思索の結果、たんなる知性よりも研究と配慮の結果も――あり、それが多くの小説をそれなりにすばらしくしている。様々な書き方を駆使しているので、彼の小説をひとくくりにしてとらえるのはおそらく適切ではない。『ペラム』と『アーネスト・マルトラヴァース』という初期の作品で、彼は想像上の生活の絵を描き、その後『私の小説』や『キャクストン家』(18)という作品で、かくあるべしと信じる生活の絵を描いた。これらの小説には効果を生み出そうとする同じような努力の痕跡が見られる。効果は生み出されているが、そんな痕跡がなかったら、もっと効果的だっただろう。

これまで名をあげた小説家について、私は彼らが作中人物とともに生活していたと言うけれど、ブルワーについてはそれを言うことができない。彼はいつも生み出したい効果について考えながら作品とともに生き、そのとき説教したい教義とともに生きた。とはいえ、彼はおのれの作中人物を一度も知らなかったと思う。――それゆえ、私たちも彼の作中人物を知らない。ペラムやユージン・アラム(19)でさえ私たちには人間らしく見えない。そこがピックウィックやニューカム大佐やポイザー夫人と違うところだ。

ブルワーのプロットはたいてい複雑でなく、苦心の跡がなく、成功している。読者はウィルキー・コリンズの場合プロットがすべてだと感じ、ジョージ・エリオットの場合プロットがないと感じる。けれども、ブルワーのプロットについてそんな極端な感じは受けない。ストーリーはあまり注意を引くこともなく自然に浮かびあがって来るから、作家の知性が完全であることを証明している。言葉は明晰で、上等で、知的な英語だが、マンネリによって損なわれている。総じて、ひけらかしが欠点だ。

愛する旧友のチャールズ・リーヴァーと、彼が描く威勢のいい、陽気な、楽しい、罰当たりなアイルランド人を私はどう表現したらいいだろう？　彼のペンあるいは彼の声から絶えず出て来る活力の感覚は、確かにほかのどんな人からも出て来たことがない！　私は長年に渡って彼をよく知っている。彼は病めるときも健やかなときも、会えば必ずウイットとおかしさで満ちあふれていた。私が出会った人々のなかで、冗談の源として彼くらい当てになる人はいなかった。私はウイットに富んだ多くの人々、おもしろいことを言える多くの人々、望まれれば時々進んでおもしろいことを言おうとするが、ときおり失敗する多くの人々を知っている。――ところが、彼は一度もウイットで失敗したことがない。真夜中に彼を起こしてご覧なさい。そうしたら、彼は半分も目を覚まさないうちにウイットを繰り出していることだろう。それでも、彼は会話を独占したことも、退屈させたこともない。話された言葉のうち彼の分担分しか受け持たなかったのに、その夜に交わされたすべての会話を輝かせていたように思える。初期の小説は——後期の小説を私は読んだことがない——彼の実際の会話によく似ている。滑稽さがゆるむことがないので、私は読んで一度も退屈しなかった。とはいえ、彼が作中人物を生み出したことはほとんどないと言っていい。老使用人のコーニー・ディレーニー[20]をおそらく例外としてあげていいかもしれない。

リーヴァーの小説は——たとえ今読まれているとしても——長続きすることはないだろう。なぜなら、そういうものだから。彼がどんな仕事の仕方をしたか知らないが、たぶん手早くやったに違いないと、手にペンを持って座っているとき以外、彼が主題について悩むことはなかったと思う。

シャーロット・ブロンテは確かに驚くべき女性だ。一つの小説の小部分から小説家の仕事を判断していいなら、また、作品のもっとも強い部分で示せるものと同じ強さが作家にあると言っていいなら、私はミス・ブロンテを非常に高い位置に置きたい。『ジェーン・エア』の第二巻で、彼女がロチェスターと女家庭教師の性格に投入することができた関心くらい、スリリングなものを私は知らない。彼女は作中人物らとともに生活して、彼らの心のあらゆる琴線、一方のあこがれと他方の苦悩に触れた。それゆえ、本の結末は弱く、始まりはあまりよくないとしても、『ジェーン・エア』は今この本よりも名がよく知られている多くの本が忘れられたとき、イギリス小説の一つとして読まれていることを私はあえて予言する。『ピックウィック』と『ペラム』と『ハリー・ロレカー』[21]が忘れられたとき、『ジェーン・エア』と『エズモンド』と『アダム・ビード』は、私たちの孫の手に取られていることだろう。なぜなら、描かれた男女が熱望の点で人間的で、共感の点で人間的で、行動の点で人間的だからだ。

『ジェーン・エア』で語った状況ほど読者の関心をそそることはないにしろ、彼女は『ヴィレット』や

『シャーリー』でも自然な、リアルな人間の生活を提示している。『ヴィレット』で描いたポールの性格はす(22)ばらしいスケッチだ。彼女がこの本を書いたとき、彼女自身がポールという人に恋しており、さもしい風采の、あらゆる点で魅力のない男性を愛することができることを、自分に証明しようと決意していたに違いない。

チャールズ・リードくらい奇行と、手に負えぬ頑固さと、才能で私をとまどわせる現代作家はいない。彼はほとんど天才の持ち主だが、ふつうの道理といったものを生来具えていない人のように思う。彼は高貴で高尚なものを見て、それを心底賛美することができる。不潔で邪悪なものを見て、同じように熱心にそれを憎むことができる。それでも、彼は日常生活の平凡な出来事で何が正しく、何が悪いかまったく判断することができない。彼は他人の意見に導かれるつもりなどもうとうないので、文学の経歴上絶えず間違いを犯し、ほとんど受けるに値しない非難に曝されている。本人は誠実に――特別誠実に、ほかの人よりも誠実に――しているつもりなのだ。彼は文学界の商取引に誠実さが必要であることを主張して『イギリスの掟』と(23)いう本を書いた。――これはすばらしい作品だが、思うにごく少数の人によってしか読まれていない。私は書庫にある一冊しか見たことがないし、この本を知っている人を噂にも耳にしたことがない。とはいえ、彼は金銭的な報酬をえる希望なしに多大な労力を費やしてこの本を書いたに違いない。――実際にそうだと明言している。彼はイギリス議会と国民に向けて文学的な誠実さが必要であることを訴えて、もし彼がここで失敗したら、「同胞の前で赤面し続けなければならない」と断言する。しかし、私の時代のあらゆる作家のなかで、彼くらい文学的な誠実さを理解していない人はいないように見える。この本のなかで説明しているように、彼はあるときなにがしかの金でフランスの作家からある劇のプロットの権利を買った。彼はそんな金なんか支払わなくても、国際的な著作権法に触れることなく、おそらくそれを使えたと思う。フランスの作家は買ってもらったから当然彼を称賛し、「真の紳士だ」と言った。リードはそのプロットをある小説(24)で使った。この翻案を発見したある批評家がそれを大衆に知らせた。小説家はそれに腹を立てて、批評家を「匿名で物書きをするつまらぬやつ」と呼び、購入の事実を述べて自己弁護した。この点で、私たちが文学的剽窃や文学的誠実さを取りあげるときに問題にすることを、彼は無視しているように見える。作家が非難される罪は、ほかの人の資産を奪う罪ではなく、本人が創っていないものを創ったとして言い紛らす罪だ。作家が著者の署名をして本を出すとき、直接そうではないと断らなければ、そこに書いてあるすべてを書いたと主張することになる。数年後に同じような問題がまた起こった。このとき、リード氏はもっとはっきり、もっと公式に意見を述べた。彼は断り書きなしにスウィフトから取った会話を彼の物語に挿入した。予想通り、批評家の一人がこの厚かましい剽窃(25)を攻撃した。しかし、彼、作家はその批評家をひどくこきおろし、自己弁護して、スウィフトは宝石を発見したけれど、彼はそれをはめ込む台を提供したのだと主張した。――ちょっとした彼の機知を表す主張だ。が、もし会話が彼のものではなく、スウィフトのものだと認めていたら、はるかにすばらしい真実を表していたに違いない。

【他日、私がオーストラリアへ行って不在中、彼は私の小説のプロットを取って、とても賢く芝居用に翻案し、題に「アンソニー・トロロープとチャールズ・リード」によると断り書きをつけて舞台(26)にあげた。彼はまったく私の了解をえることもなく、事前に私と何の協力関係もなく、協力関係を提案することもなくこれを行った。――共同作業については何の言葉も交わさなかったと言っていい。私は新聞に書いて、芝居とのかかわりを否定する必要があると感じた。もしリード氏からプロットをそんなふうに使うと了解を求められていたら、私はその要請を栄誉に感じていただろう。他の作家と共同で芝居を書くことが私の得意だったら、リード氏くらいそんな仕事に進んで乗り出したい相手はいなかっただろうと思った。しかし、私は芝居の広告ビラに私の名を無断で使われたことに腹を立てていた。とはいえ、彼に悪いことをしたと気づかせることはできなかった。どちらもこれ以上これについては触れまいと彼に提案することで、やっと私が尊敬する人と喧嘩をする愚かさを逃れることができた。(27)」

こんな奇妙な精神の持ち主は、とても奇妙な小説を書くのだろう。――確かに奇妙な小説を書く。彼はふつう強く印象づけられた虐待――たとえば、貧乏人あるいは狂人が扱われる苛酷さ、あるいはある階級の邪悪さ――を小説で扱っている。思うに、彼はじつにまじめな目的意識をいつも読者の心に残す。けれども同時に、主題を実際には理解していないとのとても強い確信を私の心に刻む。それで、彼が非難する人々の側に逆に私は味方していることがわかるほどだ。これほど立派な心情とこれほど誤った頭脳とを合体させた小説家は、彼以前にはいなかった！　彼はストーリーを語る点で時々巧みになる。私は彼の小説では特に『僧院と暖炉』(28)を薦める。この作品でも、ほかの作品でも、彼が心に残る作中人物を残さなかったことははっきりしている。それでも、場面のいくつかを非常に鮮やかに描いているので、それを読むのはいつも楽しい。

真の批評家なら、ウィルキー・コリンズを称賛せずにはいられない。なぜなら、彼は小説技術のいちばん難しい分野で同時代人みなを凌駕したからだ。とはいえ、それは私がまったく足を踏み入れたことがない分野なので、彼の仕事が個人的に私にはあまり意味がなかったのは当然だ。私は座って小説を書くとき、それがどういうかたちで終わるかまったく知らないし、どう終ろうと少しも気にしない。ウィルキー・コリンズは書き始める前に細部まですべてを始めから終わりまで計画するだけでなく、もう一度始めにさかのぼって、絶対の正確さで必要な接合部ができあがるようプロットを整えて、小説を構成しているように見える。構成はじつに細かくてじつにすばらしい。私がその構成の妙味をとらえ損なうはずがない。この作家は何かが正確に火曜朝の二時半に起こることを、あるいは、一人の女性が四番目のマイル標石の先ちょうど十五ヤードの路上で姿を消したことを、つねに覚えておくよう読者に忠告するように見える。読者は謎に縛られ、難儀に身動きできなくなるけれど、第三巻の終わりで謎が解かれ、難儀が克服されることを知っている。私はこんな作品には喜びを見出せない。とはいえ、喜びがないのは私の知性に欠陥があるからだと進んで認める用意がある。

作家の一覧を長くしすぎているように感じるが、私は二人の女流作家について喜んで一言述べたい。どれほどこの二人の作品を称賛しているかはっきり伝えるためだ。二人とはアン・サッカレーとローダ・ブロートンだ。私は二人を知っており、前者をほとんど身内のように愛している。二人とも女性だという点を除くと、これくらい異なる作家はいない。ミス・サッカレー[29]は思いやりのある魅力的な作中人物を人間性に忠実に描いている。彼女は書物のなかでいつも善が善を生み、悪が悪を生むことを証明しようとする。彼女が恥ずかしいと感じなければならない行は一行としてないし、誇れない意見は一つとしてない。とはいえ、彼女は仕事を嫌う怠惰な作家が書くように書く。それで、当人の活力の欠如をページに残してしまう。

一方、ミス・ブロートン[30]は――仕事に疲れることもあると思うが――活力にみなぎっている。彼女は労を惜しまず作中人物を地面の上にまっすぐ立たせる。そのうえ、男女が実際に話すように作中人物に話させる才能を持っている。「けだものね、あなた!」と、ナンシー[31]は塀の上に座って、――兄に向かって話し掛けていると思い込んで――夫となる男性に言う。さて、ナンシーはいいことか悪いことかは別として、状況が状況なら、兄をけだものと呼ぶような娘なのだ。ミス・ブロートンの小説には、木でできたところが少しもない。昨今非常に多くの小説が木でできているというのにだ! ところが、彼女の小説にはミス・サッカレーのそれにあるような思いやりという味わいが欠けるから、人間性への忠実性にも欠落が見られる。ミス・ブロートンは少女のように取り澄ますことも、めそめそすることもすまいと決意して、言ったり、したりしそうもないことを女性らに言ったり、したりさせる。彼女らはやたらと男性の気を引こうとし、受け入れてもらえないと、もう一度どうすれば男性の気が引けるかそればかり考える。ミス・ブロートンはまだとても若いので、この方面でいつか欠点を克服してほしい。

もう一人、小説家をあげなければならない。この人が欠けたら、私の時代のいちばん著名な小説家の一覧がきっと不完全になるだろう。それは今のイギリス首相だ。ディスレーリ氏は小説をたくさん書き、小説家としてとても人気を博した。それで、彼についてはよかれ悪しかれ話さずにいられないと感じる。彼は二十三才のとき『ヴィヴィアン・グレイ』(32)を出版し、人生の早い時期に作家としての経歴を始めた。少年によって書かれた一冊だと、彼は序文で書いている。この言い訳を正当化できるほど若くはなかったが、こんな仕事をするにはそのときとても若かった。思うに、ディケンズは『ボズのスケッチ』を書いたとき、もっと若かったし、『ピックウィック・ペイパーズ』を書いているとき、彼と同年だった。ディスレーリ氏はつい先日『ロタール』(33)を出版したところだ。処女作とこれとのあいだに八冊か十冊の小説を出している。それらはみな私に同じ化粧と非現実の雰囲気を感じさせる。彼は著作のなかで並はずれて大規模なものを読者に印象づけることを好んだ。彼は賢い天才だったから、若者らにそんな印象を与えることに成功した。彼は若者らを驚かせて、彼らの世界よりももっと栄光に満ち、もっと豊かな、もっと才気煥発な、もっと進取の気性に富んだ世界を想像のなかで掻き立てた。しかし、栄光はボール紙の栄光、富は安ピカの富、才気は美容師の才気、進取はペテン師の進取だ。驚嘆すべき賢明さとあらゆる陰謀を駆使して、成功を手に入れる若者――大胆な魔法使い――がたいてい彼の主人公だ。全体を通して芝居の小道具、髪油の臭い、象眼細工の表面、仕立屋のイメージ、人造ダイヤにまつわる良心の呵責を想起させる雰囲気がある。ディスレーリ氏が彼の小説によって、人生行路の途上にある多くの若者と娘を扇動したことがわかる。が、善へと導くべきだったのに、誰もそちらへ導くことができなかったのもわかる。ヴィヴィアン・グレイはおそらくジャック・シェパード(34)と同じくらいたくさん追随者を作り出して、彼らを同じ方向へ導いた。

『ロタール』はこれまでのところディスレーリ氏が最後に書いた作品で、疑いなく彼の最悪のものだと思う。彼はこの作品を『ヴィヴィアン・グレイ』を擁護したときと同じ言い回しで擁護した。彼は処女作を書いたときに若すぎたように、『ロタール』を書いたとき、この種の作品を書くには年を取りすぎていたと言う。首相になるには年を取りすぎていなかったがだ。たとえこんな作品を書こうと思うほど大きなものに取り憑かれたとしても、彼は書くときに充分判断力を働かせて、それを破棄すべきだった。ここには髪油のあの臭い、偽の宝石のあの呵責、仕立屋を想起させるあの感じが他の小説よりも強く出ている。ロタールはヴィヴィアン・グレイよりももっと虚偽に満ちている。ロタールの結婚相手である公爵夫人の娘レディー・コリサンデは、ヴェネティア(35)あるいはヘンリエッタ・テンプル(36)よりもうつろで、女性性も欠けている。語りはまさしく陳腐への急落だ。立派な人あるいは高貴な人が書いたからといって、読者に悪い作品を甘受させるあの一般大衆の判断の欠如を、私はしばしば嘆き、許してきた。大衆の一部が『ロタール』を満足して受け入れたときくらい、許せなかったことはなく、嘆きの感情を強く感じたことはない。

註

(1) Thackeray 作 *The Newcomes*（1855）の主人公。
(2) *Vanity Fair* の中心人物。
(3) *Henry Esmond*（1852）の作中人物。

（4）*Pendennis*（1850）の作中人物。Major Pendennis は主人公 Arthur のおじ。
（5）*Barry Lyndon*（1844）の主人公。
（6）Henry Esmond の求婚を拒絶したいとこ。
（7）*The Virginians*（1857-59）と *Philip*（1861-2）。*Philip* は Thackeray が完成した最後の小説。
（8）*Adam Bede*（1859）の作中人物。
（9）*The Mill on the Floss*（1860）の作中人物。
（10）*Adam Bede* の作中人物。
（11）Trollope はここで過去形を用いているけれど、George Eliot とは彼女の死まで友情を保っていたと言われる。
（12）Pecksniff とともに *Martin Chuzzlewit*（1843-44）の作中人物。
（13）*David Copperfield*（1849-50）の作中人物。
（14）*Martin Chuzzlewit* の作中人物。
（15）*Nicholas Nickleby*（1838-9）の作中人物。
（16）Dion Boucicault の劇で知られているのは *London Assurance*（1841）、*The Colleen Bawn*（1860）。
（17）*Our Mutual Friend*（1864-5）の作中人物。
（18）*Pelham*（1828）、*Ernest Maltravers*（1837）、*My Novel*（1853）、*The Caxtons*（1849）。
（19）*Eugene Aram*（1832）の主人公。
（20）*Jack Hinton*（1843）の作中人物。
（21）Charles Lever の作（1839）。
（22）Monsieur Paul のモデル Constantin Heger への Charlotte の片思いをもちろん Trollope は知らなかった。
（23）Reade が１８６０年に自費出版した。
（24）Reade の *White Lies*（1857）は Auguste Maquet の *Le Château de Grantier*（1852）という劇の翻案。
（25）Reade の劇 *The Wandering Heir* の小説版（1872）は Swift の *Journal of a Modern Lady* の一節を含んでいた。
（26）Reade は Trollope の *Raiph the Heir*（1871）のプロットを翻案して、１８７２年に *Shilly Shally* を上演した。

(27)【 】の部分は Henry Trollope が編集の段階で削除した。
(28) *The Cloister and the Hearth*（1861）。
(29) *The Story of Elizabeth*（1863）、*The Village of the Cliff*（1867）を書いた。
(30) *Not Wisely, but too Well*（1867）、*Cometh up as a Flower*（1867）を書いた。
(31) *Nancy*（1873）の主人公。
(32) *Vivian Grey*（1826）。
(33) *Lothair*（1870）。
(34) 脱獄で有名なロンドンの怪盗（1702-24）。
(35) 同名の小説 *Venetia*（1873）の主人公。
(36) 同名の小説 *Henrietta Temple*（1837）の主人公。

第十四章　批評について

現代の文学批評は職業になっており、芸術ではなくなった。批評の目的はもはや批評家が定義する規則に従って、ある文学作品がよく、他の文学作品が悪いと証明することではなくなった。昨今のイギリス批評はこういうことをする振りさえめったにしなくなった。批評は第一に、ある本が注目に値するかどうか大衆に告げようとする。第二に、その本を読む時間がない人あるいは読む気がない人に、手っ取り早く内容がわかるように作品の趣旨を伝えようとする。これら二つの目的は、上手に達成されれば健康的だ。批評家はもう深みのある審判者ではないのかもしれない。批評家はしばしば最初の文学的な試みをする――まだ趣味や判断が固まっていない――若者に委ねられる。それでも、その若者はおそらく批評にかかわる良心を具えており、もしそのあたりで何か適性がなければ、この仕事には選ばれなかっただろう。彼は無分別な読者にとって最良の案内人とは言えないにしても、誰も案内人がいないよりはましだ。ほんものの実質的な批評は、性質上、金がかかるに違いない。しかし、大衆が望むものはとにかく安あがりの批評だ。だから、考えられる最良の助言ではないにしろ、まったくないよりもましな助言が大衆に与えられる。批評される作品に関するあの描写、たくさんあるものをごくわずかなものにするあの圧縮――それが多くの現代批評家あるいは評論家の仕事になっている――のおかげで、一般大衆は作品で言われていることの一部をうかがい知ることができる。もしそれがなければ、大衆は何も知ることができない。

批評の仕事を立派にやっている定期刊行物の名をあげたり、ぞんざいにやっている他の刊行物について不平を言ったりすることが、私の義務だとは思わない。そんなことをしてみても、ただ感情を害するだけだし、おそらく正当ではない。これらの刊行物の一部は、批評の一般的なやり方の点で確かに大いに称賛されていいが、他の一部はじつに厳しい非難に曝されている。称賛と非難は、思うに、美徳と悪徳に対応するものとして概して妥当だと言っていい。私たちが求めることができるのは、批評能力ではない。私たちが嘆かなければならないのは、批評能力の欠如ではない。批評能力というのは私たちが支払う値段では手に入らない。批評能力は特別イギリス人に限られた能力ではなく、それがほんとうに示されるとき、しばしば正当には評価されない。私たちが求めていいのは、批評家の誠実さであり、非難しなければならないのは、批評家の不誠実だ。もし批評家が本人の考えを率直に告げるなら、その考えがまったく曖昧で、無益なものであっても、私たちは彼を許すことができる。しかし、もし彼が友情とか敵意とかの私心に動かされて、考えてもいないことを表明するなら、彼を許すべきではない。これが現代のイギリス批評に見られる罪悪だ。その罪悪に対して不平を言う根拠は大いにある。

関係者が悪意を抱いているわけでもないし、不誠実であるわけでもないのに、この罪深い慣行に染まっているのは嘆かわしい事実だ。多くの業者が業界の慣行という言い訳を隠れ蓑にして、不正行為を正当化している！　『バーセットシャー・ガゼット』はAのために多くのことをする。『ディルズバラ・ヘラルド』(1)はBのために多くのことをする。あの力強い首都の機関紙『イーヴニング・パルピット』(2)はCのために多くのことをする。AとBとCは個人的な利害を通して、それらの刊行物の恩恵を受けている。世に認められようと苦闘している作家が、そういうことを知り、告げられるとき、彼もまた編集者あるいは編集者の奥さん、奥さんのいとこやまたいとこへの工作に取り掛かる。編集者あるいは批評家は、大衆に負う義務とは別個の配慮をいったん受け入れたら、編集あるいは批評の誠実さに必要なあらゆる感覚をすぐ失ってしまう。地獄ニ落チルノハタヤスイ(3)。あっという間にあの編集上の誠実さを馬鹿げたものと思うようになる。こうなると、批評家が力を振るうのは、誠実さとは異なる目的に向かってだ。義務とは何か、行動とはどうあるべきかを説教されるとき、批評家はそんな説教をする人をドン・キホーテ的だと思う。「そんな古めかしい考えを今どき持ち出すなんて」と、彼は言葉にしてではなく胸中で言う。「私の友よ、あなたはこの二十年どこで生活してきたんです？」こうして不誠実は、不誠実が美しく見えるようになるまで不誠実を生む。批評家が愛想よく振る舞うことは何とすばらしいことだろう！　世間に受け入れられるために奮闘する若い作家に彼が支援の手を差し伸べることは、特にその作家がかわいい女性であるとき、何と栄えあることだろう！　彼が友人に恩恵を施すことは、何と思いやりのあることだろう！　それで、批評家はそんな動機に動かされるとき、快い満足を覚えながら、善なるところからさらに離れていく。彼はしろうと文学者つまり金持ちの友人をもてなす仕方として、どんなふうに上手にお返しすることができるだろうか？　もてなしのいい友人の好意が続くことを、どんなふうに担保することができるだろうか？

数年前、ときの批評家でありかつ文壇仲間でよく知られた紳士(4)が、当時出版された本の手書き原稿――人気作家の草稿――を私に見せてくれた。それは立派に装丁された所有欲をそそる価値あるものだった。当時の主導的なジャーナルのなかで、称賛の論評を書いたことへの感謝の印として、その批評家は作家からそれを贈られたのだ。こんな贈り物は、贈り主と受取手の双方にとって好意の印と見なされるのではないかと、私はわざわざ聞かれたので、そんなものは与えても、受け取ってもいけないと思うと答えた。私の考えは侮蔑とともに否定された。堅苦しくて、非現実的で、手に負えない人だと私は言われた！　この件では、贈り物をもらう点に問題があるのではなく、批評した相手から贈り物をもらっても、職務が貶められることはないと思う批評家側の心構えに問題があった。この批評家は送られて来るそんな本の論評を書くため、雇い手とのちゃんとした契約に縛られているプロだった。彼はある本を褒めて価値ある贈り物を受け取るとき、いったいどうして同じ作家の別の本を批判できるだろうか?

私はこういうことを書くとき、書いたことで注目されるにしても、小事にこだわっているとか、誠実の仮面をかぶっているとか、少し疑念を誇張しているとか、そんなふうに受け取られることをよく承知している。私は前にも同じことを言い、そう言ったことで嘲られた。しかし、イギリス文壇が広くこの悪に染まっていることは確かだ。成功しようともがく作家は、称賛をえる場面でいちばん努力をしなければならないと思い込んできた。作家が成功しようともがくとき、どれほど下劣なやり方をするか、ささやかな記事を書く人にささやかな贈り物をどのように送りつけるか、巡回図書館の経営者にさえどんなにたくさんおべっかを使うか、首都の定期刊行物を差配する偉大な雷神神殿の手すりに、遠くからどれだけたくさん平身低頭するか、作家の生活になじみなない人々には信じられないだろう!　利害に汚染された助言が大衆に届けられるとき、悪はたんに大衆に対してなされるだけでなく、大衆に文学を提供する資格があると思う人々まで堕落させる。

作家自身の良心と品行という観点から、この悪を治療しなければならないと私は確信する。作家が称賛を求めるのは恥ずべきことだという風潮が、また、称賛を求めること自体が生活のあらゆる面で恥ずべきことだという風潮がいったん生み出されたら、称賛を求めるそんな悪習は徐々に最低の人々の所業にしかならないだろう。それに、最低の人々にしかなされないことは、すぐ彼らにとってさえも忌むべきものになるだろう。罪はたゆまぬ努力で続けられても、せいぜいみじめな報いしかもたらさない。批評家や、編集者や、出版者や、巡回図書館の経営者や事務員の尻を追い回す仕事は、とてもつらく、とても不快であるに違いない。それをする人は自分を不名誉に感じるだろう。それはおそらく本を売る助けにはなるかもしれないが、作家を成功させるわけがない。

【数取リ用ノ木ノ枝ヲ置ケ。
書字板ヲ持ツ少年ラヲ連レテ来イ。五千セステルティウス(5)ヲスベテ声ヲアゲテ数エヨ。ソレカラ、私ノ仕事量ヲ測リ始メヨ。(6)】

作家と批評家のあいだに交渉があってはならないことを、文学界における黄金律として規定していいと思う。批評家は批評家として作家を知るべきではない。作家も作家として批評家を知るべきではない。批判が怒りを生んではならないように、称賛が感謝を生んではならない。批評は天から露か霰のように落ちて来ると若い作家は思うべきだ。天から落ちて来るのだから、人はそれを運命として受け入れなければならない。作家には、健全な努力によって称賛をえるように促そう。できれば配慮と勤勉によって批判を受けないように気をつけさせよう。とはいえ、批判されたら、作家は影響を及ぼすことができない地点、干渉すべきでない源からその批判が来ていると思うようにしよう。

思うに、作家が批評家と喧嘩をすることくらい不愉快なことはないし、作家が批評家に回答することくらい無駄なことはない。批評家はただ義務をはたしたにすぎず、良心の告げるところに従って本について論評した。とにかくそう考えるほうが賢い。批評家の意見と戦ってえられるものは何もない。もし批判した本がいいものなら、批評家はほかの人々の称賛によってその判断の誤りをとがめられる。もし批判した本が悪いものなら、批評家はほかの人々の批判によってその判断の正しさを証明される。もし不幸にも最終的な真実が期待できないほど、時代の批評が全体的にひどい状況なら、作家はおのれの本のためにする努力が事態を正せないことを確信するかもしれない。作家は不当な目にあっても、我慢しなければならない。耐えることで威厳のある立場を保つことができる。文法が間違いだらけだとか、隠喩が的はずれだとか、どの章も退屈だとか、ときにはヒロインが借り物だとさえ指摘される。作家がそんなことは嘘で、中傷だと金切り声をあげ、叫び、つばを飛ばし、訴訟に訴えるぞと脅し、ロンドン中でののしっても、大衆の心にはひりひりする無力感しか残らない。

もし批評家が出版した作品のなかから作家の名誉を傷つける主張を取りあげてきたら、もし批評家が作家の信用を傷つける個人的な動機、あるいは嘘で作家をとがめてきたら、そのときはもちろん作家は非難に応えなければならない。しかし、作家は正々堂々とそれに応えることが望ましい。もしそれができなければ、水たまりの泥をただかき回すだけで、入ったときよりも汚くなって出て来るだろう。

私はときのイギリス批評を激しく罵倒した人々のなかで生活してきた。批評は大衆に誤った指針を与えるとこきおろし、批評は作家にとって決して信頼できる教育係(7)ではないと指弾する声を聞いてきた。私はこういう偏った大雑把な非難には賛成しない。もちろんいい批評もあれば、悪い批評もある。文学上何の利益ももたらさない多くの刊行物がある一方、現代にも作家や大衆が安全に指針を求めてよい一、二の定期刊行物がある。いい批評があって、作家も大衆もともに期待できる利益がどんなものかを知っているのはいいことだ。権威を持って語るだけ充分な力を具えた批評家がこれまではいた。イギリス文壇の現状を見ると、そんな批評家は出て来そうにはないように見えるが、おそらくいつかまた現れるだろう。この本はここまではよく、ここまではよくないとか、これはまったくいいとか、ぜんぜん駄目だとか、偉大な批評家はマルデ聖堂カラ語る(8)ように断言してきた。——そして、世間はそれを信じてきた。偉大な批評家はそんな主張をするとき、理由をあげ、言い分を説明し、確信を伝えた。そんな批評家は大きな名声を博した。が、彼はとほうもない研究と何年もの労力を費やしてきたのだ。

私たちが今話している現代の批評家はこれとは違っている。文壇では今作家——たいていは若い作家——が新聞批評家として選ばれる。彼は送られて来るどんな本にも一コラム何シリングかで論評し、意見を述べる。彼は労働量に応じて測られる謝礼に納得すれば、謝礼をえる目的で本を読む。労働者は報酬で仕事を測らなければならない。そうしなければ生きていけないから。だいたいこんな批評から、一般読者は信頼の置ける哲学的分析、あるいは文学的判断なんか期待することができない。それでも、読者は称賛される本のほうが批判される本よりもましだと信じていい。批判なんかしない定期刊行物の場合でも、そこで称賛される本のほうが、まったく注目されない本よりもましだとおそらく信じていい。読者は土曜の一、二時間週に一度出る批評に目を通せば、現在流布する書物について意見を持つことができる。そういうふうにしてえられた知識は、ささやかなもので、そのささやかなものも長続きしない。しかし、他人が口にする話題に話を合わせることは、人生の喜びをいっそう深くする。『スペクテイター』紙と『サタデー』紙に出る文学記事をせっせと読んだ人は、同じ情報源からおそらく情報をえて問題の新刊本を買った友人と同じくらい、その本について話すことができると思われる。

私は私の作品について書かれた論評に作家として注意を払ってきた。私は今どこでちょっとした教訓を捜したらいいか、どこでただ調子のいいお世辞を見つけたらいいか、どこで挽肉になるまで切り刻まれ、鋭い毒舌を好む人たちの喜びの餌食になるか、どこで称賛と批判を——まともな判断を示すのではなく、ただ新聞社と記者の公平性を示すため——均等に混ぜ合わせたものを目にできるか、よく知っている。そういうもののなかにはたくさんもみ殻があるから、称賛も批判も等しく無視して、もみ殻を風に向けて投げ捨てる方法も心得ている。——しかし、なかには私を養い育ててくれる麦の実も見つけてきた。それには感謝している。

註

（1）Trollope が *The American Senator*（1877）で架空の舞台とした地名。

（2）Trollope の *The Way We Live Now*（1875）に出て来る架空の新聞で、三文文士の Lady Carbury が好意的な論評を請う編集者がその新聞社にいる。

（3）*Facilis descensus Averni.*

（4）おそらく E. S. Dallas だと見られている。彼は *Times* 紙で *Our Mutual Friend*（1864-65）の論評を書き、その手書き原稿を Dickens から贈られたという。

（5）古代ローマの銀貨。

（6）ユウェナリスの『諷刺詩』（*Satires*, ix. 41）。【　】の部分は Oxford 版以外では削除されている。

（7）オデュッセウスがテーレマコスの教育を託した教育係の名（Mentor）から。

（8）*tanquam ex cathedra.*

第十五章

『バーセット最後の年代記』——郵便局退職——
『セント・ポールズ・マガジン』

さて、私がまだウォルサム・クロスに住んでいた一八六七年にさかのぼってみよう。私はその家を最初は借りていたが、ずいぶん前に購入して、部屋を増築し、私たちの目的に合うよう快適にしてきた。それでも、がたがたの古い家で、かなり修理を必要とし、時々雨風に不安を感じさせた。三頭の牛を飼い、家族用のバターと干し草をえるには充分な敷地があった。イチゴやアスパラガス、グリーンピース、戸外の桃、特に薔薇といった毎日の贅沢を味わうには、ここくらいすばらしいところはなかった。ロンドンからほんの十二マイルしか離れておらず、首都との頻繁な行き来が可能だった。狩りをするローディング地方(1)もけっこう近かった。確かに接続駅ショアディッチ(2)には欠点があった。エセックスで催される狐狩りの勢揃いへ行く平均距離も二十マイルあった。しかし、この家は期待したものを、あるいは期待以上のものを私に与えてくれた。そこは私が勤める郵便局管轄内にあり、全体として都合よく選ばれた場所だった。

私はこの家にいた一八五九年から一八七一年までの十二年間に、とてもたくさん仕事をした。この間に、私くらいイギリス文学に量的な貢献をした作家はいなかったと自負している。多くの長編小説に加えて、政治や批評や社会や狩りに関する記事を定期刊行物に無数に書いた。一方で、私は中央郵便本局の監督官の仕事もこなした。局のお偉方にあら探しの口実さえ与えることなくそれをこなしてきた。週にいつも少なくとも二回狩りに出かけた。ギャリック・クラブのホイスト部屋にしばしば通った。ロンドンではずいぶん社交を楽しみながら、幸せなことにウォルサム・クロスに多くの友人を招くことができた。これに加えて、私たちは毎年少なくとも六週間海外ですごした。私ほど満ち足りた生活を送った人も少ないと思う。こういうことはみな早起きの美徳のおかげだ。毎朝五時半にテーブルに着くことが私の習慣だった。自分に妥協しないのも私の習慣だった。老従僕(3)も妥協しなかった。その従僕は私を起こすのが仕事で、その仕事のため年五ポンドを余分に支払われていた。ウォルサム・クロスにいるあいだずっと、従僕は一度たりとも遅れることなく、言いつけ通りにコーヒーを持って現れた。私がえた成功がほかの誰よりもこの従僕のおかげだとちゃんと自覚している。その時間に始めることで、私は朝食のため身なりを整える前に執筆作業を終えることができた。

文学者として生活したことがある――毎日文学的労働をしたことがある――人ならみな、三時間働けば一日に書くべき分量を生み出せる、ということに同意してくれると思う。その場合、文学者は考えを表現する言葉を思いつくまでペンを噛んだり、壁を見つめたりして座っているだけ、などということがないように、その三時間ぶっ通しで仕事ができるように、当然おのれを訓練して、それを身に染み込ませていなければならない。私の場合、時計を前に置いて書き、十五分ごとに二百五十語を紡ぎ出すことを当時習慣としていた。最近は少し自分に甘くなってきているけれど、今でもそれが私の習慣だ。時計が進むのと同じくらい規則的に二百五十語が出て来る。とはいえ、その三時間は必ずしも執筆だけに費やされるわけではない。私は前日書いたものを読み返すことから、いつも仕事を始めた。おもに語や句の響きを耳で聞いて考える三十分かかる作業だ。ものを書くとき、これを実践するようすべての初心者に強く勧めたい。書いたあともう一度読み返すのは当然だ。印刷所へ送る前に少なくとも二度読み返すのも当然だと思う。しかし、一日の仕事を始める直前に前日最後に書いたものを読むことによって、書き手は前に書いたものの調子や意図を把握し、自分の文体からはずれる過ちを避けることができる。執筆時間をこんなふうに分けるやり方で、一日にふつうの小説一巻の十ページ以上を書くことができる。十か月これを続ければ、結果、毎年三巻本の小説を三つ出すことができる。これはパターノスター・ロウの出版者を大いに当惑させる分量であり、とにかく世の小説読者が一人の作家から望める最大限のものと感じる分量だ。

私は年に三つ小説を書いたことはないが、上記のやり方で年に三巻以上を書いたことがある。数年このやり方を続けることにより、しばらく前から私の机の近くに一つ、二つ、三つと未出版の小説をいつも置いておくことができた。もし私が今死んでも、まだ半分しか出版されていない『首相』(4)のほか、そんな未出版の小説が三つある。その一つは完成して六年たつ(5)けれど、包み紙に最初に包み込んで以来、今だに日の目を見ていない。さらに六年たってそれが出版され、創作力がなくなった時期の私の作品だと批評家らが宣告することを、私はほくそ笑みながら期待している。しかし、おそらくこの『自伝』のほうが先に出版されるだろう。

一八六六年と一八六七年にジョージ・スミスの手で『バーセット最後の年代記』が六ペニーの月刊分冊として世に出た。私はこの種の出版形態が以前に試みられたことがなかったことと、今度の場合、その出版形態がうまく目的に合わなかったことを承知している。実際、一冊一シリングの雑誌のおかげで、ほかの読み物を添えることなく単独で分冊出版される小説の成功が大いに妨げられていた。大衆は一シリングでたくさんの読み物――そのなかに一つか複数の小説の部分が含まれる――が手に入るとわかると、一つの小説だけに金を使うことを渋る。スミス氏と私はなるほどこれが一シリングの分冊出版小説の実情だと感じて、六ペニー分冊で実験する決心をした。私は原稿使用料として三千ポンドをスミス氏から受け取ったので、損失が出ても、痛くもかゆくもなかった。正しく覚えているとすれば、この企画が成功したとは言い難い。

全体から見ると、私はこの『最後の年代記』(6)をこれまでに書いたいちばんいい小説だと思う。プロットの展開にはあまり満足していない。プロットは小切手がなくなること、ある牧師が小切手を盗んだ罪で告発されること、牧師自身が小切手をどうやって手に入れたかわからないことからなっている。クローリー氏のような人物が小切手をどこで手に入れたか忘れるはずがないとか、彼の金銭的苦境を救いたがっている寛大な友人が、第三者の小切手を差し出すはずがないとか、そんな欠陥は私自身もなるほどと思われた。私はそんな欠陥があることを認める。――解かなければならないプロットの複雑さを、成功裏に構築することができなかったことも認める。しかし、私はそれだけのことを認めつつも、不運な男の内面を非常に正確に、繊細に描き出したことを主張したい。クローリー氏の誇り高さ、謙虚さ、男らしさ、弱さ、良心的廉直さ、苦い偏見を真に迫って上手に描いていると思う。取り巻く人々もまたいい。主教公邸のプラウディ夫人はリアルな女性になっている。参事会長邸で死を迎える哀れな老参事会長もリアルだ。(7) 勝ちを収める大執事もとてもリアルだ。作品全体にイギリスの田舎生活の真の香気がある。古い友人のプラウディ夫人を殺したのは、ずいぶん逡巡したうえでのことだ。もしいちじの大きなはずみで決断しなかったら、奥方を殺すようなことはしなかったと思う。

経緯はこういうことだ。私はある朝「文芸クラブ」の細長い応接間の片隅に座って小説を書いていた。ロンドンに前夜泊まったときのいつもの習慣だ。私がそこにいると、二人の牧師がそれぞれ手に雑誌を持って入って来て、一人は暖炉の片方に、もう一人は暖炉の反対側、つまり私のすぐ近くに座った。二人はまもなく読んでいた作品をけなし始めた。二人とも私の小説のある部分を読んでいた。私が同じ作中人物をあまりにも頻繁に再登場させる点に、彼らは不満を抱いていた。「彼がこれまでに書いたどの小説にも出て来るあの大執事がここにもいる」と、一方が言った。「彼が飽きられるほど語ってきた老公爵がここにもいる」と、もう片方が言った。「新しい作中人物を創り出すことができないんなら、私ならもう小説を書きませんね」それから、一人がプラウディ夫人を攻撃した。私は二人の言葉を聞き捨てにし、黙って聞いていることがでなかった。私は二人のあいだに立ちあがると、問題の張本人であることを認めた。「プラウディ夫人については」と私は言った。「うちに帰って今週中に殺します」私はそうした。二人の紳士はまるきり当惑して、一人は軽薄な発言を忘れてくれと私に請うた。

私は時々奥方を殺したことを後悔している。プラウディ夫人を書くとき、とても楽しんで書いていたし、奥方の性格のあらゆる陰影を完全に把握していたからだ。奥方は暴君で、弱い者いじめで、えせ女司祭で、じつに俗悪で、自分に従わない者をみないちばん深い穴に真っ逆さまに投げ込んだ。だが、それだけではなく奥方は同時に良心的で、決して偽善者ではなく、地獄の業火——これで他人を脅す——をほんとうに信じて、まわりの人々の魂をその恐怖から救いたがっている。奥方が暴君として振る舞えば振る舞うほど、暴君であることを自覚する悔悟も厳しくなる。——ついには悔悟の厳しさによって殺されてしまう。プラウディ夫人を書いたあと、他の作中人物が私の内部で同じようにだいじな人物として成長してきた。たとえば、レディー・グレンコーラとその夫だ。それでも、私はプラウディ夫人から心を切り放したことがない。今でもずいぶん奥方の亡霊とともに生活している。

私は突き返された脚本『高貴な男たらし』のプロットを利用して、『彼女を許せるか?』という小説を書いたことに以前触れた。『最後の年代記』を完成させた一、二年後、ある劇場の支配人から舞台用の作品を用意してくれないかと依頼されて、この小説のプロットを使ってそれに応えた。その喜劇を『彼はそれを盗んだか?』と名づけた。しかし、友人の支配人は私のこの試みを受け入れてくれなかった。私は愛する老ジョージ・バートリーの批判でほとんど打ちのめされていたころで、そちらのほうにかかりきりになり、この問題に注意を向けられなかった。——それで、脚本が駄目になった理由を覚えていない。支配人が正しかったことにほとんど疑いの余地がない。彼が正しい意見を表明しようとしたことと、脚本がいいと思ったら、それを喜んで受け入れてくれただろうことは確かだ。

【『バーチェスターの塔』以来、私は作品の著作権をみな売り払った。ところが、『最後の年代記』では半分しか売らなかった。これは私の提案からではなく出版社のそれによってなされた。とはいえ、私が持っている著作権の半分は、私に六ペンスももたらさなかった。ロングマン社が『バーチェスターの塔』に対して毎年わずかな金を私に支払ってくれているのを見ると、『最後の年代記』ではどうしてこうなるのかまったくわからない。『最後の年代記』の出版社が販売を促進する気がないからだと思う。私が著作権の多くを手放したのは、こんな不確実性から来る失望の念からだ。この八年間販売努力をしていれば、『最後の年代記』は利益を生み出していたと思わずにはいられない。(8)】

私はバーセットシャーという架空の州の物語群を、生きているうちに再刊して揃えたいと時々思った。『慈善院長』、『バーチェスターの塔』、『ソーン医師』、『フラムリー牧師館』、『バーセット最後の年代記』(9)の揃いだ。しかし、今のところ失敗に終わっている。著作権が私を含めてばらばらの四人の手に握られており、私は四人のうちの一人を他の三人と一致して行動するよう説得することができなかった。(10)

一八六七年、私は多くの人々から向こう見ずと言われる一歩、危険が伴わないわけではない一歩、踏み出せばきっと自分でもいつか後悔するに違いない人生の一歩を踏み出す決心をした。その一歩とは郵便局を退職することだ。私は郵便局の職務をどうはたしたか、もう一つの副業をその職務とどう結びつける工夫をしたか書いてきた。いつもとても早く起きたが、それでも充分ではなかった。宗教的に良心がうずくこともなかったので、いつも日曜も働いた。頻繁ではなかったにしろ、夜も仕事をするように駆り立てられた。狐狩りが行われている冬のあいだは、行きたい気持ちを抑えるため自分を監視していなければならなかった。ふつう週に二、三日滞在するロンドンの社交シーズンには、役所の仕事を重荷に感じた。妻としっかり話し合ったあと、この時点よりも数年前から、六十になるまで郵便局で働いて資格をえる年金と同額の金を貯めたら、郵便局を去ろうと決めた。今金を貯めたので、私は自由にあこがれた。

一八六七年の秋を選んだのは、新しい雑誌の編集という別の文学上の仕事を私が引き受けようとしていたからだ。――その雑誌についてはじきに話そうと思う。さらに、こういう理由に加えて、もう一つ最後に決定的な理由があったと思う。サー・ローランド・ヒルが郵便局を去ったとき、私の義弟のティリー氏が代わって局長[11]になった。私は空席になった次長の職に志願した。もし私がこの職を手に入れていたら、狐狩りをあきらめ、文学上の多くの仕事をあきらめて、――とにかくどんな雑誌の編集もすることはなかった――、中央郵便本局に毎日通う若いころの習慣に戻っていただろう。生活のそんな変化には大きな抵抗があった。給料が増えても、年四百ポンド以上も増えることはないだろう。文学上の報酬ではそれ以上に損をするだろう。すでに二十五年間免除されていた役所への奴隷のような出勤を苦々しく思うだろう。愛する狩りがなくなるのも寂しく思うだろう。それでも、私は郵便局に愛着を抱いていた。手紙への――つまり郵送される手紙への――徹底的な愛情に染まっていた。手紙が全部私の手紙ででもあるかのように無事な郵送を願っていた。要するに、私は郵便局とつながっていたいと願った。そのうえ、再度若い役人に先を越されることも望まなかった。自分が価値ある公務員だと信じていた。自分が必ずしもきちんと待遇されていないとの思いが当時あったことを認める。私はこの点でおそらく間違っていた。狩りを許され、言いたいことを言い、好き勝手な振る舞いを許され、そして報酬を受け取っていた。次長の職に志願したが、スカダモア氏がそれに指名された。彼は確かに私の持たない才能を持っていた。彼は金の操作と、数字の扱いを理解する優れた会計士だった。私はどちらかというと郵便局に雇用された巨大な集団の労働と賃金の面で役に立ったかもしれない。しかし、スカダモア氏が指名された。私は前の意図に戻って、郵便局を去る決心をした。その一歩を踏み出すのにぐずぐず二年を費やしたと思う。辞表を送った日はほんとうに憂鬱だった。

年金についての公務員の規則はじつに公正だ。健康が損なわれなければ、六十まで職に就いて、年金の資格をえる。六十で四十年を上限として務めてきた年数の総給与の六十分の一の資格をえる。その年齢に達する前に健康を害して、それ以上仕事を続けられなくなったら、務めていた年数の総給与の六十分の一の年金をえて退職する。私は健康を損っているとは言えなかった。それで、年金なしに退職した。私はそれ以来時々ほかの人から、郵便の仕事をないがしろにして狐狩りに出たり、文学の仕事をしたりしたから、肩たたきを受けて郵便局を退職したと思われるだろうと感じた。完璧に立派な公衆の奉仕者になりたいというのが、受け取る給与以上のものを公衆に返したいというのが、長年私の野心だったから、そんなふうに感じると時々当惑した。この件に関しては、まだ少し神経過敏になっており、私が公務をないがしろにしたと死後想像されたくないので、私の辞表の手紙に対して送られてきた回答をここであえて提示しておきたい。

中央郵便本局

一八六七年十月九日

拝啓、――あなたが郵便事業監督官の辞職を申し出た今月三日付の手紙を受け取りました。辞職の理由として別の職業に就きたいと述べておられます。あまりにもこの緊急性が高いので、逓信大臣が期待していい郵便局の職務にあなたは注意を向けることができないと感じるほどだとのことです。

あなたは長年郵便局でもっとも著名な局員の一人でした。大難題を担当した幾度かの場面で、あなたはその能力で多くの利益を刈り取って郵便局のものにしてきました。こう述べるとき、時間がかかるさまざまな要請を郵便局から受けても、あなたが副業のために局の仕事をないがしろにすることはなかったこと、局の仕事を誠実に、じつに精力的にこなしてきたことを記すことができて私は特に嬉しいです。（「精力的に」という言葉には少し皮肉が含まれていたが、それでも私は不快には思わなかった。）

モントローズ公爵(12)はあなたの辞職を受け入れるとき、ずいぶん残念に思われて、あなたの貢献を公爵が高く評価していることを伝えるように、あなたが長く光彩を添えてきた職場、あなたの代わりになる人がとても見つかりそうもない職場の損失に、公爵がいかに敏感になっているかことづけるように私に望みました。

（署名）J・ティリー

読者はきっとこれが役所の空世辞だと思うだろう。実際にそうだ。私が郵便局に光彩を添えてきたとは思わない。秘書官や秘書官補が私を排除できたら、ずいぶん喜んだだろうことに疑いの余地がない。それでも、この手紙は私が文学上の仕事のせいで役所の仕事をなおざりにしなかった証拠と見ていいだろう。私は稼ぐこともなく公金を受け取る人をとても不愉快に思うので、そんな人を許すことができない。そんな人をたくさん知っている。何もしないで公金をえる力を切望した人も知っている。私がそんな人の一人と見られると思うことくらい当惑することはない。

私は人生のいちばんいい三十三年間をすごした郵便局との関係をこんなふうに解消した。その歳月を郵便局に捧げたと言ってはいけない。捧げるというのは完全な奉仕を意味するから。私は確かに副業に時間を費した。とはいえ、その歳月のあいだ郵便局にたゆまぬ注意を注いで、文学上の仕事よりも郵便局の仕事のほうを重視したのはほんとうだ。今日に至るまで、私は文学上の努力について人から軽く見られても、怒ったことがなくて、汚名を着せられたとも、過小評価されたとも思わなかった。しかし、郵便局の仕事について軽く見られたら、ひどく苦い思いを味わった。郵便局のことなら、担当の仕事についてはむろんのこと、公衆のためにすべきと思うことができないときには、もっと苦い思いを味わった。小さな村の人々が郵便切手を買えるようにすること、彼らが朝早くただで手紙を配送してもらうこと、郵便ポストを彼らのために立てること（ジャージー島のセント・ヘリアに最初のポストを立てた証拠があるので、私がイングランドの通りや道にポストを置いた創始者だ。）、郵便配達人や仕分け係が過重労働にならないようにし、彼らが適切な支払を受け、特に日曜には自由な時間を持てるようにすること、とりわけ彼らが諸手当をえられるようにすること、最後に彼らが業績という呪わしいシステムによって押しつぶされないようにすること、――これらのことが、局長が喜んで言う私を精力的に突き動かしてきた義務だ。私は上からそれは違うと反論されたとき、――しばしばじつに徹底的に反論されたが――、命じられた通り即座に従うことがどんなに好きだったことか。それから、私がしていることがまぬけで、不誠実で、高くつき、実行不可能であることを示して、上の間違いを証明する。それが好きだった！　確かに確執があった――非常に楽しい確執だ！　私はいつも反ヒル派だった。サー・ローランド・ヒルが国のために大きな貢献をしたことは認めるが、人を統率し、労働力を手配する仕事に彼ははまったく向いていないと、私は信じていた。あらゆる場面で彼と意見を異にすることを私は楽しみにした。――今振り返って見ると、そんな意見の違いではみな私が正しかったと思う。

私は言わば郵政の水に深く身を浸していたので、悔恨なしにそこから出ることができなかった。役所の報告書書式の改善に私がどれくらい貢献できたか知りたいものだ！　私は勇敢に改善に努めた。読んで心地よく書かれていなかったら、報告書の言葉に決して満足できなかった。報告書を書くことに極度の喜びを見出した。書き直しをおのれに許さなかったし、他人にも書き直させなかった。たとえインクのシミや消し跡があっても、もともとのインクのシミや消し跡があるままで提出した。執筆者が無駄な労力を払ってきれいな仕上がりを求めるのは、男らしくないと思う。また、読まれるかたちで言葉を書くようにおのれを制御できないのも、男らしくないと思う。もし複写が必要なら、あとで――場合によって手書きか、機械かで――取らせればいい。とはいえ、執筆者が言葉で読者を説得したいなら、――正しかろうが間違っていようが、言葉が彼の心から出た証拠の刻印、痕跡、句読法を保ったまま――、その手で書いた通りに文書を提出すべきだ。

そんなふうに郵便局とのつながりが切れると、私は好きなところに行ける自由人になった。

辞職の日の少し前、私は印刷業者でかつ出版者であるジェームズ・ヴァーチュー氏から、彼のために新しい雑誌を編集するよう求められた。私の寄稿に対して支払われるものとは別に、編集の仕事に年一千ポンドの給与を提示された。私は雑誌についてある程度のことを知っており、ふつうあまりもうからないものだと信じていた。雑誌は出版者にはもうかるし、役に立つと思う。が、ヴァーチュー氏はおもに印刷業者だった――印刷業ではとても成功していた――から、私からこんなことを言われても、重く受け止められるはずがなかった。私はその企画を捨てるよう彼に強く助言した。私の見方に従って雑誌を続ければ、大きな支出が必要になること、私以外の見方に立つなら、この企画に私がかかわることはできないこと、彼が適切な金銭的報酬をうる機会はとても小さいこと、などを指摘した。彼はウォルサム・クロスにやって来て、私の主張をじつに辛抱強く聞いたあと、もし私がこの仕事をしないなら、ほかに編集者を捜すと言った。

私はこれを聞いて仕事を引き受けることに同意した。給与の条件は彼が提示した通りだった。私が特に要求した条件は三つだ。第一に、私が望むものを干渉なしに雑誌に採用、あるいは雑誌から排除すること。第二に、支払対象の寄稿者リストを私が月々彼に提出し、私が定める金額の通り彼が寄稿者に支払うこと。第三に、少なくとも二年間この取り決めが効力を持つこと。彼はこのすべてに異議を唱えなかった。彼はこんなふうに私と提携しているあいだ、これらの条件に従うだけでなく、雑誌について私がしたあらゆる提案に従った。オーナーの側の気前のよさと全幅の信頼と絶えざる上機嫌に支えられて、大きな資本を使うことが成功を生み出すとするなら、私たちの雑誌はきっと成功していたに違いない。

こんな企画の最初の難問が雑誌名だ。雑誌には意味のある名と、意味のない名があって、――この二つのうち意味のない名のほうが嘘をつかない分だけいい。『リベラル』は自由主義の立場を捨てるかもしれないし、『フォートナイトリー』は残念ながら二週間に一度出なくなるかもしれない。一方、『コーンヒル』や『アーガシー』はどんな状況になってもその名にたがうことはない。ほかには、オーナーの名あるいは編集者の名がある。しかし、出版の主体が替わるかもしれないから、ちょっとまずい。『ブラックウッズ』はずっと『ブラックウッズ』のままだ。『フレーザーズ』は売買に曝されたけれど、まだ不都合な名になっていない。ヴァーチュー氏は本人の名が魅力的すぎるのを嫌って、雑誌名を『アンソニー・トロロープス』とすることを望んだ。しかし、私はこれに心底反対した。あんなやつに編集長をさせるくらいなら私のほうが海外に飛び出したい。私にもそんなふうに思う文学紳士が当時ロンドンに数人いた。今でもいるだろう。相手方だって同じことを思うに違いない。ずいぶん議論したあげく私たちはその雑誌を『セント・ポールズ』と名づけることに決めた。――何か新しい名をというのではなく、他の多くの雑誌の列にすんなりと加われる名だったからだ。もし私たちが何か独自なものを創り出すつもりなら、それは誌名によってではなかった。

私たちは何か独自なものを創り出したとは思わないが、ずいぶん格闘した。オーナー側は金を惜しげもなく使った。私のほうでは、成功に資すると思ったものは何ものも排除しなかった。そう言っていい。私は送られて来る原稿をすべて読み、公平な判断に努めた。すばらしい文学者集団の奉仕をえることができた。編集長をした三年半のあいだにゴッシェン氏(13)、ブラッケンベリー大尉(14)、エドワード・ダイシー(15)、パーシー・

フィッツジェラルド[16]、H・A・レアード[17]、アリンガム[18]、レズリー・スティーヴン[19]、リン・リントン夫人[20]、私の兄T・A・トロロープと妻、チャールズ・リーヴァー[21]、E・アーノルド[22]、オースティン・ドブソン[23]、R・A・プロクター[24]、ポロック夫人[25]、G・H・ルイス[26]、C・マッケイ[27]、（『タイムズ』紙の）ハードマン[28]、ジョージ・マクドナルド[29]、W・R・グレッグ[30]、オリファント夫人[31]、サー・チャールズ・トレヴェリアン[32]、レオーニ・レーヴィ[33]、ダットン・クック[34]及びその他多くの人々の協力を私はえた。名をあげればリストは長くなりすぎる。これだけの支援があれば、『セント・ポールズ』誌は成功したと思われてもおかしくない。失敗は――じつは失敗したのだ――編集が悪かったせいだとは思わない。おそらく編集の過剰が問題だったのだろう。私は立派にやりたかったから、もうけのことをあまり考えなかった。

　雑誌は失敗した。投資に見合う利益を出さなかった。正しく覚えているとすれば、ほぼ一万部の発行部数に達した。――おそらく一、二度それを超えたかもしれない。とはいえ、この企画は大発行部数に到達しなければ、もうけにならないほど高価な人的体勢の上に築かれていた。雑誌が浮揚した状態にあれば、文学物が売上を支えてくれるけれど、文学物が雑誌を浮揚させることはない。時間が必要であり、――至るところに掲示された長大な広告が生み出す騒音と疾風と興奮が必要だ。雑誌の価値と時間がともに有効だろう。が、それらは経済性と忍耐によって支えられなければならない。

　全体から見て、編集に時間と知性を充分注ぎ込めるとき、出版者こそ雑誌のもっともいい編集者になれると思う。確かに『ブラックウッズ』誌ほど立派に運営された雑誌はない。『コーンヒル』誌もサッカレーが去り、レズリー・スティーヴンが引き受ける前まで、じつに能率的に運営されていたように見える。――オーナーと出版者に運営が握られていたからだ。オーナーはとにかく望むこととできることを知っており、読者のためではなく作家のために文書を出版するという、あの最悪の文学的流砂に誘い込まれることがない。私はつねにではないけれど、しばしば自分を臆病者だと感じるくらい罪を犯した。「ねえ君、君、これはくずですよ！」こんなふうに言うのはじつに難しい。しかし、編集者はそれを言う必要がある。サッカレーが不平を漏らしたた枕のなかのとげ、不眠に陥れる心配の種のことを私たちみなが記憶している。私はできの悪い作品を書く文学志望者のため、時々譲歩したことを認める。譲歩するたびに私を雇った人々の信頼を裏切った。サッカレーや私のような編集者は、つねにそんな過ちを犯す体質を持つことを、出版者やオーナーは、それほどやわな性質を持ち合わせていないことを今思う。

雑誌の誌面が、記事を書けると思う文学志望者みなに開かれている――と想定される――理由が私にはわからない。雑誌の主幹が、送られて来るものをみな読まなければならない理由もわからない。オーナーは大衆を満足させる刊行物を出すことを目的として、みなが認める能力を持つ作家の貢献を確実にすることによって、おそらくその目的をいちばん上手に達成できる。

註

（1）Essex州Harlowの東に地名にRoothingあるいはRodingの名がつく地域がある。たとえばAbbess Roding, White Roding, Leaden Rodingなど。

（2）London中北部の旧自治区。現在はHackneyの一部。

（3）Barney McIntyreというアイルランド人。

（4）*The Prime Minister*は１８７６年に出版された。

（5）１８７０年９月から10月に書かれた*An Eye for an Eye*のことで、１８７８年に出版された。*An Eye for an Eye*のあ

（6）らすじは第19章の註（6）参照。未出版の二つの小説は *Is He Popenjoy?* と *The American Senator*。『バーセット最後の年代記』（*The Last Chronicle of Barset*）のあらすじ――ホグルストック教区の永年副牧師ジョサイア・クローリー師は年130ポンドで5人家族を支えている。大貧乏だ。彼は20ポンドの小切手を盗んだ罪で告発され、巡回裁判で裁かれることになる。小切手がどうして彼の手に入ったか、彼自身説明することができない。彼は時々正気を失うことがあるからだ。クローリー師はプラウディ主教や奥方から迫害される。大執事の息子ヘンリー・グラントリー少佐はクローリー師の娘グレースと恋仲になる。が、大執事は息子が盗人の娘と結婚することに反対する。小切手の謎はクローリー夫人のいとこの弁護士のトゥーグッドの活躍で解明される。トゥーグッドの甥のジョン・イームズもフィレンツェに旅してアラビン夫人を見出し、謎の解明に協力する。クローリー師は無罪放免となり、友人のアラビン聖堂参事会長から聖イーウォルド教区を世話される。聖イーウォルド教区をクローリー師に譲ることは、最近亡くなったハーディング師の遺言によるものだ。主教を苦しめた奥方も死を迎える。グラントリー少佐はグレースと結ばれる。

（7）老参事会長が亡くなる話は *Barchester Towers* に出る。

（8）【　】の部分は Henry Trollope が編集の段階で削除した。

（9）Trollope はこの段階では *The Small House at Allington* を含めていない。

（10）（原注10）これを書いたあと私が望む通り取り決めができて、シリーズの第1巻がまもなく出版されることになった。【このシリーズは1878年に Chapman & Hall から出版された。】

（11）1864年のこと。

（12）当時の逓信大臣 James Graham, 4th Duke of Montrose のこと。

（13）George Joachim Goschen（1831-1907）。政治家。

（14）Charles Booth Brackenbury（1831-90）。従軍記者。

（15）Edward James Stephen Dicey（1832-1911）。作家、ジャーナリスト、編集者。

（16）Percy Hetherington Fitzgerald（1834-1925）。アイルランド出身の作家、批評家、画家、彫刻家。

（17）Sir Austen Henry Layard（1817-94）。考古学者、政治家。

（18）William Allingham（1824-89）。アイルランド出身の詩人。
（19）Leslie Stephen（1832-1904）。作家、批評家、歴史家。Virginia Woolf と Vanessa Bell の父。
（20）Mrs Eliza Lynn Linton（1822-98）。作家、神学論客。
（21）Charles James Lever（1806-72）。アイルランド出身の小説家。
（22）Edward Arnold（1857-1942）。出版者。
（23）Henry Austin Dobson（1840-1921）。詩人、文筆家。
（24）Richard Anthony Proctor（1837-88）。天文学者。
（25）Juliet Pollock は Trollope の友人で法廷弁護士の Sir William Frederick Pollock の妻。
（26）George Henry Lewes（1817-78）。哲学者、批評家。George Eliot のパートナー。
（27）Charles Mackay（1814-89）。スコットランド出身の詩人、ジャーナリスト、作家。
（28）Frederick Hardman（1814-74）。ジャーナリスト、作家。
（29）George MacDonald（1824-1905）。スコットランド出身の詩人、小説家。
（30）William Rathbone Greg（1809-81）。エッセイスト。
（31）Mrs Margaret Oliphant（1828-97）。小説家。
（32）Sir Charles Trevelyan（1807-86）。Trevelyan 報告書を書いた公務員。
（33）Leone Levi（1821-88）。法律専門家、統計学者。
（34）Edward Dutton Cook（1829-83）。劇評家、小説家。

第十六章　ベヴァリー

人生のごく初期、私がセント・マーティンズ・ル・グランドで事務官となった直後、まったく無一文で、嘆かわしいほど借金まみれになり始めていたころ、陸軍省の同じく事務官だった叔父[1]から、将来の方向として私がどんな生活をいちばん望んでいるか聞かれた。結婚したいか、独身を望むか、郵便局にとどまるか、郵便局を去るか、ロンドンが好きか、田舎がいいか、叔父はおそらくそんなことを聞きたかったのだろう。私はこれに対して国会議員になりたいと答えた。叔父は皮肉を好んだから、彼が知る限り、郵便局の事務官で国会議員になったものはいないと言った。私は公務員生活を離れて国会に議席をえることができるようになると、すぐそれを求めるようせき立てられた。それはこの嘲りの記憶からだったと思う。叔父は亡くなった。とはいえ、もし私が議席をえることができたら、戻って来られそうもないあの世にその知らせが届いて、私を不当に扱ったことを叔父に後悔させるかもしれない。

私はこんな経緯とは無関係に、教育を受けたイギリス人にとって野心の最高の目標が国会議員になることだと、いつも思っていた。こう言ったからといって、教育を受けたイギリス人がみな、志望可能な、実現可能な職業として国会議員になることを目標に掲げるべきだなどと言うつもりはない。とはいえ、国会内の人はそとの人よりも高い地点に到達していること、——給与をもらうことなく国に奉仕することは、人にできるいちばん崇高な仕事であること、——あらゆる学問のなかで政治学の勉強こそ、同胞にもっとも役に立つ人を作ること、——あらゆる生活のなかで公的、政治的な生活こそ、人が最大限の努力を傾注できる生活であること、そういうことは言えると思う。私はこう考えて、——五十三才は新しい経歴を始めるには遅すぎるとわかっていたけれど――、ずいぶんためらったあとで議員になる努力をしてみることにした。

私は六十を越えた年齢でこれを書きながら、胸を張って言うが、政治的な心情と確信を一度も変えたことがない。最初に政治的な心情と確信を持ち始めたとき形成したものを、今もなおそのまま持ち続けている。年を取ると、人は一般にそれらを修正しようとする傾向を見せるが、私はそんな修正の必要をみじんも感じなかった。私は自分を進歩的だけれど保守派の「自由主義者」だと思っている。この立場を、許容しうる合理的でかつ一貫性のある政治家の姿だと思っている。また、その政治的な立場(2)はほんの数語で表現できると信じている。私について少しでも知る人には、それを理解してほしいので、伝える努力をしたい。

劣等感は誰にとっても苦痛であるに違いない。優越感は本人の努力で勝ち取ったものでない限り、やはり誰にとっても何らかの苦痛の種になると思う。私たちは神の英知の働きを知ることができないから、周囲に見る恐ろしい不公平の原因を理解することができない。なぜ非常に多くの人々が生活を苦しくするものばかり抱え、生活を楽しくするものをごく少ししか持てないのか、一方、なぜ少数の人々が本人の長所によらないのに、豊かな手から贈り物を雨霰と注いでもらえるのか、理解することができない。私たちは神の御手、神の英知を認めながらも、多くの同胞のみじめさを見て、畏怖に打たれる。優位な立場に生まれついた私たちは、――この問題では自分が富と教育と自由を付与された人々や公爵貴顕と同じ立場に立っていると感じるので――、汗と努力だけでは食べ物さえ充分にえられない人々の苦役の、非知的な、狂気の生活を、ただ不公平感と苦痛をもって見ることができるだけだ。

多くの熱狂的で不安定な精神の持ち主は、この罪悪感のゆえに、高らかに謳う平等性によってすべてを正したいとの欲望に突き動かされた。こういう人々は苦闘を通して、神の定めに背けばいかに無力であるかを証明してきた。一方で、思索家や学生といった穏やかな精神の持ち主は、明らかな不正に畏怖しつつも、この不平等が神の御業であることを肯定せずにはいられない。今日人々みなを平等にせよ。そうすれば、明日は神が創っておられたように彼らはみな不平等に沈淪するだろう。いわゆる保守派は、良心的で博愛主義的な保守派は、これを見て、この不平等が神に起源を持つことを確信し、不平等を保ち続けることを彼の義務とするように心に言い聞かせる。彼は周囲に見る王侯と農民のあいだの距離を維持することに、この世の安寧がかかっていると思う。つけ加えてもいいだろうが、彼は自分が王侯の一人だと感じているので、この義務を不愉快とは思わない。

しかし、保守派はあるものを見て、しかもそれをはっきり見ているのに、その一部しか認めようとしない。彼は社会の神聖な不平等を見ていながら、等しく神聖なその不平等の減少を見ようとしない。不平等の減少があらゆるところで起こっていることははっきりしている。けれども、保守派は不平等の減少を悪だと見なして、その悪の成就を遅らせること、つまり不平等をできるだけ維持することを義務と心得る。彼は悪である不平等の減少を止めることができない。それゆえ、彼はおのれの属する社会が後退していると考える。彼は社会に時々干渉し、しかも良心的に干渉する。旗幟を鮮明にした断固たる敵の言いなりになるよりも、彼が提供する優しい圧力、すなわち彼が加える綱と歯止めで、悪への動きを緩和できると感じる。それが保守派だと思う。目に神への畏怖をたたえ、心に隣人愛を温め、力の及ぶ限り義務をはたそうとする人々のことを私は言っている。

私はいちばんよく理解してもらえる共通の言葉を用いて、等しく良心的な自由派がどのように保守派と対峙しているか説明したい。自由派は、王侯と農民の距離が神的起源を持つことを保守派と同じように了解するとともに、ユートピア的な至福を探求する途上で、社会が突然崩壊することを保守派と同じように嫌っている。しかし、自由派は、王侯と農民のこの距離が日々縮小している事実に気づいている。彼は絶えざるこの不平等の減少を、夢に見るあの人間の千年王国への階梯と見ている。彼は多くの人々が梯子を少しだけ登るのを助けたいと思う。が、ほんとうは梯子を登ってくる人々を出迎えるため、彼のほうが降りていかなければならないのを知っている。自由派がほんとうに心に抱いているものは平等ではなく、平等への方向性だと言っていい。——というのは、平等という言葉は不快であり、共産主義と、破滅と、狂的民主主義といった観念を人々に想起させるからだ。とはいえ、彼は平等への道をたどるとき、あまり速く突っ走らないように護衛兵に取り巻かれている必要があると思う。それゆえ、彼は道をたどる途中で敵である保守派から制止されるのが嬉しいのだ。私はこういう考えを持っているので、進歩的な保守派の自由党員だと、自分を呼ぶ点で何の不合理もないと思う。政治的な教義を持ちながらも同胞の状態を改善する手段としてそれを用いない人は、政治的陰謀家、食わせ者、手品師、——世間でおのれの評価を高めようとする油断のない裏工作人——、だと思う。

この政治理論が多くの人々にとって大げさな、過度に張り詰めた、アメリカ人の言う、もったいぶった理論に見えるのはわかっている。政治家を自称する大多数、おそらく政治で積極的な役割をはたす大多数は、こんな心情に突き動かされてなんかいないし、胸中にこんな動機を見出すことなんかできない。人々はそう断言する。人々は一部は教育によって——父祖に倣って——、一部は偶然によって、一部は好機に恵まれて、一部は好みに従って、とはいえ王侯と農民の距離や縮小というような回りくどい屁理屈なんかに惑わされずに、トーリーあるいはホイッグに、保守党員あるいは自由党員になる。疑いなくそうなのだ。政争においては、それが続くと、人々は当初の大義からますます離れていく。ついには法案が、他方が推すからという理由だけで一方から反対される。国会議員がロビーに群がり、個々人の判断にではなく指導者の指示に従う。しかし、私が述べたこの原則理論は終始働いている。多くの人々にとって、この理論はほとんど察知されないにしろ、それでも明白であり、ほとんどすべての人に影響を及ぼしている。陰謀家や上手な手品師のようなやからがいる。そんな連中にとって、政治は大きな結果を生じるけれど、たんにビリヤードかテニスのようなゲームにすぎない。それでも、この原則はそんな連中にさえも、影響を及ぼしている。政治的な意見を創り出し、導き、振り回す精神の持ち主は、こんな理論をつねに持ち歩いていると思う。

私はこんな理論とずっと前から親しくつき合ってきた。もう三十年もこういうことを考えてきて、一度も疑ったことがない。しかし、政治をするに当たって自分に非現実的な弱点があることをいつも感じていた。人が国会で役に立つには自制し、まわりに順応し、一度に小部分の一部をすることで満足しなければならない。彼はキノコの課税について辛抱強く準備をして、大蔵大臣に、機会が来たらその税を考えようとやっと言わせたら、満足しなければならない。ほかの人の役に立つ仕事だと七度目に認められたら、六度叩かれても満足しなければならない。六百六十人のうちの一人だと自覚して、国の注目の六百六十分の一で満足しなければならない。たとえ大きな着想をえても、努力して偶然木の天辺に進むことができなければ、その着想を胸中に収めていなければならない。要するに、彼は実用的でなければならない。私は今政治において自分が実用的になんかなれないことを知っていた。大蔵大臣から優しい言葉をもらっても満足できず、できればいつも重税のかかったケチャップを大臣の顔に投げつけているほうだ。

私がいつかいい演説家になれるとは思わない。この方面で特別な才能を持つわけではないし、生来のハンデを克服しようと、人生初期に演説の技術を学んだわけでもない。私は数個の文章をずいぶん努力して暗記したあとなら、もちろん単調にだが、やっとどうにか演説できることを知った。また、何か特別言うべきことがある場合でも、まるでいつも急いでいるように、くどいと思われるのを恐れているように、やっと平凡に話すことができた。高名な演説家のように、そのとき思いついたことを即興で勉強したことと結びつける力を具えていなかった。私は完全に訓示のような演説――できとしてはこのかたちがいちばんよかった――をするか、あるいは完全に即席の演説――もし心に何か特別言いたいことがない限り、これがとてもひどい結果になった――をするかどちらかだった。それだから、国会議員になっても何の役にも立たないこと、また、たとえ議員になっても、脂の乗った盛りをすでにすぎ去っていることを承知していた。それでも、私は議員になりたいという、叔父の嘲りが不当だったことを証明したいという、ほとんど狂気に近い願望を抱いていた。

私は解散があったら、エセックス州の一選挙区から立候補してはどうかとの提案を一八六七年に受けた。そのとき、じつに軽率だったが、立候補を約束した。私がとても愛した故チャールズ・バクストンの提案だった。彼は彼の一家が深くかかわりを持ち、彼の兄(3)が選出されている州が、トーリーの隷属状態から救出されることをとても強く望んでいた。とはいえ、そのときは解散がなかった。ディズレーリ氏はニューアーク(4)選出の自由党員の助けを借りて選挙法改正案を通した。新しい議会の招集が翌年まで延期された。この新しい選挙法改正でエセックスが二選挙区から三選挙区に分割された。その一つ――ロンドンに隣接する選挙区――は完全に自由党のものと見られていた。私が約束したあと、――その約束を実現するには多額の金を完全に無駄に使わなければならない――、私が新しい選挙区の候補者として選ばれることになるのだと、一部の人々から思われた。チャールズ・バクストン氏からそんなふうに提案されていた。しかし、別の紳士が、その人は本来私を支持すると以前約束して、その約束に縛られていたはずだが、反対勢力と私が信じる部分から推薦された。私は譲らなければならなかった。この紳士はその州でしばしば立候補した別の自由党員とともに無投票で選出された。悲し！　ああ悲し！　二人は保守派の大反動が起こった次の選挙でも改選とはならなかった。

一八六八年の春、私は郵政省の仕事で米国に送り込まれた。この旅についてはやがて話すつもりだ。私が留守のあいだに解散があった。米国から帰って来たとき、議席の物色にはいくぶん遅れを取っていた。それでも、私の弱点である野心を知る友人がいた。それで、議席が無投票で保守派に奪われるのを望まない選挙区、とても勝ち目のない選挙区を自由党からあてがわれる危険を避けることができなかった。一、二の選挙区名があげられたあと、ベヴァリー(5)が提案された。私はベヴァリーから立候補した。

とはいえ、選挙参謀として働いてくれた紳士が、私に不当な説得を加えたわけではないことを明らかにしておかなければならない。この紳士は国会というものを完全に把握しており、本人も議員になったことがある人だ。――今このときも議員になっている。彼はヨークシャーを――少なくともベヴァリーが位置するヨークシャーのイースト・ライディングを――誰よりもよく知っていた。選挙運動のあらゆる秘訣を熟知し、自由党の伝統と状態と見込みについて精通していた。彼の名を出すつもりはないが、一八六八年のヨークシャーを知っている人なら、名がわかってもすんなり納得してくれるだろう。「それであなたは」と、この紳士は言った。「ベヴァリーから立候補するつもりなんですか?」私はそうしようと思っていると厳めしく答えた。「当選を期待していませんか?」と彼。私はまた厳めしい顔をした。自信はないけれど、最良の結果を希望したいと私は言った。「そりゃあ、駄目ですね!」と、彼は上機嫌にからかって続けた。「あなたは当選しません。当選をあなたがほんとうに期待しているとは思いません。でも、立派な経歴があなたには開かれています。あなたは千ポンドを使って、選挙に負けます。それから、選挙の無効を請願してさらに千ポンドを使います。それから、選出された議員を選挙区から追放します。委員会が開催されて、選挙区は議員選出権を剥奪されます。あなたのような初心者にとってそれは大きな成功でしょう」私はこう言われたにもかかわらず、ベヴァリーから立つことに固執した!

二人の国会議員を選出するこの選挙区は、長くサー・ヘンリー・エドワーズ(6)によって代表されてきた。彼は議席のためこの選挙区と親密な関係を取り結んできた、と言えば正しい言い方だと思う。多くの投票があり、多くの請願があり、多くの無投票があり、多くの議員が出るなか、そのすべてでサー・ヘンリーは終身ではないが、終身に近い不動の議席を保ってきた。思うに、政党間でちょっと取り決めをすれば、選挙区はこのころそれぞれの政党の議員を穏やかに送り出すことができた。しかし、政治的な穏やかさを好まない風土がそこにあった。二人の自由党候補者と二人の保守党候補者が出馬することがついに決まった。サー・ヘンリーは議席を望む若い金持ちと組みになり、私はマクスウェル氏、近所に住むスコットランドのカトリック貴族へリーズ卿(7)の長男と組みになった。

ときが至ると、私は選挙運動に出かけて、思うに、おとなになってからもっともみじめな二週間をすごした。まず俗悪な暴君らによってひどく横暴に扱われた。彼らは議席を確保するため私にできる限りのことをした。あるいは、そうしていると言った。私は少なくとも候補者であるあいだ、彼らの手に握られている。私たち、私とマクスウェル氏、はある日狐狩りに出掛けたいと思った。熾烈な運動のこの期間で唯一の休日を利用して行きたいと思った。ところが、私たちのために運動しているパブの主人から、もし私たちがそんなことをしでかしたら、彼からもベヴァリーからも総スカンを食らうだろうと言われて、私もマクスウェル氏も納得した。毎日朝から晩までおもしろくもない町の小道や脇道を引っ張り回され、あらゆる有権者に働きかけ、雨に曝され、半解けの雪に膝まで埋もれた。勝ち目のある陽気な候補者なら見せる、あの勝ち誇った喜びの態度を私はぜんぜん身につけることができなかった。夜は毎夜どこかで演説をしなければならない。――それがとてもいやだった。ほかの人の演説を聴くのはもっといやだった。ある日曜に聖堂教会へ行こうと提案したとき、教会の人々はみなサー・ヘンリーを支持するから、無駄だと言われた。「実際」と私の暴君であるパブの主人は言った。「サー・ヘンリーはちゃんと行列を作って教会へ行くんです。同じ場所で姿を見られないようにするほうがいいんです」それで、私は教会へ行かないで、お祈りを怠った。ベヴァリーのどの国教会の教会も、こんなときには自由党の候補者を歓迎しなかった。私は選挙区のなかでのけ者のように感じた。私はあらゆるきれいなもの、あらゆるすばらしいもの、あらゆる——表向き——よいものから疎外された。

　ともあれ、私の政治信条など、支持を求める有権者にとってまったくどうでもよいことなのだと確信したとき、私は非常に不快な思いをした。有権者は私の信条に頓着しなかったし、私が何らかの考えを持っていることすら理解しようとしなかった。私はサー・ヘンリー・エドワーズを打ち負かすため、——とはいえそれが実現できるとは誰からも思われていなかった——、あるいはサー・ヘンリーに最大の難儀と不便と出費をさせるため、ベヴァリーに連れて来られただけだった。実際のところ、私が投票を期待する支持者の一部は、二点の主張を持っているように見えた。私は政治信条のせいでその二点の両方に反対せずにはいられなかった。ある者は無記名投票——当時はまだ法律になっていなかった——を望み、ある者は酒類販売許可法[8]つまり禁酒法を望んでいた。私はこの両方の法案を憎み、嫌った。思うに、男らしくない無記名投票によって邪悪な買収の邪悪な結果から逃れようとするのは、偉大な人々にふさわしくない。有権者に対する不当な威圧は大きな悪だ。この国は選挙区をふやしたり、独立心を高めたりして、その悪から逃れるためすでに多くの措置を取ってきた。思うに、これらの措置と、公開記名投票が、選挙における威嚇を克服する武器になっていた。酒については、私は国会によるいかなる規制もあてにしておらず、道徳と教育による漸新的効果のほうを信じていた。自由党員がベヴァリーで役立とうとするなら、こういう悪を呑み込むことができなければならない。私はとても呑み込めそうもないから、まったく場違いな存在だった。

立候補の当初から結果がどうなるかわかっていた。参謀として働いてくれたあの練達の紳士にとって、もちろん結果は明らかだった。私は並はずれて親切な彼の助言を聞いておくべきだった。彼はすべてを見切っていた。こんな戦いを遂行できない私のような無知な人が、ヨークシャーまで連れて来られて、ただ金を使い、当惑するだけに終わる。この紳士はこんなことは間違っていると思っており、言うべきことはちゃんと言っていた。私は持ち前の頑固さのせいで傷ついた。もちろん当選しなかった。サー・ヘンリー・エドワーズと仲間がベヴァリーの選出議員になった。私は最下位得票だった。出費として四百ポンドを支払い、ロンドンに戻った。

親切な参謀はもちろん私をからかって出費を誇張していた。私がベヴァリーに到着したとき、参謀から四百ポンドの小切手を要求されて、それで充分だと言われた。確かにそれで充分だった。どうして正確にその総額が要求されることになったかわからない。が、事情はそういうことだった。それから、私からではなく、町から請願があって、審問がなされ、二人の紳士は議席を失った。自治市は議員選出権を剥奪された。サー・ヘンリー・エドワーズは議会侮辱罪で裁判にかけられ、無罪になった。このようにして、ベヴァリーの自治市としての特権と議会に対する私の野心は同時についえた。

私は結果を知って、少しも後悔しなかった。たとえ苦労して稼いだ私の金の支出がなくても、あのみじめな二週間がなくても、ベヴァリーは政治的混乱に陥って、サー・ヘンリー・エドワーズは公的生活を追われただろう。それでも、いろいろ考え合わせてみると、考え合わせてみるのは当然だが、私が何らかの役に立ったと思うと得意だった。ベヴァリー自治市の由緒ある慣行くらい堕落し、売国的で、代議政治制度にそむくものはないように見えた。政治的清潔さは市民にとっていとわしいものになっていた。私の陣営では賄賂も駄目、供応も駄目、マグ一杯のビールさえ駄目と私が言ったとき、この地の指導的な自由党員は尊大なあざけりを私に向けた。ベヴァリーでは、歪んだ選挙目的に奉仕するためいかに政治がありがたがられていたか、選挙はそれ自体厄介なもので、政治に奉仕するため我慢して行われているが、そこではそれがいかに理解されていなかったか、研究に値する。国会議員にふさわしいと思う紳士のため、自治市を安定した地盤にしようとして費やす時間と金と心労を見よ！　ベヴァリーでは、自治市をそんなふうに利用していいと一般に受け止められ、認められていた！　自治市が意図されたのはそんな目的のためなのだと住民は考えるようになっていた！　これに終止符を打つ助けになったので、たとえ一つの町だとはいえある程度満足した。

註

（1）Trollope の母の弟 Henry Milton（1784-1850）。

（2）以下に述べられる政治的考えは *The Prime Minister* 第68章で Plantagenet Palliser が表明した内容と言葉遣いがよく似ている。

（3）Charles の長兄 Sir Edward Buxton は１８４７年から１８５２年 Essex 南部選出の国会議員で、１８５８年に亡くなった。

（4）Nottingham 州東部 Newark-on-Trent のこと。

（5）Hull の北北西12キロにある Humberside の町。

（6）Sir Henry（1812-86）は１８４７年から１８６９年のあいだ2期に渡って保守党からこの地の国会議員を務めた。

（7）William Constable-Maxwell 第10代 Lord Herries of Terregles（1804-1876）のこと。

（8）１８６４年から１８７７年のあいだに Sir Wilfrid Lawson が数度国会にあげた禁酒をめざす法案。酒を売る免許発行を拒絶する権利を教区に与えようとした。

第十七章

米国との郵便協定——米国との著作権問題——さらに四つの小説

ベヴァリーの一件は、私が郵便局を辞職した最初の直接的な結果であり、人生のこの曲がり角から少しそれて起こった事件だった。この一件に先立つ一八六八年の春、私は米国へ行ってワシントンで郵便協定を結ぶよう政府から要請を受けた。私は公職を離れていたので、これを私への敬意の表れと見て、もちろん出かけた。米国への三度目の訪問だった。米国へはその後さらに二度[1]行った。郵便局の仕事は、とても愉快なものとは言い難かった。私は好きになれない街ワシントンに滞在して、遅延に悩まされ、無力感に苦しめられ、国家的な見方ではなく個人的な見方と思えるものによって妨害された。私は二人の男と交渉しなければならなかった。一人は米国逓信省の役人だ。思うに、この男くらい熱心かつ正直な公務員には会ったことがない。彼には彼の考え方があり、私には私の考え方があった。双方とも胸中で自国の利益実現をねらっており、双方とも従わなければならない命令を抱えていた。ところが、もう一人の地位の高いほうの紳士は、――わが国の大臣の場合と同様、行政力を公務上の身分に負っていたが――、私にはもう一人の役人ほど立派な人とは思えなかった。この紳士は私と会う約束をしても守らなかった。私はとうとうこれにひどく腹を立てて、こんな扱いを受け続けたら、これ以上私の活動は不可能だと本国に通知すると、ワシントン郵便局で断言した。もしさじを投げたら、私の目的あるいは私を送り込んだ人々の目的にではなく、相手の目的に奉仕してしまうと思わなかったら、そうすべきだったと思う。とはいえ、協定はついにできあがった。協定の趣旨は、――イギリスから米国へ郵便物を処理するには、考えられる費用全部がイギリス側の重い負担でなされなければならず、あちらから私たちの国へ郵便物を処理するには、米国側の負担は何もない――というものだった。郵便物がたどる旅は今どちらからも同じだと思う。しかし、イギリス側の重い補助金の支払がなければ、それは現状のまま維持されそうもなかった。一方、米国側からの補助金支払はいっさいなかった。(2)

私は外務省からの委託も抱えていた。英米間の国際的著作権の保護のため尽力してくれと求められていた。――著作権が確立していないため、成功したイギリス作家が金銭的にも成功することが妨げられており、大きな障害になっていた。私は私の作品の再刊で米国から一銭も金を受け取ったことがないとは言えない。が、適切な支払がないことにはずっと気づいていた。何年も昔、私は米国の本屋との交渉に一人で当たっても勝てないことを知った。――それは米国に滞在していた一八六一年のことで、細かな点でじつにおもしろい苦労(3)をしたことがある。それで、海外における私の本の全権利をイギリスの出版者に売ってしまった。売ったからといって私の受領金額がそれだけふえたわけではないと思う。が、米国市場からそれで間接的な利益をえていたのかもしれない。とはいえ、出版社が米国市場から受け取ったものがごくわずかであることを知っている。私の現在の出版者であるチャップマン＆ホールは、米国に送った見本刷に対して私に支払う原稿料の五％ももらっていないと思う。しかし、米国の読者は数的にイギリスのそれよりも多く、全体から見ておそらく金持ちだ。販売数のことはさておき、もし私が一冊に千ポンドこちらでもらえるとするなら、あちらでも同じくらいもらえなければならない。もし人が三百でなく六百の客に靴を提供するなら、その結果に疑問の余地はない。もし私が三万人でなく六万人の読者に本を提供することができるなら、当然それ相応の分をもらってしかるべきだろう。

国際的著作権に対する抵抗は、米国人全体の意思ではなく、利害関係を持つ数人の米国人の意思に限られている、と私は想像していた。三度目の訪問でこの件について見聞きしたことから判断すると、――イギリスの国務大臣から権限をえて、私はかなり見聞きすることができた――、私はこの考えが正しいことを確信した。もし米国の読者や米国の上院議員、また回答に偏見が混じらないとすれば、米国の下院議員や米国の本屋(4)にも広く意見を求めることができるなら、そこから国際的著作権に対する同意を結果として引き出すことができるだろう。現状は米国の著者にとっても壊滅的だ。米国では出版者が気前のいい支払を著者にしようとしない。なぜなら、現状ではイギリスの現代文学をただで客に提供することができるからだ。イギリスの出版量が米国のそれをずいぶん上回っているので、前者の出版相場が市場を支配する。いちばん大きな二、三の本屋を除いて、現状は米国の本屋にも等しく害をなしている。小さな出版者は昨今イギリスの本を印刷して売る独占的な権利をえることができない。たとえ彼がそれを試みてみても、巨大な出版社の一つがただちに同じものを出版する。そんな巨大なリバイアサンだけが勝者なのだ。もちろんそんな巨大なやつは、米国の読者が勝者だという論理のすり替えを行う。米国の読者は資産の利用をただでできるわけだから、もしこういう盗用の権利をみずから放棄する法律を通したら、自分で自分の喉を掻き切るようなものだという主張だ。この主張では、誠実さという観念があっさり切り捨てられている。多くの大手出版者は、同意はしないにせよ、著作権制度そのものを認めないわけではない。というのは、彼らの著作権制度は私たちの制度と同じくらい厳しいからだ。彼らは他国の商品を盗用するのが好きなのだ。この場合、彼らは罪を受けないで盗用できるわけだから、それを続ける。そんな大胆な主張をする。ところが、そんな主張は、私の判断によると、国民から出て来ているのではなく、かなり売る巨大本屋や、巨大本屋と利害面で結びつく政治家から出て来ている。米国のふつうの書籍購入者は、わずかな価格の違いをあまり気にしない。購入者はとにかくとても勇み立っているので、多少値が高くなっても気にしない。米国でこの問題を牛耳っているのは、金を使うのを渋る人ではなく、金をもうけたい人なのだ。大事業の創出に、あるいは競争のなかでえた権益の防護に、大きな金を出すことがいかに愚かであるかを理解して、議会のロビーで強くなっているのは多くの投機家だ。

一八六八年には、著作権について何の成果もなかった。その後、一八七六年まで何の進展もなかった。著作権法に関する王立委員会が今この国に設置されようとしている。私はその委員になることに同意した。こちらの王立委員会によって審議されることが、米国の立法者に影響を及ぼすわけではないが、問題はこれから処理されなければならない。それでも、もしこの措置が一貫して賢明に推進されるなら、これに抵抗する米国内の敵は徐々に敗北するだろう。数年前、私たちは国際著作権の問題についてスタノップ卿(5)の主宰のもと、ジョン・マリー氏(6)の食堂で一連の私的、擬似的会合を開いた。私はこの会合で米国の国際著作権問題をチャールズ・ディケンズと議論した。ディケンズはイギリス文学を海賊出版する力を米国人に放棄させることはできないとの確信を強く主張した。しかし、彼は目の前にあるものをはっきり見ながらも、見方の違いということを理解しようとしなかった。彼の見方によると、この問題における米国人の決定は不誠実だった。それゆえ、米国人からは不誠実な決定しか期待できないということになる。私はその考えに抗議した。今も抗議する。米国には不誠実が蔓延しているが、少数の人のあいだでのみ蔓延している。この少数の人が非常に多くの人々を牛耳ることができたのは、この国にとって大きな不幸だ。米国ではみなが投票できるけれど、彼らが何に投票しているか知っているのはごく少数の人だけだ。

これが書かれたあと、著作権法に関する委員会が開かれて、報告書が出た。私はその大要に賛同している。そこで議論された問題にここで長々と触れても、読者には何の益にもならない。しかし、米側の出版者が見本刷への支払によって、公正正当な扱い――あるいは公正に近い扱い――をイギリス作家に施しているという意見表明については、米国との国際著作権の処理という問題で私たちが誤りを犯したと思う。私がイギリスで千六百ポンド受け取った小説の見本刷の使用対価として、イギリスの出版者が米側から二十ポンドを受け取ったとたった今知ったところだ。なぜそんなはした金しか受け取れなかったかと私が出版者に聞くと、取引した米側の会社がそれ以上くれないとの回答が帰ってきた。「別の会社にすればいいじゃないですか?」と私は聞いた。ほかの会社なら一ドルもくれないとの回答。なぜなら、私の本を再刊する権利を持つと決め込んでいる大手の会社に、ほかの会社が歯向かいたくないからだ。しばらくして私の米国版小説を一冊受け取って、それが七ドル半で売られていることを知った。よく売れなければ、三巻本小説の再刊に必要な紙の提供や印刷がなされるはずがない。そういうことからも、よく売れると予想されていることがわかる。数千冊が売られたに違いない。にもかかわらず、作家はそこから一シリングも受け取っていない。出版者にとって二十ポンドという総額が取引する手間代にもならないことは、私の指摘を待つまでもないだろう。イギリスの出版者はなるほど見本刷の提供を拒んでもよかった。が、提供される金以上に取り立てる手段を持たなかった。私はここで現状を述べている。なぜなら、国際著作権なんかなくても、イギリス作家の保護など不必要にするほど、米国の出版者はじつに気前よく支払をしていると誇っているからだ。二十ポンドという事実を知り、七ドル半で売られている私の本を今手に取るとき、私の保護には国際著作権が必要だと感じる。

イギリス人のなかで米国をもっとも愛し、賛美する人々さえ、米国人の罪を糾弾するとき、いちばん強い言葉を使いたいと感じている。米国人が持つ個人的な寛大さとか、探求的、活動的な博愛主義とか、無知への嫌悪や教育熱とか、行動の責任を意識しつつ、誰も恐れず、まっすぐ立って歩かなければならないとの確信とか、そんな国民性を愛せない人がいるだろうか? 米国くらい私的な気前のよさによって人類の苦悩を救う大規模な努力をした国があるだろうか? 米国くらいもてなしのいい国があるだろうか? イギリス人がすねてもいないし、気難しくもないことをいったん理解したとき、ふつうの米国人くらい熱心な協力者をイギリス人旅行者はどこで見つけられるだろうか？　また、教育のある行儀のいいイギリス人くらい、米国人が心から賛美する相手がいるだろうか？　偏見のないイギリス人旅行者がこの近い親類と知り合いになるとき、まず心に思い浮かべる考えがこういうものだ。ところが、そのあとイギリス人旅行者が目にするものは米国人の公的な活動や政治、市や町の醜聞、徒党を組んでの盗み、ロビー活動と賄賂、公的生活における底のないあさましさだ。高い地位を占めるには不適当な人々が、米国ではあらゆるところで頂上にいることがわかる。米国人は公的な場面においてあまりにも際立った不誠実さを見せるので、旅行者が米国で作った友人でさえすぐそれを認めて、公的生活と私的生活を無関係なものとして話し、公的生活にかかわっていると見られることを侮辱的な汚い状態として語る。そんなもののまっただなかを旅するよそ者は、嫌いなものをたくさん見、好きなものをたくさん見るから、自分をどう表現していいかわからなくなる。

「あなた方が個人的に清潔にしていても、それだけでは充分ではありません」と、旅行者は渾身の気力と勇気を込めて言う。「視力に恵まれた人が盲人に数で勝るように、たとえ清潔な人が不潔な人に数で勝っていても、もし視力のあるあなた方が盲人に道案内をさせるなら、それでは充分ではありません。外側の世界があなた方を判断するのは、数百万という人々の私的な生活によってではなく、あなたの国の名を貶める一部の公人の金銭まみれの所行によってなんです。ここで出されている証拠くらい明白なものはありません。国の誠実さを監視するのは、あなた方すべての誠実な市民の義務なんです」

私はしばしば米国の男性に会い、もっと頻繁に米国の女性に会ってきた。個人的に見ると、そんな米国人が男性とはどうあるべきか、女性とはどうあるべきかという私の基準に、あらゆる点で合格していたことを告白しなければならない。彼らは精力的で、個々の意見を持ち、活発に話し、多少皮肉を駆使し、いつも知的で、見て心地よく（女性のことを言っている）、楽しいことが好きな人々だ。男女それぞれが個性を持っているから、ウォーカー夫人とグリーン夫人の違い、あるいはスミス氏とジョンソン氏の違いを記憶するのに、私の側に何の努力もいらない。欠点もある。彼らは自意識過剰であり、イギリス人が善良であるように、彼らも善良であることを見え見えの努力によって証明したがっている。――が、彼らのほうが善良であることをイギリス人はおそらくずっと以前から知っていたのだ。彼らのうちでも世間的に高い地位に昇ったと思っている人々は、時々威厳をひけらかす。それは滑稽で、楽しい。私は二人の老紳士のことを覚えている。二人とも公的な評価ではもちろん高い地位に立つ名士だ。公的な葬儀で見せた二人の振る舞いが、その場をとても魅力的な喜劇に変えてしまった。米国人は初め疑い深く、臆病だ。彼らは私たちイギリス人にとって子供時代から習慣になっているあのつつましい行儀を欠いている。しかし、彼らは決して馬鹿ではなく、意地も悪くないと思う。

米国の女性が一人いる。私の生活の回顧録だと主張する本書でこの女性について話さなかったら、晩年に光彩を添えたおもな喜びの一つに触れないことになる。私の家族を除くと、この十五年間でもっとも選ばれた友人が彼女だった。彼女は私には一筋の光線。彼女のことを思えば、いつも火花を発することができる。名をここで出しても、彼女を喜ばせることはないし、誰かの役に立つこともない。とはいえ、本書のなかで彼女に触れなければ、ほとんど嘘になるだろう。こんな友人が私に恵まれていたと言わなかったら、自分について正直に書くことができない。彼女は生きて今私が書いた言葉を読み、書いている私の胸中に思いを馳せるとき、涙を拭うこともあろうかと信じている。

私は今回三か月と少しイギリスを留守にして、帰って来ると精力的に『セント・ポールズ・マガジン』誌の仕事に戻った。私は最初『フィニーズ・フィン』という小説をこの雑誌に書いた。これを嚆矢として一連の半政治的な小説を書き始めた。平民院で意見を述べることを妨げられたので、自分を表現するため半政治的な小説を扱う方法を採った。小説中でいくつか場面を議場に設定する予定があり、また、ベンチに席を占めること――そこに座っても議長の目からおそらく無視されただろう――が落選によってできなかったので、平民院のやり方や実情に精通するため、傍聴席に座る許可を謙虚に議長に求めなければならなかった。議長はじつに愛想がよくて、私に二か月連続の席をくれた。とにかく私はその席でしばしば退屈してしまった。運命の女神によって院のなかで居眠りすることを許してもらっただけでなく、議員らから保証してもらったが、院内の手続きについても充分話せるようになった。

『フィニーズ・フィン』(7)と続編を書くとき、全体的にあるいは部分的に政治で物語を楽しくすることができないことを私は知っていた。たとえ私個人のために政治を書くとしても、読者のために愛や陰謀、社会的な出来事や、おそらくちょっとした気晴らしも入れなければならなかった。こうすることで、私の政治的な主人公をおもしろくすることができたと思う。フィニーズをアイルランド出身にしたのははっきり言って失敗だった。アイルランド訪問中に小説の図式を作ったという事情で、そんな失敗を犯してしまった。奇異をねらって得をすることはない。イギリスから見ると尊敬できない政治が行われている国の政治家に対して、読者の共感や愛情を向けるのはさらに難しかった。こういう障害があったにもかかわらず、『フィニーズ』は成功した。際立った成功ではなかった。政治問題に精通しない男女には、庶民院あるいは官庁で多くの時間をすごす主人公があまり好きになれないだろう。それでも、フィニーズ・フィンに共感できる男性は本を読んでくれた。レディー・ローラ・スタンディシュに共感できる女性も本を読んでくれた。これが私の意図したことだったから、満足した。エンディングを除けば、全体のできはかなりよかった。――エンディングに関しては、そこに到達するまでその用意をしなかった。主人公をもう一度世に出す思惑があったから、かわいい素朴なアイルランド娘と結婚させたのは間違いだった。彼女はそんな返り咲きにとって障害にしかならなかった。主人公がイギリスに戻って来るとき、そのかわいい素朴なアイルランド娘を殺さざるをえなかった。——これは不快な、ぎこちない必然だった。(8)

『フィニーズ・フィン』を書くとき、私は作中人物の性格を進展させる必要——ときの経過とともに自然に生じる男女の変化に注目する必要——に絶えず配慮した。作家はたいていの小説でこんな義務に縛られることはない。扱う時間の幅が私の言う変化を書き込むほど長くないからだ。『アイヴァンホー』では出来事がみな一か月以内に起こるから、作中人物は当然一貫性を保持していなければならない。主人公あるいは女主人公の生涯を描くことを引き受けた小説家は、結婚という興味ある時期に作品が完成するとふつう見なして、主人公らが大人の男女になるときは、少年少女みなに共通する趣味や行儀の進展を描くことで満足してきた。フィールディングは英語で書かれたもっとも偉大な小説の一つ『トム・ジョーンズ』で、確かにこれ以上のことをした。というのは、彼はこのなかで血の気の多い高貴な若者が、どのように誘惑されて堕落し、再び力づけられて更生するか示したからだ。それでも、小説家が徐々に進行する変化の状態を念頭に置くことはほとんどなかったと思う。——私も私の想像のなかで古い友人らの姿にしばしば誘い戻されなかったら、それを念頭に置くことはなかっただろう。私は内面生活でそんな友人らとあまりにも長く一緒にすごしてきたので、この女性はこんな出来事に、またはあんな出来事にあったら、どう振る舞うだろうかとか、あの男性は青年から壮年になるとき、または壮年から老年に老いるとき、どう振る舞うだろうかとか、絶えず自問してきた。私はオムニアム老公爵や、世継ぎである甥や、世継ぎの妻レディー・グレンコーラを対象に、ときの経過による変化を跡づけたかった。しかし、それを続けていくうち、他の作中人物らにもこのやり方を適用していった。とうとう彼らの現在の性格だけでなく、歳月や状況によってその性格がどう影響を受けてきたかすべて知る作中人物らの輪を私のまわりに配置した。ヴァイオレット・エフィンガムが母として幸せな生活を送るようになるのは、長く抑制された娘時代の誠実な愛情のおかげだということ、レディー・ローラがみじめな悲劇的状況に追い込まれるのは、同じように、彼女が身を売って痛ましい結婚をしたせいだということ、主人公が長く苦しんだのち最後に成功するのは、彼が虚栄心に駆られていたがゆえに当然長く苦しまなければならず、変わらぬ誠実さを具えていたがゆえに成功に値したということ、私はそういうことを初めから予見していた。物語のなかで起こる出来事や、作中人物らが影響を受ける状況といった道具立ては前もって何も考えなかった。たいてい描く段階でそれらの出来事や状況を作り出した。私は事前に一連の事件を配列することができなかった。それでも、私の操り人形の正邪と、いかに邪が必ず邪に至り、正が正を生むかを夏の夜の星のようにはっきり見ていた。

『フィニーズ・フィン』と次の『帰って来たフィニーズ』(9)――この小説もここで一緒に話しておこう――のなかで、いちばんできのいい作中人物がレディー・ローラ・スタンディシュだ。この二作はかなり時間を置き、しかも違った形式で出版されたけれど、実際には一つの小説だと言っていい。『フィニーズ・フィン』は一八六七年に『セント・ポールズ・マガジン』誌で連載され始め、『帰って来たフィニーズ』は一八七三年に『グラフィック』紙から出た。小説の読者に六年前の作中人物を思い出してほしいと望む権利、私の主人公の行く末について六年たって興味をよみがえらせることもあるかもしれないと期待する権利、など持ち合わせていないので、私は読者にひどい扱いをしてしまった。しかし、続編でも同じ読者層で前編と同じ人気をえたことを知った。フィニーズと、レディー・ローラと、レディー・チルターン――結婚したヴァイオレット――と、私が優雅に殺害した老公爵と、新公爵と、若い公爵夫人は、古い友人らとのつき合いを続け、新しい友人らをこしらえた。『フィニーズ・フィン』が徹頭徹尾成功したのは確かだと思う。とはいえ、罪を昔の恋人に告白するときのレディー・メイソンの屈辱のように心に触れるもの、あるいはクローリー氏の性格描写の繊細さに及ぶものがそこにないのに気づいている。[10]

物語の第一部『フィニーズ・フィン』は、一八六七年五月に完成した。私はその年の六月と七月に『ブラックウッズ・マガジン』誌ですでに話した『リンダ・トレセル』を書いた。九月と十月に『グランペールの金色のライオン』という短編を『ブラックウッズ』のため——匿名出版を意図して——書いた。ところが、ブラックウッド氏は匿名出版のやり方が利益をもたらすとは思わなかった。それで、この物語は私の手元に読まれることも、顧みられることもなく数年とどまっていた。これはその後『グッド・ワーズ』誌から出た。それは『ニーナ・バラトカ』や『リンダ・トレセル』の流儀で書かれたもので、その両方よりもかなり劣っていた。私は同じ一八六七年の十一月に『彼は正しいと思っていた』[11]というとても長い小説を書き始めた。これは『セント・ポールズ・マガジン』誌の所有者ヴァーチュー氏によって週六ペニーの分冊で出版された。この物語くらい完全に私が意図したところに届かなかった文学的試みはなかったと思っている。私の目的は、まわりの人々みなに義務をはたそうと努力しながらも、他人の意見に自分の判断を従わせたくないため、絶えず迷い道に踏み込む不幸な男に読者の同情を掻き立てることだった。その男は明白な悪事を働くから、たっぷり不幸な目にあう。私はこれまでのところ失敗していない。けれども、まだ読者の共感を生み出していない。この物語をまったくできの悪いものだと思っているが、部分的にエクセターのある老嬢[12]の屋敷と近辺の場面によって救われている。しかし、主要な部分でよくない小説は、副人物の活力によってはとても救われない。

一八六八年の春、私はワシントンにいるときに『彼は正しいと思っていた』を完成させ、完成させたその日にブラッドベリー&エヴァンズ社のため『ブランプトンの俸給牧師』という小説を書き始めた。一八六八年十一月にこれを完成させて、すぐ『ハンブルスウェイトのサー・ハリー・ホットスパー』を書き始め、その年の終わりにもまだそれを書いていた。一八六七年と一八六八年については、本書の十七章と十六章でいくぶん混乱した説明をしている。私はこの二年を生涯でいちばん忙しかった年だと思っている。実際には郵便局を退職していたが、かなりの時間郵便局から雇われていた。一方で、『セント・ポールズ・マガジン』誌を創刊した。この雑誌に関連して膨大な量の原稿を読んだ。この雑誌のためほとんど毎月小説とは別に記事を書いた。さらに、ベヴァリーから立候補して多くの演説を行った。また、私は五つ小説を書いて、ふた冬のあいだ週三回狐狩りをした。こういう生活を送れて私は何と幸せだったことか！　ベヴァリーでは苦しんだものの、やってみたかったことの一部として苦しんだのであり、経験をえた。ワシントンではあのいやなアメリカの郵便局長と蚊に苦しんだが、七月までその首都を離れることができなかった。それでも、そういうこともみな私の生活にいっそう活気を与えた。雑誌の原稿に目を通しながら、しばしば不平をこぼしたけれど、編集者としての義務の一部と――おそらく愚かにも――思いなおして読み通した。私は小説をいくつもすばやく生み出すとき、パターノスター・ロウの大人物から浴びせられるあの恐ろしい非難と侮蔑をいつも耳に響かせていた。とはいえ、たくさん仕事をすることに誇りを感じていた。いつも手にペンを持っていた。私は海を渡っていようと、米国の役人と渡り合っていようと、ベヴァリーの通りをうろついていようと、少しだけ書くことができ、たいていは少しとは言わず書くことができた。私がするような仕事では、職人あるいは機械工のそれに類似した就労規則に自分が縛られていると思い込むことが、成功の秘訣だとずっと前から信じていた。靴職人は靴を一足仕上げたとき、座り込んでできを眺め、満足にかまけることなどない。「ついに完成した私の一足がある！　何と見事な一足だろう！」靴職人がそんなふうに酔い痴れていたら、生涯の半分は給金なしだろう。それはプロの作家でも同じだ。作家は新しい主題を研究するため、もちろん時間を必要とする。執筆を休止するにあたって、ちゃんとした理由があることをとにかく自分に納得させる。彼は執筆をやめ、一か月か二か月のらくらして、そのあいだに仕上げたあの最後の一足がいかに美しいか独り言でつぶやく！　私はこんなことをよく考えたあと、仕事をしているときだけがほんとうに幸せになれるときなのだと心に決めて、前の一足が手を離れるとすぐ次の一足を始めるよう今完全に自分を習慣づけている。

註

（1）二度ともオーストラリアにいる息子Fredericを訪ねたあとの訪問で、一度目は1872年11月から12月、二度目は1875年9月から10月。

（2）（原注11）米国政治家はこれこそまさしく獲得しようとした状態だと思ったかもしれない。私がこれを書いたあと協定の全体が再び見直された。

（3）（原注12）ある米国の出版者——いつも私の作品を再刊していた紳士——は、私の問い合わせに応えて、《もし米国のほかの出版者が、彼が再刊する前に、米国で私の作品を再刊したら》、競合する版を出すことを妨げる法はないけれど、彼はそんな版を出すつもりはない、と私に約束した。私はその後米国の別の出版者と協定に達した。私はその協定相手に見本刷を提供することを約束し、その相手は売上に対する版権使用料を私に払い、半年ごとに会計報告をすると約束した。私は精力的にきちんと見本刷を送った。作品は同じように精力的に正確に——米国の複数の出版者によって——出版された。最初に約束した紳士は約束を破らなかった。彼が再刊する前には米国には一つとしてほかに版はなかった。私は会計報告を一度も受けなかったし、もちろん1ドルも支払を受けなかった。

（4）（原注13）私はこれに米国の出版者も含めていいかもしれない。仕事量の多い大手出版者ではなく、出版者の頭数で意見を聞いてよければだ。

（5）第5代 Earl Stanhope だった Philip Henry Stanhope（1805-75）。

（6）ロンドンの3代目出版者（1808-92）。

（7）『フィニーズ・フィン』（*Phineas Finn*）のあらすじ——法曹界に入った若いアイルランド人フィニーズ・フィンは、父の旧友の支持をえてロックシェーンから国会議員に選ばれる。彼は温厚な気質のためロンドンの上流社会で多くの友人らから受け入れられる。そのなかにレディー・ローラ・スタンディッシュがいる。フィニーズは子供時代の恋人メアリー・ジョーンズと結婚することになっている。が、ローラに恋してしまう。ローラはフィニーズとの恋よりも政治とサロンの維持に関心を抱いている。その両方を満たしてくれる相手をスコットランド選出の金持ち議員ロバート・ケネディに見出す。ローラの取り巻きの一人にヴァイオレット・エフィンガムがいる。フィニーズがヴァイオレットに求婚しようとすると、ローラは激しく怒る。彼が不実だと思うからだけでなく、ヴァイオレットには自分の兄ロード・チルターンと結婚してほしいと願っているからだ。ヴァイオレットは心からチルターンを愛しているけれど、チルターンの激しい気性と生活態度から見て、幸せな結婚が待ち受けているとは思えない。チルターンはフィニーズを恋敵と見なして決闘を申し込み、ベルギーで戦うが、愚かさに気づいて和解する。ヴァイオレットはチルターンを受け入れる。フィニーズはロンドンで政府の要職を手に入れ、出世の道を開く。彼はロックシェーンの議席を失うものの、ローラの取りなしで彼女の父が牛耳る選挙区ロックトンを提供される。しかし、彼はアイルランドの借地権に関する法律で同僚とは異なる投票をして、辞任を余儀なくされる。ローラは粗暴なケネディとの生活が耐えられなくなり、実家に戻ったあと、帰って来いという夫の要求を蹴って、ドレスデンへ逃げる。魅力的な金持ちの未亡人マックス・グースラーはフィニーズに別の議席を確保しようとする。彼が選挙費用を未亡人に用立ててもらうことを断ると、未亡人は結婚して資産を彼に所有させると申し出る。彼は誇りが高すぎて、これを受け入れることができず、アイルランドに帰ってメアリー・ジョーンズと結婚する。

（8）Mary Jones のこと。

（9）『帰って来たフィニーズ』（*Phineas Redux*）のあらすじ——フィニーズはアイルランドで7年をすごして妻が亡く

なったあと、ロンドンに帰って来る。もし彼が議会に戻って来たら、政府に入れると、ときの為政者からほのめかされる。彼はタンカーヴィル選挙区から立候補して選出される。レディー・ローラ・ケネディはまだドレスデンにいる。彼がローラを訪ねると、ロンドンに帰ったら、夫に会ってほしいと要請される。ロバート・ケネディは妻が帰って来ないのはフィニーズのせいだと信じて、フィニーズに銃を発砲し外す。警察に報告した者はいないが、親戚はケネディを狂ったと判断し、ロックリンターへ連れ戻す。そこでケネディは亡くなる。老公爵の死後、プランタジネット・パリサーが爵位を継ぐ。ドーブニー政府が倒れて、グレシャムが首相になると、新公爵は王璽詔書卿になる。ボンティーンは大蔵大臣になることを夢見ていたけれど、商務大臣を引き受けるよう求められて失望する。ボンティーンは社交クラブでフィニーズと喧嘩をしたあと殺される。疑いは最初リジー・ユースタスの夫、ユダヤ人のエミリアスに向けられる。リジーの結婚が重婚である証拠をボンティーンが見つけようとしていたからだ。が、エミリアスには完全なアリバイがあるように見える。社交クラブの喧嘩が多くの会員によって目撃されており、ロード・フォーンのへまな証言もあって、状況証拠からフィニーズが告発される。マダム・グースラーの機転でエミリアスが嘘をついている新しい証拠が発見され、フィニーズは放免になる。フィニーズはこの苦しみで気力を失い、議員を辞職するけれど、再び選出されて、再び植民地担当次官の職を申し出られる。彼はそれを断って、マダム・グースラーと結婚する。老オムニアム公爵は遺言でマダム・グースラーに莫大な遺産と貴重な宝石を遺していた。彼女は新公爵の同意をえて、その受け取りを断り、宝石を公爵家に戻し、遺産を新公爵のいとこアデレード・パリサーに与える。一文なしのジェラード・モールと彼女の恋愛を助けるためだ。

（10） Lady Mary Mason は *Orley Farm* の、Josiah Crawley は *The Last Chronicle of Barset* の作中人物。

（11） 『彼は正しいと思っていた』（*He Knew He Was Right*）のあらすじ――ルイス・トレヴェリアンはマンダリン諸島を訪問中、知事の娘エミリー・ローリーと恋に落ちる。彼はエミリーと結婚後、義妹ノラ・ローリーを連れてイギリスに帰って来る。若い夫は女たらしで有名な父の旧友オズボーン大佐を家に入れないよう妻に言う。大佐による妻の誘惑が続くなか、夫は嫉妬で逆上する。妻は夫の不信が改まらないことに怒って、ついに小さな息子を連れて家を出る。夫は自分が正しいことを確信するから、妻に子の扶養を任せられないと思い、綿密な計画を立てて、息子の誘拐に成功する。トレヴェリアンは息子とともにイタリアへ逃亡し、不幸を嘆くうち、完全に狂ってしまう。妻は夫を説得して帰国させるものの、まもなく夫を亡くす。トレヴェリアンの旧友ヒュー・スタンベリーは新聞記者になろうとしている。彼のおばでエクセター聖堂構内に住むジェマイマ・スタンベリーは、甥が法律家になることを期待していたから、新聞記者になると聞いて当惑する。ノラ・ローリーは金持ちの貴族チャールズ・グラスコックに愛されていたけれど、トレヴェリアンの件でともに苦労して愛をはぐくんだヒューと結婚する。

（12）　オールド・メイドの Jemima Stanbury は、Trollope の母のいとこ、Fanny Bent をモデルにしたと言われている。

第十八章

『ブランプトンの俸給牧師』——『サー・ハリー・ホットスパー』——『ある編集者の物語』——『カエサル』

一八六九年、私は家族会議で二人の息子の進路をどうするか決めるよう求められた。その年の六月に長男は二十三才になっており、法廷弁護士の資格をえていた。彼は講義による指導や研究といった正規の課程を受けていたから、すでに進路を決めていたと思われる。ところが、職に就こうとするそのとき、別の進路が開けているように見えた。法曹界に入るひどい不安に加えて、――彼の場合、特別法的な適性があるわけではなかったから、不安は減らなかった――、この新しい進路が開けたせいで、私たちは成功を求めるに当たって、威厳を犠牲にすることにした。フレデリック・チャップマン氏は当時チャップマン&ホール社として知られる出版社の唯一の代表だったが、共同経営者を求めていた。長男のヘンリーはこの出版社に入った[1]。彼は三年半ほどそこにいたけれど、その仕事が好きになれなかった。彼がいい出版者になったとは私も思わない。とにかく彼は短い就労期間で期待される以上の金銭的成功を収めたあと、その仕事をやめ、その後職業として文学の仕事に就いた。彼が父と同じくらい懸命に文学で仕事をして、同じくらいたくさん本を書くかどうかわからない。

次男のフレデリックは、彼よりも成長が遅かった少年らが学校では上位に立つことがわかると、植民地で身を立てることを決意し、早くからオーストラリアに渡っていた。私と妻はこの旅立ちによって大きな苦痛を受けた。が、私たちは彼が二十一になったら戻って来て、イギリスにとどまるか、植民地に戻るか決めるという了解をえて、それを許した。一八六八年の冬、次男はイギリスに帰って来て、懐かしい故郷でひとシーズン狩りを楽しんだ。しかし、彼が胸中オーストラリアに定住するつもりであることに疑いの余地はなかった。彼は目的をはっきり定めていたから、一八六九年の春、二度目の旅立ちをした。私はその日から二度彼に会う旅をしたから、次男とその仕事については一言二言さらに言う機会があるだろう。オーストラリア植民地については分厚い本を書いたので、とにかく二度の旅のうち一つについてはいずれ話さなければならない。

『ブランプトンの俸給牧師』は一八六八年に書かれて、当時ブラッドベリー&エヴァンズ社が出す定期刊行物『ワンス・ア・ウィーク』紙から刊行されることになった。ところが、これは一八六九年まで刊行されなかった。私は例によって出版者から指定された日付よりもはるか前に自分の締め切りを設定した。自分の締め切りを設定して、物語を書き、望まれた期限よりもずっと前に出版者に送った。ここまではこれで安心していた。指定された日付は七月一日で、刊行物の編集長の急場をしのぐためその日と定められていた。こんな刊行物のために書く作家は、こんな急場に合わせることができなければならない。ただチャンスを逃さないようにしさえすれば、ふつう個人的な損失や支障を身に受けることなく急場に合わせることができる。私は雑誌に寄稿するすべての原稿で一日も遅れたことがない。提供を約束していた量よりも少ないものを、あるいは多いものを、送りつけて面倒を起こしたこともない。しかし、他人のだらしなさによって被害を受けることは時々あった。そんなことは美徳の宿命に違いないと考えて、心を慰める努力をした。勤勉な者は怠惰な者を養わなければならない。正直かつ素朴な者はいつも狡猾かつ不正な者の犠牲になる。時間に几帳面で、誰も待たせない者は、時間にだらしない者のせいで年中待つ運命にある。とはいえ、この世で苦しむ几帳面な人々は、天国への道を歩んでおり、迫害者らは別の方向へ歩んでいると思っている。心を慰めるため、美徳の宿命という初めの考察で不充分なら、不足分は究極の報いという二番目の考察でおぎなえばよい。この新しい『俸給牧師』の出版ではずいぶん苦しめられた。几帳面とだらしなさがえる究極の報いという二番目の考察のほうを重視しなければならなかった。一八六九年三月の終わりごろ、編集長から痛ましい手紙が届いた。『ワンス・ア・ウィーク』の編集部がたいへんな目にあっていると言う。彼らはヴィクトル・ユーゴーの最新作『笑う男』の翻訳権を買った。フランスの出版社の確約を信じて、刊行の日付を決めた。今偉大なフランスの作家は翌週へ、翌月へと完成を遅らせ、結局にたにた笑うフランスの主人公が私の俸給牧師と鉢合わせすることになった。(2)『ワンス・ア・ウィーク』が二つの小説を同時に掲載することができないのは明らかでしょうと、編集長は聞いてきた。私の牧師のほうは代わりに『ジェントルマンズ・マガジン』誌から出すことを許してくれないか？

この提案にむかついたのは、ヴィクトル・ユーゴーの最近の小説がもったいぶっていて、真実味に欠けると、私がおもに判断していたためだと思う。これには、フランス人に譲るように求められたことへの怒りもおそらく加わっていた。フランス人は約束を破った。決められた締め切りまでに作品を完成させることができなかった。彼は翌週へ、翌月へと義務の遂行を遅らせた。彼の側の——この気取った過激なフランス人の側の——こういう怠慢のせいで、私が袖にされることになった！　美徳はときとして二重の慰めによってさえ傷を癒すことが難しいことがわかる。私はできれば『ジェントルマンズ・マガジン』誌から出したくなかった。にたにた笑う男が譲ってくれそうもないので、この小説を分冊で出版した。

その後も、私は一度ならず同じ目にあった。「あなたは確かに几帳面です」と、ある出版者から言われた。「でも、Y氏はだらしない。彼にはまごつかされます。約束した日の三か月後まであなたの番は来ません」こんな非常事態で、私はおそらく要求された半分を出版者に譲歩し、残り半分を譲歩しなかった。私は私の戦いを公正に戦おうとし、同時に不必要にひとりよがりにならないようにした。文学以外の職業の人が、所属する産業に縛られていると感じるように、文学に携わる人も文学産業に縛られていると大いに感じる必要がある。私はいろいろな状況からそんな必要を心に刻んできた。残念ながら世間には、作家なら、時間にだらしなくてもいい、日常の規則を無視してもいいとの風潮がある。もし年八百ポンドを稼ぐなら、年六百ポンドで慎ましい生活をし、残りは妻子のため貯金しなければならない。こんな発想は、作家にはない。定められた時間に机に着くなどということも、作家にはピンと来ない。作家は出版社や本屋からは約束をみな厳密に守ってもらえると思うのに、彼のほうは頭脳労働者として頭脳の微妙な性質を知っているので、場合によっては約束に縛られなくてもいいと思う。作家は必ずしも訪れて来ない霊感——特に前夜ぶどう酒を飲みすぎたときなどに訪れて来ない霊感——について独自の理論を持っている。しかし、私としては、こういうことはみな男らしくない、唾棄すべきことだと思う。人は虚弱な体のせいで、どんな仕事であろうと請け負ったようにできないことがある。私のように毎日、毎年仕事ができる身体的な力に恵まれた人は、ほかの人の病気や虚弱が原因で起こる欠損を受け入れなければならない。この点で私は他者に対して少し厳しすぎたかもしれない。もしそうなら、ここで悔い改めておきたい。しかし、作家の知的卓越という根拠がはっきり打ち出されない限り、時間にだらしなくてもいいという作家の主張に、私はどんな手心も加えるべきではないと思う。

私は『ブランプトンの俸給牧師』(3)を書くとき、おもに身を持ち崩した女性に対する共感と同情を掻き立てることと、そんな堕落を許す気持ちをほかの女性の心に惹起することを目的とした。私はこの転落した女性キャリー(4)を、思い切って物語のヒロインとすることができなかった。もし彼女をヒロインにしていたら、目的を遂げることはできなかっただろう。それゆえ、彼女を物語のなかで副次的な人物にしなければならなかった。しかし、物語を書いた主眼はキャリーにあり、男女の主人公は家族も含めてみな従属的なものだ。私はこの小説に序文をつけた。——序文をつけるのは、昔からの私の原則に背くことだった。誰もこの序文を読まないことはわかっている。それでも、それを読ませたいので、ここに再録しておく。

私は『ブランプトンの俸給牧師』で——真実に近い差し障りのない言葉が実際にないので——「見捨てられた人」と呼ぶ娘を作中人物として提示した。私は読者の共感を生み出す目的でいろいろな性質をこの娘に付与しようとした。彼女を転落状態から最後には少なくとも体面を保てるところまで連れ戻した。私は彼女を金持ちの恋人とは結婚させなかった。彼女は破滅を逃れる道をたどることができたけれど、転落しなければ、たどれたような道を、やはりたどれなかった。そんなことを私は説明しようとした。

小説家は若い男女を楽しませるために書くと公言するとき、キャリー・ブラトルのような人物を小説の舞台に乗せていいか、という問題に当然直面する。彼女のような生き方があることは、私たちの妹や娘には知られていないこととされ、実際多くの女性らには知られていないことだった。それはかなり昔のことではなく、作者の記憶の範囲内にあることだ。そんな女性の存在が知られていないことが、よかったかどうか疑問があるかもしれない。とはいえ、もはやそんな無知がなくなったことに疑問の余地がない。それから、さらに問題がある。——そんな不幸な女性の状態がどの程度まで優しい若者の心——私たちにとって繊細さと思考の清潔さが誇りとなっている若者の心——の関心事となるか、という問題だ。善良な女性らは邪悪な女性の苦悩を憐れんで、その苦悩を短くし、かつ緩和するため、邪悪に染まることなく何かできないかと思うだろう。この罪くらい私たちのあいだで厳しく罰される罪はない。罪自体は軽いのに、結果的に二人の違反者のうち罪の軽いほうにとても厳しい罰がくだり、それで女性が転落することは、この問題について考えてきたたいていの人々がおそらく認めることだ。女性らはみな墜ちた女性に反発する。男性らはみなその女性が誘われたとされる血をおのれの血管に宿しており、理解できるから、不幸が実状と違っていたら、彼女に味方しただろう。

　彼女はあるがままの姿で打ち捨てられ、無慈悲な、絶望的な、完全にみじめな状態にある。なぜなら、世間のこの爪弾きによって「愛」や「友情」といった救いの手が届かないところに置かれるからだ。なるほどこの厳しい爪弾きが、――あらゆる既知の罰が悪を抑止するように――、女性の美徳を守るように機能し、悪を抑止するということは言えるかもしれない。ところが、爪弾きの罰は――子細に考察したことのない人にとって想像もつかないほど恐ろしい罰だけれど――、目の前に見えているわけではない。罰ではなくて、華やかな生活の偽りのきらびやかさが目の前に予示されている。暗い予兆を知らせて抑止するあの恐怖ではなく、じつにひどい偽りのきらびやかさが、――ああ悲し！　若い娘らを陥れるため、しばしば鮮やかな色で染められたきらびやかさが――目の前に見えている。

　こんな転落した女性を小説のなかできわめて気品のある人として、弱さのゆえに報いをえる人として、幸せな、輝かしい、すてきな人生を送る人として描き出すことは、確かに悪徳とみじめさに読者を誘導することになる。しかし、問題を真に迫ったかたちで扱えれば、思慮のない娘を思慮深くし、親の心を和らげることもできるだろう。


　私はこの物語を構想するとき、こんなことを考えていた。こんな考えでキャリー・ブラトルとその家族の性格を描いた。私はどの場面でも一度も彼女の恋人を登場させなかった。人はときとして愛情そのものよりも、偽りに満ちた贅沢へのあこがれによって悪に誘われる。私はまたそんな贅沢を一時的にも享受する彼女の姿を読者に見せなかった。夢がいかに偽りに満ちたものかすでに知る、哀れな貶められた女性として彼女を提示した。彼女はマグダラのマリアのような属性をほとんど具えておらず、――マグダラのマリアのような女性はいるかもしれないが、めったに見つからない――、置かれた状況から来るすさまじい恐怖に苦しんでいる。彼女がこんな状態にあるとき、身近にいる人々から守ってもらえるだろうか？　彼女の手を取った牧師は身内の者に慈悲を示すよう促している。しかし、父[5]と兄[6]と姉は等しく彼女に冷酷だ。ブラトル家のみながが彼女に厳しく当たるというのが私の当初のねらいだった。とはいえ、私はやわな心の持ち主なので、彼女の母を残酷にしたり、見捨てられた人の幼いころの味方である未婚の姉[7]を残酷にしたりすることはできなかった。

この物語のブラトル家にかかわる部分は、よく書かれていると思う。作中人物の性格は真に迫っている。粉屋の場面は人間性に忠実に描かれている。物語の他の部分については言うべきことがほとんどない。ひどく悪くもないが、あまりよくもない。ヒロインのメアリー・ラウザーが何を言い、何をしたか、――彼女が苦境に陥ったことを除いて――、私自身が忘れてしまったので、ほかの人から覚えていてもらえるとは思わない。しかし、ブラトル家の誰かが言ったり、したりしたことは何一つ忘れていない。

とても重要な問題を議論しなければならない。まず取るべき見解は明確だと思う。男女双方が同じ罪を犯すのに、罰と恥辱が十中八、九罪のないほうに積み重ねられる。しかも罰は悔い改める余地がない。品位へのドアが閉じられている女性は、どうやって品位に立ち返ることができるだろうか？　次のような回答が帰って来る。女性が転落するのを防ぐため、私たちが頼れるのは罰の厳しさだけだと。現行の慣習を擁護する議論は、そんなところだ。堕ちた女性に対して苛酷な扱いを緩めない女性らの言い分も、そんなものだ。しかし、実際には罰の厳しさはあらかじめ目に見えていない。罰の厳しさはそれに苦しむ者を除いて、一般の女性にはまったく理解されない。けばけばしい不潔さ、おびただしいむさくるしさ、なれなれしい侮蔑、よき言葉やよきものの完全な欠落、まじめな労働からの締め出し、嘘にまみれた生活、作った馬鹿騒ぎのどぎついきらびやかさ、うんざりする舗道、ぞっとする暴君へのぞっとする奴隷、――それから、あっという間の美しさの喪失、代用に用いる化粧、白く塗った墓(8)のように衣類は鮮やかだが、内側は不潔そのもの、飢え、乾き、強い酒、希望のない生活、朝の食事さえも不確実、友人皆無、病気、飢餓、ここで苦しんでいる地獄とほとんど大差ない来るべき地獄の身の毛もよだつ恐怖！　私たちは過ちを犯したとして娘らにドアを閉ざすとき、そんな生活を彼女らに運命づける！　とはいえ、過ちを犯した息子らにはごく簡単に許しを与える。

もちろん避難所がある。荒布と灰(9)による悔悟しかありえないないかのように、快楽をみな閉め出すことを妥当と見なす避難所だ。私が描こうとしたみじめさの最終段階に到達する前に、呼び戻せるものなら、彼女らに品位に立ち戻ってもらいたいと願うのは、こんな避難所に隠れることではない。私たちがしばしば犯す過ちは、道に迷った娘がまるで存在しなかったかのように、視野から、できれば心のなかから、とにかく話題から取り除いてしまうことであるように思える。この残酷な無視は、罪を憎むことからだけでなく、一部には罪がもたらす汚名に染まることを恐れることからくる。娘が愛、虚栄、あるいはおそらく贅沢な安逸へのあこがれによって転落するとき、とても低いところへ堕ちていく。彼女は世間の冷たさのせいで罪を職業にして売春婦になるとき、いやおうなくいっそう深いところへ堕ちなければならない。身内に堕ちた女性を出す不幸に見舞われるとき、母や姉妹はこういうことを覚えておいて、キャリー・ブラトルの既婚の姉や義理の姉のようにあまり強く汚染を恐れてはならない。

私は一八七〇年に三冊本を出した。三冊目についてはむしろほかの人から出してもらったと言わなければならない。というのは、私は書く以外にその本とは何のかかわりも持たなかったからだ。三冊は『ハンブルスウェイトのサー・ハリー・ホットスパー』と『ある編集者の物語』とユリウス・カエサルに関する小冊子だ。『サー・ハリー・ホットスパー』(10)は『ニーナ・バラトカ』や『リンダ・トレセル』と同じ企画のもとに書かれており、作中人物の肖像をたくさん書くというよりも、人生の哀れな出来事を語ることを目的にしている。『ニーナ』と『リンダ・トレセル』と『金色のライオン』(11)は舞台を外国に取る一方で、『サー・ハリー』はイギリスの物語になっている。それ以外の点ではほかのものと同じ性質を持っており、決して失敗作ではなかったと思う。娘の愛情や父の威厳と優しさにはずいぶんぺーソスが込められている。

『マクミランズ・マガジン』誌の賢いオーナーが『サー・ハリー』を最初に出版した。この本は彼と彼の雑誌のもうけにならなかったと、私は言われた。この本が利益をもたらさなかったのは残念だ。が、同じことが私の多くの小説についても言えると思う。マクミラン氏は雑誌に連載したあと、この小説を別の出版者に売った。その後、私はその出版者がそれを二巻本にして世に出す予定だと知った。今それは私の手で一巻本として売られている。ここには書式の維持という問題がある。

私がちゃんとした理由で書式の変更に反対していることを、本の購入者に理解してもらうのはとても難しいことがわかった。私が書式の変更に反対するのはどうしてなのか？　出版者がインテル(12)と余白という方法でページ数を水増しし、私の意図したページ数を倍にしても、いったいそれがどれほど私を傷つけるというのか？　別の場面でも、私は書式の変更に反対する同じ主張をした。一巻で読めるはずのものに、二巻分の支払を貸本屋のミューディーにしなければならないことを考えればいい。大衆はそんなかたちで害を受けるのだと指摘した。そのとき、大衆は文学においては短い媒体を好むのだと、読者はできるだけ早く小説を読み通すことを目標にするのだと、一巻が短ければ短いほどいいのだと反論された！　しかし、こう反論されても私は屈しないで、持説に固執した。『サー・ハリー』を一ページ平均二百二十語、通常の三百ページ超で一巻にして出版した。私はこれを良心に照らして小説一巻の適切な長さと定めていた。巻分けの問題では、ある出版者が一度だけ私に勝利したことがあるのをここで打ち明けてもいいだろう。彼はある雑誌で私の二巻本を連載したあと、何が何だかわからないうちに——私が活版印刷の枚葉紙を見ないあいだに——、完全に三巻本にして印刷した。[13] 私はしばらく荒れ狂った。とはいえ、組版を壊させる勇気を持ち合わせなかった。

『ある編集者の物語』は『セント・ポールズ・マガジン』誌に初出したものを再刊した一巻本で、寄稿者らと折衝する編集長としての私の経験を告白している。この本ではほかの人がもう思い出せない出来事を扱っている。記憶が私の心に輪郭を描き出す出来事だけだ。相手は私を編集長だと知っているのに、私のほうは相手を知らないまま、ある巧妙な紳士からうまく会話に引き込まれ、どのように強引に彼の記事に私の注意を向けられたか。本人にぴったりのペンネームを持ち、お似合いの大胆さを具えた一人の女性から、私がどのように話し掛けられたか。メアリー・グレスリーとここでは呼んでおく、じつに愛らしい小さな女性から、私がどのような懇願を受けたか。いちばん立派な定期刊行物として意図して、結局実を結ばなかった雑誌で私が以前にどのような格闘をしたか。豊かな学識を使いこなせるみじめな酔っぱらいが、おのれを更生させる最後の哀れな努力をするなか、途中で死んでしまう悲劇がどんなに悲痛なものか。最後に、寄稿を断った相手から訴訟を起こすと脅されて、哀れな腰抜け編集長がどのように半狂乱に追い込まれたか。これらの物語のなかでは、酔っぱらいの学者の苦闘を描く「まだらの犬」がいちばんいい。とはいえ、順境にあるときは、出来事があまりにも次々にすばやく起こるから、人の充分な注意の対象とはならない。逆境にあるときもまた、幸運にもそれが同じだと私は今知っている。

『カエサル』は独自の作品だ。私の友人ジョン・ブラックウッドは、[14]『イギリスの読者のための古典』という小冊子双書に取り掛かっていて、ウィリアム・ルーカス・コリンズに編集と多くの資料の収集を委ねていた。コリンズはこの双書とのかかわりを通じて私の非常に親しい友人となった牧師だ。私がジョン・ブラックウッドと一緒にエディンバラへ行ったとき、『イリアッド』と『オデュッセイア』がすでに出版されていた。私が二つの小冊子——その二冊をもっとも魅力的な読み物としてここですべての若い女性に推薦する——に称賛の意を強く表すと、私も一つ引き受けてみないかと彼からすぐ勧誘された。ヘロドトスは印刷に回っていた。が、もし私に用意ができたら、私の本が次になると。そこで、私はユリウス・カエサルの『内乱記』について、イギリスの読者に何か伝えることができるかもしれないと提案した。

私はすぐ仕事に取り掛かって、その日から三か月で小冊子を書きあげた。『内乱記』を二度読むことから始めた。私は翻訳にも、英語の註に頼ることもなく読み通した。当時はその後親しんだほどラテン語になじんでいなかった。——というのは、私はこのときから作者を選ぶことなくラテン語文書の読解にほとんど毎日一時間、たいていはもっと多くの時間を費やしてきたからだ。カエサルが残した文書を読んだあと、ほかの人がカエサルについて書いたものをラテン語、英語、さらにフランス語で読むことに没頭した。というのは、亡きフランス皇帝のあのもっとも無益な本(15)の大部分も読み通したからだ。短期間にこれほど一生懸命勉強することはなかったと思う。書かなければならない分量はたいしたものではなかった。三週間もあれば簡単に書けただろう。しかし、私がたどってきた路線からこんなふうにそれるとき、自分を辱めないようにしたいとせつに願った。自分を辱めたとは思わない。おそらく私は何か別のものを求めていた。もしそうなら、私は失望した。

この本はいい小冊子だと思う。老若みんなの読み物としていい。カエサルの『内乱記』——もちろんこれが主眼になっている——と、この偉大なローマ人の生涯に関するおもな状況を正確に——と思う——説明している。これを読んで記憶した教養のある娘は、カエサルとその著述について知らなければならない知識を獲得できる。私はこの本について思いにふける慰め以外に、この本からはほとんど満足をえられなかった。誰もこの本を褒めてくれなかった。この本を献呈したとても学識のあるとても年寄りの友人は、「滑稽なカエサル」に感謝の意を表しただけで、それ以上何も言わなかった。友人は短剣で私を刺すつもりはなかったと思う。私は生きている限りそんな傷の痛みをおくびにも出さなかったと思う。それでも、時々痛みを感じた。イギリス小説を書いて生涯をすごしてきた作家が、カエサルについて書くのは見当違いだとの思いが、おそらく友人やほかの人々の心にあったのだろう。しろうとが王立美術院の壁に絵を掛けるのと同じだ。私がそんなところに何の用があるのか？　靴直シニ靴型カラ離レサセルナ。(16) 新聞はじつにやんわりそれを称賛し、じつにやんわり断罪した。しかし、私はこの一、二か月前にもう一度それを読み返してみて、いい本だとあえて言おう。双書は順調だと信じている。今後もいい成績をあげるのは確かだ。というのは、カエサルを除けば、深い学識とたいていみごとな手際で仕事がなされているからだ。学識のある友人は重大な主題が不適切に扱われることに耐えられなかった。が、胸に痛む簡潔な言葉を吐くその友人の許しを請いつつも、こんな冊子は肩の凝らないものでなければ、意図された目的に応えられないのだと私は言いたい。こんな冊子に望まれているものは正確に言って教科書ではない。教室での勉強という目的をおとなの生徒の暇な時間に持ち込むことだ。コリンズ氏によって書かれた『イリアッド』と『オデュッセイア』くらいこの目的にかなうものはない。彼が書いた『ウェルギリウス』も非常にいい。同じ人の『アリストファネス』もいい。

註

（1）Henry Merivale Trollope（1846-1926）のため父は3分の1の株式に相当する1万ポンドを同社に払った。Henry は1873年 Chapman & Hall 社を退社した。同社が株式会社として上場された1880年、Anthony Trollope 自身が同社の取締役になっていた。

（2）*Once a Week* 紙の当時の編集長は E. S. Dallas だった。

（3）『ブランプトンの俸給牧師』（*The Vicar of Bullhampton*）のあらすじ――フランク・フェンウィック牧師は妻の友人メアリー・ラウザーを郷士ハリー・ギルモアと結婚させようと画策する。が、メアリーにはウォルター・マラブルという婚約者がいる。マラブルは父から資産を詐取されたため、メアリーとの婚約をいちじ解消し、彼女を郷士ギルモアに譲ろうとする。しかし、マラブルは伯父の資産を相続することができて、結局メアリーと結ばれる。郷士の借地人である粉屋のブラトルには問題の子供がいる。男に誘惑されて売春婦になったキャリーという娘と、農夫トランブル殺害共犯容疑を受けたサムという息子だ。トローブリッジ侯爵がそんな悪名の高い粉屋を追放しようと画策する一方、フェンウィック牧師と郷士ギルモアは粉屋に味方する。キャリーは粉屋によって再び受け入れられ、サムは容疑を晴らす。侯爵は嫌がらせとして俸給牧師館のとなりに初期メソジストの礼拝堂を建てようとするが、その土地が牧師の聖職領耕地とわかって、礼拝堂を取り壊す。

（4）Jacob の娘 Carry Brattle のこと。

（5）Jacob の長男 George Brattle のこと。

（6）Jacob Brattle の既婚の娘 Mrs Jay のこと。

（7）Jacob の娘 Fanny Brattle のこと。

（8）「マタイによる福音書」第23章、第27節。

（9）「エステル記」第4章、第1節。

（10）『ハンブルスウェイトのサー・ハリー・ホットスパー』（*Sir Harry Hotspur of Humblethwaite*）のあらすじ――サー・ハリー・ホットスパーは一人息子が死んだため、遺言を書き替えなければならない。爵位は遠い親戚のジョージ・ホットスパーが継ぐことになっている。ジョージは魅力的だが、浪費家の博打打ち。サー・ハリーは娘のエミリーが資産を継いでくれ、その夫が家名を名乗ってくれればいいと願っている。ジョージはエミリーとの結婚を画策して、その愛情を勝ち取るものの、彼女から父の同意なしには結婚できないと告げられる。ジョージはサー・ハリーの弁護士から金で追い払われ、支えてくれた女優と結婚する。エミリーは両親によってイタリアへ連れ出され、そこで亡くなる。

（11）『グランペールの金色のライオン』（*The Golden Lion of Granpère*）のあらすじ――ロレーヌ地方の小村にある唯一のホテル「金色のライオン」を舞台として、経営者ミヘル・フォスの息子ゲオルゲと、ミヘルの後妻の姪マリー・ブロマーの恋の顛末。

（12）活字を版に組むとき、行間の空きを作るためにはさむ鉛製の薄い板。

（13）この小説は *The Belton Estate* で、*Fortnightly* 誌に連載された。3巻本にしたのは Chapman & Hall。

（14）Northamptonshire の Lowick の禄付牧師（1817-87）。Trollope は1879年の夏 Lowick 禄付牧師館に滞在しているとき、*Dr Wortle's School* を書いた。Collins は1883年 Trollope の *An Autobiography* について長い好意的な記事を寄せた。

（15）Napoleon III, *History of Jurius Caesar*（1865）。

（16）*Ne sutor ultra crepidam.* 各自本分を守るべしの意。

第十九章

『相続人ラルフ』――『ユースタス家のダイアモンド』――『レディー・アンナ』――『オーストラリア』

一八七一年の春、私たち――私と妻――は羊飼いになっている息子を訪問するためオーストラリアへ行こうと決めた。私は当然出掛ける前に植民地に関する本を書く契約を出版者と交わした。公平に見ると、こんな本に対しては同じ分量の小説で請求できる金額の半分しか請求できないのがわかる。こんな本は書く側の強気のせいでだらだら長くなる傾向があるから、値段の割に長い分量になる。旅費が重くのしかかってくるので、こんな本を書くのは引き合わない。長くなるこの傾向は、思うに、一般に作者の野心によるものではなく、様々に異なる部分を定められた場所に入れ込むことがうまくできないことからくる。国、植民地、都市、交易あるいは政見を扱わなければならないとき、十二ページよりも二十ページのほうがずっと扱いやすいわけだ！　私はまたロンドンの日刊紙の編集長を相手に、一連の記事[1]を提供する契約をした。――記事は適切に書かれ、適切に出版され、適切な支払を受けた。しかし、こういうことがあるにもかかわらず、書く目的を持って旅をするのはいい取引にならない。旅する作家は請求書に支払うことができれば、まずまずいい旅のマネージャーであるに違いない。

私たちは旅に出る前、ウォルサムの家についてつらい決断をしなければならなかった。おもに郵便局の本業にとって好都合な家として、初めこれを借り、その後買っていた。この家はこの理由のほかに――狩りや庭仕事をしたり、郊外で客をもてなしたりするのに好都合だという――別の魅力も具えていた。全体から見て、この家は手に入れてよかったし、多くの幸福の場面となった。しかし、出費の問題が生じた。ロンドンの家のほうが安あがりではないか？　収入はこれから減るだろうし、減りつつあるのは間違いなかった。私は言わば郵便局を放り出していた。小説の著作も永久に続けることはできなかった。私の友人のある者は、五十五にもなったら、恋愛物語を作るのはあきらめるべきだとすでに言っていた。思うに、狩りもやがてはあきらめなければならない。それゆえ、この地方にとどまる理由を狩りのせいにすることもできなかった。それに、郵便局との関係でこの場所を定めていたから、今ウォルサム・クロスにとどまる理由があるだろうか？　そういうことで、私たちは引っ越しを決めた。十八か月旅をする予定だったから、家具を売ることも決めた。たくさん涙を流しつつ荷造りして、愛する品々から何を手元に残すか相談し合った。

　こんな別れによくあることだが、私たちは心の底から悲しみを感じた。しかし、手続きをちゃんとして、家を貸すか、売るかする指示を出した。家は一度も貸し出されないまま、二年間住む者のないままその後売られたと、ここで言っておいたほうがいいだろう。私はこの取引でおよそ八百ポンド損をした。ほかの人が家の売り買いで金をもうけたとよく聞くけれど、私はこの種の取引には向いていないと思う。原稿を売る以外に何かを売って金をもうけたことはない。私は馬のことでもまったく役立たずで、ふつうは残したいと思う馬を安く売ってしまった。

　一八七一年五月、リヴァプールをたったとき、『相続人ラルフ』[2]を『セント・ポールズ』誌に連載中だった。これはのちにチャールズ・リードがプロットを利用して、舞台用に翻案した小説だ。私はこの小説をこれまでに私が書いた最悪のものとつねづね思っており、五十をすぎた小説家が恋愛物語なんか書くべきではないとの金言をほぼ正当化するものと見なしていた。この小説は一部が政治的になっている。政治に関連する部分、パーシークロスの立候補者の選挙運動を物語る部分はなかなかいい。パーシークロスとはもちろんベヴァリーのことだ。ズボン造り職人のニーフィットとその娘もそれなりにいい。娘の恋人モッグズは恋人であるだけでなく、パーシークロスの立候補者の一人でもある。しかし、物語の主筋——若い紳士と淑女、主人公と女主人公の行動を語る部分――はよくない。相続人ラルフは生き生きした生気を欠いている。一方、相続人ではないけれど、真の主人公として意図した庶子のラルフもまったく生命を欠いている。同じことは若い淑女らについても言える。女主人公役を託した女性(3)はまったく私の心のなかから姿を消しており、記憶に何の痕跡も残していない。

私は『ユースタス家のダイアモンド』(4)も七月一日の出版用に『フォートナイトリー』誌の編集長に残してきた。この小説は友人の金言を論破したと思う。ここではあまり恋愛が描かれていないけれど、描かれている恋愛はいいものだ。ルーシー・モリスの性格がおもしろい。彼女の愛情は本物で、ルーシー・ロバーツあるいはリリー・デールのそれと同じくらい上手に語られている。

しかし、『ユースタス家のダイアモンド』は恋愛物語としてよりも、社交界の花形を気取る狡猾な女性の記録として確かに成功した。リジー・ユースタスは一連の冒険――冒険自体はかなり不快だが、読者には楽しい危ない橋――をずる賢くくぐり抜ける。この本を書くとき、彼女が第二のベッキー・シャープにすぎないのではないかとの思いに絶えずとらわれた。しかし、性格を構想する段階では、そんなことなんか考えたこともなかった。たとえベッキー・シャープが書かれていなくても、リジーは今あるがままの姿だったと信じている。ダイアモンドのネックレスのプロットは、事前に練りあげることなく生み出されたにもかかわらず、うまく配列されていると思う。私は女主人公をカーライル(5)でベッドに寝かしつけるまで、安ピカ物を盗もうとする泥棒を登場させることなんか考えてもいなかった。リジーが朝目覚めて、物取りに入られたという知らせを聞くまで、その泥棒が落胆したことなんか考えてもいなかった。ウィルキー・コリンズなら、こういうことやもっと多くのことを前もって途方もない労力をかけて計画し、今の出来事が将来の出来事に符合するように準備しただろう。私はすべてを前に起こったこととつじつまを合わせるというはるかに簡単な方針で進んだ。とにかくこの小説は成功を納めて、ここ数年の作品により小説市場で私の評価に出ていたと思う傷の修復に大いに役立った。『アリントンの「小さな家」』以来、『ユースタス家のダイアモンド』くらい成功した小説を私は書いていないと思う。もっといい小説——たとえば『フィニーズ・フィン』とか『ニーナ・バラトカ』のような小説——を書いていたとしても、いいものと成功したものとは決して同じではない。

私はまた私の金庫のなかに『帰って来たフィニーズ』の原稿を残していた。この小説のことはすでに話したことがある。その後これを『グラフィック』紙のオーナーに売った。その新聞の編集長は題名が気に入らなくて、大衆はリダックス（帰ってきたの意のラテン語）を紳士の姓と思うだろうと言った。私が大衆にはそう受け取ってもらっても結構だと答えると、彼は不満そうな顔をした。英語の小説の題名にラテン語あるいは他の言語の言葉を使うのは、確かに趣味が悪い。私はこの問題に思いを巡らしてみたものの、ほかにふさわしい題名を見つけ出せなかった。

私は同じ金庫にもう一つ『目には目を』(6)という小説も残していた。そのときもう書き終えてしばらくたっていたが、いまだに出版していないから、これについてはこれ以上話すつもりはない。この小説は将来を見通しても少なくとも次の二年間出版の可能性はないが、おそらくいつか出版されるだろう。

ということで、たとえ「グレート・ブリテン」号——この船で私たちはメルボルンへ航海した——が海の底に沈んでも、私は来たる数年間私の名で新しい小説を出す用意をしていた。【作家はずっと昔に埋葬されたあと、いったい何冊出版物を続々と大衆に届けることができるのだろう。『ケネルム・チリングリー』(7)の場合のように、作家が一冊だけ届けるというのなら理解できる。しかし、ほとんど忘れられた作家が死後何か月も何年も規則正しく出版物を届けてくるなら、イギリスの大衆をうんざりさせると思う。ディケンズの影からなら、そんな出版物は受け入れられるかもしれない。が、私の影からは残念ながら受け入れられそうもない。(8)」

とはいえ、航海しているあいだ、私はこんなことを考えながら怠惰にふけっていたわけではない。長旅をするとき、いつも船室に机を置いてもらう。「グレート・ブリテン」号でもそうしてもらった。それで、リヴァプールを出た翌日には仕事をすることができた。しっかり仕事をして、メルボルンに着く前に『レディー・アンナ』という小説を完成させていた。この小説を二か月の航海中に書いた。一ページ二百五十語にして毎週六十六ページ、それを八週間、毎日——病気で一日中断したが——書いた。一語一語数えた。提供した原稿量がひどく不足していたため、出版者から作家に作品が差し戻される例を見てきた。一編にはおよそ三十二ページが必要だ。印刷所があらゆる技術を駆使しても、二十八か二十九ページにしか水増しできなかったら、余白を埋める仕事がたいへんになるに違いない。私は整然とした細かな仕事ぶりで時々嘲笑された。それでも、こんなふうに工夫を凝らすことで面倒に巻き込まれずにすんだ。一緒に仕事をしたほかの人——編集者、出版者、印刷業者——にも迷惑をかけなかった。

『ユースタス家のダイアモンド』に続いて『レディー・アンナ』が、私の帰国から一、二か月後に『フォートナイトリー』誌から出た。『レディー・アンナ』(9)では、大きな富と高い地位をほんとうは所有していたにもかかわらず、若いころその富と地位の特権をまったく享受できなかった一人の若い娘が主人公だ。彼女はないがしろにされた貧乏時代に優しくしてもらい、愛してもいた仕立屋(10)と結婚する。仕立屋との関係をあきらめさせようと、若くて立派な貴族の恋人(11)が現れて、上品な人々と交わる甘い生活の魅力が彼女に差し出される。彼女はこの魅力にとても強く惹かれる。しかし、あらゆる思いに打ち勝って、つねに誠実だった仕立屋との約束におのれが縛られていると感じる。彼女は仕立屋と結婚する。もちろん私はそんなヒロインを正当化したかったし、そんな私の共感に沿って読者を導きたかった。ところが、彼女を仕立屋と結婚させたことで、みんなから難癖をつけられた。もし私が仕立屋との婚約を彼女に破棄させ、若い美男の貴族と結婚させていたら、彼らは何と言っただろう？　今のかたちよりもどれほどひどく私を非難したことだろう！　この本はよく読まれたので、私は満足した。物語を上手に語ったので、若い貴族に対する好意的な感情が残った。娘を身分違いの仕立屋と結婚させたとき、私が犯した悪に対して読者から表された恐怖こそ、私が受け取ったこの物語のよさを裏づけるもっとも大きな証拠だ。

私は羊と生活する息子に会うという[12]主たる目的を持ってオーストラリアへ行った。羊と生活する息子に会い、そこでとても幸せな四、五週間をすごした。彼は金持ちになっていなかった。それ以後もならなかった。気前がよすぎる出版者のポケットから私がひねり出した数千ポンドは、悲しいことに息子の事業に失われていたと言わなければならない。それでも、金が失われたのは、嬉しいことに決して息子の過失ではなかった。息子くらいひたすら誠実に仕事に励む人を私は知らない。

ところで、私はオーストラリア植民地の全体像について本を書くという別の目的を抱えていた。充分な情報を収集してそれが書けるよう、島々みなを訪問した。メルボルンを根拠地として、クイーンズランド、ニューサウスウェールズ、タスマニア、オーストラリア西部などほとんど未知の地域と、最後にニュージーランドへ行った。まるまる十八か月家を留守にした。これらの国々の政治的、社会的、具体的状況をたくさん学ぶことができたと思う。私は旅をしながら、本を書いて、ほとんど完成させたものを一八七二年十二月イギリスに持ち帰った。

この本は米国の州について書いた十一年前の本[13]よりもできがよかったが、西インド諸島について書いた一八五九年の本よりもよくなかった。与えられる情報量としては、西インド諸島の本よりもオーストラリアの本のほうが多かった。しかし、多くのことが学べ、多くのことが議論できるのは西インド諸島の本のほうだろう。オーストラリアの本を苦労して読む人は、きっとそこから多くの情報をえることができる。それでも、西インド諸島の本のほうがおもしろく読める。確かに米国やオーストラリアの本ははっきり言っておもしろく読めない。読み返してみると、苦労してページをのろのろ読み進めなければならない。私がそういう状態なら、父が醜い子にさえ感じるあの愛情を持たない第三者は、いったいどういうふうに読み進むだろう。本が持たなければならない性質のなかでいちばん必要なことは、おもしろく読めることだ。

オーストラリアの本が長くて退屈だと感じるとき、これが広く売れていることを知って驚いた。最初の高価版は二千部流通したと思う。その後、本は四巻の小冊子に分割され、ばらばらに出版された。それもまたかなり流布している。いくつかの事実が不正確に述べられているのは間違いないし、多くの議論が粗雑であるのも確かだ。説明しようとする多くのことを自分で理解できていないところもおそらくある。しかし、こういう欠点があるにもかかわらず、この本はほんとうにまじめな本で、十五か月のたゆまぬ努力の成果だ。私は質問する労苦、見聞きする努力を惜しまなかった。主題を完全に心に吹き込んで、植民地の状態について信頼できる情報を提供しようとの単純な意図のもとに書いた。不正確なところがあるにせよ、――急いで書かれた作品からはどうしてもそんな不正確さが排除できない――、私は価値ある多くの情報を提供したと思う。

私はサンフランシスコからニューヨークまで米国を横断して帰国した。途中、ユタを訪問して、ブリガム・ヤング(14)に会った。ソールト・レーク・シティの偉大な一夫多妻主義者と親しく言葉を交わすことはできなかった。私は彼の家を訪問して、名刺を出し、取り次ぎを求めた。たくさん噂に聞いた人に会わずにこの地域を通りすぎたくなかったと言い訳して、紹介状を持たずに訪問したことを謝った。彼は戸口で私を迎えたが、なかに入れとは言わず、鉱夫だろうと言った。鉱夫ではないと答えると、彼は食費を稼いでいるかと聞いてきた。食費は稼いでいると答えた。「あんたは鉱夫だと思う」と彼は言った。私はもう一度そうではないと請け合った。「じゃああんたはどうやって食費を稼いでいるんだね？」私は本を書いて生計を立てていると答えた。「きっとあんたは鉱夫だ」と、彼は言うと、それから回れ右をして、部屋に入り、ドアを閉めた。私は相手が私の名を知っていると思うほど独りよがりだったから、適切な罰を受けたわけだ。

一八七二年十二月、私はイギリスに帰って来た。狐狩りをやめる決意をしたにもかかわらず、帰るなり狩りのことばかり気になった。実際にやめる決意などしたことはなかった。というのは、四頭の馬のうち三頭をまだ飼っており、留守をしたふた夏とひと冬その二頭を完全に怠けさせていた。帰国するとすぐ一頭を買って、週に三日ロンドンから狐狩りに出掛けた。最初は懐かしいエセックスに戻ったが、不便だとわかって、レイトン・バザード(15)へ馬を持って行った。私は「男爵」やセルビー・ラウンズ氏とともに馬に乗るあの多数の狩り手の一人になった。当時、メイヤー男爵(16)が存命中だった。彼の猟犬と一緒に乗馬するのはとてもすばらしかった。私はあまりラウンズ氏が好きになれなかった(17)。一八七三年と七四年と七五年の冬、私は馬をエセックスに戻して、狐狩りを続けた。それをやめようと始終決意していた。それでも、新しい馬を買った。やめるどころか、前よりもますます狩りをした。とても規則正しく週に三度、しばしば朝七時前にロンドンの私の玄関先に辻馬車がやって来た。狩りへの参加を確実にするため、御者は朝食を広間で取るようつも招き入れられた。私はグレート・イースタン鉄道へ行った。ああ！　霜が私の努力を無駄にするのではないかとしばしば怖れながら。しかも、しばしばそんな結果となった！　それから、一つ駅か、もう一つ駅、少なくとも十二マイルを馬車で行った。一日の狩りが終わると、うちの八時のディナーに帰り着くため、同じ苦労をしなければならなかった。こういうことは若い金持ちがすることだ。しかし、老人で、比較的貧乏人である私がこれをした。とうとう一八七六年四月になって、やっと決心することができたと思う。愛する馬をこれから安く売るところだ。私の鞍と馬具がほしい人は歓迎だ。

Singula de nobis anni prædantur euntes;
Eripuere jocos, venerem, convivia, ludum;
Tendunt extorquere poëmata.

私タチノ歳月ハ前進スルトキ、犠牲者ヲ奪イ続ケル。
私ノ祝宴モ、浮カレ騒ギモ、スデニ終ワッタ。
今私ノ詩文モ終ワラナケレバナラナイヨウニ見エル。

これはコニングトンの翻訳[18]だが、私には少し平板であるように思える。

歳月ハ転ガッテ行クトキ私タチノ喜ビヲミナ摘ミ取ル
私タチノ喜ビデアル笑イサザメキ、情愛、ワイン、スポーツヲ。
ソレカラ、歳月ハ力ヲ広ゲ、ツイニハ
過去ヲ歌ウ力サエモ押シツブス。

私は最後まで懸命に馬に乗ったと心から言っていいと思う。

Vixi puellis nuper idoneus,
Et militavi non sine gloriâ;
Nunc arma defunctumque chordis
Barbiton haec paries habebit.(19)

私ハ隠レタトコロデ生キテキタ。
マッスグ、速ク、馬ヲ飛バシテキタ。
今ズボンモ、ブーツモ、緋色ノ誇リモ
タダノ過去ノ形見ダ。

註

（1） 記事は実際にはAntipodeanという署名による10通の手紙で、*Daily Telegrap*紙の編集長に宛てたもの。1871年12月から1872年12月まで掲載された。

（2） 『相続人ラルフ』（*Ralph the Heir*）のあらすじ――グレゴリー・ニュートンはニュートン・プライオリーの郷士。一緒に住むラルフ（ドイツ女性とのあいだの庶子）に残念なことに資産を譲ることができず、限嗣相続により甥のラルフに資産を引き渡さなければならない。相続人のラルフは借金に苦しんでおり、それを逃れるためポリー・ニーフィットに求婚する。彼女の父はズボン造り職人で、借金を棒引きにしたうえ、ポリーと2万ポンドを与えると約束する。ポリーはブーツ造り職人の息子オンタリオ・モッグズが好きだから、この縁談を拒絶する。相続人ラルフは相続権を売ることを提案して、グレゴリーを喜ばせる。しかし、この取引のさなかにグレゴリーが狐狩りで事故死したため、相続人ラルフがプライオリーを相続する。庶子のラルフは父の遺言で4万ポンドをえて、ノーフォークに土地を手に入れる。相続人ラルフの後見人であるサー・トマス・アンダーウッドは著名な弁護士。彼はすでに国会議員の経験があって、パーシークロスから立候補するよう説得され、立候補するけれど落選する。弁護士の娘クラリッサは相続人ラルフを愛していると思っていたが、彼の移り気に幻滅して、ニュートン・ピールの禄付牧師、相続人ラルフの弟グレゴリー・ニュートン師と結婚する。庶子のラルフはメアリー・ボナー（ジャマイカ育ちのサー・トマスの姪）と結婚する。

（3）Clarissa Underwood のこと。

（4）『ユースタス家のダイアモンド』（*The Eustace Diamonds*）あらすじ――海軍提督の娘リジーは金持ちのサー・フローリアン・ユースタスを誘惑して結婚したあと、数か月で夫を亡くし、年4千ポンドとスコットランドのポートレイ城と1万ポンドのダイアモンドのネックレスを遺してもらう。家付弁護士キャンパーダウンはその宝石が家宝であり、リジーが考えているように簡単には処分できないと主張する。が、彼女は処分をあきらめきれない。未亡人になって数か月後彼女は次の夫を捜し始める。いとこの国会議員で新進の法廷弁護士フランク・グレイストックが第1候補。フランクはひどく金を必要としていたけれど、ルーシー・モリスと婚約していたから、リジーの誘惑には乗らない。第2候補のインド局次官のフォーン卿はリジーを愛してはいなかったが、金が償いになると思う。フォーン卿は彼女に求婚して、受け入れられる。カーライルのホテルのリジーの部屋が押し込みにあい、ダイヤが入っていた（と彼女が言う）金庫が盗まれる。警察が到着したとき、彼女は宝石がまだ手元にあることを言わない。ジョージ・カルーザーズ卿が盗賊と共謀しているとの容疑を受ける。ユースタス家のダイアモンドの件がロンドンで噂の種になる。フランク・グレイストックはダイヤが奪われたというリジーの話を信じて、ダイヤを手元に置こうとする賢い策略だという人々に対して彼女を擁護する。しばらくしてリジーのロンドン屋敷で再度盗みがあり、ダイヤはカーライルで奪われたとなおも彼女は主張するけれど、ついに失われる。泥棒の一人と故買をした宝石商が告発され、獄に入れられる。真実がわかったとき、リジーはジョージ卿からもフォーン卿からも見捨てられる。フランク・グレイストックはルーシー・モリスと結婚する。リジーはポートレイ城に戻って、じきロンドンで説教師をしているユダヤ人のエミリアス氏と結婚する。

（5）イングランド北西部カンブリア州の州都。

（6）『目には目を』（*An Eye for an Eye*）のあらすじ——フレッド・ネヴィルはスクループ伯爵の世継ぎで、アイルランド駐留騎兵隊中尉。彼は兵舎の近くに住むケイト・オハラを愛しているが、伯爵は身分にふさわしいソフィア・メラビーと結婚するよう勧める。ケイトの父は詐欺で刑期を務めたあと、余罪による告発を恐れてフランスに逃げている。ケイトの母は、娘が貧困から抜け出す道をフレッドに見出す。ケイトの妊娠がわかったとき、フレッドは彼女がカトリックだと主張して結婚しようとしない。ケイトの母はフレッドを崖から突き落として殺してしまう。母は狂気と判断されて、病院に収容される。ケイトは子を亡くし、フランスの父のもとに身を寄せる。爵位を継いだフレッドの弟が父娘の生活を支える。

（7）Bulwer Lytton 作1873年出版。

（8）【　】の部分は Henry Trollope が編集の段階で削除した。

（9）『レディー・アンナ』（*Lady Anna*）のあらすじ——ラヴェル伯爵はジョゼフィーン・マリーと結婚して6か月後、すでに妻がいたと言って、母子（ジョゼフィーンと娘のアンナ）との縁を切る。ジョゼフィーンは伯爵を重婚で訴えるが、伯爵は無罪となり、イタリアへ去る。レディー・ラヴェル（ジョゼフィーン）とアンナは仕立屋のスウェートに生活を支えられて20年をすごす。ラヴェル伯爵はイタリア人情婦カミラ・スポンディを連れてイギリスに舞い戻り、亡くなって、情婦に資産を残す。限嗣相続で爵位を継いだフレデリック・ラヴェルは、イタリア人情婦に資産をえる資格はないと、また、レディー・ラヴェルに爵位を名乗る資格はないと、法廷に訴え出る。新伯爵が勝てばすべてをえる一方、レディー・ラヴェルが勝てば、資産の大部分はアンナのものになる。法廷は地所については新伯爵の主張を認めるが、資産については亡き伯爵の最初の妻を名乗る女が現れて混乱する。弁護士らは若い伯爵とアンナの結婚を和解策として提案する。新伯爵はアンナに会って、それを受け入れる。しかし、アンナは仕立屋の息子で幼なじみのダニエル・スウェートと結婚の約束をする。レディー・ラヴェルは仕立屋に恩義があるにもかかわらず、この不釣り合いな結婚に反対して、アンナを幽閉するけれど、娘の決意を変えることができない。レディー・ラヴェルはダニエルを殺害しようとして傷つけるが、それ以上その結婚に反対することを恐れる。法廷がレディー・アンナに資産を認めたとき、彼女はその半分を若い伯爵に譲り、ダニエルと結婚してシドニーへ向かう。

(10) Daniel Thwaite のこと。

(11) Frederick Lovel のこと。

(12) Trollope の次男 Frederic の牧場はニューサウスウェールズの Grenfell 近くにあったが、父の二度目の訪問後１８７５年10月に売却された。１８７６年から１９０９年まで彼はニューサウスウェールズの土地管理局に務めた。

(13) *North America*（1862）のこと。

(14) 末日聖徒イエス・キリスト教会（モルモン教）の大管長を務め、Salt Lake City を設立した。ユタ準州の初代知事。

(15) Buckinghamshire の Dunstable の北西8キロにある。

(16) Baron Mayer Amschel de Rothschild（1818-74）のこと。

(17) Selby-Lowndes 家の数人の兄弟が Harrow 校で Trollope と一緒で、Leighton Buzzard の近郊に住んでいた。

(18) John Conington は古典学者で Virgil の *Aeneid* の翻訳で有名。この引用は *The Satire, Epistles and Art of poetry of Horace*（1870）の *Epistles* 第2巻第3節55から。

(19) この引用は *The Odes and Carmen Saeculare of Horace*（1865）の *Odes* 第3巻第26節1から。

第二十章

『今の生き方』と『首相』——結論

私は前章の終わりで狐狩りに触れたとき、それまでに達していた日付よりも少し先走ってしまった。私たちは一八七二年の冬オーストラリアから帰って来た。一八七三年の初頭、私はモンタギュー・スクエア(1)に家を構えた。ここで生活して死を迎えたいと思う家だ。私たちはここに落ち着いたあと、最初にウォルサムにいたころ集めていた本を新しい棚に置く仕事をした。これはそれ自体がたいへんな仕事だが、新しい目録(2)作りという仕事を伴っていた。図書館を利用する人がみな知っているように、目録は一冊一冊が見つけられる場所を示すだけでなく、その本についての情報も示してくれなければ意味がない。この仕事をした人だけが数千冊の本を移動し、配列することがいかにたいへんなことか知っている。私は現在の時点でおよそ五千冊の本を所有している。これらの本は失われつつある馬よりも、貯蔵所のワイン——これもやはりさっさとなくなってしまうが、自慢の種だ——よりも、私にはだいじなものだ。

目録作りがなされ、新しい家具が所定の場所に置かれ、仕事ができるくらい私の小さな書斎が落ち着いてきたとき、私は一つの小説を書き始めた。時代の堕落した商慣行と思われるものに触発されて、この小説を書く気になった。時代が進むに連れて世界が邪悪になっていくかどうかは、世間が考え始めて以来、おそらく思想家の心を乱してきた問題だ。人が残酷でなくなり、暴力的でなくなり、利己的でなくなり、粗暴でなくなってきたことに疑問の余地がない。——しかし、人は誠実さを失ってきていないだろうか？　もしそうなら、世界は日に日に誠実さの点で後退しており、それでいったい進歩していると言えるだろうか？　この問題に関して、哲学者カーライル氏がどんな意見を持っていたか私たちは知っている。彼が正しいとすれば、私たちはみな闇と犬畜生の状態にまっすぐ墜落している。とはいえ、私たちはカーライル氏に、――ラスキン氏とその追随者にも――、あまり信頼を置いていない。完全にまがいものになってしまったと見られる世界に対して、カーライル派は大きい声で大仰に嘆き、泣き、歯ぎしりする。カーライル派の教えは、快適さがいかに増したか、健康面がいかに改善されたか、教育がいかに拡張されたかを見ずにいられない人々の確信とは、あまりにもかけ離れたものになってしまった。それで、彼らは意図するものとはふつう逆の効果をあげている。カーライリズムとは、単純に英語を使う世界が日に日に悪くなっていることを言うと見られている。しかし、ほんとうは増大した知性のもたらす大きな普遍的結果が堕落傾向にほかならない、と考えるのがカーライリズム(3)だ。

しかしながら、まがいものになってしまった世界では、不誠実な人間が高級なタイプになり、大規模に活躍し、高い地位に昇って、羽振りよく奔放に振る舞う。そうであるなら、そんなやつらが一見すばらしく見えても、忌まわしさに変わりがないことを男女に進んで教えてやるのは、かえって立派な根拠があるように思える。もし不誠実が壁中に絵を掛け、どの戸棚にも宝石を置き、隅から隅まで大理石と象牙で造作した豪勢な宮殿に住み、アピキウス(4)ふうの美食を提供し、国会議員になり、数百万ポンドを扱うことができたら、そんな不誠実は恥とはならない。そんな不誠実は下卑たやくざ者とはならない。とはいえ、不誠実は不誠実だ。こんな考えに触発されて――と言っていい――、私は新しい家に陣取って、『今の生き方(5)』を書いた。私はあえて諷刺家の鞭を手にしたので、みんなから金を巻きあげる偉大な投機家の不正だけでなく、結婚したい娘の陰謀や、独身でいたい青年の贅沢や、大衆をあざむいても本を買わせたい作家の吹聴傾向など、その他の悪徳も猛攻撃した。

散文諷刺にしろ、韻文諷刺にしろ、ほとんどあらゆる諷刺に当てはまる欠陥がこの本にある。告発は誇張されている。悪徳は真実を表すよりも効果を与えるため強調されている。激しくとがめる鞭を手に持つとき、正義が求める以上に強く打たないよう腕を加減することが誰にできようか？　諷刺を生み出す精神は充分誠実だが、誠実に仕事をするよう諷刺家を突き動かすまさにその欲求によって彼は不誠実になる。その他の点では、『今の生き方』は諷刺として力強く、できがいい。メルモットの性格は上手に維持されている。ベアガーデン・クラブ(6)はおもしろいし、真実味がないわけではない。ロングスタフ家の娘たち(7)と友人のレディー・モノグラムは楽しいけれど、誇張されている。ドリー・ロングスタッフ(8)はとてもできがいいと思う。レディー・カーベリーは遺憾なことに噂によく聞く文学上の声望あさりをする。この小説でも、二人の恋人を持つ若い女性(9)は弱々しくて、気が抜けている。一つの小説のなかにはっきり別個の二つの部分を具えさせ、その両方に読者の関心を向けることはほとんど不可能に近いと思う。二つがはっきり別個だとすれば、一つはもう一方の埋め草にすぎなくなるようだ。物語の関心はメルモットとその娘、ドリーとその家族、アメリカ女性のハートル夫人、ジョン・クラムとその恋人(10)など、邪悪で愚かな人々の側にある。一方、ロジャー・カーベリーとポール・モンタギューとヘンリエッタ・カーベリーはおもしろくない。全体として、私はこの本を失敗の一つとは見ていない。大衆もあるいは出版者も失敗作とは見ていない。

『今の生き方』を書いているころ、私は『グラフィック』紙のオーナーからクリスマス物語を書いてくれと依頼された。文学上の依頼には、どこか室内装飾業者兼葬儀屋が葬式を出すように依頼されるときの感じがある。彼はいやでもこれを出さなければばならない。それが彼の仕事だ。無視すれば、餓死するほかはない。小説というかたちで何か求められたら、思うに、私はそれを書く義務があった。書くものにクリスマスの風味を添えなければならないことくらい、気乗りしないことはない。注文にはどこかごまかしが含まれているように感じる。クリスマス物語は正しい意味でクリスマスの宗教思想を、あるいはクリスマスの祝祭気分を、――もっとよく言えばクリスマスの慈悲を、ほかの人に染み込ませたいとの熱意の表れだ。ディケンズが最初に二つのクリスマス物語を書いたときがそうだ。とはいえ、それ以来毎年書かれる物語は――ツリーに子供のおもちゃを結びつけるように、クリスマスに結びつけられるけれど――クリスマスのほんとうの風味を欠いている。私は前にも二、三この種のものを書いた。ああ悲し！　今度もう一つ書く[11]ことになって、それを三週間以内に提供すると約束した。画家はいつも長い準備期間を要求するというのに、私はこの仕事でひと月絶えず頭をいたずらにこづき回した。注文を別の店に回すことができないうえ、いつも棺をどう作らせているかわからない。

　一八七三年、私は『グラフィック』紙のためオーストラリアに関するささやかな物語を書いた。対蹠地のクリスマスはもちろん真夏だ。私の息子が未開墾地にある牧場で曝された難儀、暑さと悪い隣人が入り混じる椿事を描くのはいやではなかった。それで、私は『ガンゴイルのハリー・ヒースコウト』[12]を書いて、この仕事をちゃんと終えた。今私の心に引っ掛かっている小説が、この仕事と同じくらい成功するように祈るだけだ。

　『ハリー・ヒースコウト』を書き終えたあと、私は全霊をもってレディー・グレンコーラとその夫の物語[13]に戻った。これまでまだ私の想像力が充分満足する政治家の完全な姿を描いたことがなかった。ブロック、ド・テリア、モンク、グレシャム、ドーブニー[14]といった――小説のなかで名がおなじみの、おそらく読者にもおなじみの作中人物らは、生きた人間の肖像ではなく、生きた政治的な性格の肖像だ。厚顔な、意志の強い、有能なふつうの議員は、与党議員にしろ、野党議員にしろ、描くのがとてもたやすくて、思い描くのに何の想像力も必要としなかった。性格は世代から世代へと再生産を繰り返すうち、人間性のささやかな感触を見事に削ぎ取られてしまう。もしそうなったら性格はその目的をはたさなくなる。バークとフォックスの論争[15]に見られるように、政治家も時々人間性のほとばしりを見せる。とはいえ、政治家は概してみずから変節して、築きあげたり、取り壊したりするときに利用される道具になる。そうなると、彼らはあまり個人的な苦しみをそとに表すことなく、この箱からあの箱へとふつうに移し替えられる。二十四人の紳士は融合して一つになり、一つの目的のために働く。各人は個々の特異性を捨て、しばしば不快に違いない他者との親密な接触に耐える。彼らはこれ以外のかたちでは、国または自己の野心に奉仕することができないことをしっかり教育されている。彼らは時代の要請が生み出す、公的に役立つ人々だ。彼らのように強度の強い石が、あっという間に滑らかな丸い小石に研磨されることを私は不思議に思わずにいられない。

ブロック家やミルドメイ家[16]は私にとってそんな人々だ。彼らを扱うとき、想像を大いに働かせて、ずいぶん楽しんで描いてきた。一方で、私はまったく異なった気質の政治家、小石的な人々よりもずいぶん劣っているが、おそらく何か優れたことに従事する個人、あまりに強い個性を持つがゆえに小石になれない人物の性格を想像した。細かな疑念を胸中から取り除くこと、党の伝統に従うこと、行動だけでなく思考においても従順になる必要を忘れないこと、最初はただの小さな一片になれること——こういうことが成長する政治家の必須条件だ。ときが訪れるかもしれない。ピール[17]が穀物法を廃止したときのように、偉大な個人が行動を許され、個性が要請すらされる栄光に満ちたときが訪れるかもしれない。それでも、のしあがって行く人物は鎧を身につけるとき、そんな夢を見ることをおのれに許してはならない。小石——立派な、丸い、滑らかな、固い、役に立つ小石——になることが彼の義務だ。これを実現するため、面の皮を固くし、疑念を口に出すことなく呑み込まなければならない。しかし、私たちは時々面の皮を固くすることができず、しばらくするとたいてい戦列から脱落する人々を見る。私が考えている——長く考えてきた——政治家は、たとえ面の皮は固くなくても、戦列から脱落しない人材だ。その人材は地位と知性と議会内の習慣を身につけて、それによって国への奉仕におのれを縛らなければならない。彼はまた抑えきれない、汚れのない、無尽蔵の愛国心を持たなければならない。その美徳は私たちの政治家一般にあると思う。愛国心がない政治家は実際卑しいと思う。その人材は人生の支配的な原理として愛国心を持つ。彼はあまりにも愛国心に縛られているので、あらゆるものをそれに従属させる。とはいえ、彼は良心的であり、良心的であるがゆえに弱い。彼は国王の枢密院のもっとも高い地位に招聘され、謙虚におのれの至らなさを感じる。それでも、いったん権力を手にして味を知ると、それを貪欲に求めるようになる。首相の勝利と難儀と失敗を描くとき、私が作り出そうとした性格とはそんなものだ。私は成功したと思う。作品はまだ半分しか出ていないから、大衆がどう思っているか、論評がどう言っているかまだ知らない。(18)

私が主人公の性格を理解し、また彼の妻の性格――それを書くのも私にとってじつに幸せな関心事だった――を理解するように、読者にも彼らの性格を理解してもらいたいと望むのはおこがましいことだ。私は作中人物について書く作業を一つの小説に限定しない人物再登場法を採っている。一つの小説なら、読み始めれば、大多数の読者がおそらくそれを読み通して彼らの性格を理解してくれるだろう。ところが、読者は三つか四つの小説を読み続けなければならないから、いちばん熱心な読者でさえそれぞれの小説を読むとすぐ忘れてしまい、全体をとらえることができない。『首相』のなかで、私の首相は妻が女王の宮廷の女官の一員になること、あるいは女官の上に立つ職に就くことを許そうとしなかった。「私はおまえが私たちの家族と家庭に無縁な職に就くことを望まない」と彼は妻に言う。その言葉を読むとき、これよりも数年前に出版された小説で、その同じ彼が妻に言ったことをいったいどの読者が覚えているだろう？　彼は首相の靴を磨きたがっていると妻からなじられたとき、国のためとあれば、妻にさえも首相の靴を磨かせると言ったのだ。しかし、私が過去長年にわたって胸中で彼と妻の性格を作り出してきたのはそんな細部によってだ。

オムニアム公爵プランタジネット・パリサーは完璧な紳士だと私は思う。もし彼がそうでなかったら、私は紳士というものを描くことができない。妻のほうは決して完全な淑女ではない。が、もし彼女があらゆる面で女性的でなかったら、私は女性というものを描くことができない。私の名がイギリスの散文虚構物語作家として次世紀にも知られる作家としてとどまることはないと思う。――しかし、もしとどまるとすれば、その成功の永続性はおそらくプランタジネット・パリサーとレディー・グレンコーラとクローリー師の性格によるものだと思う。

今私は大衆がすでに知っている長い私の著作経歴の最後にたどり着いた。今後これにつけ加える作品については もちろん何も言うことができない。もう一度別の物語を書いて、その中心に私の政治的主人公を据えようという構想[19]はある。『首相』を書き終わったとき、すぐ別の小説を書き始めた。それを今三巻本として完結させ、『彼はポペンジョイか？』[20]と名づけた。この小説には一人の爵位をもう一人が継ぐというかたちで二人のポペンジョイが登場する。しかし、二人が二人とも赤ん坊で、物語のなかで赤ん坊を超えて成長しない。たとえこの物語がいつか出版されるとしても、未来の読者は彼らにあまり関心を示さないだろう。それでも、この物語は物語として悪くないと思う。それから、私はさらにもう一つ三巻本を書いた。出版者から大いに反対されたけれど、それに『米国上院議員』[21]という名をつけた。この小説[22]は『テンプル・バー』誌に来月初めから連載されることになっている。そういう状況なので、私はここでこれについてこれ以上何も言うことができない。

文学的業績の記録をここで終えよう。それは生きているどのイギリス作家の作品よりも量的に多いと思う。亡くなったイギリス作家のなかでも私よりもたくさん書いた人を――そういう人がいたかもしれないが――知らない。私とカーライルの本の数を例に取ると、私は彼の二倍以上出版した。私は書簡を含めてもヴォルテールよりもたくさん出版した。ウァロ[23]は八十才のとき四百八十冊書いており、さらに八年間書き続けたと聞いている。ウァロの本がどれほどの長さだったか知りたいと思う。ウァロの時代には本として書かれた原稿量が多くなかったと推測して、私は慰めをえることにしよう。ウァロもヴォルテールも亡くなっている。私はまだ生きており、業績をさらにふやせるかもしれない。

次にあげるのは私の業績目録だ。出版年や私が受領した金額を添えている。出版年は作品が全体として出版された年で、大部分がそれ以前に連載のかたちで出ている。

作品名	出版年	受領金額 £	s	d
『バリクローランのマクダーモット家』	1847	48	6	9
『ケリー家とオケリー家』	1848	123	19	5
『ヴァンデ県』	1850	20	0	0
『慈善院長』	1855	727	11	3
『バーチェスターの塔』	1857			
『三人の事務官』	1858	250	0	0
『ソーン医師』	1858	400	0	0
『西インド諸島とスペイン系アメリカ』	1859	250	0	0
『バートラム家』	1859	400	0	0
『リッチモンド城』	1860	600	0	0

『フラムリー牧師館』	1861	1000	0	0
『あらゆる国々の物語――第一集』	1861			
『あらゆる国々の物語――第二集』	1863	1830	0	0
『あらゆる国々の物語――第三集』	1870			
『オーリー農場』	1862	3135	0	0
『北アメリカ』	1862	1250	0	0
『レイチェル・レイ』	1863	1645	0	0
『アリントンの「小さな家」』	1864	3000	0	0
『彼女を許せるか?』	1864	3525	0	0
『ミス・マッケンジー』	1865	1300	0	0
『ベルトン荘園』	1866	1757	0	0
『クレーヴァリング家』	1867	2800	0	0
『バーセット最後の年代記』	1867	3000	0	0
『ニーナ・バラトカ』	1867	450	0	0
『リンダ・トレセル』	1868	450	0	0
『フィニーズ・フィン』	1869	3200	0	0
『彼は正しいと思っていた』	1869	3200	0	0
『ブラウンとジョーンズとロビンソンの苦闘』	1870	600	0	0
『ブランプトンの俸給牧師』	1870	2500	0	0

『ある編集者の物語』	1870	378	0	0
『カエサル』(古典)(24)	1870	0	0	0
『ハンブルスウェイトのサー・ハリー・ホットスパー』	1871	750	0	0
『相続人ラルフ』	1871	2520	0	0
『グランペールの金色のライオン』	1872	550	0	0
『ユースタス家のダイヤモンド』	1873	2500	0	0
『オーストラリアとニュージーランド』	1873	1300	0	0
『帰って来たフィニーズ』	1874	2500	0	0
『ガンゴイルのハリー・ヒースコウト』	1874	450	0	0
『レディー・アンナ』	1874	1200	0	0
『今の生き方』	1875	3000	0	0
『首相』	1876	2500	0	0
『米国上院議員』	1877	1800	0	0
『彼はポペンジョイか?』	1878	1600	0	0
『南アフリカ』	1878	850	0	0
『ジョン・コールディゲイト』	1879	1800	0	0
雑		7800	0	0
計		6万8959	17	5

私が著作量について自慢するとき、文学的卓越性を主張しているのではないことをきっとわかってもらえると思う。著作において質のない量は悪であり、不幸であることはあまりにも自明で、それに疑問の余地はない。それでも、職業で見せた辛抱強い勤勉に対して、何らかの功績が私に与えられてもいいと思いたい。私自身の栄誉のためでなく、若いころこれらの本を読んでくれ、私と同じように作家経歴をたどりたいと思ってくれた人々のため、それを主張する。一行ヲ書カナイ日ハナイ。(25) これを作家志望者の標語にしよう。彼ら志望者にとって執筆を、ふつうの労働者にとっての労働のようにしよう。それゆえ、途方もない努力なんか不必要なのだ。頭に濡れタオルを巻く必要なんかない。作家がよくそうしたように、あるいはそうしたと言われるように、微動だにせず机に三十時間座っている必要もない。私の文学上の仕事の九十%以上がこの二十年間でなされた。私はそのうちの十二年間別の職業に就いていた。著作の仕事の奴隷だったことはない。好きな娯楽に充分な——たっぷりではないにしても——時間を取った。それでも、私は着実に進んだ。労働においては着実さがあらゆる困難を克服する。雨ダレ石ヲウガツ。

私がこの二十年間に文学で七万ポンド近くを稼いだと言ったら、ある人々には興味深いことだろう。本書のなかで前に述べたように、この結果を心地よいとは思うけれど、たいしたことだとは思わない。

私がこのいわゆる自伝で内面生活の記録を書くことを意図したとは、どんな読者も考えないと思う。これまで誰もそんな記録をほんとうに書いた人はいなかったし、これからもいないだろう。ルソーはおそらくそれを試みた。ルソーはなるほど人生の事実よりも思考と確信をたくさん告白した。とはいえ、女性のペチコートの衣擦れが私の血を掻き立てたとしても、一杯のワインが私にとって喜びだったとしても、真夜中の心地よい連れであるタバコをこの世の天国の一要素だと思ったとしても、トランプ台の上で五ポンド紙幣を時々いくぶん無謀にひらひら揺すったとしても、それが読者にとってどんな重要性を持つというのだろう?

私は女性を裏切ったことがない。ワインを飲んで悲しんだことがない。ワインは習慣というよりも、私が愛した喫煙の添え物だ。金をえようと願ったことはなく、金をなくしたこともない。快楽の興奮を楽しみながらも、快楽の邪悪と悪影響から逃れていること、――甘いところは味わいながらも、苦味は口にしないでいること――、それが私の目標だ。そんなことは不可能だと説教者は言う。ところが、私はこれまでかなりうまくこれに成功してきたように思える。指をこがしたことがないとは言えない。――が、醜い傷を負ってはいない。

残る人生の幸せについて言うと、私は第一にまだ執筆の仕事を当てにしている。仕事の能力を失ったら、私の目にはもう喜びのないこの世から、神が喜んで私を連れ去ってくれることを望む。第二に私を愛してくれる人々の愛を当てにし、第三に本を当てにしている。本を読むことができ、読んでいるあいだ幸せでいられるのは大きな恵みだ。もしある人たちが言うように読んだものを私がみな覚えていられたら、自分を教養人と呼ぶことができただろう。ところが、私はそんな能力を持ったことがない。私の場合、読書のあと何かが――何かぼんやりしていてはっきりしないものが、それでももっと多くを求めたいと思うだけのものが――いつも残る。たいていの読者も私の場合と同じだと思いたい。

私は近年ラテン語の古典を除けば、イギリスの古い劇作家に大きな喜びを見出してきた。彼らの言葉使いに魅力を感じる一方、しばしばその作品に真実味が欠けるためいら立ちを感じている。つまり、彼らの作品を過度に愛するからではなく、プロットを捜し、性格を研究したいとの好奇心から、そこに喜びを見出してきた。もしもう数年生きられたら、ジェームズ一世時代末に至るこれらの劇作家の劇について、私の本の余白に批評を残したい。詳しく調べたことがない人には、劇がどれほどあるかわからないだろう。

私は今腕を伸ばして、私が書いた多くの言葉から何かを読みたいと思ってくださったみなさんに、遠い岸辺からお別れを言おう。

終わり

註

（1）Marble Arch の北4ブロック目。

（2）この目録は現在 Victoria and Albert Museum にある。

（3）Trollope は1867年12月 *St Paul's Magazine* 誌に"An Essay on Carlylism"を書いた。*The Way We Live Now* の第55章でも同じ考えを述べている。

（4）紀元1世紀のローマの美食家 Marcus Gabius Apicius のこと。

（5）『今の生き方』（*The Way We Live Now*）のあらすじ――経歴不明のオーガスタス・メルモットは、大金融業者だとの名声をえて、ロンドンの高級住宅街に居を構えている。彼は娘のマリーにいい結婚相手を見つけるため、公爵夫人や貴族の後援をえて大舞踏会を開く。メルモットはサンフランシスコの株式仲買人ハミルトン・フィスカーから勧められ、「南中央太平洋沿岸及びメキシコ大鉄道」という架空の鉄道会社のため、イギリス人貴顕による重役会を設置する。メルモットは金融上の才能を一般大衆に納得させ、莫大な金を集める。彼は政府から中国皇帝を迎えるディナーを開催するよう要請され、保守党からウエストミンスター選出国会議員になるよう求められる。ディナーの前にメルモットの経営が不振だとか、彼が購入しようとする土地にかかわる文書が一部偽造されていたとか、そんな噂が流れて、一般大衆は彼に対する見方を一変させる。ディナーは失敗に終わるけれど、ウエストミンスターの議席は獲得する。莫大な遺産の相続人と見られるマリーは、無一文の青年貴族らからちやほやされたあと、サー・フィーリクス・カーベリーという最悪の相手を選び、彼と駆け落ちするため、父の金を盗む。サー・フィーリクスはその金を賭博ですって、駆け落ちの約束を破る。マリーは鉄道会社をでっちあげた仕掛け人ハミルトン・フィスカーと結婚して、米国へ去る。メルモットは娘の信託資金を手に入れるため、さらに一枚の文書を偽造する。これがばれて、ちやほや褒めそやしていた人々から見捨てられ、議事堂に酔って現れ、自殺する。

（6）Sir Felix Carbury や、Dolly Longestaffe、Lord Grasslough、Lord Nidderdale ら偽装重役会の役員が所属する社交クラブ。

（7）Georgiana と Sophia という Longestaffe 家の姉妹。

（8）Adolphus Longestaffe, Jr. のこと。

（9）Henrietta Carbury のこと。彼女はいとこの Roger Carbury と Paul Montague の二人の恋人のあいだで揺れ動き、Paul と結婚する。

（10）Ruby Ruggles という娘。

（11）Graphic 紙の１８７６年のクリスマス号に出た "Christmas at Thompson Hall" で *Why Frau Frohmann Raised Her Prices, and other Stories*（1882）に再録された。

（12）『ガンゴイルのハリー・ヒースコウト』(*Harry Heathcote of Gangoil*) のあらすじ――若いイギリス人ハリー・ヒースコウトは、オーストラリア政府から12万エーカーの未開地ガンゴイルを借り受け、３万頭の羊を飼育している。彼はそこで妻と二人の息子と義妹ケイト・ダリーと生活している。ジャイルズ・メドリコットはガンゴイルと川のあいだの土地を買って、砂糖のプランテーションを経営している。ヒースコウトは川に面する土地がないことで悩む。隣人が川に至る土地を購入していることも屈辱的だ。ケイトとメドリコットが恋仲になっていることも意に染まない。ヒースコウトは激昂する気質のためたくさん敵を作る。首にした牧童だけでなく、無法な牛飼いのブラウンビー一家（父と６人の息子）とも不仲だ。ブラウンビー一家と首にした二人の牧童が、乾燥期の12月にガンゴイルを焼き払おうとする。ヒースコウトは部下の牧童を率い、メドリコットの助けをえて火を制圧し、ブラウンビー一派にも勝利する。

（13）『首相』（*The Prime Minister*）のあらすじ――自由党政府が倒れて、グレシャムもドーブニーも組閣できない。セント・バンゲイ公爵の大きな支援をえて、オムニアム公爵が意思に反して連立政権を指導する。オムニアム公爵は庶民院では力を発揮したけれど、あまりに批判に過敏すぎ、反対意見を個人的侮辱と受け取る傾向があるため、首相としてうまくいきそうにない。公爵夫人はギャザラム城で多くの人々をもてなして夫の支持を固める努力をする。連立政府は不利な条件にもかかわらず3年間もって、倒れたとき、公爵も政界を引退する。こういう政治状況のなか、ファーディナンド・ロペスとエミリー・ウォートンは悲惨な結婚生活を送る。金持ちの法廷弁護士ウォートン（エミリーの父）はこの結婚をしぶしぶ受け入れた。ロペスが妻の幸せよりも義父の金をねらっていることが見え見えだったから。ロペスはギャザラム城に招かれて、公爵夫人から国会議員に立候補するようほのめかされる。ロペスは実際には公爵からその選挙にかかわることを断られたうえ、公爵夫人からもどっちつかずの態度を取られるようになる。それでも公爵の支持をえたものと思う。彼は対立候補のアーサー・フレッチャー――アーサーは少年時代からエミリーに恋している――に大敗する。ロペスは公爵夫妻から裏切られたと不平を言う。彼はウォートンから5百ポンドの選挙費用をえていたが、鉄面皮にも公爵にも同額の要求をする。公爵は妻がロペスに支持を与えていたことを知って、妻の名を守るため要求をのむ。クインタス・スライドは『人々の旗印』というスキャンダル紙で、金を与えたことで公爵を攻撃する。公爵が国会で質問を受けるとき、フィニーズ・フィンは公爵の名をあげずに立派な演説をして事態を収拾する。ロペスは事業に失敗してマンションを引き払い、妻に迫ってウォートンの家に同居する。ロペスは完全に信用を失ったあと、グアテマラの鉱山管理権を手に入れて、エミリーに一緒にそこに行くよう強いる。しかし、鉱山の話がご破算になったとき、彼は走る汽車から飛び降りて自殺する。エミリーは1年間打ちひしがれていたが、准男爵の世継ぎとなっていた弟のエヴァレットがいとこのメアリーと結婚するとき、アーサー・フレッチャーの妻になる。

(14) Lord Brock は自由党の Lord Palmerston をモデルにした首相。Lord De Terrier はトーリー党の Lord Derby をモデルにした首相。Joshua Monk は自由党の首相。Gresham 氏は自由党の Gladstone をモデルにした首相。Daubeny 氏はトーリー党の Disraeli をモデルにした首相。

(15) Charles James Fox と Edmund Burke が1784年から1789年にホイッグ党の路線を巡って争った論争。

(16) William Mildmay は小説中のホイッグ党首相。

(17) Trollope はここでは Sir Robert Peel を称賛しているが、*The Three Clerks* や *The Bertrams* でははっきり Peel の判断に

敵意を表している。

(18)（原注14）1878年、3年近くたってこの註を書くとき、大衆の支持という点から見ると、『首相』は失敗だったと認めざるをえない。私が書いたどの小説よりも悪い論評が『首相』について新聞雑誌でなされた。『スペクテーター』紙に載った批評で私は特に傷ついた。記事を書いた批評家が私に対してできれば公平でありたいとするいい批評家であることを知っている。しかし、この場合、私は描こうとした性格の人をこよなく愛しているので、彼の意見に同意することができない。【原註で Trollope は「いい批評家」を R. H. Hutton だと信じていたが、実際には *Spectator* 紙のオーナーで共同編集長 Meredith Townsend だった。】

(19)Trollope は1876年5月2日に *Autobiography* を書き終えたあと、2日後に Palliser 小説群のしんがりを飾る『公爵の子供』(*The Duke's Children*)を書き始めた。『公爵の子供』のあらすじ――オムニアム公爵夫人が亡くなって、三人の子供を公爵に残す。長男のシルバーブリッジ卿は、学生監の家の玄関を赤ペンキで塗りたくって、オックスフォードを退学させられる。次男のジェラルド・パリサー卿は、ケンブリッジで可もなく不可もなくすごす。レディ・メアリー・パリサーは父には不釣り合いと思える結婚を決意している。シルバーブリッジ卿の友人で若いフランク・トレギアは、イタリアにいるとき、公爵夫人の承諾をえてレディー・メアリーと婚約した。公爵はフランクが娘の手を求めてくるまで、二人のことを何も知らなかったが、地位も金もない若者を婚約者として認めず、娘に会うことも、文通も禁止する。娘は父の権威を受け入れつつも、フランクとの婚約に縛られていると思う。シルバーブリッジ卿はティフト少佐と「首相」という競馬馬の共同所有者となり、7万ポンドの損失を負う。長男が競馬をやめ、一族の選挙区の国会議員として義務に奉仕すると約束するので、公爵は負債を払う。公爵は長男を落ち着かせると思って早婚を勧める。美しい有能なアメリカ娘イザベル・ボンカッセンが、両親とともにロンドンに登場して社交界に迎え入れられる。シルバーブリッジ卿は彼女に出会って恋に落ちる。公爵は彼女の魅力と美しさに魅せられるけれど、米国の労働者の孫娘と公爵家の跡継ぎとの結婚に反対する。シルバーブリッジ卿は妹のメアリーと同じように母譲りの頑固さと粘り強さを具えて、意思を曲げない。公爵は長男の主張とイザベルの魅力のためやがて折れて、フランク・トレギアが国会議員になるとき、二つの結婚を認める。

(20)『彼はポペンジョイか？』(*Is He Popenjoy?*)のあらすじ――ブラザートン侯爵はほとんどイタリアで生活してきた

が、イタリア人の妻と、ポペンジョイ卿を名乗る小さな世継ぎを連れてイギリスに帰って来る。侯爵は母である侯爵未亡人と三人の姉妹と弟のジョージ・ジャーメイン卿に一族の地所マナー・クロスから即座に立ち退くよう命じる。ジョージ卿はブラザートン聖堂参事会長の娘メアリー・ラヴレースと結婚している。ジョージ卿は参事会長の提案で世継ぎの正当性についてイタリアに問い合わせたところ、はっきりした回答がえられない。しかし、イタリア人の女は世継ぎを連れてイタリアに帰って行き、世継ぎはそこで死んでしまう。じきに侯爵も亡くなって、爵位はジョージ卿に移り、メアリーとのあいだに生まれた子が真のポペンジョイ卿になる。

(21) (原注15)『米国上院議員』と『ポペンジョイ』は出版され、それぞれかなり成功した。私は小説家として終わっていると、『首相』で言われたあの非難にその2作は出会わなかった。しかし、私はその2作が『首相』よりも確かに劣っていると思う。

(22) 『米国上院議員』(*The American Senator*) のあらすじ――ジョン・モートンはワシントンで公使を務めたあと、イギリスに帰国し、伝来の地所ブラグトン・ホールに落ち着く。彼は婚約者のアラベラ・トレフォイルと、その母レディー・オーガスタスと、米国上院議員エライアス・ガタベッドを同道している。アラベラはいちじ貴族のラフォード卿に心を移すが、重病に罹ったジョンとの婚約に立ち返り、彼の死後5千ポンドをえる。ジョンはブラグトン・ホールをいとこのレジナルド・モートンに遺す。レジナルドは家付弁護士の娘メアリー・マスターズと結婚する。メアリーは近所の荘園地主ローレンス・トゥエンティマンのしつこい求愛から逃れて、レディー・アシャントのもとに身を寄せていた。米国上院議員はジョン・モートンを通じて知ったイギリスの田舎生活について意見をセント・ジェームズ・ホールで批判的に講演する。彼は怒った一部の聴衆を避け、警護されて裏口から逃げる。米国に帰ったあと、イギリスの慣習について好意的な講演をする。

(23) ローマの教養人 Marcus Terentius Varro (116-27 A.D.) のこと。

(24) (原注16) これは友人のジョン・ブラックウッドに私が贈り物として与えたものだ。

(25) Gaius Plinius Secundus 通称 Pliny the Elder の『博物誌』(*Naturalis historia*, 77 A.D.) 第35巻の84。

訳者あとがき

トロロープの創作法を覗いてみよう。

トロロープは作中人物を中心に想像力を働かせる。彼はハロー校やウィンチェスター校でみじめなのけ者にされたことを『自伝』のなかで述懐している。彼はほかの少年らから一緒に遊んでもらえず、孤独だったから、自然に心のなかに遊びを作り出した。「ある種の遊びが当時――じつはいつもそうだったが――なくてはならないものだった。勉強は私の好みではなく、完全に怠惰でいるのも楽しくなかった。それで、空中楼閣を心のなかにしっかり築くことにいつも取り掛かった。楼閣構築の努力は発作的なものではなく、その日その日の絶えざる変化に曝されることもなかった。記憶が正しければ、私は数週間、数か月間、年をまたいで、一定の法則と、調和、妥当性、統一性に自分を縛りながら同じ物語を続けた。その物語には起こりえないことが入り込む余地はなかった。――外部の状況から見てほんとうらしくないことも入り込む余地はなかった。もちろん私がそのなかの主人公だった」という。そして、「想像力によって創り出された作品のなかにとどまり、物質的な生活を超えた世界に完全に住むこと」（第三章）を学んだという。

後年、彼はこの物語の主人公を自分以外の人物に移して、同じように物語を紡ぎ続けた。ここから、彼は「作中人物とともに生活する」という独自の理論を生み出していく。心のなかに作中人物を生かし続け、生活をともにしながらはぐくんでいなければ、生きた作中人物を生み出すことはできないという理論だ。「小説家は彼の頭脳の産物が読者に向かって話し、動き、生きる人間的な存在になるくらいに、作中人物と読者を親密にしたいと願っている。もし小説家がそんな虚構の人物を自分でよく知らなければ、人間的にすることができない。もし小説家が作中人物とともにリアルにしっかり親密に生活することができなければ、作中人物を知ることができない。小説家は横になって眠るときも、夢から覚めるときも、作中人物と一緒に生活しなければならない。小説家は彼らを憎み、愛するようにならなければならない。彼らと議論し、喧嘩し、許し、彼らに屈服することさえしなければならない。彼らが冷血であろうと、情熱的であろうと、誠実であろうと、嘘つきであろうとよく知らなければならないし、どの程度まで誠実で、どの程度まで嘘つきか知らなければならない。それぞれの作中人物の深さと広さ、浅さと狭さをはっきり理解していなければならない。この俗世で男女が変化する――誘惑とか良心とかに導かれて悪くなったり、よくなったりする――のを見るように、小説家が創造する作中人物も変化する。小説家はそのあらゆる変化に気づいていなければならない。作中で記録されるそれぞれの月の最後の日に、すべての作中人物はひと月分年を取っていなければならない」（十二章）。小説家はこれができなければ、ただ木でできた小説、木でできた人物を作るだけだ。

想像する物語のなかで、虚構の人物は「人間的な存在」でなければならない。作中人物は神や英雄や「雲の上の人」や悪鬼であってはならず、ふつうの人になっていなければならない。なぜなら、作中人物が作家の燃えるような想像力によってそのような特異な存在に高められたり、低められたりするなら、「そそっかしいふつうの読者にとって取っつきにくい相手」つまり感情移入が難しい相手となるからだ。作中人物については、どこにでもいるふつうの人が望ましい。「私はいつも『大地から大きなかたまりを切り取って』男女を――ここよりも高められることも、ことさら低められることもなく――ここにいる私たちのあいだを歩いているように、そのかたまりの上で歩かせたいと思った。その結果、読者は神か悪鬼かのところに連れて行かれると感じるのではなく、読者に似た人間的な存在にそこで出会う。もしこれができたら、思うに、正直がいちばんで、真実が勝ち、嘘が負けるという観念、娘は純粋で、しとやかで、利他的なら愛されるし、男は誠実で、正直で、勇敢な心を持つなら尊敬されるという観念、卑劣なかたちでなされたことは醜く、忌まわしくて、気高くなされたことは美しく、上品だという観念で小説の読者の心を満たすことができる」（八章）。

「作中人物とともに生活する」という創作理論では、ともに生活していない作中人物は「生きていないし、動かないし、まるで木の塊から切り出されて、壁に立て掛けられたかのようだ」（十二章）という。木でできている作中人物はたとえヒロインでも記憶に残らない。たとえば、トロロープは『ブランプトンの俸給牧師』に触れるとき、「ヒロインのメアリー・ラウザーが何を言い、何をしたか、――彼女が苦境に陥ったことを除いて――、私自身が忘れてしまっているので、ほかの人から覚えていてもらえるとは思わない」（十八章）という。

次にプロットについて彼がどう考えているか見てみよう。想像する物語では「起こりえないこと」も「ほんとうらしくないこと」も含んでいてはならないと言っている。これも読者の感情移入をしやすくするためだろう。また、プロットは若い男女の交際、恋愛にかかわっており、物語は「恋愛なしにはおもしろくないか、成功しないか」であり、「恋愛の柔らかさが、物語を完成させるためには必要」（十二章）だという。トロロープは五十五になっても恋愛物語を作っていると友人から揶揄されている（十九章）。彼は一人の作中人物あるいは複数の作中人物のじつに明確な着想を持って書き始めるけれど、事件の最終的な展開、プロットについては何も決めないまま書く。プロットの操作にかける時間は短くて、「苦しみもだえる疑念とほぼ絶望の数時間……あるいは数日間といったところがふつうだ」という。彼は「見えないフェンスに向かって騎手が突っ込むように、急いで作品に取り掛かる」ので、時々狩りの用語で言う落馬にあった（十章）とも言っている。『ユースタス家のダイアモンド』に触れるとき、「ダイアモンドのネックレスのプロットは、事前に練りあげることなく生み出されたにもかかわらず、うまく配列されていると思う。私は女主人公をカーライルでベッドに寝かしつけるまで、安ピカ物を盗もうとする泥棒を登場させることなんか考えてもいなかった。ウィルキー・コリンズなら、こういうことやもっと多くのことを前もって途方もない労力をかけて計画し、今の出来事が将来の出来事に符合するように準備しただろう。私はすべてを前に起こったこととつじつまを合わせるというはるかに簡単な方針で進んだ」（十九章）という。

ストーリーと補助プロットについて次に見てみよう。彼は一つの小説ではあらゆる文、あらゆる語が一つのストーリーの語りに向かうべきだと言っている。つまり、脱線は徹底的に排除されなければならない。会話においては脱線が生じやすいから、特に注意すべきだと指摘している。彼は長い小説を一つのストーリーとする方法について、「ストーリーは一つだけれど、多くの部分があってよい。プロット自体はほんの少しの作中人物しか必要としなくても、多くの作中人物によってそれが充分展開されるように大きく拡大されてもいい。補助プロットがあってもいい。補助プロットがみな同じ一つの作品の一部として場所を占めて、おもなるストーリーの解明に向かうことになる。――画布には多くの図形があるけれど、見る者には別々の絵として見えないようにする」（十二章）必要があるという。

文体について見ると、小説家は「読んで快いもの」「容易に理解できるもの」「調子の整ったもの」を書かなければならない。混乱したり、退屈だったり、荒削りだったり、調子はずれだったりするものは読者から拒否される。使われる言葉は「電池から別の電池へ電気火花が飛ぶように、作者の心を即座に効率よく読者の心に伝える伝導体」でなければならない。調子はずれの文体を常習的に用いる小説家が、人気をえることはありえない（十二章）と言っている。

トロロープの執筆法については有名だ。アイルランド人のバーニー・マッキンタイアーという従者からコーヒーを持って来て起こしてもらい、彼は五時半にテーブルに着いて、三時間みっちり書いたという。その時間に始めることで、「朝食のため身なりを整える前に執筆作業を終えることができた」そうだ。執筆については「時計を前に置いて書き、十五分ごとに二百五十語を紡ぎ出すことをこの当時習慣」（十五章）とし、「平均はおよそ週四十ページ。二十ページまで落ちることも、百十二ページまであがることもあった。ページというのは曖昧な言葉だが、私は一ページを二百五十語入るように作った。見張っていないと単語がいくつなのかわからなくなるので、書き進むとき、一語一語数えた」という。一日の仕事量を書き込む週間式日記（七章）についても詳述している。こういうことは郵便局の事務官の仕事と創作を両立させるための工夫だった。郵便局を退職したあと、創作の突貫作業については「一日八ページ書く代わりに、十六ページ書いた。週五日仕事をする代わりに七日仕事をした。いつもの平均を三倍にして、書いている物語に当座はあらゆる思念を集中させた。山々のあいだの静かな場所で――交際も、狩りも、ホイストも、日ごろの家庭内の義務もないところで――ふつう突貫作業をした」（十章）と言っている。批評家（R・H・スーパー）によると、彼が『自伝』を書いたとき、『今の生き方』を予定よりも三週間前に完成させたあとで、執筆について自信を持っており、主張には若い作家に精励、勤勉を薦める激励的、教訓的意図が強かったという。

小説家は「職人あるいは機械工」が縛られる「就労規則」に縛られていると思い込むことが、成功の秘訣だという。職人あるいは機械工が霊感が降りてくるのを待つことはない（七章）。「靴職人は靴を一足仕上げたとき、座り込んでできを眺め、満足にかまけることなどない。『ついに完成した私の一足がある！　何と見事な一足だろう！』靴職人がそんなふうに酔い痴れていたら、生涯の半分は給金なしだろう。それはプロの作家でも同じだ。作家は新しい主題を研究するため、もちろん時間を必要とする。執筆を休止するにあたって、ちゃんとした理由があることを自分にとにかく納得させる。彼は執筆をやめ、一か月か二か月のらくらして、そのあいだに仕上げたあの最後の一足がいかに美しいか独り言でつぶやく！ 私はこんなことを熟考したあと、仕事をしているときだけがほんとうに幸せになれるときなのだと心に決めて、前の一足が手を離れるとすぐ次の一足を始めるよう今完全に自分を習慣づけている」（十七章）と言っている。

批評について見てみよう。彼は作家と批評家のあいだにどんな交渉もあってはならないと主張する。「批評は天から露か霰のように落ちて来ると若い作家は思うべきだ。天から来るのだから、人はそれを運命として受け入れなければならない。作家には、健全な努力によって称賛をえるように促そう。できれば配慮と勤勉によって批判を受けないように気をつけさせよう。とはいえ、批判されたら、作家は影響を及ぼすことができないところ、干渉すべきでない源からその批判が来ていると思うようにしよう」（十四章）という。批評家に対しても彼はストイックな対応を作家に求めている。

最後に、金をえることと創作の関係について見てみよう。彼は生涯創作でおよそ七万ポンド近くを稼いだことを誇っている。『自伝』の至るところに金銭的利益についての言及があり、まるで作家というよりもビジネスマンの金銭感覚が見て取れる。彼は「間違いなくいつも名声の魅力にとらわれていた」という。「金銭面の野心に加えて、初めから郵便局の事務官を越える存在になりたかった。大物として知られること、――大物になれないにしろ、アンソニー・トロロープとなること、それは私にとってだいじなことだった」（六章）と彼は率直に野心を認めている。成功後は人気、名声、貴顕とのつき合いを楽しんでいる。しかし、『自伝』の最後に見られるように、彼が所有物として誇っているものは本と馬でしかない。金銭的成功に触れるのは、その背後にある創作のときの精励、精進、勤勉を強調するためだ。金銭的成功はピューリタン的な倫理の表れと言っていい。

訳者紹介

木下善貞（きのした・よしさだ）

1949年生まれ。1973年、九州大学文学部修士課程修了。1999年、博士（文学）（九州大学）。著書に『英国小説の「語り」の構造』（開文社出版）。訳書にアンソニー・トロロープ作『慈善院長』『バーチェスターの塔』『ソーン医師』『フラムリー牧師館』『バーセット最後の年代記（上下）』『アリントンの「小さな家」』（開文社出版）。現在、福岡女学院大学教授。

自伝　（検印廃止）

2018年5月30日　初版発行

著　者	アンソニー・トロロープ
訳　者	木下善貞
発行者	安居洋一
印刷・製本	モリモト印刷

〒162-0065　東京都新宿区住吉町8-9
発行所　開文社出版株式会社
電話 03-3358-6288　FAX 03-3358-6287
www.kaibunsha.co.jp

ISBN 978-4-87571-095-0　C0098